U0114279

現代散文11

浮生夢囈

時光隧道裡的五味人生

彼岸的雲 著

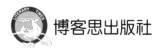博客思出版社

浮生夢囈

時光隧道裡的五味人生

·目錄·

前　言	6
2009年	9
2010年	36
2011年	76
2012年	126
2013年	155
2014年	188
2015年	225
2016年	250
2017年	281
2018年	325
2019年	358
2020年	396

·前言·

出書這種想法，我是一直都有的，只是每看到別人的書都寫那麼好，回頭看看自己寫的，還是全部撕了。只是我已經年過不惑，再不出本書來人生就要留白了！

《浮生夢囈》是我的第一本書，如果說把這本書比作是我第三個孩子，這個孩子還真是難產，我足足孕育了ta十年。這本書篇幅長短不一，有的冗長，但一般都是短短的片語，亦可稱之為「我的片段人生」。

我來自大陸江西，2001年和先生結婚，2003年的6月才輾轉來到台灣，時光飛逝，轉眼間我在台灣已快18週年。我們有一雙可愛的兒女，目前一家四口住在高雄岡山，過著幸福快樂的日子！

書裡面的內容，主要是我自2009年至2019年在社交網站發表的貼文日記，歷時11年。裡面很多東西回頭再看時，回味無窮。可惜2009年以前的過往，已隨風而逝，沒有紀錄到，特別是初來台灣時的經歷和心裡活動，初為人妻的嬌羞與迷茫，初為人母的挫折與進步⋯⋯都已經靜靜的流淌在時間的長河中，不復澎湃。

書名我一直猶豫，是要取《浮生夢囈》，還是《浮生日記》，「夢囈」是我在微信的暱稱。這些日記多半是我在忙完了一天的工作和家務之後，在進入夢鄉之前的了了囈語，稱為

「夢囈」，所以我還是鍾情《浮生夢囈》！

2019年初夏的時候，才認真的閱讀了沈復的《浮生六記》，就愛上了「浮生」這兩個字，是所謂「浮世人生」！沈復和芸娘生動而淒美的浮生讓我淚眼婆娑。失去芸娘，沈復的人生也從此了無生趣，因為再也不會有人像芸娘那樣懂他……

生活中最難過的並不是那些因他負你傷你而帶給你的痛楚，而是彼此相知相惜，情深意濃，最終卻必然面對的斷捨離……但即便是這樣，我們還是要去理解和奉獻，為生命中至愛的人！

2009年～2019年，10多年間，無論是心情、心智，還是心態，都不斷的在變化，很難說是變好了，還是變不好了。但可以肯定的是2009年擁有的東西，在2019年就已經不見了，而2019年獲得的東西，在2009年那時卻還豪無痕跡。只是一個人隨著年齡的增加和累積，身上所有的東西，經驗、閱歷、智慧的成長都應該和年齡成正比，如果沒有，生命一定蒼白空虛……

我的人生就像我這個人一樣，很平凡，平凡得讓人內疚！家庭、工作、娛樂、寫作，就是我的全部活動內容。但我很慶幸自己可以主宰自己的人生，不受約束，也不被約束。在家裡，我是維持秩序的那一個，也是主導家裡的大小事情的那一個。目前這個工作雖然做得不是很整齊完美，不過大家都還能接受，意見不多（不代表沒有哈哈）！

我很珍惜和家人在一起的時光，我們既相互依賴，又彼此拯救，一起相悅，胡鬧，一起面對，解決……家庭生活是我生

命主流，我感謝我的家人給了我一個這麼棒的人生，不去想未來會怎樣，珍惜現在！！！

　　所以這本日記也就瑣碎了，除了充滿柴米油鹽味的「優雅」生活日常，裡面更有我個人純內心的東西，沒辦法，我這人技術沒多少，但想法還挺多，呵呵！

　　成就這本書，有一個人我要特別感謝，他是我的QQ及微信網友「秦時明月」，我們已經有10多年的好交情，我80%的貼文他都做過評論。我這十年的夢囈，都有他的參與，雖然我們從未見過面，只在網路交流，但對我來說，他亦師亦友，是位難得的知己，我感謝他的原因：只有他最懂我的言外之意！

　　當然還有其他幫我按讚，給我評論的網友，我也很感謝他們，一直以來他們都默默的關注我，成為我隱形的動力，給我支持和鼓勵，也給我這平淡無奇的生活添油加醋！

❧ 2009年 ❧

☀ **5月25日**

　　終於，家裡有電腦了！

☀ **5月26日**

　　淺淺的記著，深深的想著，生命中總會有些感動值得念念不忘！

☀ **5月28日**

　　來台灣已經6年了，我真的很喜歡台灣，這裡的生活很悠閒，假日多，環境優美，空氣清新。這裡的人也有其許多可愛之處，雖然我在這邊還談不上有什麼朋友，但我身邊的人對我都非常友善，我過得很快樂！

☀ **5月29日**

　　年輕真好，每個人都會擁有，但每個人也都會失去！你的青春還在嗎？

☀ **7月5日**

　　其實，不管是風俗習慣，還是日常生活，台灣還是蠻傳統的。台灣很多的家庭，是三代或是四代同堂，甚至還加上兄弟姐妹，大家都住在一起，組成一大家庭。初嫁進去的小媳婦，家庭關係是個大考驗，特別要小心應付。不但要照顧自己的小家庭，還要負起照顧一家老小的責任。台灣的公婆，都很傳統，講究生活細節，講究繁瑣禮儀，所以一個新婦要維持一大家庭的和諧，維護自己的心裡平衡，很不容易，難過委屈一定有，沒有兩把刷子是不行的。我很佩服台灣的女人，因為她們個個勤勞能幹，任勞任怨，溫柔賢慧，是每個家庭的堅強後盾。我一個自小任性慣了的女生，是注定沒有辦法融入大家庭裡面，只能在我自己的地盤撒潑！

☀ **7月6日**

　　台灣人很隨和，親切，也很有禮貌。這跟我在廣東工作時遇到的那些冷漠，沒有溫度的台灣老闆，有很大的差別。這一點，讓我訝異，分不清孰真孰假！不過，我相信，真正的台灣人是純樸好客的，無論你來自何方，他們都來者是客，除非你遇到的是瘋子，那就另當別論。

　　記得我剛來的時候，對外面陌生的世界會有些害怕，對周圍環境和人，都有著強烈的防備和警戒心。平常我不太出門，別人跟我打招呼也都不大理會。對於他們來說，我們是外來人，總怕人家用異樣的眼光來審視。但時間久了大家都認識，才發現，其實他們根本不介意我來自何方，反而都會主動打招呼，還會關切我過不過得慣？想不想家人？家鄉在哪裡？家裡還有些什麼人怎麼跟先生認識的……說實話，他們還真的好奇，什麼都問，但我知道他們都是善意的。

　　我們附近的鄰居很多有種水果蔬菜，到了收獲的季節，我們常常會收到鄰居送的蔬菜和水果。東西並沒有多貴重，重要的是，我們收到的是一份關愛，一份異地的人情味。

　　有這種感覺的，不只有我一個人，很多在台灣生活的外地人，無論是外來媳婦，還是外來女婿，或是純粹外來客都如是的說。

　　唯一有一個遺憾，就是我不會講台語。

☀ **7月8日**

　　不知道你有沒有嚼過檳榔，那有看過嗎？樹上的檳榔採下來，經過加工，裡面包一些內容物，就可以嚼食。台灣人主要嚼食的檳榔品種：紅灰、白灰、菁仔、包葉及雙子星等。嚼檳榔就像抽煙喝酒吸毒一樣，嚼完會有興奮感，很容易上癮，但是嚼多了容易罹患口腔癌。

　　沒有來台灣之前，我沒有看過嚼檳榔的人，還天真的跟老公說，到台灣要教我嚼檳榔！老公當時是傻眼的表情，好在他自己

也不嚼。台灣有很多的「紅唇族」（檳榔嚼久了，牙齒、嘴巴、舌頭都是紅色，永遠都洗不掉，所以叫「紅唇族」）每天都要嚼好幾包，嚼完的渣和汁液都是紅色的，有人嚼完隨地亂吐檳榔渣，很噁心！

如果說嚼檳榔是台灣的特色之一，那「檳榔西施」更是台灣的一道獨特的風景了。在馬路邊都有一個個小小的透明檳榔攤，裡面還有菸酒飲料，一些年輕貌美的妙齡女子，穿著性感火辣，坐在高腳凳上，一邊包檳榔，一邊招攬路上開車的司機停下來買幾包檳榔或是幾包煙。她們都有一個曼妙的名字叫作「檳榔西施」。

檳榔西施和而馬路旁邊的檳榔攤，都是台灣獨有的風景。

☀ 7月9日

剛來台灣的時候，看到台灣的新聞台多到讓我咋舌，媒體的陣仗也是浩浩蕩蕩，電子媒體和平面媒體一大堆，剛開始真的好難理解，台灣就這麼點大，哪有這麼多的新聞可以報呢？

台灣有六到七家電視新聞台，這幾家新聞台每天二十四小時不停的播報新聞。另外早中晚還有六七家的無線台播報整點新聞。還有還有，還有四五家財經新聞台，除了播報財經新聞，同時也播報社會新聞。另外報紙、周刊雜誌、和廣播電台，也都是新聞。所以台灣的社會幾乎是透明的，哪裡有什麼人仰馬翻，或是什麼雞飛狗跳，在新聞裡面全看得到。但是無論是什麼新聞，他們都會精心制作，讓每一條新聞都很精彩，每一條新聞都像專題報導，很有內容，而且生動有故事性。

當然台灣新聞還有另一個可看性，就是新聞主播。台灣的新聞主播幾乎都是女生，她們個個都有亮麗的外表，淺淺的微笑。在我們的印象中，新聞主播都是刻板，沒有豐富表情的，但是台灣的女主播卻是莊嚴中透露著親切，播報新聞的語氣尾委婉而中肯，讓人聽了很舒服。平時大家都愛看新聞，裡面的內容也是應有盡有，有政治新聞、生活新聞、社會新聞、有時尚、美食的介

紹、有娛樂旅遊、體育、明星八卦、有台灣的、有大陸的、有全世界的第一手熱騰騰的出爐新聞，又像是新聞百科，包羅萬象！

當然，是新聞就必定有炒作、誇大，不能說所有的新聞都是真實的，但是真是假，那就要觀眾，在看的時候懂得去分辨了！

☀ 7月12日

一天，兒子說（彼時五歲）：「我有四個心肝寶貝，一個是諾弟，一個是狗狗，一個是媽媽，一個是爸爸！」

我欣喜之餘，又納悶：「那妹妹呢？」

「妹妹是我的太太！」

我沒辦法理解：「為什麼？」

兒子解釋：「我和妹妹是你和爸爸的孩子，那你不是爸爸的太太嗎？但是諾弟和狗狗是我和妹妹的孩子，所以妹妹是我的太太」，最後他還補一句，「這樣你知道了嗎？」

他的解釋還蠻有道理的，不過我還是要問一下妹妹（三歲）：「妹妹，你是哥哥的太太嗎？」

妹妹卻不以為然：「才不是呢，我是你的妹妹啦，亂講！」

看來他並沒有徵得妹妹的同意。

我家牆壁上常常有許多螞蟻，兒子問我：「媽媽，螞蟻是吃什麼的啊？」

「螞蟻最喜歡吃糖了！」我告訴他。

然後我看他把臉貼在牆壁，問他幹什麼，他回答說：「我在舔牆壁看是不是甜的！」

我又問他是不是甜的，他搖搖頭：「不是！」

一天突然停電了，兒子看到漸漸停下來的電風扇，問我說為什麼沒有關電風扇會自己停下來。兒子自懂事以來，還沒遇到過停電，我告訴他說是停電了，我還告訴他只要停電，電視不能看，冰箱不能用，洗衣機也不能用。然後他自己去檢查了一遍，真的什麼東西都不能用了。沒過多久，就來電了，電燈亮了，風

扇也轉了，電冰箱也開始嗡嗡的響。兒子高興的歡呼：「噢！來電了，所有的東西都活過來了！」

☀ 7月15日

　　台灣有很多內容豐富的綜藝節目，有整人玩遊戲的，有娛樂益智的，有選秀的，有談話性的，還有命理的，美食的……這些節目很符和年輕人的口味，我自己也蠻喜歡看，之前有一個由陶晶瑩主持的選秀節目叫「超級星光大道」，大家都看瘋了。命理節目也很有趣，請一些命理老師，幫來賓藝人們分析他們的命理星座和運勢。我喜歡看「命運好好玩」，不管是星座分析、面相分析，還是塔羅占卜，在我看來，還真是很準，我最愛的部分是心裡醫生對婚姻，對人事，對生活，對工作的一些經驗分析和忠告。台灣的美食節目也參雜著娛樂性，很活潑搞笑，他們請一些有名的廚師在節目上做美食料理，讓觀眾邊看邊學著做，主持人一邊主持，一邊娛樂大家，很有氣氛，吸引著很多婆婆媽媽們家庭主婦們守在電視機前，我也是其中一個，只是笑一笑之後，我什麼都沒記到，什麼都沒學到，哈哈！台灣談話性的綜藝節目很麻辣，那些藝人都拿自己生活中的瑣事，到節目裡面津津樂道。說是瑣事，其實很私密，也很八卦，因為多半是些男女之間的私房事。自己的講完了就講朋友的，講別人的，沒有結婚的就講戀愛史，結了婚的就夫妻同台講他們之間的相處之道，床上的，床下的都有，話題都游走在18禁的邊緣地帶。這或許是製作單位所做的一些節目效果，也或許藝人們只是為了要賺錢，但我還是覺得有些話不應該拿到台面上來說，而且有的人不止在同一個節目上講過，所以觀眾們對這些明星的私事都了若指掌。只是，如果內容都是真實的，不會難為情嗎？假如夫妻間日後起了矛盾，不會覺得很尷尬嗎？好吧，也許是因為大家都喜歡聽別人的八掛吧，才讓這樣的節目有市場。有時也會羨慕，明星們的私事家務事都可以放到電視上賺錢，而我們老百姓的愁和苦，卻要往肚子裡吞，唉！

☀ 7月16日

　　台灣有一堆的政論節目，這類節目突顯的是台灣的新聞自由和言論自由。參與政論都是些政客、學者、評論家或是媒體人，統稱名嘴。

　　名曰政論節目，討論的主題當然是政治。那些名嘴稱之為名嘴，還真是名符其實，他們都能言善道，很敢講，沒有在怕的。個個言詞犀利，言之有理有證。

　　台灣人本就熱衷於政治，有政論節目有名嘴其實很正常。當然，這些名嘴大多都是有政治傾向，他們批評和討論的對象都是有針對性，所以我感覺，有些觀點不太客觀，也有失媒體和新聞的中立性。

　　不過台灣的政論節目實在有夠多，現在還好，因為離選舉還有一段日子。等到快要選舉的時候，整天都可以看到名嘴們在七嘴八舌的打舌戰，有夠吵。這個時候他們多半是在替自己所挺的候選人助選，打廣告。

　　但俗話說禍從口出，雖然是名嘴，他們講話也是要小心翼翼，要注意自己所爆料的事情是不是事實，要為自己的言行負責，不能信口開河，一個不小心就會吃上官司。

　　總的來說政論節目還是蠻有趣的！

☀ 7月18日

　　我實在想不到台灣還有一個旅遊節目叫「大陸尋奇」其實旅遊節目並不稀奇，只是這一個特別的親切。「大陸尋奇」由台灣中視製作。製作團隊長期深入大陸，拍攝搜刮內地的秀麗河山、風景名勝、歷史古蹟、地方風土民情，和各個地方的特色美食。這個節目應該有開播十多年，在這十多年的遊記中，全中國所有的地方幾乎都被報導介紹過。所經之處，有什麼特別的地方，甚至是普通的農家，都會進入他們的鏡頭。所以我特別期盼有一天能在鏡頭下看到我的故鄉江西樟樹。我還真的等到了，有那麼一天，我在節目裡面看到了我的家鄉樟樹，他們所報導的正是家鄉

盛事……一年一次的全國藥材交流大會，還特寫了一句話：「藥不到樟樹不靈！」

故鄉樟樹也叫「藥都」，有1800年的悠久歷史，是江西的四大古鎮之一，盛產中藥材和酒。每年的金秋十月，樟樹都會舉辦一次盛大的全國性的藥材交流會，不但是藥材的交流買賣，更是醫藥技術的交流，吸引全國各地的藥商及藥材蜂湧齊聚在樟樹，所以會有：「藥不過樟樹不靈！」一說。

能在台灣的電視上看到自己的故鄉，總有幾分感動，幾份榮幸。

大陸尋奇裡面所拍攝的風景，畫面唯美，令人驚豔，美食也是最有特色、最誘人的，讓人看了就想馬上去那個地方過個癮。最特別的是，節目還有一首主題歌，歌詞意境磅礴，充滿著思鄉的情懷：「風雲千年路，江山萬里行，秦關月，楚天雲，無處不是故園情……」

☀ 7月19日

走在台灣的街道上，放眼望去，所看到的盡是兩旁林立的招牌看板，跟我們大陸不一樣的是，這邊的店招牌雙面直立伸出懸掛在店門一側，且面向左右，而不是店的正前方，上面的字也都是豎著寫。如同古時候的街坊，很有復古感，這樣做的目的是讓客人遠遠的就可以看得到招牌，顯眼好找，增加了許多被看到的機會。所以如果你站在街的這一頭，一眼看過去，這條街道上兩旁的所有店招牌都盡收眼底，雖然參差不齊，卻有層次上的美感，讓人驚嘆。

☀ 7月20日

在台灣，逛街是件痛苦的事情。

台灣的街道並不寬，沒有人行道，就算有也幾乎停滿了摩托車。台灣人應該是最不愛走路的人群，不管去多遠，去多久，出門就是摩托車。台灣人只要有駕照的，幾乎人人一台，所以台灣街道的人行道上，停著密密麻麻的都是摩托車，根本沒有可以

15

走路的餘地，所以逛街是在人群裡、車陣中的縫隙裡鑽來鑽去，閃閃躲躲，很累，根本沒有樂趣可言，就算可以悠閒的走在街道上，也都會吸到汽車和摩托車排放的廢氣。

既然逛街不好玩，那就逛夜市吧。台灣的夜市是小有名氣的，夜市裡面什麼都有，最多的是小吃攤和賣衣服的。還有傳統手工藝、廉價飾品，當然也少不了小孩子遊戲和玩樂的器材及場所。五花八門，有吃有喝有玩，可以盡興，很適合全家大小來逛。其實跟大陸的夜市差不多，東西相對來說便宜一些，所以大家都愛逛，而且比逛街要來得輕鬆！

大家都知道台灣的車很多，無論是小轎車、摩托車，還是腳踏車什麼車都多，就是看不到走路的人，在台灣不會開車，不會騎車的人，就像一個沒長腳的人一樣，是屬於另類，我就是半個另類人。只會騎單車，而且還不敢上馬路，一到大馬路上，看到那麼多川流不息的車陣，腿就發軟了。

如果你到台灣來，看到有人走路，記得向他問個好，因為那有可能是我，哈哈！

☀ 7月21日

歌裡的人生

對於人類最偉大的發明，不同的人有不同的答案，那我的答案是音樂。

相信每個人的心中都有一堆的屬於自己的歌，我也有我所愛的歌，而我和這裡面每一首歌的相遇，有些是偶然，有些是有故事的。我是想一輩子都記得這些歌，但我只是愛唱，不會創作。

記憶最深處的歌：「啦啦啦！啦啦啦！我是賣報的小行家……」很古老的歌，老得已經快要被人遺忘，這首歌是我人生學會的第一首歌。那時我已經六歲，在偏僻的鄉下上小學一年級，最喜歡上的課是音樂課和體育課。那所小學只有兩個年級，一年級和二年級，兩個教室，兩個老師，每次上音樂課的時候，兩個年級集中一起上，二年級的孩子跑到一年級的教室來，跟我

們擠在一起，那時候好羨慕二年級的孩子，他們都好大喔，好想和他們一樣大，哈哈，幼小的心靈總喜歡胡思亂想！

〈少年壯志不言愁〉：「幾度風雨，幾度春秋，風霜雪雨搏激流……」這首歌是劉歡的成名之作吧，也不太確定，但應該所有上了三十歲及六十歲以下的中國人都會唱吧，我第一次聽到這首歌是我那從不唱歌的哥哥唱給我聽的。我那時候才七八歲，家裡還沒有電視，所以根本沒有看過便衣警察，我哥會唱可能是聽收音機的，但他五音不全，唱得很難聽，哈哈！不過當我真正聽到劉歡的聲音時，才發現原來這首歌很震憾人心。現在想來，之所以我們在那個年代那麼愛唱這首歌，以及這種類型的歌，是因為那個時代的年輕人，都有一股子的雄心壯志，那個年代仍然是激情燃燒的歲月。

〈心願〉：「我們對著太陽說，向往不會改變，我們對著大地說，追求不會改變！」這首歌不知道還有多少人會留在記憶裡，當然我也快忘，歌詞裡面一堆的並列句此對不上彼。但願這美好的心願，永遠還是我們所有中國人的追求！

☀ 7月22日

人生總有些刻骨銘心的際遇，趁你還記得，把他寫下來吧！

☀ 7月22日

有時候，會感覺生活空洞乏味，也許一個按鍵，人生從此就不再寂寞，但我不想讓自己把快樂寄託在虛擬的世界中！

☀ 7月25日

歌裡的人生

每一首歌的誕生都有它的故事和背景，每一個旋律都有它的生命和張力，音樂給人的感動是它美妙的意境合著動人的旋律，讓人想像無限。人在快樂的時候愛享受音樂，在痛苦悲傷的時候也可以在音樂中找到慰藉和共鳴，不同的音樂也適合不同的人，不同時代的人也各自哼著不一樣的歌。

〈讓我們蕩起雙槳〉：「讓我們蕩起雙槳，小船兒推開波浪，海面倒映著美麗的白塔，四周環繞著綠樹紅牆，小船兒輕輕飄蕩在水中，迎面吹來了涼爽的風……」這首歌的創作時期是20世紀的50年代，是中國第一部兒童電影的主題曲。我對「小船兒輕輕飄蕩在水中，迎面吹來涼爽的風」還有第二段的一句「做完了一天的功課，我們來盡情歡樂」這樣的意境欲罷不能，太嚮往了，特別是夏天，多麼美好的日子啊，哪像我們做完功課還要做農活，累都累死了，哈哈！這首歌詞意清新美麗，充滿畫面感，旋律輕快流暢，曼妙優美，我超喜歡這首歌。孩子們小時候，我最愛唱這首歌哄他們入睡，孩子們也愛聽，聽著聽著也一樣會哼了。多年以前，我在學校的聯歡會上，唱了這首歌。一開始的時候大家都為我鼓掌，可是到最後一段我竟然忘詞了，很糗的樣子，我的班主任老師在台下一直鼓勵我，可我怎麼也想不起來，最後只好黯然下台。現在的我，對這首歌，記得非常深刻，我從沒忘記老師在鼓勵我的時候，臉上那溫暖的笑意。

〈說句心裡話〉：「說句心裡話，我也想家，家中的老媽媽，已是滿頭白髮！」這首歌曾經響徹了那個年代，仍舊是我的那位班主任老師，也是那一場聯歡會，他為我們唱了這一首歌。平時為人師表，不拘言笑的他，一展他的歌喉，倒讓我們為之驚豔，絕不輸電視裡的歌唱家，加上這位老師長得帥氣，風度翩翩，這一唱，讓班上的同學都對他更多了幾分崇拜，大家都給了老師最熱烈的掌聲。

〈三月三〉：「又是一年三月三，風箏飛滿天，牽著我的思念和夢幻，走回到童年，記得那年三月三，一夜難合眼，望著牆角糊好的風箏不覺亮了天，叫醒村裡的小伙伴，一同到村邊，懷抱畫著小鳥的風箏，人人笑開眼！」這又是一首我的最愛。記得我們在學這首歌的時候，不管音樂老師如何一句一句的帶著我們唱譜唱詞，同學們的聲音卻怎麼也提不起來，這本是一首歡快的少兒歌曲，我那些個老氣橫秋的同學，硬生生把老師氣得罷教，最後老師放我們自習，全班應該只有我難過，我真的很喜歡這首

歌，後來我自己還是想辦法學會了。

☀ 7月26日

童言童語

　　我沒有去工作，在家照顧兩個可愛的孩子，雖然他們有時會惹得我心煩氣躁，但大多時候，他們都是我的開心果。

　　有一天兒子的同學來我們家玩，不小心把他心愛的玩具車弄壞了，雖然有些心痛但他沒有生氣，也沒有講什麼。

　　然後我故意問他：「兒子，如果是妹妹把你的車子弄壞了，你會生氣嗎？」

　　「不會！」

　　我又問他：「那如果是媽媽呢？」

　　「那我就會生氣啊！」

　　「為什麼？」

　　「因為同學和妹妹都是小孩子，你是大人啦啊！」

　　好有愛心又有邏輯的答案。

　　有一次兒子生病，看到他很難過的樣子，我說了一句：「真希望生病的是媽媽，而不是我的孩子！」

　　兒子聽了之後就要哭的樣子說：「媽媽你不要生病，你生病我會很難過！」

　　「因為你生病了，我還不知道怎麼照顧你！」

　　好讓人心疼的孩子和讓人心疼的話，媽媽會照顧好自己的！

　　有時我的脾氣也蠻大，我吼孩子的時候，兒子也吼我：「媽媽，你不是說你愛我們嗎，你的愛心在哪裡呀？老是跟我們發脾氣？」我杵在那裡是哭笑不得。

　　不要看他說話像個小大人似的，他有時候也很逗。有一天他看到我們家牆上的螞蟻，就跟我講說：「媽媽，我們家好像動物園！」

　　我問他哪裡像動物園？

他說：「我們家有好多動物啊，你看有螞蟻，有蒼蠅，有蚊子，有壁虎，還有蝙蝠，還有蜘蛛！」

我跟他補了一句：「還有蟑螂，有時還會有老鼠跑進來！」

兒子說的當然是真的，我們家確實偶爾會有蝙蝠飛進來，還好只是偶爾，否則我都不敢住在裡面了。但我們家那兩個倒是不介意家裡這麼熱鬧，我女兒都敢去摸壁虎，每次看到都大驚小怪的說：「哇喔，好可愛的壁虎喔！」真是受不了。看到蝙蝠飛到我們家，他們兩個都高興得跳起來。對於那些小螞蟻，可就沒那麼客氣了，我女兒會大吼大叫：「你們來我們家幹嘛，那麼喜歡來我們家嗎？我們家有那麼甜嗎？」那些螞蟻也是聽得一愣一愣的。女兒最怕的是蟑螂，看到蟑螂就直接大哭，然後就有會人幫她解決了！

☀ 7月30日

第一次聽這首歌記不得是多少年前，媽媽一邊縫補衣服一邊輕輕的哼著：「十五的月兒升上了天空唷……」我覺得很好聽，問媽媽這是什麼歌，她告訴我是〈敖包相會〉，我深深的記住了這個名字。

媽媽是個粗枝大葉的人，不管做什麼事情都跟一個男人沒什麼兩樣，性子又急。農忙時節，家裡的田地一大堆，農事一大堆，怎麼做都做不完，這個時候的媽媽暴躁愛念，嘴巴最不饒人，聽得讓人心煩。她最喜歡掛在嘴上的是：春爭日，夏爭時，百般宜早不宜遲。

媽媽這輩子都是在忙忙碌碌中度過的，她真的是那種不做事就會生病的人，而且她愛憎分明，她愛的是勤快的人，憎的是懶惰的人。在媽媽身上，我們幾乎看不到女性的特質，看不到母性的溫柔。也許鄉下本就是這樣，大家都擅長表達生氣和難過，不擅長表達溫柔和關愛。媽媽每天想的是如何計畫安排完成當天的事情，今天要把哪一塊地整完，還要查看種下的花生都長芽了沒，沒長的部分要補種，還要看看秧苗的長勢好嗎，什麼時候可

以安排插秧……她一天到晚就是操煩這些，農事的煩重和家庭的貧窮是媽媽內心最沉重的一塊，壓得她沒有溫柔，壓得她整個人好像有道防線，阻礙著想要靠近的人。她自己也沒有想過，放慢一點腳步，不管不顧的享受一下人生，感受世間的美好……

或許是我們做兒女的並未用心去探索媽媽的內心世界，媽媽是個喜怒形於色的人，她開心就笑，生氣就罵人，很坦然，很直接。但她其實很喜歡唱歌，農閒時，偶爾會看到她一邊縫補衣服，一邊哼歌，煮飯的時候，她愛聽收音機，每天早上的每週一歌她一定不會錯過。也許她的心事就藏在歌裡面。媽媽還是個很有文化的人，插秧的時候，她會念詩：「春種一粒粟，秋收萬顆子，四海無閒田，農夫猶餓死！」她很悲觀，愛說喪氣話，她常妄自嘆息：「兒多母苦！」

媽媽年輕的時候很漂亮，以前，家裡有一個黑白相框，裡面夾著爸爸媽媽讀書時代的照片，十六歲的媽媽紮著長長的麻花辮子，十足的一個小女生。我記憶中的媽媽，永遠是綁兩個簡單的掃帚辮，從沒有變過。我們還意外的發現，爸爸媽竟然是同班同學，因為他們出現在同一張畢業的合影紀念照裡面，如果我們沒有仔細看根本就不知道，因為他們兩個從未提及過。只是到現在，那些具有歷史意義的珍貴黑白照片，經歷幾次的搬家，都不見了，真的好可惜。

二十世紀六0年代初，是一個苦難的年代，青春對於我們的爸媽來說，只不過是曇花一現，稍縱即逝。我從有記憶開始，媽媽就有了白頭髮，臉上也有了皺紋，跟照片上的人根本沒有辦法做聯想！

媽媽說她讀書的時候功課很好，她在班上很活潑。那個年代，學校有很多的文藝活動，她每次都是活動的主角，只可惜她生不逢時，在忙碌而又貧窮的生活中，她只能用最粗劣的裝扮，掩蓋著青春的光澤，用粗糙的生活方式，收斂她所有的藝術細胞，只可惜生命只有一次，如果可以重來，媽媽又會如何選擇呢？

☀ **8月2日**

　　台灣人熱愛旅遊，愛爬山，生活悠閒緩慢，邊活邊玩，我們叫這樣是「快活」，但台灣人卻叫「慢活」，放慢腳步，享受生活！

　　台灣人為什麼熱愛旅遊？台灣是一個風景優美的綠色島嶼，山多，樹多，城市隱藏在鬱鬱蔥蔥的綠色中。高高隆起的中央山脈，加上四面環海，造成台灣氣候及風景都很特殊，一個3.6萬平方公里的小小島嶼，竟然有268座海拔超過3,000米的高山，山上氣候多變，風景變化萬千。高山上分佈的植物多是溫帶及寒帶植物，海拔3,900多米高的玉山上，亞熱帶和亞寒帶的景觀一應俱全，厚重的植被上都高高的聳立著筆直的常綠針葉喬木，地面上滿山遍野生長的主要是杜鵑，每到春天開滿姹紫嫣紅的杜鵑花；杉林溪裡大片蔥翠挺拔的冷杉，四季常綠；阿里山則佇立著台灣最古老的神木群，神木群裡多是珍貴的紅檜；許多不知名的層層疊疊的山脈，優質的森林資源，多變的氣候特色，豐富著台灣在地的原生態，也形成多樣而又不違和的特色景致，讓台灣成為一個美麗而珍貴的島嶼！

　　台灣有高山、山腳有潺潺溪流、有斷崖峭壁、有峽谷深溝、有大海、有憂鬱而浪漫的城市、還有風味各異的美食。台灣是個大熔爐，不僅有本土的美食及小吃滿足著台灣人挑剔的胃，還包容著全世界的美食在台灣落腳，各式各樣的異國料理，都悄悄藏在台灣人的住家隔壁，不用遠足，在轉角的餐廳，就可以吃到香噴噴的德國香腸，或者是韓國的石鍋拌飯，或者是南洋風味的海南雞飯⋯⋯

　　夏季漫長，溫暖炎熱的南台灣，就像沙灘上穿著比基尼的女郎，有著濃烈且誘惑的熱帶風情；四季分明，冬日潮濕寒冷的北台灣卻是另類的北國風光，淡淡的詩情，淺淺的畫意，溫潤的人文氣息流淌在北台灣的大街小巷。

　　假日的台灣特別熱鬧，大家都愛把自己放在山上、海邊、花

前、月下，宜玩樂宜吃喝的地方，享受慢活的人生……

　　心癢的話，你也來玩吧！

　　台灣真的是一個值得去愛的地方，如果這個地方又剛好有個值得去愛的人……

☀ 9月27日

　　悠閒的假日，高雄的街道上，公路上，一陣陣的自行車隊浩浩蕩蕩的穿梭在城市縱橫交錯的樞紐帶之間，一直蔓延到山上的崎嶇小路，單車運動像一場美麗風暴，席捲整個台灣。

　　台灣很多的地方都已經建造了專門的自行車道，都是無障礙，單車可以暢行無阻，車道裡面不可以有其它的車種進入，很安全。如果你沒有單車也沒關係，只要有自行車道的地方就有單車出租，價錢很便宜，生意也好得很。

　　在台北，還有專門的無車日，無車日也就是大家都不開車，或是用單車代步，上個星期六就是台北的無車日，結果街道上是真的沒有汽車，可是多達五萬台的單車全部湧上台北街頭，幾乎是寸步難行，場面真是壯觀。

　　我們家現在也加入了「十二輪綠生活」的行列。所謂「十二輪綠生活」十二輪就是汽車的四個輪子，加上我們家剛好四個人，每個人都有一台單車，四台單車的八個輪子，總共十二個輪子，哈哈，這名字是我自己取的。假日的時候，一家人就開著大車，載著小車到野外，享受騎車欣賞風景的環保「綠生活」。

　　我們家沒有小轎車，只有一台中型的貨車，剛好，出去玩的時候，這台貨車可以放四台單車，加上一台行動冰箱，還有一大桶自來水，自來水的作用是如果去海邊，孩子們必然玩沙玩水，海水用在身上黏黏的不舒服，玩過之後都要用淡水沖洗一下身體，所以我們都隨車帶一桶淡水，所以這台貨車還蠻實用的。

　　是不是有些羨慕悠閒自在的台灣人？其實想要過這種生活很簡單，只要不要呆在家裡面做宅男宅女，把電腦關起來，然後騎上你的單車出發，想去哪裡就去哪裡！

23

☀ 10月1日

夜色正濃，你是否還在網路上留連

你是在等人，還是在等他的訊息

可有等到你想要等的人

無聲息中，你的心是否在狂亂的躁動著

他還是沒有出現，你點遍了所有跳動的訊息，希望裡面有他的片言隻語

你一遍又一遍的跑到他的空間，卻不知道自己想要看什麼

他曾經給你的留言，或是你曾經給他的留言，你也是翻看了無數遍

夜已經深了，怕你會深深的陷入這夜的黑，不能自拔

網路就像一面厚厚的，高高的牆壁，冰冷的隔開每個人的人生

別人的生活永遠在牆壁的另一面，你看不到，更摸不著

也不要去想像他牆壁外面的生活，因為那永遠與你無關

不必有太多的想法，也許你會有太多的疑惑和不解

不必一味執著的想要尋找答案，把一切當成是自然而然

保留著你最初的自己，不要迷失在虛擬的世界中

朦朧的夜色中，有夢最美

☀ 10月3日

　　台灣有一個益智節目，很有趣味性，裡面的題目的難易其實是因人而異，來參加的來賓都是明星藝人。因各個的學歷和程度不一樣，題目理所當然不一樣，但是題目的範圍都是小學以內，從一年級到六年級都有，所以節目的名字就叫做「百萬小學堂」由著名的主持人張小燕主持，每一位來賓只要答上七題就可以拿到最高獎金，最高獎金十萬元，不知道有沒有人拿過。

　　我今天就把那裡面的幾個題目拿來跟大家討論，看大家能否還記得我們小學時候學過的東西。

題目一：守株待兔

這個寓言故事的內容是什麼？

來賓的答案很有想像力，當然也讓人噴飯，他的答案是，主人養了兩隻寵物，一個是豬，一個是兔，有一天，這兩隻寵物都從主人家走丟了，主人非常傷心，每天都在家門口張望，等待希望！

那麼你的答案呢？不要翻資料，也不要求助於別人。

題目二：刻舟求劍

這個故事又是什麼樣的內容，我還是講一下電視節目裡來賓的答案：就是古代人他們想要刻一艘船，然後需要一把劍，所以就叫「刻舟求劍」就這麼簡單。這種解釋其實也是有他的意義在，因為按照詞面，竟然講得通，所以答案真的效果十足。不要笑別人，你有更好的答案嗎？

題目三：這個題目有一點難度，問的是「入木三分」這句成語來自於一個什麼樣的典故。

會解釋這個的人，應該才算肚子裡面真的有墨水。節目裡面揭曉這個問題的答案的是一個小學生。「入木三分」的典故講的是宋朝的書法家王羲之的故事，不過我是忘了他那時是多大了，有一天，他們家請了木匠在做家俱，王羲之趁木匠不注意的時候，在一塊木板上寫了幾個字，後來木匠剛好要用那塊木板，就想說把上面的字刨掉。哪知道王羲之的字已經深深的陷進去了，刨了三分都還是有字的痕跡。可見他的字是有多深厚的功力。

☀ *10月6日*

陽光總在風雨後，不想等待就一直向前走……

☀ *10月7日*

我們中國人吃東西特重口味，什麼酸酸甜甜，鹹鹹辣辣早就不夠看，還要什麼麻辣，香脆，加上精緻的刀工和色調，一盤菜已不是什麼美味佳餚，而是色、香、味俱全的藝術品了。

說到頭，其實我們的菜裡面都有三樣重頭戲，就是多油、多鹽、多味精，不知不覺中我們的身體就有了一些莫名的負荷，就是所謂的三高：血壓高、血糖高、膽固醇高，只是我們中國人對

於這些都不以為然，「生死有命，富貴在天」的樂天主義深刻的影響著我們的心態。

環保這兩個字對於很多人來講，或許還是陌生的（2009年人們的環保概念和環保意識還處在一個被動狀態，雖然現在也不樂觀，但至少更主動—後記）其實不但地球要環保，我們的身體裡面也是一樣的要環保。少吃肉類，多吃蔬菜水果，每天要吃足五種顏色的蔬果，這一點有些困難。每天至少要喝上兩千cc的水，這一點我也做不到。然後要少油、少鹽、少糖、少味精。蔬果裡面能生吃的盡量不煮，能煮的就盡量不炒，能炒的就盡量不要油炸。

☀ *10月16日*

很多人都問我：「為什麼要嫁到台灣？」在第一次問到的時候，我一時語塞，不知道該怎樣回答。

我不知道這樣問的人，他的心態是如何，我只告訴他：「就像你自己為什麼要結婚一樣，要有多稀鬆平常就有多稀鬆平常，要有多莫名其妙就有多莫名其妙！」

人在作選擇的時候，有人深思熟慮之後還是遲遲不敢下手，而我基本上是靠運氣，「機會」與「命運」一翻兩瞪眼，就是這樣！

☀ *10月17日*

距離—最近，天涯咫尺；最遠，咫尺天涯……

☀ *10月28日*

台灣的秋天總是晚到
已經是深秋的季節
終於有了涼涼的風吹到身上
不知道為什麼
秋天總讓人的思緒像飄絮
像絲絲縷縷的風

綿延而漫長
也搗得人的心
纏綿脆弱，愁腸百結

好多年了
不知道草兒是怎麼枯的
葉兒是怎麼黃的
稻穀是怎麼香的
原來
故鄉的季節是獨一無二的

小雨淅淅瀝瀝整夜
醒來遍地落花的春曉
遮天蓮葉，映日荷花的夏日荷塘
秋收秋涼秋意遲
藏書藏語藏心事
舊年的日記裡
夾雜著的紅色楓葉
北風凜冽，漫天飄雪的
灰白色寒冬

是的，我曾經擁有這些
只是我並不在意
因為我以為
這些都屬於我，沒有人可以搶走
但我沒想到
最終是我拋棄了這些……

到現在
連最後一個四季
我都已經遺忘
好想要回到故鄉的秋天
好想回到那裡……

☀ 11月2日

一杯熱熱的咖啡，一曲悠悠的音樂，
一抹濃濃的夜色，一點淡淡的思緒！

☀ 11月2日

夜空中
有星光在閃爍的時候
請記得抬頭仰望

路旁的風景正招搖的時候
請記得駐足欣賞

花兒正芬芳的時候
請記得深呼吸

微微的風掠過你的髮稍的時候
請不要忘了閱讀
風帶給你的信息

請記得常常感動、感恩
請記得真情盡情流露

快樂的時候
請記得與他分享
痛苦的時候
請記得對他訴說

請記得擁抱
請記得牽著他的手
一路走來
記得聆聽他的所有

請記得微笑、讚美
記得幸福
記得釋放你的愛

☀ 11月4日

　　最讓我害怕的事情就是煮飯，最讓我痛苦的事情就是我必須得煮飯。

　　最讓我老公害怕的事情也是我在煮飯，而最讓他痛苦的事情則是必須得吃我煮的飯，因為他不吃我就不煮。

　　而我不煮那就得他煮……

　　來我們家吃過飯的客人不多，但來過一次的，不夠朋友的應該不會再來第二次，夠朋友的，應該不會留下來吃飯。

　　最可憐的應該是我的孩子，因為他們現在還小，跟本還不太知人間美味長什麼樣，每天吃飯的時候他們還都在那裡咿咿呀呀的唱著：「天下的媽媽都是一樣的，喔～天下的媽媽都是一樣的！」

　　好一首安慰人心的歌！

　　但總有一天，他們會大叫：「我的媽呀，我就是吃這個長大的啊？！」

☀ 11月8日

　　相信每個人的骨子裡都有一種根深蒂固的信仰，但不一定都是宗教或是形式化的，可以是某一個真理、某一種學術、某一種理念；也可以是某一種結論、某一種成就、某一種榮耀；也可以是某一種思想、某一種倡議、某一種宣言；也可以是某一個偶像、明星。

　　我的信仰是天地萬物，和我自己！

☀ 11月15日

　　台灣的桂樹香了，花兒都開好了！

☀ 11月20

　　女人如果沒有美麗

　　就一定要有才華

　　女人如果沒有才華

就一定要有自信

女人如果沒有自信
就一定要有氣質

女人如果沒有氣質
就一定要有聰明

女人如果沒有聰明
就一定要有勇氣

女人如果沒有勇氣
就一定要有賢淑

女人如果一無所有
就一定要有運氣

如果連運氣都沒有
那就只剩脾氣了

如果連脾氣都不敢發
那就……
不要做女人了

☀ *11月20日*

陽光裝扮的心情，燦爛撒滿一地……

☀ *11月30日*

有時候寫得很寂寞，但還是樂此不疲！

☀ *12月2日*

前幾天我陪女兒看動物書的時候，女兒指著一隻鱷魚問我：「媽媽，鱷魚是吃什麼的啊？」

我告訴女兒：「鱷魚會吃很多東西，但是牠最愛吃的是小魚。」

我女兒就說：「媽媽，我不要鱷魚吃小魚，因為小魚很可愛，我要給鱷魚吃飯！」

　　女兒一邊說，一邊搖晃著她的小腦袋。

　　夏天的時候，家裡時不時會有一些螞蟻，我兩個孩子只要一看到就會衝著螞蟻大喊大叫：「你們這些壞螞蟻，來我們家幹嘛？你們自己沒有家嗎？」

　　然後現在冬天到了，螞蟻也隨之不見了，但竟然有被女兒發現，昨天她突然對我說：「媽媽，我們家沒有螞蟻了，那個螞蟻終於聽懂了我們的話，回它自己的家了！」

　　有一天，女兒翻出了相冊，她看到一張我抱著她的照片，就問我：「媽媽，這個小baby是誰呀，好可愛喔，你把她抱出來陪我玩好嗎？」

　　我點著她的小鼻子說：「這個小baby就是你呀！」

　　她有一點不相信，我解釋說：「這是你小的時候，媽媽抱著你呀，那時候你還不會走路喔！」

　　然後我還翻到她哥哥小時候的照片，告訴她：「這個是哥哥！」

　　女兒看了之後就大叫她哥哥：「哥哥，快來看我們變小的樣子，好可愛呀！」

　　她哥哥跑過來之後，女兒就鬼鬼的跟他說：「哥哥，我們來要媽媽把我們變小好不好！」哥哥也雀躍著：「好哇！好哇！」

　　這一下麻煩就來了！

☀ 12月4日

　　別人常常羨慕我有兩個乖巧、懂事的孩子，我自己也感覺很欣慰。

　　也許孩子的本質是一個原因，但我對孩子的管教也是有些特別。你是為人父母嗎？如果是，也可以參考一下。

　　也或許你有更高明的點子，可以交流指教。

　　孩子的天性是原始可愛的，但我們是不可以任其任意茲長，可是做為父母，我們滿心的愛讓我們對於孩子的不乖不聽話，感覺無耐也無從下手。

　我的孩子五歲了，和別的孩子一樣活潑好動，因為還在讀幼稚園，所以對他還沒有很具體的管教。但是有一些很日常的行為，我覺得該嚴格執行的，我也是要他一定要嚴格執行，比如每天的功課一定是自己主動加上獨立的完成。

　無論是什麼時候都要記得吃東西之前要洗手，更不用說飯前便後，衛生習慣一定要從小養成，早晚一定要刷牙。一天不可以吃超過兩顆糖，而且不可以天天吃，玩玩具一定要記得自己收，能自己做的事情要自己做。這些事情對於我們來說是很小的事情，但卻是孩子們的全部。

　讓孩子做自己可以做的事情，既是鍛鍊他的能力，也是慢慢戒除他的依賴性，讓孩子知道講衛生的重要是要讓孩子學會自己保護自己。

　大家都知道現在我們都處在一個很惡劣的環境，無法避免的傳染病也越來越多，如果孩子沒有保護自己的意識與行動，我們做父母的是不是總是要提心吊膽。獨立完成功課自然是不用講，孩子總是要長大，要獨立去完成許許多多的事情。父母的陪伴是短暫的，而且孩子的自覺和主動也是學習好壞的關鍵。

　作為父母，除了要給予孩子這個世界上最溫柔的愛，也要有不可抗拒的嚴肅。

☀ *12月5日*
簡單的美麗在濃妝豔抹中
有質感的美麗在舉手投足間
簡單的美麗在青春歲月裡
有質感的美麗在生命中

☀ *12月6日*
如果你正抬頭仰望天空，請記得讀一讀天邊的那一朵雲⋯⋯

☀ *12月12日*
我不是雲！

☀ *12月13日*

　　女人應該像花兒一樣，而不是像花瓶一樣！

☀ *12月16日*

　　女人變了幾千年，男人幾千年都沒有變！

☀ *12月16日*

　　已婚的女人最大的幸福，就是正在準備晚餐的時候，聽到車庫門驟然打開的嗡嗡聲響，然後是孩子們的歡呼：「爸爸回來了！」

　　已婚的男人最大的幸福，就是做完一天的工作，下班回到家，一開門，除了撲鼻而來的飯菜香，還有兒女們快樂的歡呼聲，和妻子輕輕的一聲問候！

　　女人要的只是一個安定，男人要的也只是一份溫馨。

　　幸福，原來很簡單。

　　卻也，很奢侈。

　　一個好女人做了滿滿一桌子的菜，可她始終聽不到車庫門打開的聲音。

　　男人總會有千萬種的理由，不回家。

　　女人的菜涼了

　　另一個好男人拖著一天的疲備，打開家門，堆在眼前的依然是滿目零亂的家務。

　　女人也總是可以輕描淡寫，有什麼關係！

　　男人的心累了

　　但好男人永遠都遇不到好女人。

　　好女人也懷疑，好男人只在韓劇裡面。

☀ *12月18日*

　　台灣的桂花很奇怪，花期很長，從聞到第一縷馨香，到最後一朵花凋謝，起碼要經過三個多月的時間。

不過也不是持續不斷的一直開，而是斷斷續續的開了謝，謝了又開。影響花期的，是氣候。台灣的冬天來的很晚，從第一波寒流來報到後桂花就開始飄香了，走在台灣的街頭巷尾，聞到那種熟悉的味道，總讓我有置身在鄉園小逕的錯覺。之後隨著寒流來了走，走了又來，桂花也就開了謝，謝了又開。在最後一波冷空氣走了之後，桂花才會開完最後一期，最後一波冷空氣有時落在三、四月間。

所以，你如果在台灣唱「八月桂花遍地開」，台灣人會莫名其妙。

☀ *12月23日*

今天，悄悄的給孩子們準備聖誕禮物，要在節日那天，在派對上交給聖誕老公公，再送給孩子們。

我兒子堅信有聖誕老公公，他也是很期待聖誕節，只是他很不放心，這幾天他總是問我：「媽媽，聖誕老公公怎麼知道我們家住哪裡？他會不會送錯，而且我們家又沒有煙囪！」

他也真是天真，我也不知道要不要繼續編一些謊言騙他，後來我只告訴他：「聖誕節那天，我們要去異人館，那裡有一個聖誕老公公會送禮物給你們！」

我兒子又疑惑了：「怎麼有那麼多的聖誕老公公啊？」

有時候，我會有一些莫名的遺憾。因為在孩子的童年，我所能給他們的只是一些生日或是節日的禮物。

我不能在他們上學放學後，給他們很多的玩伴，我也不能給他們寬闊的草地，不能給他們一隻蝴蝶，或是一隻蜻蜓，不能給他們可以抓魚的溪水，不能給他們可以捏成人的泥巴，我更不能給他們可以盡情、自由玩耍的大自然……

不敢去想，多年以後，孩子對童年的記憶，最深刻的是什麼，也許是海邊的沙灘，也許是動物圓裡的幾隻消瘦的長頸鹿，沒完沒了的海棉寶寶、蠟筆小新，或是戰龍四驅……

☀ *12月25日*

午餐的時候，我一邊給孩子夾魚一邊說：「多吃點魚，因為魚會讓你們變聰明！」

我兒子就問我：「媽媽，你小時候是不是吃了好多的魚？」

我一開始還不明白，就問他：「為什麼這樣問媽媽？」

「因為我覺得你好聰明啊！」

我差點從椅子上摔下來，也許吧，我是還算聰明，可有那麼明顯嗎，連我才五歲的兒子都能看出來？

我得意的追問兒子：「媽媽哪裡聰明，比如呢？」

稍微的想了一下之後，兒子一本正經的告訴我：「媽媽，我以前一直以為我是爸爸生的，妹妹才是你生的，然後你說我和妹妹都是你生的，你說只有女生才會生孩子，我就覺得你好聰明，因為我們老師也是這樣說！」

哦，是這樣……

☀ *12月26日*

有人想著是一種幸福，被人愛著是奢侈的幸福，如果你是哪個奢侈的人，記得把這份奢侈也帶給身邊的人。

☀ *12月29日*

一個人走路的感覺真好，可以凝神，可以思考，如果有風，還可以讓思緒飛……

☀ *12月31日*

「請你接受我的祝福，那是用心點燃的紅蠟燭！」很老的一首歌，唱給對岸的親人朋友！

❧❧ 2010年 ❧❧

☀ *1月1日*

年年歲歲花相似，歲歲年年人不同。

每一句話，都在訴說一個故事，故事或許不是最動聽，但卻是我最內心的世界！

☀ *1月4日*

把抱怨變成擁抱很難，但還是試試看吧！

如果有一把梳子，可以梳理心情……

☀ *1月9日*

《口是心非》，張雨生的絕唱，聽一聽，感受他活著的呼吸。

☀ *1月9日*

現實給了我很多美好的東西，但也給了我很多的錯覺……

☀ *1月9日*

家門口有一米陽光照著，我給孩子用了一小壺的水，讓他們玩澆花的遊戲，澆了自己的，再澆鄰居的，孩子們誇張的嬉笑聲，就像我把整個世界都給了他們。其實我只是借了一米陽光給他們而已，真正擁有整個世界的那個人，是我。

☀ *1月11日*

今天在電視上看到一則新聞，一個年過七旬的阿嬤，在家的附近撿到三千塊錢，她沒有自己私吞下來，而是交給了轄區警察。也許你的表情是不以為然，但是你知道嗎？這位七十歲的阿嬤還要靠每天的工作養活自己，而她所從事的工作更讓人不堪，她是性工作者，她每天的收入大約是四百塊台幣，還不一定每天都有。把錢交給警察的時候，阿嬤說了一句很實在的話：「人家

丟了三千塊，也是會心痛，如果我拿去用，我也用得不安心！」

☀ 1月12日

　　早晨，起床後，刷牙，洗臉，梳理頭髮和心情，只是我的早晨在9點以後！

☀ 1月14日

　　我來了，你忙你的！——生活就這樣互不打擾！

☀ 1月18日

　　人生如歌，歌如人生，期待明天，一枝獨秀！

☀ 1月26日

　　種菜不如偷菜，偷菜我只給你蘿蔔！（那年流行玩QQ農場）

☀ 1月28日

　　我一直都是用孩子般清澈純淨的眼神，憧憬著這個世界，稀罕著這個世界……

☀ 2月1日

　　今年的冬天忘了下雪……

　　2007年的那一場雪，你還記憶猶新嗎？也許已經遺忘吧？但那一場雪，我遇上了，且不是只有我一個人，我們全家都沒有錯過。

　　那一年的歲末，我和先生孩子一家四口準備回大陸過年。機票訂的是08年的2月1日農曆07年12月20日。

　　當天下午四點，我們從家裡出發，朋友開車送我們到高雄小港機場。天氣很好，陽光很溫暖。5：50飛機起飛，到香港是晚上7點多，香港已經在飄毛毛雨，不是很冷，但也有些寒意。隨後，我們坐上巴士，到達深圳的太子酒店已是晚上十點多。這邊的雨下得很大，風也大，一下車，就感覺掉進了冰窟窿。可憐的是兩個孩子，除了家裡的冰箱，他們哪有遇到過這麼強烈的冷，

還好，他們都沒有哭鬧，哥哥跟著我，妹妹被爸爸抱著。這個時候，我感覺腳特別的冷，低頭一看，整個傻眼，我竟然出門的時候忘記換鞋子，還穿著家裡的拖鞋，要命！

我兩個哥哥在酒店等我們，見到他們的那一剎那，鼻子很酸，上次回家是2005年，轉眼已經兩年不見。我們坐上哥哥的車往東莞他們的家，到家時，快到十二點。原來哥哥他們開了兩個多小時的車來接我們，而且家裡的哥哥嫂子和好多的親戚朋友都在等我們，等我們一起回樟樹老家，已經等兩天了。嫂子們準備了好多的衣服和熱騰騰的麵飯，還找了雙鞋子給我穿上。外面真的很冷，可是大家都把寒意擋在外面，暖暖的把我們包在裡面。但我的兒子卻在這個時候突然崩潰大哭，嚷著要回家，我當然知道是為什麼，抱著他安慰的時候，大家都不知所措。

還好，兒子並沒有一直哭鬧，家人都在，大家都關愛的安慰著他。等到孩子平靜下來，我們吃飽穿暖之後，哥哥他們也把我們的行李綁好了，然後所有的人都上了車。出發的時候已是凌晨兩點，天氣變得很惡劣，冷是沒法說，又刮風又下雨。

我們一行人浩浩蕩蕩的上路，三個哥哥分別開著三台車，總共有十幾個人，塞滿了三台車，我們一家人在四哥車上，我們一家四個，他們一家三個，我們這台車上有七個人。

一開始是走高速公路，天雨路滑，車子開得不快，也不知道是開到哪裡，開始塞車了，長長的車陣一眼望不到盡頭，都是趕著回家過年的。人在家鄉時，遠方有著無窮的魅力，出門在外逢年過節，故鄉卻是所有人的方向。車陣雖長，卻只有安靜和無奈。天還沒有亮，停停走走，走走停停，一直到第二天中午才到江西地界。

原來前面不知道哪個地方因為下雪，路面結凍，已經封路了。其實在台灣的時候，我們從新聞上面已經知道大陸這邊正發生著幾十年未見的嚴重凍災，但我們已經早就訂好了機票，也想說看到這個時候應該會好些了，但人算不如天算，我們還是沒能

躲過。

快到贛州的時候，就可以看到外面的路樹都有結冰，還沒有雪，在車子裡面也覺不到冷，但只要一下車就像在冰箱裡。孩子們的狀況還好，車上有足夠的食物，哥哥的孩子也會和他們玩，車子內的氣氛是暖融融的。

走到贛州就已經沒辦法，車子是寸步難行完全走不下去，我們只好下了高速公路，改走105國道。在贛州加油的時候就已經是第二天的下午三點，本來在台灣的時候，有打算在贛州停留，還打電話給贛州的朋友，朋友滿心的希望我們去，還買了幾箱臍橙跟板鴨要送我們。但沒想到情形跟我們想的差很多，既使到了贛州，我哥看到灰濛濛的天氣，也是不敢停留，怕越來越糟糕，就沒有進城，只能打電話跟朋友說抱歉。不過我們也小有損失，呵呵！

加油都加了一個多小時，車太多了。

國道一開始還算順利，過了贛州，外面的世界就是冰天雪地，大家都越走越害怕，車不是很多，但路面結冰會打滑，車速也不過二三十公里吧。天氣的狀況是越往北越糟糕，天也快黑了，沒有下雪，但地面上是白茫茫的一片。路旁的電線上結滿了長長冰柱，一排排，像水牛的角一樣，又粗又犀利，很壯觀。道路兩旁的大樹更是炫麗，上面滿是晶瑩剔透的冰晶，像開滿了燦爛的銀色花朵，滿樹都是，很美很驚豔的鐵樹銀花，加上黃燦燦的車燈照耀，更是仿若置身於夢幻的冬季戀歌裡面，唯美而浪漫。我從小也是在這邊長大，但從來都沒有看過這麼美的冰樹，而且放眼望去舉目皆是。但這樣的想法只能在腦海中停留五分鐘，五分鐘之後，想得更多，更讓人煩惱的是：前面的路可以走嗎，我們可以很快的到家嗎？

天黑下來的時候，我們到了吉安，雪開始飄起來了，窸窸窣窣、紛紛揚揚。車子慢慢多起來，最糟糕的是路面的冰結得很厚很滑，一不小心就會撞到前面的車子，舉步為堅，前面不停的傳來車禍的消息，狀況到了極點。

　　車上的人都忐忑不安，大家都不敢走了，加上又累又餓，想找個可以吃東西的地方。可是一路上都是關門閉戶，只看到夜色中灰茫茫的一片，猶如荒野，根本沒有店家開門。正當大家要放棄準備繼續餓肚子的時候，終於看到路旁一縷橙亮的燈光瀉在雪地上，終於有一間開著的小飯館，裡面人聲嘈雜，熱氣繚繞，老天爺還是慈悲的！

　　大家把車停好，打開車門，刺骨的寒風刮得臉生疼，雪花只往身上撲，我和老公趕緊捂著兩個孩子的臉。所有人紛紛衝進小飯館，裡面好溫暖，人還真多，老闆親切隨和。我們一進去，就有人熱心的招待大家一杯熱氣騰騰的開水，開水喝下去，冰雪消融的感覺，一股暖流湧上心頭，漫至全身，孩子們冰冷的小手摀在水杯上：「麻麻好溫暖喔！」等了一段時間，熱騰騰的炒麵炒飯炒米粉終於在大家的翹首期盼中端來了，所有人都餓壞了，個個狼吞虎嚥，轉眼間碗就見底，味道很不錯很少有路邊店煮得這麼好吃。

　　終於補足了元氣。我們很感激這個小館的老闆，這麼晚在這樣惡劣的天氣下他們還開著等待服務路過的人，當然根本不用等，客人是絡繹不絕。更可貴的是，他們並沒有乘機提高價錢，炒米粉滿滿一盤只要三塊錢，其實這樣已經不叫做生意，而是做公德，這樣慈悲的心腸，真是老天爺派來的！

　　吃飽之後哥哥他們把車子開到加油站休息，雪還在下，但很小。一路上，孩子們的狀況出乎我意料的好，讓我很欣慰，而且有哥哥嫂子在，孩子們有什麼不適的話，最緊張的會是他們。

　　車子外面天寒地凍，馬路兩旁的房頂上疊著厚厚的一層積雪，車內一片寧靜，大人小孩都睡著了，我也是睡睡醒醒。大概休息了四五個小時，天還沒亮，大家又開始出發。路上的車子很多，車速還不到十公里，車隊裡有人從車上下來，一下來就摔一跤，路面滑的連站都站不穩，又趕緊鑽進車子裡面。情形沒有好轉，雪還在簌簌的下。

　　快到新干的時候，應該是凌晨三四點，沒有下雪了，卻開始起霧，幾乎兩米以外就看不見，我們坐的這台車沒有霧燈，又不敢走了，在加油站停了下來，沒停多久，大家都急著要回家，所以還是決定要走。有霧燈的車在前面，我們跟在他們的後面，仍舊是塞車，走走停停。

　　所幸的是有霧的路並不長，到新干的時候就沒有霧了，大家都好像走過一條雲洞，洞的外面豁然開朗，天也完全亮了。可這個時候塞的已經完全不能走，樟樹近在咫尺，卻遙不可及，不過天氣很好，出大太陽了，很難得。大家都從車裡鑽出來曬太陽，還在雪地上生起了火堆。積雪很厚，看來之前有下過一場很大的雪。我先生和孩子都沒有看過雪，我兒子很好奇的問我：「媽媽，怎麼那麼多糖啊？！」我知道他一定會這麼問，那一年，他才三歲，妹妹只有一歲。孩子們在雪地裡玩得很開心，可愛的小臉被凍得通紅，我沒有在意，讓他們盡情的玩吧，就像我們小時候。

　　在新干那裡差不多塞了五個小時，慢慢磨到樟樹的時候，已經是中午一點多。

　　從東莞到樟樹，走高速公路不用10個小時，走國道也大概20個小時。但我們從12月20日出發，到23日中午才到，經歷了兩天兩夜的漫長又艱辛的路程，所幸一路有驚無險，大家都平安無事。

　　在樟樹踏踏實實的填飽了肚子之後，大家又發動了車子，這一下要直接開到我們的終點站——梅家！

　　媽媽老遠就看到了車隊，家門口也已經站滿了人，都是隔壁的阿叔阿嬸，接著就是劈哩啪啦的鞭炮聲，接著就是言不盡意的問候寒暄，只是話不可深沉，怕會決堤……

　　踏進家門的那一剎那，這兩天兩夜來的所有經歷，瞬間遺忘！

　　鞭炮聲中，所有的一切都暖融融。媽媽寬敞的家頓時塞滿了

人也塞滿了歡樂的聲音，媽媽忙碌的身影被深深的淹沒在其中！

我們所有的人都被淹沒在其中……

☀2月6日

管他陳芝麻，爛谷子的事，通通丟進垃圾車，調整心情，準備過年！

☀2月9日

冬天的腳步還在留連，春天，卻悄悄的，怯怯的，素面含笑的介入了別人的季節，只是沒有人會拒絕她……

☀2月18

雲已經把整個天空都染灰，其實灰色也是有質感，只是不要忘了還我那片沒有一絲沾染的藍色天空……

☀2月27日

365天如一日，一日的憂愁，一日的平淡，一日的快樂，一日的幸福……明天卻還有很多的期待……

☀2月23日

2009年在寬容和平靜中度過，2010年也是同樣的心願，不奢望，不貪心！

☀2月25日

能在家接待大陸來的朋友，無論是誰，都是我的榮幸。賓至如歸，我給予我所能給的……珍惜這種緣份，有緣再相見！

☀3月1日

哪個女人不想佔有一套房子和一個男人？

——《蝸居》裡面的台詞，是簡單，還是奢侈？你說。

☀3月2日

春天剛打了一個哈欠，大地上的東西都跟著過敏！

☀3月3日

「又是一年三月三，風箏飛滿天，牽著我的思念和夢幻，走

回到童年」用唱的！

☀ 3月5日

　　昨天，去你家農場逛的時候，你家的長頸鹿竟然問我要QQ號碼，不可思議的是，我竟然給了它。

　　哈哈！想笑就會心的笑吧！

　　早上起床，摸摸胸口，還好，心臟還在跳，再看看身邊的人，都還在睡夢中，均勻的呼吸著……

　　這應該是一天中最開心的事吧！

　　如果我們能有今天，是幸運，如果我們還有明天，是幸福。趁我們的今天，去做我們一直想要做的事情。

　　想想，有多少人在等著你去原諒；

　　有多少人在等著你去跟ta說：抱歉！

　　又有多少人……哦不！是有誰在等著你對ta說：我愛你！

　　又有誰在等著你對ta說：我們結婚吧！

　　有多少人需要我們的愛，我們還能給多少愛……

　　做我們來得及做的事，愛我們來得及愛的人，快樂著我們的快樂，幸福著我們的幸福。

☀ 3月5日

　　鐵達尼號裡，男主角的經典台詞：及時行樂！你還記得嗎？

　　看起來，他是無憾的，但是他真的無憾嗎？他的生命結束在人生最美好的時刻，他多想，多想和她一起活著，到老！

　　生命的堅強與脆弱原來並不衝突，再堅強的人都是一樣的會被摧毀，能活著就是一種堅強，活得越久越堅強。

☀ 3月6日

　　人們一直在迷惑，人與人之間的區別到底是什麼？是貧富？是權位的高低？也許吧！不過，我卻覺得，人與人之間，不過是生命的長短不一，而已！

☀ 3月7日

大家都種寂寞，那誰種蘿蔔？

☀ 3月11日

最麻煩的事，莫過於打翻了油瓶！

☀ 3月12日

很迷惑，不知道自己是該往左走，還是往右走，還是就呆在原地一動不動。往右走，那我必定違背自己的初衷，往左走，卻發現，我已經無法回頭。

呆著不走的話，怕會被撞暈……

☀ 3月13日

人生的路說長不長，說短不短，怎麼就那麼多的十字路呢？

☀ 3月14日

很羨慕男人，小時候有媽媽照顧，長大了有老婆照顧……所以我決定，下輩子……還是做女人！

☀ 3月17日

我愛聽有著淡淡憂傷的歌，因為我是要提醒自己，人生還是有很多痛的時候，會有很多痛的感覺！

☀ 3月19日

給我一個安靜的角落，避開所有眼光的探索……來自姜育恆的〈多年以後〉。

☀ 3月20日

晚上，我把排骨湯放在瓦斯爐上煮，打開火之後，我就在客廳看電視。看了多久不太清楚，只是看著就聞到一股臭味，燒焦的臭味。心裡就犯嘀咕：是誰家煮糊了什麼？但幾乎是同時，腦門一陣發熱：完蛋了！

跑到廚房，當然一切都來不及了，關掉瓦斯爐，湯已經燒乾，排骨和鍋子都黑了。

已經記不清家裡的鍋子壞掉了幾個，燒開水的壞了兩個。因為我燒開水的時間太長了，滿滿一壺的水，我可以燒得它滴水不剩……還有煮湯燉腳的時候，不記得加水，乾的燜煮，聞到臭味時，卻只能尖叫。

以前在大陸的時候，還發生過一件很危險的事。

我很少用快鍋（快鍋就是高壓鍋），有一天，我用快鍋來煮稀飯，把米和水都放進鍋裡，蓋上蓋子，打開瓦斯爐之後，我就到廚房的隔壁房間休息。那也可能是早有一種本能的預感，果不其然，我剛躺下沒有多久，就聽到隔壁「轟」的一聲巨響，快鍋爆炸了。

爆炸的瞬間，我閃過兩個OS，一個是：還好我在隔壁！另一個是：還好不是在我媽的廚房！！

我媽超兇的。

我小心的打開廚房的門，有夠亂的，就一鍋粥全在牆壁上的景象。

此後好多年，我不敢碰快鍋。

☀ 3月21日

星星點點的，居然還有著8月的香氣！

　　　　　　　　——出門散步遇著路旁的桂花樹

☀ 3月22日

再渺小的等待也要執著，再無聊的結局也要在意……

☀ 3月23日

找不到適合的語言，來表達剛好的心情。

☀ 3月26日

冷死了，老天爺忘了把門窗關好……

☀ 3月26日

一粒塵埃有多大，一個人那麼大；一個人有多渺小，一粒塵

埃那麼小！

☀ *3月27日*

如果信仰是為了詛咒不信仰的人，那是很殘忍血腥的信仰！

☀ *3月31日*

星星是在夜晚才會閃爍，且越夜越美麗……

☀ *4月8日*

靜，只聽得到自己的呼吸和心跳聲……

☀ *4月9日*

我的牡羊寶寶滿六歲了，媽媽的愛陪著他長大！

☀ *4月9日*

既便是沉默、安靜的
心卻依然在靜逸中感受人生的美妙
在平靜與安寧中感受生命的珍貴
春天雖然是播種的季節
但我卻感覺自己一直都是在收獲
無論是多麼微不足道的果實
我都把它放進我的背簍裏
編織成快樂的衣裳

☀ *4月10日*

感動來自偶然的懷想
懷想來自風
風裡面總有讀不完的訊息
讀不完的思緒……

☀ *4月11日*

一個人靜靜的站在陽台
凝望著熟悉的夜空
晚風輕輕的吹
也輕輕的搖曳著或遠或近的樹影

空氣中總彌漫著沁人的香氛……

說不出的感覺

讓我剎那間忘了自己的身處

忘了自己的年華

同樣的季節

同樣的溫度

同樣的夜晚

同樣的風

還有那沉澱了好久好久的芬芳

你那年少的雙眸

清澈的閃爍著……

今夜沒有星星

沒有你……

☀ 4月11日

有一種微笑

帶點傷感

卻是那樣的誠懇……

感覺是對的

我就會慢慢的靠近

感覺不對

我就該悄悄的遠離……

靠近、遠離，都不必訝異

☀ 4月12日

十八歲以前

年齡是一種期待

十八歲到三十歲

年齡在混沌與揮霍中　悄悄流逝

三十歲到四十歲

年齡成了秘密

四十歲到六十歲

年齡讓人困惑

六十歲以後

年齡讓人恐懼

☀ 4月13日

你感性，但不要軟弱憂柔，你堅強，但不要像石頭……

☀ 4月14日

今天起了個大早，比小鳥還早！

煩惱，它在九霄雲外

偶爾，幾片落葉……

☀ 4月15日

今天的早起是個意外，說了也許你不信，是被小鳥吵醒的。醒來後我起床走到外面的陽台，欣賞起這睡眼惺忪的世界：清悠的街道、乾淨的馬路、清新的晨風、橘紅色的天空、靜悄悄的房子……我就像一個放肆的偷窺者，盡情的巡視著每一個地方，每一個角落。

「眾人皆睡，我獨醒！」

原來，在沉沉的睡夢中，我們錯過了無數的良辰美景，錯過了每天的第一道曙光，錯過了每天的第一縷晨曦，還有天邊那顆最亮的啟明星，錯過了每天破曉的第一聲鳥鳴，也錯過了每天最新鮮的陽光，錯過了一天中最美的時光。

☀ 4月18日

今天家裡來了好多人（不請自來），好熱鬧，只是凳子不夠坐……

☀ 4月19日

今日的心情，就是明日的過往，堅持下去，回憶就會有著落！

☀ 4月20日

觀花的時候，請記得下馬！

☀ 4月21日

冬天熱得像夏天，春天冷得像冬天！

☀ 4月23日

寫的是心情，卻總是與心情無關……

☀ 4月25日

春天的溫度，是那樣的剛好，溫暖著我的心！

☀ 4月27日

藏在一杯酒裡，藏在一首歌中，藏在輕輕的一個轉身，淡淡的，卻又滋味萬千，那叫鄉愁，而你就是鄉愁中的那半個側臉……

☀ 5月2日

總是在水深的地方，看岸上人來人往，久了，也會缺氧……（給愛隱身的QQ友）

☀ 5月4日

大家都在尋找子期……我也在找！只是，我們都是伯牙嗎？

☀ 5月5日

心無疤痕！

☀ 5月6日

其實男人和女人之間的關係並沒有我們想像的那麼融洽，而是很微妙、很脆弱、不堪一擊。

看過很多互相控訴的文字，覺得憂心，再多的文字敘述，只會讓彼此的傷害更大，裂縫更鮮見，相處起來也更艱難。沒有坦然、沒有從容、沒有忠貞、只有相互猜忌和防備。

無論是男人還是女人，每個人的一生都不可能只經歷著同一個異性，我們有兩小無猜、有青梅竹馬，有初戀情人，還有紅顏知己。

有些人，有些事，我們都不必再提起，但他們都曾經存在我

們的生活，也都曾經給過我們異樣的溫暖，異樣的愛，是我們永遠都不想忘卻的。

但男人總是一邊罵著女人，一邊又向女人示好：

男人說：唯小人與女子難養。

男人也說：執子之手，與子偕老。

男人說：最毒婦人心。

男人也說：女人是水做的，男人是泥巴做的。

男人說：紅顏禍水。

男人也說：衣帶漸寬終不悔，為伊消得人憔悴。

男人說了很多很多。

男人內心的矛盾與掙扎，性格上的多重，讓女人困惑。

男人和女人之間不應該是對立與怨懟，彼此嫌棄。而是相互依附，相互安慰，彼此需要。

這個世界上只有兩種人，就是男人和女人，還蠻孤獨的。我們都因著彼此而存在，我們應該相依為命。

☀ 5月7日

空氣中滿是康乃馨的味道，今天是個美麗溫馨的日子！

☀ 5月15日

最近孩子們愛上了一種新的消遣方式，還樂此不疲，趁我在忙的時候叫「馬麻！」等我應了他們，他們又回「沒事！」

☀ 5月16日

不可能的夢，但值得紀念，在心裡！

☀ 5月19日

你就在那隔壁的千山萬水的後面，轉個彎！

☀ 5月19日

心情就像長了羽翼，展翅亦可飛……

☀ 5月20日

美麗並不是曼妙的軀殼，它就像一朵花，開在靈魂的深處，馨香從裡到外綻放！

網友目送評論：鮮花的美養人眼目，古樹的美啟迪心靈。

回覆：平分四季，各自千秋。

☀ 5月24日

大家都唱寂寞，然後寂寞就開始流行……

如果有一天，有一首歌叫做幸福，而且要比寂寞更好聽，該多好！！！

☀ 5月24日

關於幸福，各個年齡層都有著不同的感受，孩提時，我們的幸福感來自於一個心愛的玩具，一件很難得的新衣服，一頓好吃的飯菜，或僅僅是一支冰棒。

不過在我的童年，對一樣東西情有獨鐘，那個東西的名字叫炊煙。

我每次放學回家，遠遠的都會看我家的煙囪有沒有在冒煙，有的話，就代表媽媽已經在廚房準備晚餐，那種感覺真的好幸福……

很多的時候，我是失望的，因為我媽媽是全天下最忙的媽媽，我走進家門，家裡還是漆黑一片……

☀ 5月26日

就用今天，來覆蓋昨天！

☀ 5月28日

今天去參加了一個座談會，坐著談天的會議。

時間：上午9點～12點

歷時：3個小時

地點：朋友家

人物：3個……女人，和一個孩子

主題：呵呵呵！

性質：社會問題

症結：姑嫂關係、妯娌關係、婆媳關係、夫妻關係

過程：爆笑、詭異

障礙：我女兒

快到結論了。

結論與決議：想要在姑嫂關係、妯娌關係、婆媳關係中佔有強勢，就要得到老公的維護。想要得到老公的維護，就得讓老公愛自己，想要得到老公的愛，就要先得到他的錢。

這個決議大家基本通過。

最後，會議總結：下次繼續！

☀ 5月31日

真正成熟的人，需仰視！

☀ 6月1日

有一種美麗，看不到，它需要用某種東西去折射，這種東西，一定要會發光。它可以是物質也可以是人性情感。這種美麗，需要被發現，更需要被歌頌。

生命之初：生命之初是最原始的感動，以它的清澈、空白、無辜、脆弱，得到最多的憐惜、呵護、疼愛和祝福。最美！

生命：生命如春花般的燦爛美麗，它的鮮活最珍貴，而心跳和呼吸是最動聽的音符。

人性：人性本善，相信最初的人性，找回自己的最初。

成熟：成熟是一種境界需仰視。

完美：完美是所有人的向往，也許我們曾經似乎有看到過完美的東西，不過我們還是相信這個世界上沒有絕對的完美。只是，我們不會放棄對完美的追求和堅持，把完美當成是我們的信仰，才使得我們的人生因此而精彩。

殘缺：生命總是因殘缺而更堅強，而堅強總讓人看到對生

命的執著與熱愛。也有一種殘缺，沒有生命，但存在就是一種震憾，一種美，越久越美，比如歷史。

力量和承受：一帆風順的人生乏了一點味，只有在逆境中，我們才能看到生命的韌性，既使是彎曲的，也還是美。

理解：理解之所以有一萬歲，是因為它需要智慧和感情累積的並存，它長得像陽光。

成就：可以很小，也可以很大，每個人的一生都需要一個可以證明自己能力的印章，就是成就。它的美，是讓你感覺，人生不空白。

榮耀：無論是多麼渺小的成功，都需要被肯定，需要贊美和掌聲。榮耀的那一刻，是讓你忘記過程中的孤獨和寂寞，那是你的值得。

祝福：鮮花和掌聲，贊美和榮耀，都讓人沉醉，但我們更需要的是，最真誠的祝福！

☀ 6月2日

有一首歌叫做「習慣了沒有你」只是搜不到……

☀ 6月3日

別人的幽默不夠用，我只好用自己的話愉悅自己……

☀ 6月7日

家門口的下水道裡有一隻老青蛙，到了晚上就開始「呱！呱呱！」的唱起了歌，聲音還蠻洪亮的，好有田園的味道，只是沒有開關！

網友秦時明月評論：和它溝通溝通，協商解決問題。

回覆：沒辦法，它避不見面！

☀ 6月8日

我很通俗！

☀ 6月8日

記得給時光留一條隧道……

☀ *6月10日*

永遠很遠，遠得我寧願相信，沒有永遠……

☀ *6月11日*

今天過後，所有的男人應該都被倒進世界盃裡了吧！

☀ *6月13日*

熟悉的旋律，帶著我走進歲月的光影中……

☀ *6月15日*

無聊的時候，掰著自己的手指，算計著自己擁有的東西到底有多少，結果，數不清，桌子椅子，鍋碗瓢盆……

☀ *6月18日*

笑，在心裡，不動聲色……

網友朝輝評論：古井無波……雲淡風輕……

回覆：怕有皺紋！

☀ *6月23日*

最美妙的遊戲，就是文字的組合，我樂此而不疲！

☀ *6月26日*

有時很迷惑，網路到底是優化了我們的生活，還是浪費了我們的時間，擾亂了我們的秩序，霸佔了我們的親人。但看起來，它只是一個存在，是我們的需要……

☀ *6月28日*

離開網路，離開電腦，世界和海一樣寬……

☀ *6月29日*

總要留下什麼，表示自己曾經來過，總要說些什麼，表示自己存在，總要寫些什麼，表示自己思緒還在運轉……

☀ *7月5日*

「每天陪伴孩子30分鐘，擁抱孩子30秒，傾聽孩子3分

鐘⋯⋯」

難道孩子與父母之間的相處已成模式和數字？

☀ 7月6日

世上的事，基於角度和立場的因素，可以不論對與錯，是與非，但一定要分辨，可為，或不可為！

☀ 7月7日

今天是7月7日，這樣的日子，很容易讓人想起歷史，但對於歷史，我們是該一並的記住，還是該選擇性的忘卻，記住是件很沉重的事，而忘卻，太難！

☀ 7月8日

昨晚嚴重失眠，躺在床上數了1000多隻羊，越數越清醒！

☀ 7月9日

在生活中，各種壓力和麻煩總會不斷的出現，黑格爾說過：語言才是唯一的適宜展示精神的媒介！

☀ 7月9日

禮拜天的時候，朋友對我說那天是她和先生結婚10周年的日子，準備要到外面慶祝一下。

給了朋友一聲祝福之後回過頭我也掰著手指算了一下，想不到，我跟老公結婚也快滿九個年頭。不可思議的是，我們竟然還沒離！

晚上老公下班回來，車還沒停好，我就迫切的問他：「老公快進來，問你一個問題！」

「又要問什麼啊？」

「你知不知道我們結婚多久了？」

老公的表情很茫然，比考場裡的學生遇到關於阿房宮是誰燒的這類問題還要無辜。

「快80年了！」我白了他一眼。

其實，我問也是白問，老公是個數字白癡，如果他能知道自己今年幾歲就算不錯了。

老公睜大眼睛，做了一個誇張的表情，然後又輕描淡寫：

「妳知道就好了啊！」

說完就上樓洗澡了！

有時候，我還真的希望我們都到了80歲，這樣我們的人生就定格了，事情就不再會有變掛。而老公也可以有空陪我一起坐在搖椅裡，看黃昏，看日落，然後慢慢的搖掉我們最後的人生和歲月……

原來，廝守一生是一件好難好難的事情。

☀ 7月10日

在婚姻中，如果你一心想要一個人為你而改變其實是不道德的，無論我們的婚姻是多麼的被祝福、被認可，也無論對方是多麼的心甘情願，對於我們的另一半我們始終是介入到對方的生活。

在此之前，大家都是各自一體，自由散慢，隨心所欲，做什麼事情都只要自己開心就好，不用顧及別人的感受。但只要一結婚，我們卻都要在瞬間成長，無論是愛心，還是包容心，還是責任心……很多人都會茫然：這要我一時間上哪去找這些東西。每個人都不是完美的，哪些地方不完美，我們自己並不知道，越是自己身邊的人，越看得一清二楚。沒有足夠的包容、理解磨合、慢慢走進彼此的世界，我們或許一不小心，就放棄了彼此。

☀ 7月11日

很多人都說我聰明，但在我老公眼裡，我永遠是個小笨笨。我不會去爭辯什麼，事實上也的確有很多的東西我都不懂不會，我也承認，老公在很多地方都是我的老師，而且他讓我感覺原來傻傻的女人不會被嫌棄。

做我的老師，滿足了他做男人的優越感，我尊重他，尊重他

在生活上工作上、性格上所表現的與眾不同，尊重他對工作的認真與投入，尊重他樂天派的個性，尊重他對家庭的責任感，尊重他對家人的愛，尊重他的平凡。

☀ 7月12日

射手座的女生看問題是尖銳客觀的。比如說宗教信仰，如果你一定要說服她相信這個世界上真的有神，那她一定會說，如果一定要有，那絕不止一個！

如果你一心想要強調：

世界上只有一個真神，就像我們每個人都只有一個父親一樣。

那她會絕妙的回你：

可每個人的父親都不一樣。

射手座的女生很難在思想上被折服，因為她們自己的道理比可能你更有道理。但他們不會勉強你去接受她的說法，她們只想堅持自己的想法，充其量只是給你一個參考。

宗教信仰是一種自由，射手座的女生也想有一個適合自己的信仰。因為每個人在骨子裡都希望有個適合自己的精神依托，可以在自己糾結的時候得予開釋。

但她發現很難。

因為每一種宗教都需要信徒百分百的虔誠，不可能容忍信徒們只淺淺的相信而不奉獻不作為。每一種宗教從外表看，都有一股強大的力量，指引著迷途之人走向光明的世界。

而當射手座的女生真正走近一種宗教的時候，卻發現：

宗教所供奉的其實都只是某一個人，不管這個人有沒有具體的形象。

宗教只是想要你狹隘的去偏信某些東西，然後給你洗腦，讓你否定自己，覺得自己是個罪人，只有虔誠信仰你才可以贖罪，獲得拯救！

當然，這些言論跟射手座是無關的！

☀ 7月14日

不痛不癢，但揪心……

☀ 7月18日

這會兒天塌下來我都懶得躲！（那年頭的自己有夠頹廢）

☀ 7月20日

一項無聊的調查，31歲的女人最美，只是，我剛好！

☀ 7月22日

兒子對我說：「媽媽，問妳一個問題，不難，妳告訴我，阿祖的爸爸叫什麼名字？」

是不難，只是媽媽真不知道……

☀ 7月23日

我中有你，我中有他，你中有我，你中也有他，你們中有我，我們中有他，雖然有些複雜，但這就是網……

☀ 7月25日

四歲的女兒洗完澡，包著浴巾問還在玩具堆裡的哥哥：「哥哥，你在這裡多少年了？」

☀ 7月28日

我終於明白，為什麼《西遊記》裡面最好看的一段是「女兒國」因為只有在那裡面才能看到唐僧做為男人的真實一面，他對女王的說的一句話：「對於你，我不過是芸芸眾生中的一個！」雖然不動聲色，卻蘊藏萬千情愫。他被妖怪抓住，妖怪要騷擾他，他閃躲，妖怪就挖苦他對女兒國的國王卻不是這樣，他對妖怪說的一句話：「人與妖豈能相提並論？」已昭示了他的內心世界。

☀ 7月30日

談起《紅樓夢》沒有幾個人會說喜歡林黛玉。相反的，林黛玉成了哀怨、顧影自憐的代言人我卻不是這樣看的，我覺得，林

浮生夢魘

黛玉是紅樓夢裡面最有靈性、最有個性、最生動、最富於情感的女人，她超凡、脫俗，但懂她的人只有賈寶玉。

原來我們現代的人，和大觀園裡的其他人，一樣。

☀ 7月31日

年齡，無論是以70後，80後，90後，還是以7年級生，8年級生，9年級生，去作分別和歸類，拉開人與人之間的距離，年輕人以他們的年齡優越感有意無意的排斥著和他們不相仿的人群。

☀ 8月2日

星期六的下午，很涼很涼的風，把我們一家人吹到阿公店水庫騎車。這裡的風景很好，旁邊黛色的就是小岡山，阿公店水庫有長達六公里的自行車道，而且是圈形，可以無止境的。

六公里的路程，有兩公里平坦的柏油鋪成的河堤。有兩公里彎彎曲曲的山路，上波下嶺，而且滿都是不得了的吸血鬼。水面上還有兩座會讓人腿軟的浮橋，一路下來，好有體會。

最好騎的地方是河堤，就是走路散步的人多了點。最恐怖的是山路，蜿蜒陡峭，一進去我就後悔，我不敢騎，也擔心孩子們的安全，但我們還是硬著頭皮騎出來了，一出來，每個人身上臉上都是包包，吸血鬼蚊子咬的。

最爛漫的是在橋上，橋上的風景旖旎，山色和夕陽的倒影，讓江面五彩斑爛，江面上煙波繚繞，如畫中仙境，讓人不忍離去，剛好應了橋的名字：「煙波橋」。

只是夜色來襲！

☀ 8月2日

下了好幾天的傾盆大雨，家也潮濕，人也發霉了，今天終於出了太陽，趕緊把自己放在陽光下從裡到外曬個透，滿身都是陽光的味道。

☀ 8月3日

讀《兩種老公 兩種人生》後感

1. 他們都窩在沙發看電視，她對他說：「讓我一下，我去倒杯水喝，你要嗎？」

   他：「幫我切個水果來好了！」

   　這是常有的事，她沒有多說什麼，下次換他。無論有沒有下一次，不重要。

2. 晚上下班的時間已超過，老公還沒回來，她給她打電話：「還在忙嗎，要不要回來吃飯？」

   他：「你們先吃吧，我馬上回來！」

   她：「還是等你吧，我今天煮了你愛吃的，你快點回來，不然冷了不好吃！」

   他：「是嗎？好，我就快到了！」

   　在男人的世界裡，他再堅強，也抵不過女人的溫軟，而女人是不該過多的去期待他會為你做什麼，化被動為主動，主動的去為他做點什麼。

3. 他很少誇她，有一天她問他：「你說說，我跟別人有什麼不一樣！」

   　他沒有預備的答案，連眼神都沒有集中在她身上，只淡淡的說：「我想一下！」

   　想了無數下之後，他或許已經忘了自己在想什麼。她當然還在等了：「你到底有沒有在想啊？」

   他：「啊？什麼？」

   她在他肩膀上捶了一下，咬牙切齒的把問題重復了一遍。

   他才慢吞吞的：「你不錯啊，做我老婆剛剛好！」

　女人真的很無聊，總想方設法來套男人的話，無聊的女人要的就是這樣的情趣，而且她知道他說的是真話，就夠了。

　在瑣碎的生活中，我們真的不要奢望太多，男人沒我們期待中的那麼細膩。

　婚姻跟戀愛不一樣，戀愛中的男人很聰明，能說會道，也很會思考。婚姻中的男人變遲鈍了很多，問他一個問題，他想了很

久之後還跟你答非所問，這是一個關於適應的問題。

作為女人，還應該了解一個事實，戀愛中女人的角色是公主，婚姻中女人的角色是孩子的媽。角色的不同，也注定我們不同的待遇。

☀ *8月8日*

其實敵人並不可怕，可怕的是你必須獨自面對……

☀ *8月9日*

做人還是要選擇做自己，因為做自己最容易！

☀ *8月10日*

偶爾的時候，總會不經意的把自己放置在錯誤的地方：

一個角落，一個沒有風景，甚至，沒有光線的角落

一個背離人群的地方，一個沒有別人，也看不清自己的地方

一個分岔十字路口，一個不知道該如何選擇、如何放棄、讓人迷失、沒有紅綠燈的的十字路口

一個不屬於自己的人群

一個沒有自由的地方

一個不該下車的站台

一個心靈的荒漠

一個空洞、沒有內容的空白世界

一個容易出界的邊緣

☀ *8月11日*

人生的路很漫長，我也不知道自己可以寫多久，可不可以寫得和路一樣長……

☀ *8月13日*

有時候，自由就是避開所有人的目光，在自己的世界裡為所欲為！

☀ *8月14日*

兒子嘴裏在嘰哩嘎啦的嚼著什麼，就問他是在吃糖嗎？

兒子回答說：「不是！」

「那你在吃什麼？」

「我在吃冰糖。」

☀ 8月15日

沐著微涼的晨風、沐著晨光、沐著清新的詩歌沐著黑白鍵彈出的優美音符，心底深處剎那間純淨、空白。我在想，難道這就是真正的靈魂的洗滌？好不經意！

只是，如果宗教中只有這音樂，該多好！

☀ 8月16日

呵呵，終於，他又上台北工作了，一個星期不在家，有些暗自的竊喜，山中無老虎，猴子稱霸王。真是難得，得好好的慶祝一下。

其實他在家有他給我的幸福與煩惱，只是人有時候就像要一點屬於自己的自由與快樂，自己當老大。

他不在家，床變寬了，電視機、電風扇、空調所有電器用品的遙控器都由我掌管了，雖然只有短短一個星期，但也是一點點自主權啊！他在家的時後要看什麼電視都是他決定，所有電器遙控器一直都由他保管。他不在家，我飯可以少煮很多，不想煮就不煮，也可以吃一吃泡麵，可以盡情享受老娘說了算的短暫快感，孩子們是不會有意見的。他不在家，我可以把碗筷留到明天洗。他不在家，我可以晚睡晚起，管他太陽曬著誰人的屁股，他在家的時後一般是要按照他的時間表作息。

只是，才自由了兩天之後，症狀就來了。

他不在家，沒人給我和孩子剪指甲；他不在家，也沒人跟我提水，我只能使出吃奶的力氣把一桶十公斤的水從一樓提到二樓；他不在家，也沒人聽我嘮叨，突然覺著空虛，雖然有些話跟他說過無數次，但總感覺漏掉了什麼還沒說清楚，女人不都這樣；他不在家，心裡面很空，總缺乏一種安全感，一種踏實！

真希望我寫完這篇，他就已經回家了……

☀ 8月16日

　　剛剛看完一場電影，流了一公升的眼淚，電影的名字叫作《心動奇蹟》。

　　其實已經不是看第一遍但我想，即使再看一遍，我也還是會被感動。坐在我旁邊的女兒竟然也跟她媽媽一樣泣不成聲，那裡面的妹妹小彩像極了我女兒，哥哥亮太也很像我兒子，他們之間相處的那種情境模式，竟然也跟我兩個孩子很相似。

　　故事的內容是描寫一對乖巧懂事的小兄妹，他們沒有媽媽，跟著爸爸和爺爺住在美麗的鄉下。

　　有一天，這對兄妹撿到一隻可愛的小狗狗瑪莉，之後便是他們和瑪莉之間無比親密的生活片段，美好而快樂。一直到瑪莉生了三隻小狗狗，一場大地震完全摧毀了這一切。當搜救的直昇機到達村莊的時候，是瑪莉掙脫套在脖子上的繩索，帶著救難隊的人把因地震而壓在房子下面的爺爺和小彩救出。但是，因為時間的關係，上直昇機的只有爺爺和小彩，四隻無助的狗狗被留在了夷為平地的災難區。

　　四隻小狗拼命的追逐著直昇機，小彩聲嘶力竭的呼喚，讓人不能自已……

　　幾個月後，當小彩一家人在重返自己的家鄉時，歷經千辛萬苦，抱著不放棄的決心，終於找到四隻狗狗。找到牠們的時候，狗媽媽瑪莉滿身傷痕累累，幾乎奄奄一息。牠拼盡全力獨自照顧並保護三隻小狗狗，吃了不少的苦，最後也終於等來了牠的主人……故事是這樣圓滿的結局。

　　電影裡面對孩子的內心世界詮釋得淋漓盡致，突然覺得，在很多方面，也許大人是比孩子更成熟，更有思維處和處世能力。但是，大人世界是那樣的複雜，做事情都會有著太多的顧慮，總考慮得太過周全而止步不前。而孩子們只需要一顆純潔和善良的心，就可以勇往直前，不輕易放棄。

　　故事中讓人動容的還有那隻叫瑪莉的可愛狗狗。人與動物

的現實差別就是，關鍵時刻，一切以人為優先，盡管牠是一隻多麼可愛、多麼盡忠、多麼勇敢的狗狗，甚至冒著生命的危險搭救自己主人。可牠，畢竟只是一隻狗狗，牠並沒有必要被救援的權利……

☀ 8月17日

2008年5月12日，我們知道了四川汶川；2010年5月12日，我們知道了青海玉樹；2010年8月7日，我們知道了甘肅舟曲……原來，不知道要比知道，好的多！

☀ 8月18日

把心事放在鞦韆上，盪啊盪！

☀ 8月19日

早上，買完菜回來，準備帶孩子們出去到附近的學校玩。出門的時候，哥哥說肚子痛，就去上廁所，我和女兒在外面等他。

我就想說無聊，先用單車載女兒出去兜一圈回來，女兒爬上車後，我叫女兒抱緊我，就用力一踩踏板，感覺到卡卡的，就聽到女兒大哭，她的腳卷進車輪裡了。我趕緊固定好車子，想要把女兒的腳拔出來，但是卡好緊，腳都已經折過來了，我既緊張又自責。女兒一邊喊痛，一邊還說：「媽媽好痛，可是我不要哭！」然後哥哥上完廁所回來看到，他卻哭了。不知所措的我好想給自己一個耳光。

還好一個騎著摩托車的路人看到，他停車下來，嫻熟又小心翼翼的把女兒的腳慢慢慢慢拔出來，終於出來了，沒有受傷……真是的很感激這位路人！

給女兒敷了藥之後，我輕輕的抱著女兒的腳，放在鼻子旁邊，她的腳真的好香。

☀ 8月20日

女兒問我：「麻麻，是不是大人打架的時候都說『有種就來』嗎？」

☀ 8月21日

　　人生就像一塊畫布，快樂是底色，任意的揮灑生活中的五彩繽紛，偶爾也會有一些憂傷和痛苦停留，但就讓它來去匆匆，不留痕跡。

☀ 8月24日

　　無論人在哪，人生都在這裡書寫。

☀ 8月24日

雪霸之旅

　　我們是在8月22日星期天的早上五點中從家裡出發，此行是三天兩夜，同行的有三個家庭總共13個人，兩台車，是有點擠。但我們是自助旅行，走的是簡便，經濟的路線。同行的伙伴雖不是旅行家、美食家，但經驗都不錯。

　　我們的主要目的地是雪霸國家公園，一路上邊走邊晚玩。

　　現在的早上五點多還很早，但磨磨蹭蹭上路的時候，天也已大亮，沐著晨曦，裹著橘色的朝霞，還有全新一天的清新，所有人都身心愉悅。車子在寬闊的高速公路上奔馳，就像美國大片裡面的特寫場景，車子在一望無際的大道上馳騁，陽光和美景相伴。

　　早餐是在台中的東勢用的，用完早點，就直接開往台中雪見，到了雪見山下，就是中餐的用餐時間，用完中餐，就往山上出發。山路不好走，路不寬，而上山的車一般都是大台的休旅車，會車的時候蠻危險一不小心就會墜落山谷。有好幾個地方還有落石，山路18彎之後到得山頂，進入國家公園的園區內。

　　下車之後大家都轉暈了，這邊海拔將近1000公尺，但我們運氣不好，一進園區就下起了大雨。因為有老人，又有小孩，只能在很原始的森林裡轉了一個小圈，就趕快出來到休息區躲雨，連個照片都沒來得及拍。下了雨，在海拔將近一千公尺的山上很冷，大家雖然都有帶衣服，還是冷得直打哆嗦。很可惜沒看到真正園區內的生態，不識盧山真面目的遺憾。

雪霸國家公園成立於民國八十一年七月一日成立，是台灣第五座國家公園，位於台灣中北部，屬高山型國家公園。園區以雪山山脈為主軸，範圍涵括了新竹縣五峰鄉和尖石鄉、苗栗縣泰安鄉、台中縣和平鄉，總面積達76,850公頃。園區內地形錯綜複雜，景色氣象萬千，同時蘊涵完整豐富的動植物及人文資源，是一個進行深度旅遊、寓教於樂的大自然戶外教室。

大家在休息區的視聽室看了半個小時的生態紀錄影片，就坐進車裡往山下開了，走走停停，哪裡景色很美，我們就停下來欣賞。

雨後洗滌過的雪山，雲霧繚繞，但視線清晰明朗，我們看得見所有黛色的山脈。原來，那山也不一定有這山高。山上一時霧濛濛，一時雨濛濛，一時又雲開霧散，一片清新，很是奇特，和你想的一樣，我漫步在雲端。

經過一座300米長的吊橋，我們下車流連，據說是日據時代，日本人為了控制原住民所搭建的，走在上面顫顫巍巍，橋的下面是湍急的河流，河面離橋很高，我女兒的一句話讓大家都笑翻了：「媽媽，你可不能讓我掉下去喔，我掉下去了你就沒有孩子了！」

之後我們還到了卓蘭的大峽谷，那裡算是一塊小的濕地，我兒子在這裡摔了一個大跤，一身的泥，一種另類的紀念。在路上，我們還看到了從山間滑下來的一條一條的瀑布，美的讓人尖叫。

一路玩下來，天也黑了，晚餐吃的是卓蘭的客家小炒，確切的講，我們其實是在苗栗，而苗栗是台灣客家人的故鄉，這裡的風土人情很濃厚，也很純樸，看到我們，幾乎把我們當成是自己遠方的客人。這裡的人大部分務農，有的種葡萄，有的種梨，有的種草莓。現不是草莓季，所以沒有草莓，葡萄和梨的品種有些不大一樣，葡萄很甜，微微的酸。梨子好小一個但卻鬆脆，香甜，很特別。很奇特的一個景象是，他們的梨都種在半山腰上，

現在是成熟的季節，每一個梨子上都套上了白色的套袋，遠遠的看去，就像漫山遍野都開滿了白色的花，很美。

晚上，我們是在卓蘭的一家小招待所休息，雖然小，但很精巧舒適，睡飽之後起床，清晨的卓蘭好適合深呼吸。

我們在卓蘭的小街用早餐，用完早餐就在小街閒逛，小街還真的小，攤販也不多，街道上行人三兩。其實這樣的小地方，有都市人向往的寧靜和純樸，大家都在為生活打拼，言語中流露的卻是親切和友善，很溫暖。在小街我們各自買了兩箱葡萄，之後就開始往家的方向開了。

路過大湖酒莊買了些應景的伴手禮，中午吃的是我最愛的客家炒粄條吃完粄條出發回家。

晚餐吃的是台南麻豆有名的阿蘭碗粿，吃完買了麻豆的柚子才上車，然後車子就直接開到家，行程結束。

☀ 8月27日

有一種追求叫「與眾不同」有一種堅持叫「雷打不動」！

☀ 8月28日

你看到的是他的背影，而你的背後也有注視的目光，但不管和誰，你們都不會有交集，因為你們都是看同一個方向，視線是平行的，平行線不相交！

☀ 8月29日

秋天到了，心事又該藏不住了！

☀ 8月30日

女兒終於上學了，在同齡的孩子中，她算嬌小的，但她比想像中的堅強，好幾個父母都在為自己的孩子擦眼淚的時候，女兒卻輕鬆的跟媽媽揮手：「麻麻再見！」

☀ 9月1日

生動的女人最美！

☀ 9月6日

所有的都準備好了，只差上帝叩門！（做淘寶的日子）

☀ 9月11日

在室溫26℃的舒適空間裡，兩個孩子一邊玩著他們的拼圖，一邊聊著他們的……往事，這美好的畫面，就在我的眼前……

☀ 9月12日

秋天只悄悄的打了一個照面，仍舊打著哈欠，退回天際，因為夏天，還在流連！

☀ 9月13日

輕聲低訴，悄悄問，誰在聆聽？是夜空的精靈嗎？

☀ 9月17日

台灣的中天娛樂正在放蝸居，我是忠實觀眾，但我想說的是，蝸居是一部我最不想看到結局的電視劇。

宋思明是一個狡猾奸詐陰狠的官場老手，但他幾乎又是一個完美情人，他的戀愛手法近乎完美，有著深不可測的神秘和吸引力，最後所有人竟然都感覺，這是真愛……

海藻像只無辜的小貓咪，誰人不憐愛，沒有人忍心責難。大老婆則是大家再熟悉不過的心機女人，惹人厭惡。然後小貝則是一個純情的傻蛋，懦弱無能。還把所謂的特偵組近乎妖魔化。似乎最應該負責任的人，竟然是海藻的姐姐！

所有的安排給人的啟示：看戲的是傻子！

☀ 9月18日

大地不曾 沉睡過去

仿似不夜城

這裡燈火通明

是誰開始第一聲招呼

打破了午夜的沉寂

空中瀰漫著 海的氣息

叫賣的吶喊

響著生活的回音

遍地是忙忙碌碌的腳印

寫的是誰人一生的傳奇

傳奇將改變那命運

要在茫茫人海中掀起風雨

不再擁有真愛共鳴

是否人到此處已無情

莫問得失有幾許

人在高處都會不勝寒意

有誰明白高飛的心

狂笑聲中依稀見舊影

　　——這是20多年前，新加坡的一個電視連續劇的主題歌，名字叫〈浮沉〉，每當走在台灣的海邊漁港，鹹腥的海的氣息向我迎面撲來，吆喝的叫賣聲此起彼伏的時候，我就會想起這首歌。

　　當然啦，並不是所有的記憶都要有多大的意義，記得，只不過是一種習慣，或者只能說明印象深刻。

☀ 9月19日

　　做自己喜歡做的事，說自己喜歡說的話，快樂是唯一的目的！

☀ 9月20日

　　你相信嗎，很多時候，我的靈感是來自廚房，所以我的字裡行間總會有些淡淡的油煙味所以……我換了台「應花」牌抽油煙機。

☀ 9月22日

　　孩子們已經入夢了，樓下，他們兄弟還在一邊烤肉，一邊聊天。

　　洗完澡，我一個人走上頂樓，想獨享一下今晚的月光，不

被打擾。樓上一片寂靜，朗月當空，晚風輕輕的吹，些許秋的涼意，深深的吸了一口氣，連空氣都是甜絲絲的。

在這個房子裡已經住了好幾冬了，從來沒有在樓頂上認認真真的看過，原來這裡，別有一番風景。

遠處是大崗山，山頂是星星點點的燈火，旁邊有一條鐵路，一列火車正與黛黑色的山巒擦身而過，宛如一條長長的巨蟒，四周圍是參差不齊且密集的房屋。

遠處或是近處，時不時的閃爍著此起彼伏的煙花那樣的燦爛美麗。頭頂的月亮清澈明亮，有點孤獨，卻不冷……

對著月亮，我悄悄許下了一個願望……

☀ 9月29日

也許吧，在現實生活中總是矜持得要死，但在虛擬的網路世界，在別人看不到的地方，悄悄卸下心防，好讓某些東西趁虛而入，然後，挑一些溫暖的，放在心底，滋潤著……

☀ 10月5日

不知道在那些如叢林般的摩天大樓之中，在那些灰色建築物裡，蝸居著多少的形色男女，又隔絕著多少的人情冷暖，他們離天空很近，離大地卻很遙遠，只有那電動的升降梯，偶爾會送他們回到……人間！

☀ 10月8日

今天，兒子有一道功課，畫家人的手。我問他要畫誰的，是爸爸還是媽媽的？兒子想了一下說：「你跟爸爸剪刀石頭布吧！」

☀ 10月13日

女人找老公一定要找個會修馬桶，會裝燈泡的，而且身手要利索，不需要幫忙遞東西的！

☀ 10月19日

聽說今年的冬天會很冷，我得趕緊挖個大洞，準備冬眠。

☀ 10月24日

不一定每個理想和信念,都非要洋洋灑灑,簡單的一句:不要放棄,烙在心裡!

☀ 10月26日

有一些東西無所遁形,有一種不對的顏色揮之不去……

☀ 11月8日

有一些話真的不可以說有一些事也真的不可做:

1. 好朋友的秘密和八卦,不管多精彩。
2. 鄰居的閒話,不管你家的牆壁隔音效果有多好。
3. 任何人的壞話,不管你說的多婉轉。
4. 數落他的家人,不管你有多相信他跟你是一國的。
5. 稱讚別人的老公,不管你是多麼的無意。
6. 拿自己和別的女人對比,不管你有多麼的驕傲。
7. 抱怨、嘮叨,無休止的,不管老公的脾氣多能忍。
8. 不要挑釁老公的自尊,不管你有多想占上風。
9. 每個男人都有個不定時的地雷,別踩,不管你覺得他有多安全。
10. 可以有尺度的講一些過往,但不是炫耀,也不是流連。
11. 不要連想什麼都告訴他。
12. 老公不需要刻意的討好,也不需要魔鬼般的控制。
13. 征服……
14. 神可以偶爾游離,但身和心不可以背叛,永遠不可以。
15. 不盲目的言聽計從,要有強烈的自我。

作為女人,不要只有美麗,還要有生動,要有明顯的喜怒哀樂。為自己佔一個領域和領地,保持一點距離,距離是相互還有吸引的空間,保留一份神秘,但神秘不代表複雜。

☀ 11月9日

雖然有著最安全的距離,但還是走在危險的邊緣,跨出去並不難,難的是獨善其身,只是一千次一萬次言語的碰撞,我們還

是陌生人……

☀ *11月11日*

　　我祝福自己生意好到沒時間數錢，或是數錢數到沒時間做生意！

☀ *11月23日*

　　我把我最美好的記憶，幻化成一顆顆晶瑩剔透的珍珠，然後串起來，掛在脖子上。

☀ *11月25日*

　　一米陽光

　　──給為人父母的你也給我自己：

- 端熱湯的時候，一定要先看孩子在哪裡！
- 你們家的飲水機放的地方安全嗎？
- 熱湯、熱水、熱油，不要輕忽了這些東西對孩子的威脅！
- 開車出去玩的時候，記得下車時一定是大人先下，車子開進車庫時，一定要先確定孩子在哪！
- 不要用食物獎勵或懲罰孩子。
- 孩子摔跤的時候，不要緊張，也不要去扶他，更不要罵他，讓他自己站起來，鼓勵他勇敢不哭。
- 記得不要在人多的時候誇獎孩子，更不要在人多的時候數落孩子。
- 給孩子培養一些好的習慣，比如講衛生、懂禮貌。孩子的玩具一定要隨著年齡增加而改變。
- 必要的時候，你不但要充當孩子的玩伴，還要成為他的玩具。
- 永遠不要讓孩子感覺父母是萬能的，怕他有一天真的問你要天上的星星。
- 無論何時，都要在意孩子的心情，不要讓孩子有孤獨感和恐懼感，要陪他。

- 記得還要給他一個美麗的大自然。
- 每一個孩子都有十萬個為什麼，好好的回答他們。
- 永遠不要忘記教孩子那些老傳統，比如勤勞，比如善良，只是記得不要太苛責。
- 不要帶著自己的情緒管教孩子。
- 你是要有不可抗拒的嚴肅，但你更要有充滿憐愛的溫柔。
- 假如和另一半的相處並不愉快，記得千萬不要跟孩子說對方的壞話。
- 家庭的狀況，不要維持在一種假象中，當真相藏不住的時候，對孩子的傷害是沒辦法預估的。
- 孩子的成長不是一瞬間，而是在點點滴滴中，永遠不要說：「等他長大就會懂！」
- 永遠要記得，父母是孩子深刻的榜樣，無論你在說什麼，或是在做什麼，你的言行都在被悄悄的模仿。
- 給孩子愛，讓他也學會愛。
- 永遠都是教孩子怎樣去愛，永遠都不要教孩子怎樣去恨！
- 無論你想要讓孩子學什麼，始終要記得，你所要成就的不是你自己的榮耀，而是孩子的人生和未來。
- 可以以孩子為榮，不可以以孩子為恥，無論是怎樣的孩子，都不要放棄。

☀ 12月6日

「媽媽，我不想長大！」

「為什麼？」

「因為長大了你會老！」

「寶貝，媽媽還有很漫長的歲月，陪著你一起長大！」

「媽媽，我不是叫你買那個桂格高鐵奶粉嗎？電視上廣告說那個喝了不會老！」

媽媽已經記不清這是兒子第幾次提醒，看來，媽媽應該聽一

聽兒子的建議！

「好吧，媽媽下次去宜兒樂看看有沒有桂格高鐵奶粉賣！」

「不要忘記了喔！」

☀ *12月10日*

天空很藍，雲很白，花兒很香，空氣很清新，陽光很明媚，人是微笑的，心情是愉快的，生活是美好的，只是咖啡……少加了一點糖！

☀ *12月11日*

今天收到一個很棒的禮物，一張大大的愛心卡，是兒子班上的同學集體送的，上面密密麻麻貼滿了孩子們親手製作的小卡片，每一張小卡片都是孩子滿滿的祝福，每一張小卡片上都是孩子最樸實的情感……很感動。

☀ *12月12日*

總是在此與彼的抉擇中失去理性，在進與退的步調中失去平衡，在是與非的判斷中沒有方向，在得與失中迷失自己！

☀ *12月20日*

成堆的問題和事情堆在眼前，好吧，一件一件的解決，好過一件一件的累積。

☀ *12月26日*

神秀說：

身是菩提樹

心如明鏡台

時時勤拂拭

勿使惹塵埃

慧能說：

菩提本無樹

明鏡亦非台

　　本來無一物

　　何處惹塵埃

　　我是納悶：怎麼就沒有人肯定神秀的勤益工專！也沒有人懷疑慧能的投機取巧……

　　網友笑面人生評論：佛曰：一切皆是空。五祖深得其中精髓。

　　回覆：世界亦空亦實！

☀ *12月29日*

　　今天有一個小小的心願，針眼那麼小！

❀ 2011年 ❀

☀ **1月1日**

做自己最擅長的事，做讓自己快樂的事，做讓自己快樂的事，做自己最擅長的事，不是有一句話理直氣壯嗎：走自己的路，管他別人說什麼！

☀ **1月3日**

來台灣8年了，我已經忘記了冰天雪地的樣子，也忘卻了那刺骨的寒冷！

故鄉，你可好？

☀ **1月4日**

無論是誰，寶貝自己的人生！

☀ **1月5日**

專心工作中，有事可打擾，我微笑在線……

☀ **1月7日**

給我一點空間，不要來吵我，

給我一點時間，讓我睡個懶覺……

☀ **1月8日**

感覺很多的事情，都是在我不在現場的時候發生，但錯過未必是壞事！

☀ **1月9日**

女人最不能擺脫的是家務事，做家務事最大的挫折是，當你已經累趴了，終於把所有的事情都搞定，卻看到角落裡還躺著一隻髒襪子，壞壞的瞅著你，向你挑戰：崩潰吧！

☀ **1月11日**

台灣的很多高山上都有梅花，但是在這裡，並不是只有梅花

才是越冷越開花，桂花也是。每次的寒流過後，一簇一簇米黃色的小花就悄悄的冒出來，每一次的路過，都會駐足停留，輕輕的呼吸著這八月的香氣，熟悉的味道，讓人恍若置身……故裡的鄉園小徑。

☀ 1月13日

為了少洗一個碗，我正兒八經的決定，跟老公合吃一個碗……

網友秦時明月評論：一家人圍著鍋吃，不是更省？

☀ 1月14日

其實，時代並沒有錯！

☀ 1月15日

陽光，溫暖的沙灘、海浪、風車、堆沙堡的孩子、頑強的衝浪客、或遠，或近的漁船，我在旗津的漁人碼頭！

☀ 1月16日

戒掉了方便麵，你的人生會更有質感，祝你幸福！

☀ 1月17日

晚上看到一則新聞，在烏魯木齊市的寒冷街頭，有個老先生在自己的車子上繫上一條紅絲帶，專門為那些走路不方便，或是帶著孩子的人，還有懷孕的女子，以及沒有錢搭車的人，免費送他們回家。而且聽說，街上繫紅絲帶的車子越來越多，在寒冷的冬天裡，溫暖著這個城市的每一位過客……

☀ 1月18日

洗了一堆襪子，手上還有襪子的味道，只有說聲抱歉了，我的鍵盤。

網友詭道評論：攢了半個月。味道一定夠給力。

☀ 1月20日

晚上的10點，或許是你一天的結束，但卻是我一天的開始！

☀ *1月21日*

　　剛從日月潭回來，坐了大半天的車，整個人還在慣性中。

☀ *1月23日*

　　在你兒時的記憶裡，過年的舊事有沒有一籮筐，我有……那個時候的過年才叫過年，那個時候的期待才叫期待……

☀ *1月24日*

　　兒時的年味：記不清是哪一天拉開年味的序幕，也記不清孩子們的盼頭是從啥時候開始，但只要在鄉下，一進入冬天，就要開始為著過年做準備，隨著寒意的加深就越來越忙，忙著準備做年貨，炒花生，炒瓜子，刨薯片，曬薯片，這些是準備過年招待客人的點心，年味就這樣，日漸濃郁！

☀ *1月24日*

　　兒時的年味：有一些聲音，有一些香味，會烙印在腦海裡一輩子……比如爆米香。一個黑黑神秘的鍋子搖啊搖，一個同樣黑黑神秘的大袋子，還有兩個同樣黑嗎嗎的人，每到過年，他們就出現在村裡的眾廳，村子裡的人就提著自家的米和柴，排著隊等著炸爆米。小時候，對於那個鍋子，那個袋子，好奇得不得了，為什麼一個鍋子加一個袋子，可以發出那麼大的爆破聲，炸出又香又甜的爆米花，爆米花炸出來的那一瞬間，又驚又喜……那聲音，那香味，瀰漫著整個童年……

☀ *1月25日*

　　兒時的年味：我知道為什麼我們那個時候那麼稀罕過年，雖然平時的生活不成問題，但想要吃好穿好，對於一般的家庭，還是一種奢侈，而且在農村很辛苦，一年到頭都是忙忙碌碌，只有在過年的時候，我們的吃喝玩樂才可以得到滿足，才可以盡情、盡興。也正是這樣純粹的稀罕，點綴著彼時我們幼小的心靈，也點綴著我們往後的人生……

　　網友詭道評論：越是匱乏，越容易滿足。

回覆：時代的差別是，幸福偶爾有，和幸福天天有。

☀ *1月25日*

　　兒時的年味：小孩子在過年最困擾的就是不能亂講話，也不可以罵人。過年家家戶戶都會放鞭炮，總有一些沒有炸完的爆竹，孩子們都一窩蜂的跑去撿起來玩，大人們一直叮嚀小孩子：去人家家門口撿爆竹不可以講「沒有」！這一點對於小孩子來說，壓力很大。「童婦之言，百無禁忌」每家每戶的牆壁上都會貼著這句話，原本我一直以為這句話是給婦女和孩童們的福利和通融，可不知怎的，後腦勺總莫名其妙被K，一不留神就說錯話了。我嚴重懷疑，很有可能是那些老長輩們的理解錯誤，真是K得很冤。不過，唯一的福利是，過年做錯事情真的不會被罵，我媽在過年這段時間，特別的和顏悅色！

　　網友詭道評論：找K你的人理論啊。

　　回覆：現在嗎？

　　詭道回覆：只要覺得方便！

　　回覆：算了，都忍了十幾二十年了……

☀ *1月25日*

　　兒時的年味：對於女孩子來說，過年最大的期待是有新衣服穿，至少我們家是這樣。我舅舅是裁縫，媽媽每年都會叫舅舅跟我做一件大紅的花布衣裳，她說女孩子就是要穿得紅吱吱，喜洋洋的，頭上還要扎著大紅的紅綢子……多年以後，我有了一個可愛的小姪女，聽我嫂子講，我媽還是偏愛紅色，不同的是，現在不用做的，而是用買的，哈哈……想起來，那一件件大紅的花布衣裳，凝聚著我和我媽之間很複雜的情愫！

☀ *1月26日*

　　當你爸媽左手一隻雞，右手一隻鴨的趕著回娘家的時候，你可是爸媽背上的那個胖娃娃……那……你可坐過爸爸的竹籮筐去外婆家，聽說……我坐過一次，只有一次（我自己不記得了），不是我們家沒有籮筐，是我死都不肯坐，怕羞！

79

☀ **1月26日**

　　兒時的年味：過年還有一件很重要的事情就是貼春聯，曾經有一段時間，村子裡所有的春聯都是我大哥免費為大家寫的，我大哥的毛筆字是村裡寫得最好的，他大概從臘月二十五就開始寫，一直寫到年三十，等村裏所有人家的都寫完了，最後才來寫我們自己家的。在他旁邊，有一個可愛小書僮，幫他牽對聯，幫他磨墨，幫他曬對聯……

☀ **1月26日**

　　兒時的年味：爸媽給你的壓歲錢，還留著麼？年夜飯過後的等待就是爸爸的壓歲小紅包了，不過，我爸特別偏心眼，因為所有的孩子中，只有我的紅包是一毛兩毛，還要看那一年的收成好不好，要是那一年多收了個三五斗的話，或許還可以包個五毛錢給我，而我的其他哥哥們，一毛都沒有，哈哈！到現在我都還會偷笑。聽我媽說我的壓歲錢有存到10幾塊，只是真想不起，那筆錢最後都花去哪兒了……

☀ **1月26日**

　　兒時的年味：日忙夜忙，大年三十最忙，大人們在說這句話的時候，臉上總堆滿笑意，那笑意分明在說：今兒個我樂意忙！至於那個忙，就別提了，簡直一團亂，殺雞的殺雞，拔毛的拔毛，貼春聯的貼春聯，大家都在趕早，看晚上的年夜飯，誰家的先開，所有的壓軸好戲都在晚上登場……

☀ **1月27日**

　　兒時的年味：年三十的中午，通常都會忙到沒有時間煮中餐，家裡人多，媽媽就用鮮味的雞湯煮一大鍋麵線條，麵線條是我爺爺手工拉扯的，我爺爺是做手工扯麵的，遠近聞名，生意還不錯。扯麵很長，不可以折斷，我們管這碗麵叫長壽麵，香噴噴的，放在煮新鮮雞肉的高湯裡面煮，味道可鮮了。能吃到這頓長壽麵的人，除了我們一家人，還有隔壁年邁的太婆一家，她家不會煮，太婆說：「妳娘的這碗長壽麵，我吃了三十幾年了，她真

是有心！」鄉下人吃飯吃麵用的都是大碗公，太婆的碗底，媽媽都會藏一些好料，而我們自己的家人，除了我爺爺奶奶和我爸的碗底有好料，我們其他人總吃了個底朝天，也吃不到一塊肉，所以，我媽會事先規定，哪一碗是誰誰誰的，不可以端錯了。我媽算是很有心機，有時候我們兄妹幾個不服氣：「大過年的都不給我們吃肉！」我媽很堅決的跟我們說：「晚上才有得吃！」

☀ 1月30日

兒時的年味：除夕，年夜飯，傍晚時分，終於，滿滿一桌子熱氣騰騰，香味四溢的美味佳餚，在所有人翹首企盼中粉墨登場，在千呼萬喚聲中琵琶遮面，一年三百六十多天的最後壓軸，攢夠了所有的美味，也攢夠了所有的歡笑，所有的溫馨，凝聚著所有人對來年的期待和祝福，一家人都圍在桌子旁邊，爺爺奶奶坐最上席，爸爸和大哥坐左邊，二哥三哥坐右邊，我和四哥坐下席，媽媽掛桌角，我記事初期，家裡還沒有大圓桌，一大家人圍著一張大的四方桌吃年夜飯……大家無需寒暄，也無需表達些什麼，親情在晶瑩剔透的酒杯間，最深，也最濃……

只是這些，都已是曾經，每一次的相聚都是短暫的，這些記憶中的畫面已經永遠的定格在腦海中，不復出現。只是，任時光荏苒，畫面永不褪色。年年歲歲花相似，歲歲年年人不同，漸漸的，物不是，人也非，只是空氣中歡笑依舊，幸福依舊，逝去的親人們，永遠活在心裡……

☀ 2月5日

我一直以為自己沒有辦法超越自己，其實是真的。

☀ 2月6日

假日的天氣很好，大家都忙著把自己丟在路上，或是車陣裡，或是人海中……

☀ 2月7日

浪奔　浪流　浪逐岸；

風語　風言　風吹沙。

　　這裡是台南的黃金海岸線，前面是遼闊的台灣海峽，再前面……啥也看不到！這裡離人群很遠，離寂寞很近，但在海浪聲聲中，並沒有寂寞的感覺，只有心跳隨著海浪澎湃，再澎湃！

☀ 2月8日

　　以溫柔的眼光看世界，客觀的分析，理性的評論，善意的表達，獨特的語言訴說，懂得選擇性的欣賞，讚美，感動，認同……

☀ 2月8日

　　女人哪，總是在男人的注目下，無所遁形！

☀ 2月10日

　　有一項統計調查，還了女人一個公道：夫妻中如果是男人先離開女人，那她們獨居的日子，往往更快樂長壽，因為她們沒有了負擔。如果是女人先離開男人，那他們會很慘，最後都是憂鬱成疾，沒有了女人的照顧，男人的世界也隨之崩塌，男人可以在事業上叱吒風雲，卻在生存本能上輸給了女人。

☀ 2月15日

　　我把每個禮拜的星期二做為大掃除日，所以，對於星期二，總有種恐懼感，所以我決定改到星期三。

☀ 2月16日

　　夜色正濃～夜是魔鬼的帷幔，用眼睛把世界關起來！

☀ 2月17日

　　埋怨是針芒，讓人毛燥……

☀ 2月22日

　　小黑乖乖的躺在家門口，一邊曬太陽，一邊看著我忙東忙西，那老實巴交的樣子，好像是在說：「再不給我骨頭吃，我就走了！」

☀ 2月23日

　　這個春天，我將獨自欣賞……

☀ 2月24日

　　人並沒有好壞善惡之分，每個人都是用理智與分寸控制著自己的貪念和慾望，只是有的人控制不住，而已！

☀ 2月25日

　　今天忍不住偷窺了人家的幸福，原來幸福來自自然，也來自共同的仰望……

☀ 2月26日

　　選擇做回自己是對的，有自己的主觀想法，尊敬和崇尚世間萬物，並肯定他們的存在，不唯心不唯物！

☀ 2月26日

　　讓你，自由的飛，想飛多遠就飛多遠，在我的視線內！

☀ 2月27日

　　我很認真的說了一句悄悄話，剛剛說完，牆壁就倒了，它也笑太用力了！

☀ 3月1日

　　最近在看一部電視劇《雙面膠》是海青主演，原本以為只不過又是一部博人莞爾的家庭鬧劇，但後面的劇情卻讓我很是意外，吸引我一直想要看下去，對於這樣很難預料結局的電影我喜歡！

☀ 3月2日

　　無論是此岸的雲，還是彼岸的雲，都是浮雲！

☀ 3月3日

　　在一個陌生的地方，我默默的存在，原本一成不變的生活，突然多出了好多東西……

☀ *3月 17日*

生活就像多長了顆牙齒，一不小心就會被咬一口……

☀ *3月 18日*

以為很熟悉的人生，恍惚間陌生

以為離得很近的人，其實很遙遠……

☀ *3月 19日*

生活是咖啡色的，寂寞是藍色的，夢卻莫名的繽紛；會哭的人不一定脆弱，常常笑的人，也不一定堅強……

☀ *3月 20日*

每天給女兒洗餐盒的時候，都會發現裡面都會剩一些骨頭在裡面，不用問，當然是留給小黑的。小黑是誰，就是住在家門口車子底下的浪浪，長得強壯帥氣，一身黑色皮毛油亮油亮的，流浪的日子應該滿滋潤，它外號孩子王，特長是惹人憐愛，專業是竊取孩子的心……第一個被偷心的，應該就是我女兒！

☀ *3月 22日*

我以為只有人類才可以演繹出錯綜複雜的情感悲喜據，在真實的紀錄片中，動物們也上演著屬於他們的曲折糾結的情感傳奇，沒有彩排，只有偷窺的人類……

——《狐獴大宅門》

☀ *3月 23日*

生活，之所以還有好多好多的期待，好多好多的夢想，好多好多的憧憬，那是因為我們還有明天……

網友秦時明月評論：明天，從今天開始！

☀ *3月 24日*

台灣的小學一、二年級都是只上半天課，中午在學校吃完午餐之後，孩子都要接回家。午餐有的是學校自己煮的，有的是承外包，台灣人都叫之營養午餐。

每天中午去接孩子的時候，都會看到幾個老人家，在那裡等著孩子們吃剩的營養午餐，打包回家給自己和家人吃……當然，這些老人家的家境清寒，這些吃剩的午餐可以讓自己的溫飽沒有問題，而這也是學校默許的，不然吃不完的東西也都會浪費……

家境不好的孩子也會自己把吃剩下的飯菜包回去晚上吃。在台灣，只要收入和固定財產沒有達到最低標準，都可以申請低收入補助，孩子上學免費，包括這營養午餐。所以有些窮人家的孩子在上學的時候可以吃得飽飽的，甚至還可以分給家人，但只要一放假，他們的三餐反而沒有著落……

☀ 3月26日

我總是不小心把個自己鎖在外面，不得家門而入。我現在終於明白，為什麼大禹是三過家門而不入？因為他沒帶鑰匙！

☀ 3月28日

生活就是一面鏡子，你哭它也哭，你生氣它也生氣，你兇巴巴，它也沒在怕你……只有微笑，可以征服它……

☀ 4月2日

生命是短暫的，確切的說，大部分時間，我們都不在這個世界上……

☀ 4月7日

來台灣8年，最感動的一句問候就是：在台灣還習慣嗎？理由是，原來，他們不介意我們的介入，而在意我們的感受！

☀ 4月9日

簡單而溫馨的祝福聲中，我的牡羊寶寶愉快的吹熄了他7歲的生日蠟燭。吹蠟燭之前，他許了兩個願望，一個沒有說出來，一個說出來了。

說出的那個願望是：「我不想去大陸……！」我嚇了一跳，他每天都心心念念說要去大陸，怎麼在生日許願這樣的時刻說不想去。我問他為什麼？問了幾遍他才告訴我說，他怕忘了帶暑假

作業……

　　也就是那麼彈指之間，我和兒子已經有了7年的交情，可是他在我肚子裡的那會兒，也只不過是昨天的事，只是，他可能記不得自己是怎樣折騰得他媽媽坐臥難安，疼痛難忍，醫生照B超看到他兩個小腳丫一直往我的肺部那邊又踢又擠，那種痛真是沒法說，他小家伙還賴著不出來，超過預期九天還沒有動靜，最後只好請他出來了……雖然被麻醉著，但我永不會忘記在迷迷糊糊中第一眼看到他的那一刻……

　　做一個母親是那樣的平常，卻永遠值得驕傲……

　　回想起來，那些事情的發生竟然是7年前，兒子在媽媽的關愛與注視中漸漸長大。他健康、快樂、誠實、懂事、可愛、孩子氣，卻不過分，有遺傳到他媽媽的一些無厘頭基因……

　　喜歡他陽光一樣的笑臉，喜歡他特別而有趣的思維，喜歡他認真的樣子說：「媽媽，我愛你！」更享受和他在一起的時光。7年的朝夕中，我們好像只短暫的分開過一兩個星期。

　　記得兒子上幼稚園的第一天，到得一個陌生的環境，身邊突然多了好多不認識的人，兒子的臉上是有些許的困惑，但他很平靜，他的媽媽只轉一個身，眼淚就不爭氣了。那是他學習生涯中走出的第一步，很棒！

　　現在，兒子已經7歲了，7歲也是人生的一個轉折，雖然這種轉折並沒有什麼痕跡。有一句俗話說：「人到7歲好，到了7歲就愁到老！」想想，總會有些的不忍。我稚嫩的孩子，真不想告訴你，成長是一件多麼艱難的事，也不想讓你知道，這個世界有多麼的複雜……

　　只想你那尚空白的世界，裝著你最初的純真，和無瑕的快樂！

　　媽媽愛你！

☀ *4月11日*

　　為什麼好好的衣服上要繡「鬼洗」兩個字？

你這樣你媽知道嗎？

☀ *4月17日*
第一聲春雷，終於響徹了整個寂寞的夜空……

☀ *4月18日*
成長的歲月

一直都在醞釀這個主題，也一直難產中，這幾天，看到朋友的一篇《小時候》再也忍不住了，決定寫一篇屬於自己的小時候。只是，寫這些是需要足夠的勇氣，因為一定是糗事一籮筐，只怕會見笑……

我先問一個問題，是1970年代出生的人請舉手。我有看到喔，那就是說，我們是同一票的。不過，如果你是80年以後的人也不要介意，今天，你們就搬個凳子坐好，乖乖的聽姐姐講那過去的事情，不會很長……

故鄉永遠是心裡最美的地方

回憶則是心裡最柔軟的一塊

曾有人問我：「你還是鄉下人嗎？」我永遠是，骨子裡……

我可以記得的第一件事就是，三歲的時候撿到一分錢，只有一分錢，歡天喜地的跑去告訴我奶奶，結果在奶奶家廚房門口摔了一個大跤，下巴裂了一個大口子，從此下巴落了一個清晰的疤痕……

小時候，鄉下每個村委都會有一個固定的醫生，我們叫她赤腳醫生，她除了有人生病會來村子裡，還會定期到村裡來給小孩子打預防針，孩子們只要看到她來都會怕。記得有一次，赤腳醫生又來村子裡要給適齡的孩子打預防針。我先打聽到我也要打，為了逃避打針，一個人偷偷跑去外婆家，外婆家離我們家有兩三公里的路程，都是山路。雖然去過很多次，結果還是迷路了，小小年紀就有路痴的潛力。我在一個離家好遠的山頭上轉啊轉，轉了好久，既找不到外婆家，也找不到回家的路。旁邊有一間小學

校，有兩個小男生在校門口玩，他們合起來要對我兇，我再也憋不住，坐在那裡嚎啕大哭。還好遇到一個路人阿嬸，她把兩個男生兇回去，問我家住哪裡，為什麼一個人會跑出來，我乖乖的告訴阿嬸自己是哪裡人，想去外婆家結果迷路了。好心的阿嬸把我送回家，遠遠的在路上，就看到找我的爸媽，他們找了我整整一個上午，都快找瘋了。往後的好多年，媽媽都會一直跟我提起這件事，提起送我回家的那個好心的阿嬸。

也差不多是三四歲的時候。我好像看過別人煮那個芋頭的梗吃。就以為生的也可以吃，就去掰了一根，拉著我一個最要好的同伴，坐在家門口啃起芋頭梗來。但是……我們兩個被麻得說不出話，兩個人在那裡難過得要命，一直用手抓舌頭，我吃得比較多，還以為自己會死……

也是跟我這個同伴，我自己一雙舊的涼鞋，看大人都穿拖鞋，踢踢踏踏的，那才是大人的感覺，就想學他們的樣子（小時候只一心想做大人）把涼鞋帶子剪掉了。我同伴她媽媽剛買了一雙嶄新的鞋子給她，我看到是涼鞋就有些彆扭，慫恿她也把帶子給剪掉。她一開始不願意，我是不記得是怎樣遊說她的，最後拗不過我，她真的剪了，把個帶子藏在樹洞裡面，結果，她被她媽媽罵得要死。

只要是梅家村的孩子，小時候都有一個共同的記憶，這個記憶來自我爺爺奶奶做的麻花。我爺爺那道地的手工搓出的麻花在我們那個小鎮是沒有人可以超越的，那香甜酥脆的味道是我們每個同齡人的兒時記憶。5分錢一根1毛錢3根，只是我爺爺奶奶的數學不好，1元一斤的麵粉，每次做5斤，1斤麵粉大概做50幾根麻花，一次做大概300根，300根自己人會吃掉幾十根，大概賣個8、9塊錢，還要油，還要做的人工，賣的人工。但兩個老人家做得很開心，我爺爺更是什麼都不管不顧，賣了麻花就買肉回來吃。那時候家家戶戶的日子都過得緊巴巴的，孩子們少有零食吃，有的話也只是餅乾和糖果，或是自家田地裡面種出來的東西，麻花算是奢侈品，孩子們總想方設法從父母哪裡拗得一點

零錢買幾支麻花來解饞。隨著兩位老人的離世，家裡也沒有人傳承到他們的手藝，那美味便永遠的封存在記憶中，此生再也遇不到。

有了電視機的年代，我便被那裡面花花綠綠的東西給迷住了，記得五、六歲的時候，我還坐在爸爸的腿上，頂著他的下巴，一邊看電視一邊問他：

「爸爸，這個是好人還是壞人？」

「好人！」

「那這個呢？」

「也是好人！」

爸爸總是會耐心的告訴我，哪個是好人，哪個是壞人。但問到後面發現沒人應我，扭頭才看到我爸已經睡著了。

「好人還是壞人？」

我是那麼清晰的記得自己的天真，記得爸爸那扎人的下巴，記得爸爸把我捧在手心的感覺……

你有看過電影嗎？我說的是一塊布幕的那一種，片子像個輪子一樣，放的時候還要一邊用手搖。小時候，最最開心的就是村子裡要放電影了，難得一次，幾乎每家都會請些個客人來一同欣賞，放個電影就像過年一樣，熱鬧、開心。小孩子們早早的就把凳子椅子擺好（村子裏家家戶戶的凳子椅子都有名字）佔位子。賣瓜子的也不知道是什麼時候進來卡位的，電影看著看著，四周圍就飄起了五香瓜子的味道了……

「小時候的夢想，從來就不曾遺忘，做個世上最美的新娘……來自張真的〈紅紅好姑娘〉。」也不記得多小，我的心裡有了一個白馬王子，他就是費翔，喜歡上他是因為他在春晚的兩首歌：〈故鄉的雲〉和〈冬天裡的一把火〉。那時候這兩首歌紅遍了全中國，就連我們這偏僻的鄉下都知道。但最讓我動心的卻是另外一首《溜溜的她》，他唱這首歌的時候，身邊有個可愛的洋娃娃鑽來鑽去的，那時候，真的好想把自己變成那個洋娃娃，

更讓我著迷的是他那一雙深邃的眼睛。於是在心裡，我決定，長大了，要嫁一個像費翔一樣帥氣的男生。

做鄉下的父母辛苦，做鄉下的孩子也一樣辛苦。農忙時節，都要跟著父母做農活，早出晚歸。別懷疑，我什麼都做過，拔秧插秧割禾，累的時候就想直接往田裡面倒。不知道為啥，農忙忙得要死的時候，我媽特別有詩意，她總是會一邊幹活，一邊念「人勤地長寶，人懶地生草」或是「一年之計在於春，一日之計在於晨，一生之計在於勤」「天晴不開溝，下雨沒水流」最討厭的一句話就是「只有病死的人，沒有累死的人」她生怕我們懶死。念得最多的一句話就是「蛤蟆沒頸，小孩子沒腰」這些不知道算不算是洗腦，如果算，我媽還真不差，因為我們發現青蛙真的沒脖子，所以，小孩子沒腰也就成了真理。不過在那個時候，我認為是我媽的這些話通通是魔咒！

做農活我做得最多的是放牛，我還蠻喜歡放牛，因為輕鬆不累，只要兩個眼睛一直盯著牛看就好了。可我個子不高，我們家曾經有好幾頭水牛，我都是淹沒在牛群中，走在牛屁股後面根本連前面的路都看不到，不過還好，我竟然沒有被牛給踩扁。我們家有一頭母水牛，這頭水牛陪伴我們度過了十幾個年頭，它長得漂亮，兩個完美括號的牛角磨得光滑珵亮，但很瘦，因為它從不專心吃草，吃草總是邊吃邊走，它邊吃邊走主要有兩個目的，一是找水源，二是看可不可以偷吃到莊稼。它最會的就是偷吃莊稼，地上的那些粗糙的小花小草，它是不屑吃的。它是村子裡的常勝霸主，別看它是頭母牛，超愛打架，村子裡沒有牛是它的對手，連公牛都怕它。不但牛怕它，連人都怕它，雖然它並不會攻擊人，但是大家看到他都會繞路。只有我不怕它，我只怕把它弄丟。

水牛喜歡玩水，我們家的牛尤其，不留神它就偷跑去找水庫，小一點的水庫還好，一旦跑到大水庫就麻煩了，它會直接遊到水庫中央，任你在此岸哭天喊地：「你回來，你給我回來！」它老人家理都不理你，盡情的在水庫中央游玩，玩夠了也不回

來，直接游到對岸，自顧自的在對岸悠哉的吃著肥嫩的青草或者是對岸田地裡的莊稼，可憐在此岸的我生無可戀，回去會被老媽罵臭頭。它吃飽了也不會回來，而是越跑越遠，跑到別的村子裏面去，就像離家出走的孩子。爸媽總要費一番功夫才能找回來，次數多了，別村的人都知道，那是我們家的牛，也算是有名。有一次甚至直接躺在人家客廳，那家主人晚上摸黑回來，光線陰暗，只看到客廳中央一個龐然大物，嚇得魂飛魄散，打開燈看才發現是一頭牛。還好這家人和我爸有些交情，才沒計較，還把牛餵得飽飽的親自送回我家，害我爸媽不知道跟人家賠了多少個不是。不過這頭水牛也有溫馴的時候，它是頭母牛，而且母性堅強，它愛跑愛瘋的性格在做母親的時候完全徹底的收斂隱藏。它每兩年就會生一胎，剛生產的一個星期裡，因為小牛犢的腳還站不穩，站不久，所以大半的時間，小牛都會躺著休息，只要小牛躺著，母牛就會在它的周圍耐心守護，不讓任何牛或人靠近，稍微靠近小牛，母牛就會豪不客氣的衝過來攻擊，連我也要小心。這段時間放牛是可以安心的睡覺，但最好是要離遠一點睡。它來來回回的在小牛旁邊繞圈圈，周圍的草都被牠啃到禿了，我還沒看過別的母牛會這樣。不過也大概只有一個星期的好光景，一個星期之後，小牛就可以蹦蹦跳跳，行走自如，不需要躺著，它從此就跟著媽媽浪跡天涯，行走江湖了。

　　這頭母水牛真的很有個性，就跟我一樣，特別野，特別嚮往自由，一直想逃離，只是我因此沒少被我媽罵（我爸從不罵人），忙得要死的季節卻還要去找它。但它耕田的本領又很強，乖巧順從，是爸爸的好幫手，所以我爸也一直養著牠，捨不得換掉。不過不管它怎麼野，怎麼愛跑，我還是喜歡放牛，想起放牛，我就會想起自己用手枕著頭，躺在草地上看天空，看流雲的那個畫面，想像那雲裡，會不會蹦出一個孫悟空來。

　　鄉下的春天真是美不勝收，各種各樣的花開得好不熱鬧，我喜歡折一枝新的竹枝，剛從竹筍發出的那一種，然後把漂亮的花插在上面，拿到學校騙我的同學：我們村裡的竹子會開花。把我

的同學唬一愣一愣的，還以為竹子真的會開花，這個創意是我自己發明的。我還有另一個小創意，拿個棍子綁一根線，線上穿一小片白色的紙，然後拿著棍子在風裡面跑，讓紙飄起來，你知道會怎樣嗎？會引來一堆蝴蝶追著跑，可好玩了！

春夏之交，南風吹得滿山的新綠沙沙作響之時，吹得人昏昏欲睡之時，一陣春雨過後，潮濕陰晦的山林裡冒出一棵棵五顏六色的蘑菇，我們小孩子就開始要忙著上山採蘑菇了，我們的村子是四面環山，景色蔥翠怡人，得天獨厚，蘑菇像春花一樣，遍地都是。不可以吃的毒蘑菇是成片成片的長，能吃的卻悄悄的躲在你找不到的地方，所以要起得早，才採得到新鮮肥美的好蘑菇，吃不完就曬成蘑菇乾。不但是我們村的，鄰村的也都會跑來跟我們搶，有的人天還沒亮打著個手電筒就跑來了，我們雖是近水樓台，可人家卻是捷足先登，所以七晚八晚起來的我，每次都只能採幾個蘑菇仔交差，沒採到會被罵。

山上還有一珍寶，就是潔白芬芳的梔子花，開得漫山遍野的梔子花，摘下來做菜，炒個辣椒，芬芳撲鼻，又香又脆，口齒留香，還帶一點酸甜酸甜的味道，好吃的天然美味。唉！有時覺得真不該離開鄉下……

夏天的清晨，我被媽媽軟硬兼施的從睡夢中催醒之後，還睡眼惺忪的我，最喜歡坐在家門口的石凳上發一陣子呆，繼續在半夢半醒之間神遊著。一天之中最涼的晨風吹著我的臉，好舒服……直到媽媽的吼叫聲徹底把我驚醒。到現在，我還會想念那個石凳子，好似那絲涼意還縈繞在我的心間。

夏天的晚上是數星星的好時候，也是抓螢火蟲的好時候。記得還沒有電風扇的那些年，我們吃完晚飯，隔壁鄰居都把家裡的竹床給搬到外面，大家都躺在上面納涼，但這些竹床都是給我們小孩子們霸佔。沒有光害，沒有工業污染，只有寧靜的山村，忙碌一天的大人們討論著作物的長勢。孩子們都躺在竹床上看著迷漾的天空，天空群星密佈，就像一條寬闊的星河。那時候有學《數星星的孩子》，孩子們也學著張衡，一顆一顆的數起了星

星，數著數著就被自己催眠了。夜晚的時候，池塘的旁邊，很多螢火蟲提著燈籠飛來飛去，就像天上的星星，一閃一閃，吸引著一群不諳世事的孩子（我一定在裡面）拼命的去追逐、捕捉，每個人都抓好多放在罐子裡，閃爍著綠色的螢光，很漂亮。

有月亮的夜晚最好玩，孩子玩捉迷藏到深夜，月夜的捉迷藏很不一樣，人影是若隱若現，很好隱身，緊張又刺激，抓到會被嚇一跳，要有點膽才敢玩！

你有沒有搬個凳子坐在村子的那棵大樹下聽老輩輩們講村子裡的古老傳奇故事，或是村子裡的英雄人物和他們的光輝事跡。原先，村子裏有幾個大大會武功，他們創立了一套專屬的棍法，很強的殺傷力。有一回，村裡來了一群土匪，想要掠奪財物，卻不知深淺，不知道我們村裡竟然臥虎藏龍，三兩下土匪就被幾個大大打得落花流水，狼狼竄逃，保了一村人的安全。被打跑的土匪不甘心一無所獲，又跑到鄰村去騷擾，結果我們村的大大們二話不說，跑去鄰村助陣，土匪們一看到大大們立馬繳械投降，從此方圓幾里皆太平。我最愛聽這些故事，只可惜年代久遠，那些故事已在記憶中風乾，到現在，村子裏知道那些故事的人大概都已不在人世，沒有紀錄，也就不會再有流傳。

幾乎每一個村子，都會有一棵歪脖子樹。是的，它就在村子前面的池塘旁邊。歪長歪長的枝葉籠罩著半邊池塘，盛夏枝繁葉茂的時節，剛好遮擋了炎炎烈日。媽媽們在樹蔭下洗衣服聊天，我們小孩子們則是爬到樹上坐著。樹下是女人們浪花般的談笑聲，樹上卻承載著孩子們歡快的童年……

你，有被鬼故事嚇過嗎？我有。小時候聽過表哥講的鬼故事，說有一棵老樹，到了晚上就會長出一張人臉，專門來嚇人……從此我晚上再也不敢看樹。但只要閉上眼睛，卻看到滿是長了人臉的樹，在腦海裡面！

我是在一個和諧溫馨的家庭中長大，記憶中的很多很多的畫面，一輩子都是清晰如昨……小時候的農村，大家普遍都是過著自給自足的生活，確切的說，應該剛剛解決了溫飽的問題。所

以，在吃的方面，大家都還是克勤克儉，多吃自家種的菜，少有肉類，就算是家家戶戶都養了雞，養了豬，雞是要用來下蛋的，豬是要賣的。不過在我們家，卻常常有加餐的時候，都是爺爺奶奶給我們加的。三不五時，爺爺賣了麻花就會上街買些好菜，有魚有肉，然後加幾個自己種的家常菜，擺上一桌，叫上家裡所有的人一起圍坐起來吃。男人們會開上一瓶酒釀，我媽也會喝個幾口……有人路過我們家就會羨慕地嘀咕著：「真是的，這一家人又在過年！」我是這裡面最小的一個，也是最快樂雀躍的一個。然後，坐著的時候那兩個還夠不著地的小腳就開心的甩著，甩著甩著，一不小心踢到了桌子底下等骨頭吃的狗，冷不防的被狠狠的咬了一口，痛得我哭爹叫娘……到現在，腳上還有一個深色的疤痕。這個疤痕讓我恐懼了好長一段時間，因為那個時候還不太知道要打狂犬疫苗，所以我沒打，我好擔心自己會得狂犬病。

我腳上還有一個疤痕是父親留給我的。小時候我常生病，醫院離得遠，我爸就會用一些土方法給我醫治，我發燒他就用家裡自釀的燒酒放在碗裡，用火吻一下再往我身上推，這樣可以幫助退燒。肚子痛就會幫我拔罐，說是拔涼氣，涼氣拔出來了，身體就自然好了。喉嚨痛的話他就炒一點鹽，用筷子把鹽點在我的喉嚨，不過我感覺這招沒什麼效果，反而讓我吃了不少鹽，鹹死我了。爸爸還認得好多的草藥有治拉肚子的，有治無名腫毒的，所謂無名腫毒就是手上或腳上莫名其妙腫個大包，沒來由，不知道什麼原因，所以就通俗的叫作「無名腫毒」。腫脹的大包裡面發炎長膿，很痛，痛得沒辦法走路，我有長過，爸爸用家裡種出來的黃豆，加一種我不認得的草藥，和在一起捶得爛爛黏黏的，敷在我腳上早晚各一次，三天就好了，生的黃豆可以拔毒。我爸還會醫治被毒蛇咬傷，有一次傍晚，天色有些黯淡，我們鄰居去菜園裡的時候不小心被蛇咬到，雖不是致命毒蛇，但沒有處理好還是會要命的。我爸先叫人把被咬傷的人背回來坐到井水旁邊，用井裡面的水一直沖洗被咬的傷口，一邊沖一邊輕輕用打破的碗的新鮮碗口刮，碗口要用火燒一下消毒，鄰居被刮得痛得滿頭大

汗，但還是得忍耐。被咬的地方馬上就腫得像個大饅頭。我爸自己則是趕緊打著手電筒跑到山上去採草藥，他知道哪個地方長哪種草藥，時間緊迫，採好了回來還要配製，爸爸把好幾種草藥混在一起，捶捶打打成糊狀，敷在傷者被咬的地方，每天敷，每天換，連續7天，被蛇咬傷的地方慢慢消腫好起來了。

我被狗咬到的傷口也是爸爸自己幫我處理的，他用竹筷子的頭（用過的竹筷）燒成灰，抹在我的腳上，傷口很快就好了，真的很有用！到現在我腳上被狗咬過的疤裡面，還殘留著一搓黑色的灰燼。

我爸知道的土方子還真多，那時候我也跟著爸爸知道了好多草藥的種類和功效，知道一些土方子。只可惜沒有一一認真的紀錄下來，後來離開了農村，沒有機會接觸，沒有運用，時間久了都忘了。我感覺我爸是個農村百事通，可他也有失手的時候。記得有一天，我的兩個腳酸痛得站都站不住，我小時候腳常會這樣，不知道為什麼（現在想來，應是成長痛），每次都是我爸用拔罐的方法幫我治，拔了之後真的不痛。可那一次，爸不小心把我的腳給燙傷了。他的拔罐是一個很土的方法，就是把一張紙搓成一個火引子，在引子上澆上煤油，然後點起火，放在痛的地方，再用一個罐子，往裡面吹一口氣，然後蓋住火。一般的情況，火是會熄掉，那一次卻沒有，害我的腳燒一個小洞，留下一個疤痕，這個疤痕雖然帶給我很深的傷痛，卻也是我爸把他對我的愛深深的刻在我的腳上。他是生怕我會，忘了他……

（提醒：上面的這些是我父親自創的土方偏方，請不要嘗試，生病還是找醫生比較好。）

在我的腦海中，永遠停留著一個這樣的剪影：傍晚，爺爺奶奶坐在屋外的牆角，夕陽的餘暉中，爺爺戴著老花眼鏡，大聲的給奶奶讀著我姑姑寫給他們的信，奶奶靠在他的旁邊，他們一邊讀，一邊討論裡面的內容，兩老的臉上滿是幸福的微笑，頭上發白的頭髮在餘暉中隨風舞動……我姑姑遠嫁湖南，每個月都會寫信寄生活費給他們。

這裡解釋一下為什麼是傍晚，因為那時鄉裡的郵局把各個地方寄過來的信件直接送到學校，由學校發給收信人的孩子或孫子或認得收信人的鄰居小孩，再轉交收信人，所以爺爺的信是我放學後拿給他的。這樣有些不太負責任，如果孩子丟了那當事人就收不到信件了！

不過夕陽下的那一抹剪影，一直是我生命中的風景，永不會忘記……

小時候我對炊煙有著一種特殊的情愫，我好愛炊煙，煙霧遼擾中，是我對飯菜的期待，和我渴望媽媽能像別人的媽媽一樣，沒有那麼的忙碌……每天放學回家，我都會遠遠的看一下家裡的煙囪有沒有在冒煙，有的話就表示媽媽已經在廚房……但大多數時候，我是失望的……

我的爸媽都是40年代出生的人，所以，從我的記事起，我所看到的父親已經不再年輕，粗糙、蠟黃蠟黃的臉，留著拉渣的小鬍子，營養不良的身形。媽媽的臉上也過早的失去了女人的細緻光滑，農村的女人臉上都被太陽曬得起了繭子，粗得跟樹皮似的，早早就有了歲月的刻痕。在爸爸放書的箱子上面，鑲著好多的黑白照片，是爸媽讀書的時候拍下來的。原來我爸媽還是初中同學，原來他們也有過青春，有過美麗和帥氣……照片中的爸媽與現實中沒法聯想，爸爸意氣風發，臉上洋溢著青春朝氣；媽媽扎著兩條長長的麻花辮子，靚麗活潑，眼神中滿是對生活、對命運的熱情。那些照片何其的珍貴，只可惜幾次搬家，都不見了，記憶中的美好影像，日漸模糊。

你的媽媽可有過一個專門放心愛的嫁妝的箱子？我媽有，我好喜歡打開看，看媽媽的壓箱寶。但絕不能被她發現，會被她罵。我永遠都不會忘記打開箱子時那撲鼻而來的樟腦丸味道……

小時候，天總是很藍，日子總過得太慢，那村邊的小河、山間的小路、綠色的田野、飄逸的裙擺、熱鬧的蛙鳴、清新的稻香、泥土的芬芳、忙碌的腳步、微駝的背影、孩子哭鬧聲、媽媽

的吆喝聲、雞鳴、狗吠、潮紅的夕陽、歸巢的倦鳥、燦爛的星空、如水的月色、山花爛漫的春天、鬱鬱蔥蔥的夏季、天高氣爽的秋日、白雪皚皚的寒冬、還有屬於我們的歌、還有咿咿呀呀的童謠……無一不是記憶中的永恆！

這就是我成長歲月中的點滴，是我淚水與笑臉交織的童年，但是童年只是我們人生中的行雲流水，來去匆匆，我們總感動於那人之初時的純真與懵懂……

出於好奇，我也蠻想探索你的童年，想知道你是怎麼被拉扯大的，我們的童年，有可以重疊的記憶嗎？我們這一代人的童年是幸福的，那個時候吃得飽，穿得暖，也有了電視這種消遣。還沒有開始流行「打工」這種社會運動，也就沒有「留守兒童」。還沒有普及電腦，連手機都還沒問世。所以我們的爸媽一直都在我們身邊照顧著我們，朝夕陪伴我們長大，我們都擁有他們完完整整的愛，這種幸福是無可取代的！

第二段：

我想，如果沒有這一段，我的童年也是單調了些，如果這一段沒有被寫下來，我成長的歲月也空洞了些。

你可還記得陪伴你長大的每一個玩伴，你的玩伴中有沒有一個最特別的……

Ta當然是一個異性……

他住在我們家斜對面，他有多特別，我們的年齡一樣大，但是他卻是村子裡唯一有積木、有玩具的孩子，他是村裡唯一不用做農事的孩子，他是村裡唯一叫媽叫成「媽媽」的孩子。這一句你也許不懂，鄉下孩子叫媽媽都是單叫一個「媽」只有他不是。他是村裡唯一流著城裡人血統的孩子，他是村裡唯一一個戴著眼鏡、皮膚白皙、穿著後面開叉的小西裝的男生，調皮第一，搞怪第一，可愛第一的男生。他有一個所有孩子都稀罕的，溫和、美麗、大方還很會講故事、唱童謠的媽媽，和一個拿工資，吃國家糧的爸爸（那個時候是這麼個說法）。

他的媽媽是我們村一個大家族的女兒，秉性氣質都和村裡其他女人不一樣，溫柔知性。爸爸是城裡下放到我們村的知青，他爸媽的結合應該也是一段佳話。他有一個哥哥跟城裡的爺爺奶奶一起生活，每年的暑假都會回鄉下和爸媽及弟弟一起度過。他還有一個仙女般的漂亮姑姑偶爾也會隨哥哥一起來。他們一家人都長得白皙粉嫩，渾身上下散發城裡人的高貴氣質。每一次蒞臨我們鄉下，在田埂間徜徉嬉戲時，都是一道好看的風景，田裡面勞作的阿叔阿嬸們，無不行注目禮，眼神中滿是羨慕和巴結：做城裡人真好，活得瀟灑快活。大家總會有一瞬間討厭自己是鄉下人。那個年代，種田的人們心裡都有一個念頭：只要不種田，在城裡做什麼都好。那個年代，城市和鄉下還有著一大段的距離難以逾越⋯⋯

他雖然和爸媽一起住在鄉下，但我們都認定他是城裡的孩子。

我們在一起玩過很多的遊戲，最家常的，當然是家家酒了。我們一起上學，放學後就坐在他家的屋簷下寫功課，寫完功課他就會帶我去他家玩積木。他把他所有的玩具都秀給我看，他最愛現了。他們家還有各種各樣精美的糖果，都是姑姑和哥哥帶來的。最讓我心動的是他們家的小人書、故事書，他有成堆的小人書和童話故事書，對於我們鄉下孩子來說，簡直稱得上是小小圖書館⋯⋯

他幾乎把他媽媽講給他的所有故事都講給我聽，還有很多的童謠，和童謠一樣的謎語⋯⋯那時候我真是有些崇拜他，他的世界好精彩，他知道的比我多得多⋯⋯這就是城裡的孩子和鄉下孩子的不同之處。他渾身上下散發出的城裡人的氣息，深深吸引著我，讓小小年紀的我萌生出對城市的向往⋯⋯

其實，很多時候，我們是彼此唯一的玩伴。他是個很淘氣的家伙，跟別人在一起常常跟人家吵架，甚至會打架，但是我們兩個是從來都沒有發生過衝突，這是他媽媽說的。他媽媽很喜歡我，她還悄悄的告訴我，她兒子說我是村裡第三漂亮的女孩子，

第一和第二是快要嫁人的大姐姐，我聽了心裡面悄悄的像糖一樣甜。她媽媽還總是逗我說長大了要不要嫁給她兒子做她媳婦，呵呵還蠻討厭的！

講來講去，我們之間好像就只有這些，沒別的啥了。在我讀小學四年級的時候，他們搬家了。

那個時候，我難過了好一陣子，早早就聽他興高采烈的說要搬家，他是個樂天的孩子，任何的改變對他來說，都充滿新奇。其實他們早晚是要搬走的，因為他們本就不屬於鄉下。搬家的那天，我悄悄躲在竹林裡，看著他們把傢俱一樣一樣的抬到車上，最後他們一家都上了車，車子開走了……

從此以後，我跟他就完全沒有了交集……

多年以後，聽說他結婚了，我並不知道。我結婚的時候，他的孩子都已經長大了，聽說他聽到我結婚的消息時，有些難過，還說小時候在一起的日子那麼開心快樂，結婚卻連說都不說一聲，可能已經把他忘了不記得他了……

我不知道這是不是真的，無從證實，也無需證實！

時光荏苒，歲月如梭，算起來，應該是20多年沒有再見到彼此了。或許吧，我們的人生已經不會再有任何交集，但我知道，他的世界會有我的消息，而我的世界與世隔絕。不過這有什麼關係，只要他還記得那個遙遠的年代裡，曾有過一個紮著羊角辮的小女孩，存在過他青澀的童年，就可以了！

默默的希望他，過得幸福……

☀ 4月19日

這個世界，窮盡一切花哩胡肖的東西，來略奪我們的金錢，霸佔我們的時間，誘惑我們的心靈，引著我們一步步走向夜的深處……

☀ 4月21日

「放過自己，放過壓抑，放過整天附身的記憶，往事通緝，孤單侵襲，習慣就可以！」有些歌，只適合一個人聽……

☀ **4月23日**

一條很窄的小巷，勉強可以過一台車，一個老人蹣跚的走著、走著，在巷子的中間，不偏不倚……在她的後面，一台轎車慢慢的開著、開著，一直到轉灣的地方，足足有5分鐘之久，開車的人始終沒有按一聲喇叭……

☀ **4月25日**

很多男人都抱怨說家不是講道理的地方，這一點，我早看出來了，家當然不是講道理的地方，而是講歪理的地方。

網友RAIN評論：所以說有個原則，女人永遠是對的，如果錯了，參照此原則！

回覆：原則的問題是堅持，堅持的問題是執行，執行的問題是歸屬……

☀ **5月4日**

有沒有兩條直線，既不平行，也不相交？

☀ **5月9日**

借一扇窗戶，看夕陽西下，借一抹夕陽，嘆天作之美……

☀ **5月10日**

不知道從什麼時候開始，喜歡上了文字的組合遊戲。這種遊戲，我玩得很認真。我用屬於自己的語言習慣，賦予文字更鮮活的生命和體溫，語言中有我自己的特色和個性，有明顯的辨識度。我喜歡在屬於自己的世界，隨興、隨意的塗鴉，不需要動太多的腦筋，寫自己擅長的東西，比較駕輕就熟！

☀ **5月12日**

如果你是女人，而且，已年過三十……

最讓人難過的事情，是自己稱呼的升級，最受不了的升級。為人之初的時候，我們對每個人都必須有個稱謂：爸爸媽媽、叔叔阿姨、哥哥姐姐，後來，慢慢有人喊妳姐姐，再後來，有人喊妳媽媽，再後來，妳就變成孩子們眼中的阿姨 =_=

☀ 5月15日

人生只有兩個方向，一個是左，一個是右。

但這兩個方向，就足以讓我們迷失，找不到出路，也找不到來時路！

☀ 5月16日

街市，燈如晝。一片蒼茫皎潔的月光，孤獨的傾瀉在我的窗台，引我翹首遙望，只是……我不是李白，所以，沒有下文……

☀ 5月17日

私奔是狂奔嗎？如果是，請帶我狂奔吧！

☀ 5月18日

有的人的人生是汗臭味，有的人的人生是銅臭味，我的人生飯菜香……

☀ 5月22日

女人變了幾千年，男人基本上幾千年都沒有變，呵呵，這有什麼辦法！

不過，還是得合諧相處，畢竟這個世界就只有男人和女人……

☀ 5月26日

晚上睡覺的時候，女兒的小手緊緊的拉著我的手，嘴裡呢喃著：「媽媽，我不想長大，長大了妳就會老！」怎麼和哥哥一個樣。

「寶貝，沒事的，媽媽的心永遠不會老！」

可聽完這句話女兒更難過了……

☀ 5月28日

奈何不了的事情，還是放棄吧！

☀ 5月29日

罪惡，總是以黑色作為背景，以殷紅色的液體作為戰利品，

而黑色和晦暗就是所有罪惡者的天然屏障與掩護……

一隻幽靈般的嗜血魔鬼，正從夜的深處，悄悄襲來，四周靜寂如初，只有那陰森恐怖的聲音正慢慢逼近，慢慢逼近，再逼近，近到可以對望，可以看到彼此腥紅的雙眼……突然「啪」的一聲，沒了……

從此，一隻蚊子從地球消失！

☀ 5月30日

女人，你可以很會煮飯菜，但不用像個廚師；你也可以很會做家事，但不需要像個傭人；你也可以很會照顧孩子，也不需要像個保母。

在女人的角色中，有時，你是孩子的媽媽，有時你也是媽媽的女兒，有時你是朋友的朋友，有時你也是姐妹的妹妹，或姐姐，有時，你還是朝九晚五的上班族，同時你也是穿梭在你家的廚房和廳堂間的家庭主婦……

女人……有時，只想做個女人！

作為女人，偶爾也會有我內心的需求，只是不為人知，那是因為，我已經不可以再輕易裸露自己的情感，裸露只會顯示自己的脆弱。胡思亂想的事情，就交給別人去做吧！

☀ 5月31日

下雨了，可有打濕，你的心田！

☀ 6月2日

這麼多年來，唯一沒變的，是老公！

☀ 6月2日

「稻香」離家不遠的地方，有一片稻田。

收穫的季節，我喜歡早早起來然後走路去上班，愜意的漫步在田間，享受著美好一天的開始！

微涼的晨風帶著陣陣稻香，充滿在異鄉的空氣中，也侵襲著我的嗅覺，那熟悉的味道，讓人有種時空錯置的感覺！

☀ 6月6日

時間真是快得讓人心慌，什麼都不管了，先睡個覺，就讓它在我不醒人事的時候……一個人走……

附：其實，我們都是在某一個時光隧道裡夢游的人，前有古人，後有來者……

☀ 6月8日

說她是女人，有些牽強，她才剛滿17歲，身型壯碩，卻已經是一個六個月大的孩子的媽媽，她說她15歲就懷孕了，孩子出生之前，她和男朋友登記結婚，請了5桌，草草的舉行了他們的婚禮，結完婚，老公就當兵去了。

生完孩子，迫於生計的壓力，她出來找工作，孩子由婆婆照顧，她要將一個月3分之2的薪水給照顧孩子的婆婆，和當兵的老公，剩下的薪水要用來繳罰單。她實在太年輕了，孩子已然完全的交給婆婆，晚上下了班之後都不往家回，或是去網咖，或是騎著摩托車找朋友去瘋。她還沒有18歲，是沒駕照的，也就算了，乖乖的騎，戴上安全帽，不闖紅燈，也就不會被警察攔下了，但她偏偏就是不戴安全帽，闖紅燈，跑給警察追……然後一兩次被罰也情有可原，她把一堆的罰單都藏起來，不讓婆婆看到，罰單多到她自己也不知道有多少，因為不想面對……

她常常抱怨，孩子的奶粉錢沒有著落，電話卡打完了，罰單又多了一張，老公的生活費又該給了……

一個17歲的女生，花一樣的年華，卻懵懵懂懂的走進婚姻，成了媽媽，老公也不在身邊，很多的事情要自己去面對，沒有生活的經驗，不懂自律。家庭對於她來說，還沒有概念，愛玩的心也收不回！

但是，這種故事，這樣的人生，有對錯嗎？只是希望有一天，女生會長大。

☀ 6月11日

有些決定……讓人淚流滿面，午夜夢醒，才覺著夜的漫長，

和心的孤獨……跟自己和遠方，說聲……抱歉……

網友秦時明月評論：也要學會對自己說：沒關係。

回覆：到現在，還說不出！

☀ 6月12日

有時候，一個人的信用，是其他人的……希望……和生命！……

☀ 6月20日

每個人都是環境的傀儡，只是，永遠不要說身不由己的話！

☀ 6月22日

好想變成那風中的芭蕉葉，雖然有些凌亂，但是很涼快，哈哈！

☀ 6月23日

信用不是問題，問題在於主動和被動，而已，主動遵守，還是要讓人提醒。

☀ 6月24日

今天便利商店，竟然連鮮奶都買不到。每天的新聞也告訴我們，所有的東西，都有嫌疑，不是有添加，就是有殘留，看來。只剩下一樣東西是乾淨的了，就是西北風，可也要是剛好的季節才行啊！

網友秦時明月回覆：西北風多含沙塵……

回覆：這個問題我有想到過，所以大家都準備一個大篩子！

☀ 6月27日

午夜夢醒，是人最孤獨的時候，看著身邊酣睡的一切，想像那些無從探索的夢，與自己無關的夢……

☀ 6月29日

闔家觀賞普通級的古裝劇時，女兒問我：「麻麻，我有娘嗎？

我告訴女兒：「當然有，我就是妳娘啊！」

然後我那女兒就嗲聲嗲氣的叫了一聲：「娘！」

然後就……娘東，又娘西……

☀ 7月1日

不要漠視你的周圍，必要的時候要去質疑什麼……

☀ 7月7日

孤獨不是一種懲罰，很多時候我們都需要時間和空間去思考，很多時候，我們需要遠離人群，找回正常狀態下的自我，然後，放縱自己的思維和靈感，來愉悅自己。

☀ 7月8日

好與壞的判定，是與非的爭議，善與惡的對峙，其實全是世人的偏見。但即便如此，作為人，還是要有明確的選擇，不應模糊不清！

☀ 7月9日

在台灣的整體社會，女人是倍受社會上的禮遇和寵愛，但是一回到家，就要回歸女人本來的位置。這樣會有很大的落差，這種落差開始不動聲色的入侵女人原本平靜安份的心……

☀ 7月18日 在大陸

走在喧鬧，嘈雜，味道復雜的菜市場，我感覺，我回到了……人間！

☀ 7月20日 在大陸

過馬路，聰明的人靠的是智慧，笨的人靠的是紅綠燈……

☀ 7月25日 在大陸

現在的100元能做什麼，只能解決一家子一天的溫飽問題！

☀ 7月26日

美麗是讓人身心愉悅的狀態，美麗也是一股無形而又強大的力量，推動著人們不斷的追求和超越……

☀ **7月27日**

很多時候，我們應該感動於破繭而出的力量和美麗！

☀ **8月3日**

醒著的時候，眼睛是心靈的那扇窗；但閉上眼睛，夢是靈魂的那扇窗，是出賣靈魂的那一扇……

☀ **8月6日**

2月14日是情人節，七夕是情人節，13、14都是情人節，中國人需要那麼多情人節嗎？乾脆每天都是情人節算了！

☀ **8月6日**

學過一篇文章叫《獵人海力布》，憑著記憶，晚上睡覺的時候，我講給孩子們聽，當我講到海力布變成石頭的時候，女兒說：「麻麻，我好想哭！」然後，當我又講到「村子裡的人，一邊往山上走，一邊喊著海力布的名字」女兒又好奇的問我：「麻麻，他們為什麼不喊主耶穌呢？」

（補充說明一下《獵人海力布》的故事：在內蒙古的一個小山村，一個叫海力布的獵人，有一天，他在深山打獵的時候，搭救了一條被老鷹抓住的小蛇。這條小蛇為了報答他的救命之恩，就賜予他一顆夜明珠，這顆寶珠含在嘴裡，可以聽得懂動物的語言！但是，他不可以把聽到的話告訴別人，如果告訴別人，他就會變成一塊石頭。

有了這顆寶石，他就可以知道哪座山有什麼樣的獵物，這樣，他每天打的獵物就更多，他把打來的獵物都分給村子裏的人，大家都很感謝海力布。

有一天，海力布聽到動物奔走相告：這座山半夜會有山洪暴發。海力布聽到大吃一驚，如果山洪暴發，他的村子就會被淹沒。

海力布趕緊回家告訴鄉親們，但是鄉親們沒有人相信，最後海力布只好把所有事情都告訴鄉親，說完，他就變成了一塊僵硬

的石頭。）

☀ 8月6日

關於女兒，我還有一記，一早起來女兒問我：「麻麻，妳敢抓毛毛蟲嗎？」

「麻麻不確定敢不敢抓！」我如實回答。

「那我去問哥哥，他應該會知道，他比較聰明！」女兒跑跑跳跳的去找哥哥了。

☀ 8月8日

每一首歌都有獨特的意境，獨特的意境藏著不一樣故事，不一樣的記憶。而人們總會在這些旋律中醞釀出感動，溫暖著自己……

不同時空的旋律，訴說不一樣的主打！

☀ 8月10日

還有幾天就要回台灣了，記得剛到台灣的那天，兒子穿著我嫂子買給他的拖鞋，嘀咕著：「大陸大，鞋子小！」笑翻一群人。

是啊，在人群中的感覺真好！

☀ 8月13日

時間過得飛快，今日，不過是流年裡的一條縫隙……

☀ 8月15日

雲的故鄉，有時在天邊，有時在眼前……從雲的角度！

☀ 8月16日回台灣

在離天空很近的地方，夕陽的餘暉，灑在機翼上，很耀眼……他鄉的異客，又回來了……

☀ 8月19日

家鄉的味道淡淡的飄在我的廚房，雖不道地，但足以回味，解我淡淡鄉愁！

☀ 8月19日

房子一個月沒有打掃整理，衣服也堆得老高，安安靜靜的忙了三天，家才終於回覆原來的樣子，看來，要重新評估男人的適應能力和忍耐力，有人可以在塵封一個月的屋子裡生活居住，竟然毫髮無傷……

☀ 8月21日

每個月總有那麼幾天，漫不經心……

☀ 8月26日

雖然兒子還小，但我知道，有一天，他會走出父母的視線，走進屬於他自己的世界；有一天，我們之間的話題也會彼此格格不入，他會像所有的男生一樣經歷自己的叛逆期，我也會像所有的媽媽一樣擔心他、嘮叨他。不過，我的擔心已提前來到……

今天，我用手攬著他的脖子問：「兒子，你會不會有一天覺得不想跟媽媽講話了？」兒子就回我：「不知道ㄟ！」

這種答案未免也來得太早了些吧，我忍住錯愕繼續追問他：「為什麼你現在好像就不大愛跟媽媽聊天了喔！」

兒子笑著的回答：「聊什麼？有什麼好聊的，不然我問你1+1＝多少？」

我忍不住笑：「你也問難一點的吧！」

☀ 8月28日

人這一輩子值得記念的事情很多。

從7月16日到8月16日，也不過是時光隧道裡的一條縫隙，我想要記念的，就是這條縫隙。

7月16日見到家人的那一天，我們沒有怎樣，8月16日離開的那一天，我們也都沒有怎樣，但是回到台灣，我就忍不住了……

年初的時候，媽媽的一個電話，激起了我想回去看她的念頭，於是我承諾她暑假回，媽媽很興奮。但是在五月份的時候，我突然又不想回了，但我不敢跟媽媽講，要我二嫂告訴她。

不要提這是多麼愚蠢的變卦。媽媽的失落出乎我的意料，姪子在QQ上跟我說：「姑姑，婆婆她老了很多，你不知道她多想看到你回來！」

我淚如雨下，從那個時候起已經沒有人可以阻止我了。

四個月的漫長等待，我終於等來了我所期待的暑假，和我期待的那一天。

那一天，藍天、白雲和飛機是我生命裡的詩歌……

媽媽比我想像的老多了，還帶起假牙，頭髮全白了，雖然走起路來還是那樣的矯健，但模樣已不再是我記憶中那一成不變的樣子，我已經4年沒有看到她了！

媽媽和我去世的爸爸養了5個孩子，四個男生。我是他們唯一的女兒，為了養育我們五兄妹，他們過得很辛苦。我們家一直以來都過著很清苦的日子，但一家人在一起快樂融洽、和諧溫馨，一直到我父親去世。父親是一家之主，也是家裡所有人的精神支柱，沒有了父親的支持和鼓勵，沒有了生命中的精神支柱，我的幾個哥哥只能靠自己。他們自己創業，一步一腳印走到今天，也小有成就。現在，我們一家人擺脫了貧困的生活，日子漸漸的好起來。我三個哥哥都在媽媽的身邊，他們都很孝順，我的大哥在湖南，而我……

媽媽是想念我和大哥，每次跟大哥視頻的時候，她都很開心，很激動，看到大哥的孩子會流眼淚……

我只希望媽媽的身體健健康康，這樣，有一天她才可以坐飛機來台灣，是啊，我應該要開始安排媽媽來台灣……想到這裡，我的心就安慰多了。

在大陸一個月的時間裡，媽媽每天晚上都是和我一起度過的，我很懷念那些夜晚，好溫馨……

當然，還有我親愛的哥哥嫂嫂，感謝他們對我的照顧。整整一個月，我和我的孩子都是被無微不至的照顧著，我札札實實做了一個月的大米蟲，很幸福的米蟲。

原來，回娘家，就是這樣的感覺……

回到台灣之後，我還常常有幻覺，好像是媽媽的聲音，在叫我，又像是我嫂子……

☀ 8月29日

人這一輩子，總該為自己爭個頭銜，比如「好廚子」「好裁縫」「好司機」什麼的！

☀ 9月1日

教育孩子，不要用「方法」，而用「方式」。

「方法」是心機，想方設法，只為目的，孩子難以感受到愛的成份，而「方式」則多半是一種習慣，有設計感，設計的過程中，孩子也一同參與，達到雙方平衡，只要形成，則受益終身！

☀ 9月5日

就像某種思念，在心裡，模糊又清晰……

☀ 9月16日

透過那一扇窗，可以看到四季的變換，做田的農民，駕馭著他們的生財工具，在屬於他們自己的土地上，來回的耕耘。在他們後面，一大群的白鷺鷥飛舞著它們曼妙的身軀，優雅的追隨著，一大片綠色的作物裹在傍晚的柔和陽光裡，是那樣的鮮活、晶瑩，高高的椰子樹，隨風搖擺……這個秋天！

☀ 9月17日

吵架之後的第二天，風平浪靜，女人刻意的穿了一件很漂亮，很那個的衣服，很高傲的，很臭屁的，很討人厭的，在男人面前，走過來，又走過去，走過去，又走過來……

☀ 9月19日

幸福是仰頭45度的視角相遇！幸福，男女有別……

☀ 9月25日

兒子對於「你是媽媽身上掉下來的一塊肉」這句話有著非

常深刻的理解，中午吃完飯，我們一起擠在沙發上聊天，他把他的腳伸在我眼皮底下說：「媽媽，你的肉受傷了！」

☀ 9月29日

〈女人抱怨無罪〉——來看看我們都擁有些什麼？你：「車子，是你的；房子，是你的；孩子……也是跟你姓。」我：「嗯，洗衣機是我的吸塵器是我的，一堆的掃把拖把也是我的，當然還有一個專屬的方寸之地——廚房，是我……在用的；我只有使用權，沒有所有權。」

從數量和種類來看「我的」不比「你的」要少！

網友小龍評論：「你的」都是固定資產，「我的」都是低值易耗品／委屈。

回覆：「你的」是什麼且不說，「我的」都是勞動工具＞o＜。

☀ 10月2日

他有著一雙純淨，無辜的眼神，還有一個無比清澈的內心世界，但是他還有一個讓人心痛的名字——身心障礙者！

☀ 10月3日

秋意

在深巷

在瓦楞

在田頭壟間

秋意在髮絲，眉間

秋意

在藍色的穹蒼

在候鳥的羽翼

在舞動的樹稍

秋意　她衣袂飄飄

秋意　在我心裡

☀ *10月6日*

靈感，來自特殊荷爾蒙！

☀ *10月11日*

日本人花了10年的時間，對運動的女性和不運動的女性做詳細調查，發現一個星期運動超過8個小時的女性，更年期會提前來到，因為運動會讓女人少了脂肪和膽固醇，沒有脂肪和膽固醇的滋養，女性的荷爾蒙也隨之減少！所以，終於可以名正言順的不運動了！

☀ *10月15日*

當你的心被觸動的那一刻，你突然會明白很多很多，而當你真正發現他的與眾不同的時候，你會淚流不止，你會去想像他曾經的每一個遭遇，想像他每一次的獨自面對，想像他所承受的一切……他真的很平凡，平凡得讓人心疼！

☀ *10月17日*

孩子，你必須有一對悉心的父母；

孩子，你必須生活在一個人性溫暖的地方；

孩子，你必須確定，那是一群善良的人；

孩子，以後別在馬路上跑！

☀ *11月1日*

一間轟隆作響的工廠，開在了寧靜的小鎮上，工廠排出來的濃濃廢氣瀰漫在小鎮的上空，原本乾淨清新的空氣馬上就遭到破壞，而且情況越來越糟糕，居民們個個憂心忡忡！

剛好的時候，鎮上，來了一個推銷員，他拿著一堆的防毒面具，告訴人們：「你們需要這個！」鎮上的居民就像遇到了救世主，搶著買下了推銷員的防毒面具，接著下來，防毒面具在這個地方瘋狂熱賣起來……

有一天，小鎮的居民好奇的問在工廠工作的下班工人：「你們工廠生產什麼？」

「防毒面具！」工人回答！

☀ *11月6日*

最美的相遇：

當千年的瞌睡蟲，邂逅了枕頭……

☀ *11月07日*

在生活中，我是個沉著話不多的人，可能是大腦一直在思考，讓我對外在的表達總是有些遲緩，近乎遲鈍。所以，和朋友聚會時，我對朋友們聊的一些八掛，通常都是狀況外，這樣也好，不會把自己扯進是非當中。但是一遇到文字，我就像著了魔似的，興奮難耐，總想露一手。雖然吧，我的文字不是最精致，也不是最華麗優美，我所觸及到的領域和圈子，給不了我足夠的資訊和豐富的文采，但那些從內心深處掏出的文字，簡單，而富有我個人特色，絕對是我人生的傑作，最重要的是，它們常常讓我笑得花枝亂。呵呵呵！它們愉悅了我的人生。

我好像在為自己打廣告！

☀ *11月8日*

歲月本無痕，只是借用了你我的臉……

☀ *11月9日*

金粉色的霞光在海天交接的天際，孤單的海鳥聲聲鳴叫著，朝著夕陽落下去的方向飛去……

秋天的傍晚，不忍離去……

☀ *11月10日*

今天的吃喝拉撒都解決了，就只剩下……睡覺嘍！

☀ *11月11日*

這個世界，有時像寵孩子一樣寵著男人！

☀ *11月12日*

昨天晚上的聚會，有一段時間，腦袋很空，也很沒有著落，

他們究竟都講了些什麼，我也不知道，一直恍神中⋯⋯

　　所有都看出我的迷惑，但所有人也都知道，我一點也不迷惑。我清楚的知道自己始終沒辦法認同，始終走不進那個世界，我只是一直都在勉強自己。但是他們對我的殷切，對我的用心良苦，對我的不離不棄，想要征服我造化我的那種企圖，讓我很沉重，也很負擔。

　　沒有人可以理解我內心的掙扎和折磨，我不明白，對於信仰，他們都在期待些什麼，或者是想從信仰中索求什麼。

　　信仰只是可以讓一個人找到心靈寄託的精神伴侶，我只希望在信仰中找到一種平和的心境，一個可以讓人釋放的出口，它不需要主宰我們的靈魂，更不需要占據我們的人生。

　　我不向信仰索求，我不要沒有自我的信仰，我也不願在信仰面前承認自己是個罪人，不願看到大家在信仰面前的那種奴性，更不要發瘋⋯⋯

　　而我選擇不信仰，是因為我要讓自己的靈魂單純無負擔，我要讓自己的靈魂自由自在，我深信，這樣是對的⋯⋯

☀ *11月12日*

　　我喜歡冬天
　　因為它不會熱
　　我喜歡春天
　　因為它並不漫長
　　我更喜歡夏天
　　因為它
　　離秋天不遠⋯⋯

　　這個季節適合重逢
　　風拂著面
　　帶著光陰裡的故事
　　撩起黑髮
　　撩起思緒

捲起落葉
一切都有如劇情般
經典、生動和煽情
不需要任何的布置和修飾
誰人
不想再見到在相同的背景下
不同的時空裡
不同的你
在誰的心裡
不都擬好了幾千遍台詞般的問候？

這個季節適合遇見
也許
並不需要任何的對白
只當是個美麗的意外
在風中
在人海中
唯獨遇見了你
那就稍做停留
把最嫵媚的一瞬間
烙印於彼此的眼眸
天空中飛舞著的風和落葉
構成的音符
調皮而美好

這個季節適合錯過
沒有非要遇見的
都只是路過
路過彼此的路
而已
就算是再美麗的重逢
終究是要擦肩而過

風會帶走最後一片落葉
只是偶然的瞬間
也會變成永恆
只要曾注視過彼此的眼神
閱讀過彼此的內心

這個季節
相思成河

☀ 11月13日

夢囈：

● 最近唯一的愛好和消遣就是自言自語。

● 言語的宣洩真的有癮，我總在靈感來了的時候不能自已，我只能用文字來證明自己是正常的。

● 我常覺得，女人不要做刺蝟，刺蝟膽小懦弱；女人也不要做鴕鳥，鴕鳥沒有什麼可惡，但也沒什麼可愛；女人更不要做老虎，現在的老虎，天哪！多難啊！

要做，只做無敵的長頸鹿。讓我告訴你，你有多少個做長頸鹿的理由：

第一：它優雅、美麗

第二：它親切、溫和

第三：它幾乎沒有敵人，誰都不敢欺負它。

第四：它自由，它擁有無邊的大草原。

第五：它安靜賢淑，卻不失戰鬥力，沒有哪一種掠食動物可以單獨戰勝牠。

還有：它……脖子長，可以看得遠！

總之，我喜歡長頸鹿。

● 女人……不要心無著落

● 快樂莫非，莫非快樂，快樂其來有自。就愛文字遊戲！

● 女人哪，如果你生得天生麗質，那你就要保養和維持；如

果不是，那你就得追求。

• 我冥思苦想著，該用怎樣的對白，才可以深深打動你的心，讓你……毫不猶豫的……買我的產品！

• 當身邊所有人都瘋了的時候，自己就是那個最不正常的人。

• 驕傲是女人的保護色，只是不要針對任何人。

• 夜路走多了，總會變成鬼。

• 走對的路，誰敢說什麼。

• 命運就像聖誕老公公，他有一大袋的禮物，但並不是每個人都可以分得到。

• 其實，我們連蹉跎的時間都沒有。

• 走進廚房，就有走不出來的困惑。

• 十多年前，我寫了一封信，署名是：給十年後的自己。只是十多年都過去了，我還沒有收到，不知道郵差……就算用走的，整個地求都來回幾圈了。

• 風景好的地方，總是人多……

• 我知道，我為什麼會孤獨……

• 水，柔弱無比，卻無堅不摧……女人是水.

• 誰說婚姻久了，就沒有了激情，只要你會燃燒……

• 一個稚氣的聲音問我：愛情是什麼？但是他不知道，上了30歲的女人，對於愛情的詮釋，不可能脫口而出——要醞釀。但我不會告訴他愛情是什麼，我只告訴他，無論別人是如何詮釋，我都不在意，我只用自己的方式去愛，我只當，愛，是最美麗的理由。

• 風箏，不代表什麼，也不是向往什麼，如果沒有線，它連飛都成問題。

• 每一首歌都有不一樣的意境，不一樣的意境藏著不一樣的記憶，人總是在音樂中醞釀出感動，溫暖著自己。不同時空的旋

律，訴說不一樣的主打，音樂聲起，唱的不是歌，是每個人的青春追憶！

- 一個人一輩子，只有一首詩是攢著畢生的真摯情感，堆積而成，因為真誠只有唯一！其他的，不過是靈感，而已……

- 今日是歲月的一條縫隙，有一天，我會帶著回憶擠進去，而回憶是窗簾上的流絲，隨風舞動，心情和行李，都放進了箱子，然後用拉鍊拉起來……

- 也許，有些事情，我已經得不到原諒，我也不再奢求，因為，這原本就是一個無法饒恕的錯。就像十八年前的冒然相擾……那是一個錯誤的開始，但我從來沒有後悔過，從來沒有……在我的心裡，是沒有怨恨的，只是被一種陌生橫亙在彼此之間，任誰也解不開，但是現在，累積在我內心的越來越多的是……愧疚感！

☀ 11月14日

妹妹不小心撞到頭，哥哥很是擔心：
「妹妹，1+1等於幾？」
「等於2！」
「還好，沒有撞壞！」

☀ 11月15日

我是個特別不會寫詩的人，不是我沒有詩意，我覺得一個人，一輩子，只有一首詩是攢著畢生的真摯情感，堆積而成。而這樣的真摯，是唯一。其他的，不過是來自靈感而已。屬於我的詩，並沒有堆積出來。

☀ 11月17日

很芬芳的玉蘭花，飄過車窗前……在高雄往北要上高速公路的交流道上，一個年邁的婦人，手裡提著一串串的玉蘭花在等紅綠燈的長長車龍中穿梭，並向每一台車子彎腰鞠躬，到我們這邊的時候，老公搖下車窗，買了一串，很香……才20元……只是不知道，她要鞠多少個躬，才可以換得20元收入……

118

☀ *11月18日*

人之初，性本惡。

這個世界上，畢竟好人多過壞人，我們所看到人的表面，都是好的善良的一面。因為，我們都用理性和理智，壓抑掩飾著自己的惡意和貪念。而有的人，他壓抑不住而已。

☀ *11月22日*

都說女人衣櫃裡總少件衣服，我沒有，我只少個衣櫃！

☀ *11月24日*

感動生活的每一份快樂，感恩生活中的每一個人！

☀ *11月29日*

在故鄉綿延的山野中，也零星的矗立著幾棵楓樹，每當深秋，也是透紅透紅的，紅得鮮豔，紅得燦爛，紅得讓人感動……

☀ *12月2日 （我的生日）*

去年的這個時候，我還小……

☀ *12月3日*

無論是煙、酒、檳榔……越窮的人，嗜好越多！

☀ *12月4日*

我的星期天幾乎被下了魔咒……我好害怕過星期天！

☀ *12月4日*

週末看了一場不錯的電影，值得推薦給大家，片名叫《玩火》，顧名思義，非常適合已婚男！

☀ *12月5日*

記得那一年的冬天，好冷，好大的雪，好美的銀白世界，在故鄉小鎮的一個小相館，一個男生正在等……一個約定

☀ *12月10日*

應該是夠冷吧，今年的耶誕紅感覺特別紅！

☀ *12月11日*

晚餐過後，女人一邊剔牙一邊說：

「老公，你的廚藝越來越越棒了，我越來越愛吃你煮的東西！今天的家務事我做得差不多了，就只剩碗沒洗，衣服沒洗，地板嘛，隨便溜一下就好了！」

男人：「看來，我老婆越來越勤快了，我好日子不遠了！！」

☀ *12月14日*

在已知的世界裡，我沒有給孩子更多更好的，雖然表面上看，孩子並不缺什麼，但那些看不到的，則都是我不能給孩子的。在以後未知的世界中，我也一樣不能給孩子承諾些什麼，只能在默默中給他們記錄這些生活的點滴，為他們繽紛的人生中寫下彩色的伏筆，給他們成長的歲月一個美好的見證。這當中他們給予我的東西，卻是無窮的、無價的快樂和幸福，在我寫這篇日誌的時候，兒子就在我身邊看著我寫，我寫一個，他讀一個……

• 有一天，在幫兒子檢查功課的時候，看到他的書包裡塞了一張卡片，上面寫的是……呵呵呵，是我們一家人的名字，我問他為什麼把我們所有人的名字都放在書包裡，他一派輕鬆的說：我要看的啊！

• 女兒問我：「媽媽我可以叫你媽咪嗎？」這有什麼問題，只是要時間適應。

• 有一天，兒子不高興的嘟著小嘴問我：「媽媽你的腦袋是破了個洞嗎？為什麼我跟你講過的話你都不記得了是漏掉了喔！」

• 最近一段時間，孩子們來了一句口頭禪：「我們真是過著幸福快樂的日子！」或是「我們的生活真是越來越幸福快樂啊！」雖然他們說起來是有口無心，也未必知道話的真正含意，但只要他們在說的時候真的是快樂的，那他們就是認真的！

• 有一天，老公莫名其妙買回來一個新床，事先完全沒有跟我提起過，紙包不住火的時候是家俱店送貨過來。太突然了，我

有些不被尊重的感覺。當然，如果是一棟要送我的房子，我就沒那麼氣了。

我跟老公理論著：「你知不知道我是你的誰？」老公悶不吭聲，不回答，急壞我女兒了：「媽媽是你老婆啊，你都不知道嗎？」說完還對著哥哥：「對不對呀，哥哥？」

哥哥的一句話讓我徹底破功：「我當然知道啊，但是不可以說出來呀，說出來就是作弊，啊……妹妹你作弊喔！」

• 也不記得是從啥時候開始，孩子們多了一個玩伴，就是住在家門口車輪底下的流浪犬小黑，說是小黑，其實挺肥壯、高大，一身烏黑發亮的皮毛，一點不像隻落魄的流浪犬，看來它流浪的日子挺滋潤的，它給了附近的孩子很多美好快樂的童年。它溫順乖巧，特別愛撒嬌，很惹人疼。我們家的兩個小家伙，每天吃飯的時候都會說，肉骨頭要留給小黑吃，這肉骨頭吃多了，小黑自然就成了我們家的一員。只要門一打開，它就來了，親暱的想要黏著人，兩個孩子便歡天喜地逗它、撫摸它，而且總是難過的樣子對小黑說：「小黑，你為什麼不會說會話，電視裡的狗狗都會說話？」然後又突然纏著我問：「媽媽，為什麼小黑不會說話，為什麼？」

現在孩子上學了，小黑又開始每天跟著我一起接送他們了，真的，我們一家人都好喜歡它。只是，我們家的鞋子開始莫名其妙的失蹤。

在離我們家不遠的地，還有一隻黃色的流浪犬阿肯，已被人固定收養，但我兩個孩子都說它是狼，據我女兒：「阿肯是黃色的，而且牠的耳朵是尖的，它的尾巴是往下的，所以它是狼！」我還蠻意外，她看得很仔細，而我竟然不想糾正他們……

• 昨晚上在給孩子們整理書包的時候，發現女兒的書包裡面有一張彩色紙，上面歪歪斜斜的寫著：「老師，我愛你，我超級愛你，你好漂亮，我叫我哥哥寫卡片送給你！」哦，天！有夠肉麻的。然後，在哥哥的書包裡，我則是找到一幅畫，畫的是一

顆很漂亮的樹，上面也寫著：「老師，我愛你！獻給我的老師×××！」

原來趁我不注意的時候，兩個小家伙都在忙這些事，是要準備開學的時候送給他們的老師。我女兒還翹著小嘴說：「是我自己告訴哥哥要寫什麼！」可愛得讓人受不了，寫得不是很工整，但孩子最純真的情感來自原版，不需要修改和糾正！

• 兒子問我：「媽媽，你應該沒有上過大學，因為你看起來好小！」

看來我的兒子開始了有邏輯的思維！

• 今天，好好的跟兒子聊了一下，我問他一個問題：「兒子，你覺得你是男子漢嗎？」

兒子很誠實的回答：「不是！」

我問他為什麼？

他說：「我怕東怕西，怕鬼、怕有毛的蜘蛛、怕虎頭蜂，連蜜蜂都怕！」

天！這樣還真是不能叫男子漢。

• 檢查兒子功課的時候，我發現他書包裡面有女生留給他的電話號碼，我這個做媽媽的，竟然建議他也該留個電話給人家。

• 孩子小時候的可愛小衣服我總是捨不得丟，或是送人，我喜歡把它們收藏好。偶爾的時候，我會翻出來聞一聞……裡面充滿了孩子baby時的味道，充滿著一個做母親的回憶，然後畫面也跟著來了……

有一天，我還是整理了一些孩子的東西出來，有衣服也有鞋子，準備要送人，被我女兒看到，她怎麼也不肯讓我送給別人，我很溫和的跟她講這些衣服她再也穿不下了，給那些需要衣服的孩子，她們會很開心。可我女兒就是不依，我就問她要留著做什麼，你猜我女兒怎麼說，她用一種蠻不講理的樣子大聲說：

「我要留給我的孩子！」

這我就沒輒了！

　　‧大白天的，兒子上廁所還要開燈，我就順手要去關，兒子大聲叫我別關，我就問為啥？兒子很認真的說：「我的鳥鳥有點問題，沒有燈它會尿到馬桶的邊上！」不正經的老媽就開了個玩笑：「要不要修理一下？」

　　兒子一邊洗手一邊還是很認真的說：「不用了，是老毛病！」

☀ *12月15日*

　　世界上最溫暖的兩個字就是「棉被」，親愛的棉被，我來了～

☀ *12月18日*

　　好想好想說好多話，但無論我說多少話，都不及沉默帶給我的清醒……

☀ *12月19日*

　　音樂把我帶到一個很舊很舊的老地方，隱約一些漸漸模糊的身影和一些零星的記憶，然後就有一些莫名的東西，沒有方向的在空氣中飄浮……

☀ *12月29日*

　　在台灣，最奇特的兩件事，宗教和選舉！

　　宗教，綁架人的信仰，調換人的靈魂，讓他懷疑人生，否定自己！

　　選舉：多數人欺負少數人！

☀ *12月30日*

　　夢囈

　　‧網路世界並不是隨心所欲的地方，有些話永遠都不能說。

　　‧心情、感情、愛情，都像舞池裡的燈光，忽明又忽暗。

　　‧不要得到，才永遠不會失去。

　　‧我用最樸實的文字，組合成最簡單貼切的語言，只願你能

懂。

- 男人並不像想像中的那麼堅強，女人也不像想像中的那麼脆弱。

- 愛與不愛不是在言語中，而是在感覺裡面，只要是女人，其實都會知道答案，何需多問。

- 其實婚姻生活中不是要問有沒有愛情，而是要問有沒有感情。

- 如果有一天，你不再幫我剪指甲，不再幫我擠痘痘，不再輕撫我的頭髮，不再用很深的眼神看我……

- 生活不需要演技。

- 讀過一句話很實在，一個真正成熟的人會發現，可以責怪的人，可以埋怨的事越來越少。

- 夫妻之間的問題，一件一件的解決，好過一件一件的累積。

- 似乎每個婚姻中的人都有過掙扎，都有離婚的念頭閃過，有些人離了，有些人準備離，有些人想要離，有些人不敢離，而已！

- 荷花是清新、脫俗、高貴、優雅的代言者，但這些卻都是腳下的淤泥給予的，淤泥成就了荷花的美麗，卻毀了它自己……
  出淤泥而不染，周敦頤的錯。

- 自信是一種美麗，快樂是一種美麗，不招搖，卻也有人駐足欣賞。

- 繁華的盡頭是落葉。

- 要沉澱，才會有累積，只是不要一直攪拌。

- 經歷會讓人成長，但是太多的經歷，也會讓人世故油膩。

- 就像煮湯，快樂是水，水多加一點，心事就淹沒。

- 不道人長短，不論人是非，不說人八卦，不造人謠言。

糊塗做人，
明白做事。

- 船過　水無痕。
  小鳥飛過　天空無痕，
  海浪沖過　沙灘無痕，
  秋風掃過　落葉無痕，
  既然無痕　就當我從未走過你的世界。
- 有些習慣是要堅持，有些堅持是要雷打不動。
- 有心栽花的遺憾，無心插柳的麻煩。
- 男人可以長得隨心所欲，但女人卻千萬不能生得太安全，更不可以對不起觀眾。
- 女人總是在男人的目光中無所遁形。
- 感性沒有理智，理性不會有感動。
- 一千次，一萬次言語的碰撞，都不及一次真相的大白。
  一千次，一萬次言語的碰撞，我們還是陌生人。
- 我們都存在彼此的世界，有著最安全的距離，卻安靜的不像話。
- 我愛聽有著淡淡憂傷的歌，因為我是要提醒自己，人生，它還是有痛的感覺。
- 往事、老歌，都像甕裡的老酒，歷久彌香。
- 只有無休的歲月，沒有不老的青春。
- 歲月，在指縫、在髮端、在眼角、在眉稍、在臉龐、在足下、在筆尖、在鍵盤……
- 我沒有非要遇到你，我只是路過。

2012年

☀ 1月1日

每一天，都是一個新的開始，今天是，明天是，昨天也是，找個橡皮擦，把過去的所有通通都擦去，重新填寫新的內容。

☀ 1月2日

2012最大最大的心願，是希望你為我解除星期天的魔咒，這一輩子所有的星期天（幾乎每個星期天，老公都會很晚回家，而且會喝酒！）

☀ 1月3日

愛情經不起平淡，婚姻經不起富貴……

☀ 1月6日

翻雲覆雨的手……

☀ 1月7日

時間一長，生活就會不知不覺長出稜角，我們要想辦法慢慢磨平，久久又長出來，然後再磨……所以我們的日子就叫消磨！

☀ 1月14日

在岡山河提公園旁邊，林立著大片一排排紅白相間的建築物，裡面很寬闊，環境也很清悠，且完全是無障礙空間。所謂無障礙是指它的設備是讓坐輪椅的人可以暢行無阻，這裡叫勵志國宅，裡面住的全都是來自大陸的老兵和他們的後代，這邊叫老榮民。他們從以前的榮民眷村搬到這裡。社區裡面的老居民們大多都已行動不便，只能依靠輪椅，在言語上也都接近沉默，生活起居都是由外來的幫傭24小時照顧。但是，從他們混濁的眼神，沉默的表情中還是可以看到真正歷經過血雨腥風，走過世代變遷後的滄桑與感慨，其中也隱藏著他們對自己戎馬一生的驕傲和榮耀，只是他們漸漸沉寂。

活躍在裡面的是他們的後代，每次走進這裡面，聽到的滿都是來自祖國各地的方言，而且大家口中所講的也都是上海啊，北京啊，或是南昌啊，武漢啊……這些聽起來親切熟悉的地名，讓人有種錯覺，好像是走在我們大陸的某個社區。這裡，跟外面是截然不同的世界……

這個夢我一定要記下來，我夢見自己遇見一隻老虎，嚇得要死，想要拔腿就跑的時候才發現自己根本跑不動，只能眼睜睜看著老虎慢慢逼近，當它靠近我的時候，我沒有躲，也不敢動，老虎從頭到腳的打量著我，突然……它說出一句人話：妳的腳為什麼和我的腳不一樣？

……

可惜沒有下文！

☀ 1月19日

「難分醉醒，玩世就容易！」別人的歌詞，借用一下。

☀ 1月20日

莫再說女子有才，女子有才不如有德……

☀ 1月21日

無求就是欲求，欲求就是無所不求……

☀ 1月22日

有些東西會穿越時空，在空氣中迴盪，只是，再也觸摸不到……

☀ 1月23日

永遠，不要試探人性！

☀ 1月29日

痛苦，是作為人最逃避不了的懲罰……

☀ 2月25日

那天是星期二，因為下雨，沒有辦法出去工作，孩子們也

都上學去了。夫妻倆難得有個獨處的機會，為了不辜負天公的美意，男人拿出一瓶紅酒，打開倒在兩個晶瑩剔透的玻璃杯裡。一股濃鬱的葡萄酒香撲鼻而來，如愛戀般的味道在空氣中瀰漫開來⋯⋯

酒色如幻的時候，女人輕聲問：「老公，你有沒有感覺少了一點什麼？」

「什麼？」

「你少了一個美女，我少了一個帥哥！」

「哈哈哈⋯⋯」

接下來，兩個人為著各自的遺憾，一杯接著一杯，把一瓶藏了3年的紅酒喝完了！

窗外，雨，溫柔的下著⋯⋯

☀ 3月4日

一家人在高雄的科工館排了40多分鐘的隊，是為了要看達文西的畫展，主題《會說話的蒙娜麗莎》結果一個小小的展覽館10多分鐘就走完了，人也多得不得了，敗興而歸。

☀ 3月9日

其實無關對或者錯，總是會有那麼一些的心靈空缺感，會有某種莫明的脆弱感，然後，小心翼翼的，在心裡藏一些溫暖的東西，這些東西隨著心跳的律動，變得繽紛而生動⋯⋯

生命中總會有一些美好的際遇，但是不是每一樣美好的際遇都可以去承受，去擁有，只能拒絕⋯⋯

☀ 3月10日

寒氣逼人，天氣異樣的冷。幾天前，我悄悄的把冬天一一的折好藏起來，塞進箱子裡，然後搬個凳子，爬上去，吃力的硬把它放進壁櫥的高頂上，心裡洋洋得意：這一下你總下不來了吧！

我以為真的可以把冬天藏起來，可是人算總不如天算，這兩天，冬天就像長了手一樣，硬是把我的箱子撐開，掙扎著打了一

個大大的哈欠。

　　沒辦法，我只好又搬個凳子，搖搖晃晃的爬上去，還蠻不容易的把又它給請下來。

　　一年都要這樣好幾次，冬天藏了夏天出關，夏天藏了換冬天出關，好在台灣只有夏天和冬天。

☀ 3月18日

　　兒子捏著我的耳朵說：「麻麻怪不得妳的眼睛那麼好！」

　　我不明白他的意思，他給了我一個很不可思議的解釋：

　　「我看一本書上說，在耳垂中間打個洞，眼睛就會變很好！」

　　不知道是不是真的，你耳垂有洞嗎？

☀ 3月27日

　　世界，因缺憾而更顯完美，因追求而更具魅力！

☀ 3月28日

　　人生最美的意外，他鄉遇故知，它靜靜的躺在書店的一角，隔著櫥窗，我都能聞到它的香味，或許有天意，十年來的想念，此時化作洶湧的潮水傾瀉而出，從此我不會再有孤獨感，我的心，不會再寂寞……

　　　　　　　　　　　　　　　　　　——致《讀者》

☀ 3月29日

　　所有的事情都發生在不經意間，所有的感覺，也是在不經意的時候湧現，想要留住的話就要以時間為代價！

☀ 3月29日

　　一個人的最佳狀態就是隨時隨地有話要說，我都快被自己吵死了！

☀ 4月3日

　　有時候，那就是天機……

☀ **4月3日**

　　我總覺得勤勞和智慧是人類最基礎優質的特性，一個人很難得同時擁有，假如他真的同時擁有的，那應該是他的不幸，因為他會比常人活得更辛苦，更沉重，他要承受的是身體上和腦力上的運用傷害，而且一個太優質的人，他絕對看不慣所有的一切也就造就他孤獨，太優質的人有追求完美的沉重壓力！

☀ **4月9日**

　　第一次去高雄壽山動物園：有時覺得動物園裡的動物就像養老院裡的老人，憔悴而孤獨，沒有健壯，沒有野性。

☀ **4月9日**

　　西風瘦……駱駝一隻。動物園看到一隻消瘦的駱駝，看起來已經是風燭殘年，駱駝是我最敬佩的動物，牠們的生命是在永不停蹄的跋涉中，艱難渡過，無邊的沙漠給了它們沉重的旅程，也給了它們一世的滄桑，一世的流離，它們不言不語，只有用眼神流露牠們的韌性與深沉。

☀ **4月9日**

　　園區的東邊關著兩隻慵懶的非洲雄獅，不知道它們還記不記得自己的故鄉，遙遠的非洲大草原，是否還記得那草原上的芬芳，記得草原上鮮嫩肥美的大水牛，記得在大草原上追逐獵物的快感，記得在大草原上每一次的為生存而戰，記得它們曾是大草原上的無敵霸主。據說，動物是有記憶的，它們可以從風裡，聞到故鄉的氣息……

☀ **4月9日**

　　動物園裡面狀態最好的，就是幾隻肥嘟嘟的小豬，不用解釋，物競天擇，適者生存。

☀ **4月9日**

　　8年前的今天……也不過是昨天……

　　祝福你，寶貝！

☀ 4月12日

生命的鮮活來自生動，來自明顯的喜怒哀樂！！！

☀ 4月13日

對於男人來說，不吸不喝不嫖不賭，就是好男人，如果加上認真上班，努力賺錢，那簡直就是極品。大家把屬於原則的問題，硬是歸納成優點和成就，若男人以此為人生目標……也好！

☀ 4月17日

清晨的一場小雨，淋濕了整個世界，也淋濕了我的夢，給了我幽涼舒適的一天！

☀ 4月18日

一定要在音樂聲中結束這一天，就像連續劇的片尾曲……

☀ 4月18日

歲月就像兩把雨刷，刷呀刷，遲早有一天，會把我們的青春刷得亂七八糟！

☀ 4月19日

其實每個人都過得很累，越專注的人越累……

☀ 4月21日

剛開始的時候，聽到夜鳥的叫聲會心煩氣燥，現在已由習慣到漸漸理解，畢竟人家也是有生理問題要解決！

☀ 4月22日

我分享幾句我們那鄉下人常愛講的一些俗語諺語，很有意思的。

「天晴不開溝，下雨沒水流」──家鄉諺語

找不到出處。意思是天氣晴朗的時候不做好水利工程，等到下雨的時候，水就沒有地方流，造成積水。意即未雨要綢繆，不管做什麼事要先做好萬全的預備工作，防範於未然。其實另外還有一層意思，就是平時親朋好友，左鄰右捨間都要疏通，打好關

係，這樣有困難時就會互相幫忙，不會顯得孤立無援。

「孩兒不冷，酒兒不凍」——俗語

查不到出處，小的時候，冬天很冷，每次喊冷的時候，媽媽就是這樣鼓勵我的。有時候，還真不知道該相信她的話，還是相信自己的感覺，呵！聽多了，我就知道：原來酒是不會結冰的液體。

「夜裡想了千條路，清早起來還是賣豆腐」——諺語

這句話也常掛在我媽嘴邊，不知道是不是說她自己，哈哈！小時候聽著好笑。查了出處，這句話出自明末馮夢龍的《醒世恆言》。意思是不甘心做一些小本生意，總想著用什麼方法賺大錢，卻又不付諸行動，空想，但有時也迫於無奈，改變是要勇氣的！全文：天上下雨地上滑，自己跌倒自己爬，今夜思量千條路，明朝依舊賣豆腐。

「人窮志短，馬瘦毛長」——諺語

出處有點偏僻，出自宋朝時期的中國佛教禪宗史書《五燈會元》的第十九卷。

我媽講這句話的時候，忘記是在什麼樣的故事背景下，意思是馬兒消瘦的時候，毛又長又邋遢，人在貧窮的時候，也是窮的意志力薄弱，自暴自棄，沒有遠大的志向！

「蛤蟆沒頸，小孩沒腰」——俗語

這話找不到出處，應該是大人們一代代口耳相傳，我媽也應該是從外婆那聽來的，外婆拿來教訓她的，結果她又拿來教訓我，我要不要拿來教訓我的孩子啊。話說回來，青蛙沒脖子是事實，小孩子沒腰可真是冤，小時候拔秧的時候，累到都快要直接坐田裏面了，大人說這話可真狠啊。

「桃飽李飢」——俗語

也找不到具體出處，應是民間流傳的一句生活小常識。

每每桃李成熟的季節，我們大吃特吃的時候，老媽就會念叨

著這句。桃子和李子都不可以多吃，桃子吃多了會覺得很脹飽，不舒服；李子吃多了，不但沒有飽足感，還會讓胃不舒服。

「雷公只打沒有尾巴的樹」──家鄉俗語

找不到出處，應該是我們地道的家鄉俗語。

這話是說老天無眼，飛來的橫禍專找苦難的家庭，讓這個家庭雪上加霜，更加悲慘。尾巴的意思是樹梢。

「叫花子門前還有三尺硬地皮」──諺語

第一次聽到這句話是小時候有一次，村裡的一戶人家和我家有一點小誤會，然後他們一家人衝到我們家來理論時，我爸爸和我哥哥們說的，這件事很多年後兩家才化解了誤會。

這句話意思是說，就算有再大的誤會，也不要聚眾侵門踏戶，給彼此保留一點迴旋的空間和餘地。

白天走咚咚，晚上嚇老公！──家鄉哩語

道地的家鄉哩語，

形容女人白天不做家事，喜歡東跑西跑，到了晚上就故意把自己弄得很忙很忙的樣子，嚇嚇老公！

鄉下人總愛說這些聽起來不雅，卻意味十足的話來調侃人生。

白天走四方，晚上補褲襠！──諺語

出自近代小說《太行風雲》

意思也是白天東奔西跑，褲子都走破了，到了晚上就得補褲子了。形容一個人白天愛到處閒晃，晚上就裝忙。小時候常常聽到大人們這樣調侃那些做事拖拉的人。

☀ 4月27日

得意的時候潑他幾瓢冷水，失意的時候慰他幾許良言⋯⋯

☀ 4月28日

一念間，五味雜陳⋯⋯

☀5月2日

當你那邊正是「手把青秧插滿田」的時候，我這邊已是收穫的季節。

春雨過後，微涼的風裡，稻香陣陣，調皮的小鳥嘰嘰喳喳的搶著稻穀吃，辛苦勞作的阿叔阿伯們，不停的揮舞著手上的竹竿，想要趕走偷吃的小鳥，努力守護著他們辛苦工作的勞動成果……藍天，白雲，燦爛的陽光，快樂的小鳥，頑強的阿叔阿伯，和他們的稻田……

生活總是以不同的方式，展現他的美好而活潑！

☀5月3日

寧願相信這個世界上有鬼，也不要相信政治人物在選舉時候的承諾！

☀5月4日

女人不再只為悅己者榮，追求自由快樂的女人，更應該好好的善待自己的身心，不致受傷，呵護自己的青春不致流逝！

☀5月5日

孩子還在上課，早上他抓了隻小蝸牛回家養。出門的時候，他一再的叮囑我：「媽媽，幫我看好小蝸牛，別讓它跑了！」我蠻負責任的對孩子說：「放心吧，跑不了的！」

可是可是，吃中飯的時候，我怎麼也找不到小蝸牛，還真的給它跑了。我趕緊到外面，找了一隻蝸牛，找不到一樣小的，只能找隻大的來充數。兒子放學回來第一時間就來關心他的蝸牛，我滿臉無辜的告訴兒子：「你的蝸牛長大了！」

☀5月6日

對於孩子，我們是他們的父母，老師，但同時也是他們的玩伴。在他們面前，我們除了要有母性的溫柔與包容，還要有不可抗拒的嚴肅。

☀ 5月7日

生活就像白開水……（此處省略四個字）偶爾會想來點碳酸飲料，但最終依賴的，還是白開水……

☀ 5月8日

有時候，我得回頭看看我說過的話，是否言不由衷！

☀ 5月9日

坐得太久，站起來123一下，不然腳都要長出根來了！

☀ 5月9日

今天在某個人的空間呆了很久，原來我們是有回憶的，只是那點點相似的德性，讓人想哭又想笑！

☀ 5月10日

兒子做了一串項鍊，要送給媽媽作生日禮物，因為媽媽的生日還要等半年，半年之後才可以屬於我，所以現在暫時是由兩個孩子保管著！

☀ 5月11日

兩眼皮在打架，我得去跟他們拼了……

☀ 5月12日

這樣的夜晚，讓我想起在贛州的日子，一直都想為自己在贛州的生活留一些印記，因為，那裡是我城市生活的第一站。

相對於別的城市來講，贛州小巧而精緻，在這裡我學會了很多很多的東西，同時也讓我深深感受到城市裡面錯綜複雜的結構。

城市繁華璀璨，而城市裡的人，神秘而敏感。我喜歡那個地方，喜歡那灑在八境台上的夕陽，喜歡文清路上一排排誘人的櫥窗，喜歡那裡其實是來自福建的沙縣小吃，喜歡東門廣場上涼涼的晚風。還有一樣東西，很深刻，就是那個城市的晚安曲——夜深人靜的時候，穿梭在大街小巷的環保車的音樂聲。很清晰，帶

著些異樣的味道，一些的如泣訴般的苦情味，在城市的上空，一直飄，一直飄，飄進每個輾轉難眠的念想人的耳朵裡、心裡……

只是在贛州是孤獨的，我在贛州呆了兩年後，才離開那裡來到台灣。兩年期間，每次在人來人往的車站迎到他的到來，一個月後，他又要離開。每一次離開的時間，都是深夜過後的凌晨，他不讓我去送他。只是每次他從身邊抽離的那一刻，心都是痛得不能自已，而思念也從那一刻開始，他走後，我會在充滿他的體溫，他的味道的被子裡，流著眼淚到天亮，那種煎熬永遠都不會忘記

不知道這算不算是特別的記憶，我很懷念我們在贛州的日子，可能是因為，贛州說起來還算是我的地盤。所以那個時候，他對我百依百順，把我當寶貝。而我們也還沒有生活上的任何困擾和擔憂，雖然有時，我們也會迷網，但我們會用一種很直接的方式忘記那種感覺，很愜意的二人世界。

哈哈，其實我們現在也很好，他愛我，他的世界只有我，我的世界也只有他。我們常常一起回憶在贛州的點點滴滴……

☀ 5月14日
女子也愛財，走君子之道！

☀ 5月15日
時間和速度是成反比的！

☀ 5月16日
人是最奇怪的動物，在人群中的時候總想要獨處，一個人的時候又覺得孤獨！

☀ 5月19日
兒子有個毛病，很膽小，怕蟑螂，怕蜘蛛，最怕鬼，不敢一個人在樓上，不敢一個人待在房間，連大號都要我去陪他，我才不要，他就一個人自言自語：「要是有一隻獅子陪我就好，這樣我就什麼都不怕了！」

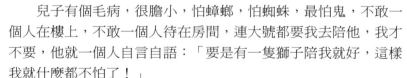

☀ 5月20日

窗外，街市燈如畫，轉身，依稀有淚光……

☀ 5月22日

風裡，傳來陣陣故鄉的氣息……

午夜夢回的時候，時光總是還停留在那片綠色的田野中……

只是，很多的回憶，已如隔世般遙遠！

☀ 5月26日

晴空，萬里無雲，風吹得椰子樹沙沙作響，夏天的味道，薰得人陶醉，穿起裙子，搖擺我們即將褪色的青春。

☀ 5月31日

記憶，還是應該呆在記憶的深處，而不是跳脫出來，和你嬉戲！

☀ 6月2日

在或與不或中，平衡著內心的動與靜！

☀ 6月3日

今天早上沒事又跑去學校給兒子班上的同學講故事，台灣的學校早上沒有早讀，7點半到學校打掃，打掃完就早自修，完全沒有朗朗讀書聲，星期二和星期四的早上，老師要開會，所以就得有人自願去幫孩子們維持秩序，給孩子們講講故事。

不過今天發生了一點小意外。

兒子班上有一個孩子有一點言行上的障礙，他有時候會控制不住自己會去打別的孩子，或是去騷擾人家。早上講完故事要下課的時候，他惹到另一個同學，這個同學生氣忍不住用手上的陶笛用力敲了他的手。他痛得哇哇大哭，這個時候，其他的同學都圍過來看他的手，然後大家齊刷刷的一起指責那個同學說：「你很過份呢，你怎麼可以打他！」還有幾個同學就說：「趕快，我們先帶你去保健室！」邊說的時候，就有好幾個同學已經帶著這個孩子去到學校的保健室。

這群可愛的孩子才小學二年級，有愛心，處變不驚，有方法，有秩序，有處理事情的能力和條理。事情發生後，第一時間要做的事情是什麼，他們都很清楚，他們沒有歧視這個特殊的孩子，而是齊心的去照顧和保護他。

在他們的身上，你可以看到屬於孩子的完整天性……

☀ 6月4日

「媽咪，我愛妳，妳好漂亮！」這是女兒第一次用注音打出來的字，用了15分鐘的時間！

☀ 6月5日

遍地都是忙忙碌碌的腳印，寫著每個人的生命傳奇，我也得趕著去參一腳！

☀ 6月6日

每一次的紀錄，我都當是一種得到，或是再一次的得到，這種感覺很美好，

當生命的過程都是一直在得，能不豐富嗎？

☀ 6月13日

等待……平靜！執著！

☀ 6月14日

雨過的清晨，風很涼，沖洗過好幾遍的馬路黝黑發亮，兩旁的路樹散發著原始的清香，空氣中帶一點童真般的甜味，侵襲感官。本想來個優雅的徒步，不想，一場大雨……唉！狼狽收場。

☀ 6月14日

記錄，是讓自己的人生有跡可循，身心累了的時候，可以安靜的徜徉其中……

☀ 6月16日

父親是孩子的生命之樹，願每一棵生命樹長青……

☀ **6月18日**

到現在為止，日記最高記錄是733條，現在瘦身只剩153條紀錄！

☀ **6月19日**

颱風要來了，準備了一個星期的食物，掛在脖子上⋯⋯

秦時明月評論：脖子轉360度，可不容易。

回覆：可不就是，一個星期已過，脖子已經瘦了一圈。

☀ **6月20日**

時間真的會停止嗎？不管是不是真的，活在這個世界上我們就得追求活著的品質，這幾天，台灣一直下大雨，很多人的家園都毀了，食不能飽足，夜不能安寐，還要被迫流離，他們不為什麼，只在為最簡單的生存而奔波。而雨，還在一直的下，台風還在侵襲，生活對於他們來說，真的好難好難，所以，活在當下，無所奢求！

☀ **6月20日**

孩子們好愛吃炒麵，每次煮炒麵的時候，他們三個都開心的像過年一樣。今晚的炒麵份量沒有拿捏好，只有三人的份，通常在這種時候，女人都是捨己成人的那一個，所以，我只好坐在旁邊，看他們吃得津津有味！

☀ **6月22日**

起了一個大早，比小鳥還早。

☀ **6月24日**

歲月不留白⋯⋯

☀ **6月24日**

無論是哪種感情，都是負債，彼此相欠，無論哪種感情，不要讓一個人去承受⋯⋯

☀ 6月27日

　　人終其一生所追求的，就是靈魂的自由，從大的天地，到小的
　　自我，放空所有的掙扎，不會有孤獨侵襲……

☀ 6月28日

　　「感謝親愛的爸媽，給我擋風遮雨的家，感謝親愛的老師，
教導我無窮盡知識，感謝親愛的朋友分享生活苦辣酸甜，感謝路
邊的小花小草，感謝經過的大風大雨，感謝流動的水偉大的高
山，感謝上天和大地」……女兒幼稚園畢業！

☀ 7月2日

　　某個地方，某個風景，因你而存在……
　　無論你在哪個城市，晚安！

☀ 7月5日

　　人生可以幸福的事很多，比如平安，比如健康，比如孩子的
笑臉，比如老公下班的聲音，比如朋友的問候，每一個讓你悸動
的瞬間，而浪漫算是奢侈，可遇不可求。

☀ 7月6日

　　夜半
　　靜穆的星空
　　雖然不是那麼的璀璨
　　還是很美
　　純靜的
　　有些淒然
　　但不解人意

　　我在星空下
　　做起沒有顏色的夢
　　夢裡的曙光
　　將我拉回鳥鳴花香的世界……

☀ 7月7日

就像是一場夢，夢醒了一切很安靜，安靜如夏日午後⋯⋯

☀ 7月8日

今天的運氣不錯，想想可能是早上出門的時候，不小心踩到了一跎⋯⋯口香糖，所以了，走運不要只迷信一種東西！

☀ 7月11日

我是一隻蝙蝠，又開始倒掛自己的人生！

☀ 7月15日

常常被孩子的話噎到，給兒子買了他夢寐以求的百科書，他開心的一直大叫：「好爽喔！」

女兒就馬上糾正：「哥哥，不可以說『爽』字！」

馬麻就疑惑：「為什麼？」

女兒解釋說：「因為『爽』字裡面有四個××哦！」

☀ 7月16日

孩子的笑臉，永遠燦爛著媽媽的人生⋯⋯

☀ 7月17日

台灣這塊土地融入了很多的異地文化和氣息，在這裡，無論你來自何方，你都可以找得到類似的故鄉味道，雖不道地，卻足以融化內心的思念之情！有一種身在異鄉卻不為異客的感動！

☀ 7月18日

世界上最不厭其煩也最吸引人的話題，無非男女之間那點事。

不知道你是在婚姻的圍牆裡，還是圍牆外，我只跟圍牆裡的人說話。

我想問，你家裡是男人做家務還是女人做？不用回答，你自己知道就好。

現實的生活中，比較起來，男人比女人更需要被照顧。他

們虛有堅強的表相，其實在心智和生活能力上，他們很脆弱，不堪襲擊。男人的本質就是一個孩子，一個需要被照顧的孩子，固執、任性。即便是這樣，我們還是要為兩人之間的相處尋找一個平衡點，彼此認同的平衡點，不能讓所有的事情都由一個人承擔。如果說，家庭的主要經濟來源是由男人負責開拓，那……家務事，女人就要多擔待一些。

女人做家務的三個理由：

第一個

男人不夠細緻，洗衣服不會分類、洗碗不會記得烘碗，洗菜不會洗第二次，煮完菜不會擦油煙機和瓦斯爐。

第二個

其實我最害怕就是虧欠別人，如果生活中一直都是他在付出，他在扛，就算他是心甘情願，我還是會愧疚不安，不安就不會快樂。我欠人，我就受制人；人欠我，人就可以受制於我。哈哈，開玩笑，還是用更健康的方式相處，畢竟牽制他人是一種主導權在作祟，只願心裡無愧疚，不虧欠他人。

第三個

妳必須要讓他在生活上依賴妳，讓他感覺到不能沒有妳。一個什麼都不會做的男人，失去妳，他的世界會塌下來。如果他什麼都會做，會妥善的照顧自己，那他真的，有沒有妳都沒有關係，而一個女人，當她在男人的生活中是一個可有可無的影子時，那是最悲哀的。

只是不管是做什麼，我們不需要做到完美無缺，盡自己的能力。同時也做到尊重男人，比如一些做不了的事就留給他們，我們也不能完全掠奪他的做事權力，畢竟這個家，他不可以置身事外，要讓他感覺自己被需要，感覺自己在這個家的重要。

婚姻中就是相互依賴，彼此需要。感情可以是一個人的事情，但婚姻一定是兩個人的事。

沒有人可以保證自己的婚姻可以天長地久，但是，不管是男

人還是女人，一定要努力為自己的婚姻做點什麼。

☀ 7月20日

女人：「老公，我今天一天都感覺渾身不對勁，你一回來就好了！」

男人：「還不是因為我今天發薪水！」

☀ 7月24日

今天全台灣最大的新聞就是威力彩上看10億元，全台灣人都瘋買，台東有一個小村子，村長一大早就在廣播裡喊，村民們趕快到村長家集合，每人繳200元買威力彩，中了大家平分。可愛的村民們男男女女真的都跑去村長家繳錢，最後集了40000多元，哈哈，也不知道有沒有中！

☀ 7月24日

那段感情，已枉然成風……

☀ 7月25日

為她人積一點心德，為自己留一點口德，歲月不會獨厚你，它也一樣不會饒過你……

☀ 7月26日

寂寞是因為……

在我分享生活中每一份快樂的時候，沒有你的掌聲和共鳴；

在我難過委屈的時候，沒有你的關心和安慰。

☀ 7月28日

生命的美好，在於離我們的約定，越來越近，原來有個約定真好，約的什麼定嗎？我那前世情人要約我去亞馬遜河……釣……魚……！

為什麼用省略號嗎？因為怕啊！

☀ 7月30日

初來乍到的時候，我以為這是火星……

☀️ **7月30日**

今天，帶著孩子，和兒子同學，還有他媽媽到高雄市文化中心劇院，觀看豆子劇團的兒童舞台劇《達剛三號》，感覺很不錯，舞台效果和演員功力都很好，還有很深的正面教育意義，唯一的狀況是裡面不能帶水，所以進去的時候，我把帶來的水……解決了一下，結果進去沒多久……

☀️ **8月5日**

童年，初戀，回憶，愛情，理想，生命，婚姻……

是人生字典裡面最有顏色的，最燦爛炫麗的，最有溫度的詞彙，像這省略號，有著無窮盡的深意，只不過，有些……也該被開除了……

☀️ **8月9日**

在某個安靜的角落，總會有人在用力的思考，思考人生的方向，只是，她好需要一個能支撐的點，好需要一個可以依靠的肩膀，但是她也很清楚，就算她一無所有，她也不會怎樣……

☀️ **8月13日**

生態常識上說，大千世界的各種生物中，一般雄性生物都要比雌性生物長得更漂亮，更美麗，比如公雞，比如孔雀，比如獅子，比如……遺憾的是，只有人類不是……

☀️ **8月14日**

女兒也已經會騎單車了，她好開心，因為她覺得比哥哥厲害，就讓她得意吧，不過，他們車子上的拆下來的四個輔助輪我都給他們留著，做紀念……

☀️ **8月17日**

歷經千辛萬苦，妳終於讓一頭牛愛上了妳，離不開妳，那接下來，就是要看牛怎樣戒掉吃草！

☀️ **8月21日**

朝夕不覺間，世上已千年……（在山上待了兩天回來）

☀ 8月23日

文字昭示著內心的溫度，正常是攝氏36.5，正負0.2度C⋯⋯

☀ 8月24日

那些年，我們都還在經歷初戀⋯⋯那些年，等待是美好的，執著是美好的，信念是單純的，淚水與笑臉都是單純的，我們的夢想和渴望都是青澀單純的。那些年，我們再也回不去了，就算記憶從時光的夾縫裡跳脫出來，別誤會，它，也只是想和你遊戲⋯⋯

☀ 8月28日

三十多歲的女人，她究竟還會想要些什麼，還是真的無所欲求？

她知道自己要的是什麼，她不是物質的奴隸，她為自己建設了一個美麗的精神家園。

不曾有人探索過，也不需要任何人的探索，生命本來就是一個完整的個體，有時候，有些東西，是頑強的屬於自己。

一顆純淨的心、一段含蓄的情感、一個深邃的眼神、一份深沉的愛⋯⋯

☀ 8月29日

你認為的暫時的東西是什麼？傷痛，還是快樂，到底什麼才會在生命中定格，成了永恆⋯⋯

☀ 8月30日

有時候，你看一棵樹，在風雨中堅強，但是可能，它也有被連根拔起的命運。

☀ 8月30日

孩子們今天開學了，女兒也上小一，昨天晚上她還很開心的對媽媽說：「好期待明天！」早上送她去上學的時候，有看到幾個孩子在哭，顯然是不想上學，看著有些心疼。原來，孩子的成績呀什麼的，真的不重要，她開心快樂，才是最重要的。

☀ 9月1日

今天，一年沒有見面的朋友，一看到我就說：「哇！妳長高了！」真的還是假的，已經20多年沒有人這樣講我了⋯⋯

☀ 9月2日

今天，和一群年過花甲的傢伙們坐著搖搖晃晃的遊覽車去墾丁玩了一天，很驚喜的是，一路都是讓人驚豔的海景，非常非常漂亮，還遇到好多操著家鄉口音的陸客們，隨意的問一位大叔從哪裡來，大叔說：「俺從山東來！」

那位大叔是不是你呀，哈哈！

☀ 9月3日

不一樣的顏色訴說著不一樣季節的故事，歲月就是在這樣的跳躍裡，變得生動美麗⋯⋯

秦時明月評論：季節裡的日月光影，每天都是不同的。美麗變幻，如歌輕吟。

回覆：真想，每天在有陽光的風裡，裙襬搖搖，站成一抹永恆的⋯⋯風景⋯⋯！

☀ 9月3日

話說，成功的男人背後都有一個偉大的女人！但成功的女人背後卻很難見著偉大的男人！

☀ 9月9日

穿了一個星期的工作制服，好不容易等到星期天了，總該把自己打扮得漂漂亮亮的，去個菜市場吧！

☀ 9月20日

有人不喜歡獨處，因為害怕孤獨！

其實獨處不是一種常態，在人群中久了，我們的身體和心靈都需要被隔離，需要平衡和調節，需要庇護與沉澱，需要一個獨自的空間，讓自己自由和放縱⋯⋯

在人群中才是常態，那才令人害怕！

☀ 9月22日

中午，和孩子們去超商買東西，有幾個外國人坐在裡面喝飲料。

回家的路上，女兒告訴我：「麻麻，剛剛那幾個外國人一直看著我們，他們一定覺得我很可愛！」

☀ 9月23日

對我好，我便是隻貓，對我不好，我就是隻大貓！

☀ 9月25日

公司有蛇！嚇得我們這群娘們個個花容失色，而且還是一隻會起舞的眼鏡蛇。其實是好事，至少說明生態興旺！

☀ 9月28日

好開心喔，終於放了兩天中秋假！我準備明天，買菜、煮飯、洗衣服、整理家裡，後天……買菜、煮飯、洗衣服、整理家裡……

☀ 9月30日

到外面晃了一圈才回來，一路上，都是烤肉的香味，幾乎家家戶戶都坐在門口烤肉，所以，這邊的中秋節味特濃……呵呵，願大家節日快樂，月圓的時候許下美好心願，幸許，下一個中秋月圓，願望就實現了！

☀ 9月30日

年怕中秋，月怕十五……為什麼怕嗎？因為它們會咬人啊！

☀ 9月30日

我終於徹底忙完，這是一個史上最忙的中秋節，既然忙完了，那就好好的來過一個中秋節吧……啊！什麼啊？快過完了嗎？

☀ 10月2日

天啦，我怎麼還在網上，我還以為我已經去睡了！

秦時明月評論：天哪，來的是我嗎？

☀ *10月5日*

作為勞動人民，每個月的5號是一個幸福燦爛的日子……

☀ *10月7日*

女人，不要輕易流露內心的脆弱和……want！

☀ *10月9日*

「流水他帶走光陰的故事，改變了我們……」電台裡面，毫不經意的響起了這首昨年的歌，隨著旋律，和羅大佑上個世紀的聲音慢慢流淌，大家都感慨了，雖然歌聲背後的所經的人事各各不同，但是兩岸的共同的流行文化元素，卻讓我們有著共同的感傷，只因時光……

☀ *10月10日*

尊重每一個人的生活方式，不以他人為錯……

☀ *10月12日*

唉，我真不該把微博的名字「莫言」改成「夢囈」不然這會兒也該雞犬升天了，哈哈！開個玩笑。所謂言多必失，所以默言，但往往叫莫言的人，定是知無不言，言無不盡的人！（莫言獲諾貝爾文學獎）

☀ *10月12日*

一定要記錄這一刻，特別的人生，特別的體驗，某年某月某日，岡山夜市……

☀ *10月14日*

再忙，也要空出一點時間帶著孩子們去騎車。每個星期日的下午，陽光抽掉了熱度，只剩下橘色的輝芒，秋風乍起，很難形容的好時光，我帶著孩子們騎著單車，穿梭在高速公路下面的工業區裡。星期日的工業區，只用三個字可以形容：無人煙！林立的廠房，頓時變成沉默的堡壘……

☀ *10月15日*

生活，幾乎把個人折騰成了一個陀螺，轉個不停！

☀ *10月17日*

對此，我了如指掌，但卻無能為力……

蕪草評論：沒關係，無為無不為，無為而治。

☀ *10月21日*

我終於……離開了床！

秦時明月評論：床長啥樣？

回覆：讓我再回頭……看看。

☀ *10月23日*

每個人內心深處，都藏著一個最真實的自己，誰都渴望著勇敢做回自己，渴望著生活在以自我為中心的個性世界裡面。但其實，做自己必須拋棄一些優質的人性，比如寬容，比如仁慈，做自己，一定要是一個自私跋扈的人，所有的一切都要走個人主義，不然，你又何來瀟灑的自我！

晨曦評論：又感慨了？

回覆：嗯嗯，逢三六九，今天是初九。

☀ *10月25日*

其實真的蠻想全世界都達成共識，錢不應該買到特權，不應該買到尊榮，不應該買到奢侈……可是，如果真的買不到這些，人們對金錢的追逐也就興趣黯然了，沒了追逐，就沒了信念，沒了動力，也就沒有了人類的進步。你說這矛盾有多深刻，這篇文章最後最能厘得清的，就是一個念頭：趕快拼命賺錢去！

評好友話題日誌《錢不應該買到什麼》。

秦時明月評論：你讀懂了那篇文……

☀ *10月26日*

蟲蟲危機，什麼蟲嗎？就……瞌睡蟲。

秦時明月評論：正在和它鬥爭中。

回覆：打它一下它就暈了，不信你試看看。

☀ *10月30日*

不慍不火，不冷不熱，不鹹不淡，只是也不成定數，這……人生就像一輛老舊的自行車，走著走著，總忍不住會掉鏈，然後就要花一些時間來調整、修補，久而久之，人的心態就慢慢變得淡然，木然。但是像我這樣重口味，還是重感情好聽一點，我能感覺，生命在輕歌慢舞，一次又一次的為我點燃內心的花火……我永不平靜！

☀ *11月1日*

今天，兒子寫了他人生的第一篇文章，題目就是《我的媽媽》不包括標點有300多字，我把他的結尾記錄下來：「媽媽對我這麼好，我希望長大可以帶她去南美洲的亞馬遜河，非洲的尼羅河，和亞洲的喜馬拉雅山，來報答。可是，有可能會有一樣不能去，因為不夠錢！」

他還為自己埋下伏筆。

兒子有了自己獨立的思維和邏輯，這讓我感覺，我們越來越投機，越來越有共同的話題，可以一起探索，一起思考，一起耍寶，我們終於可以超越母與子的關係，成為朋友，成為搭擋，成為知己……（是我的一廂情願，我那時想太多，不過好懷念那一段時光，2020年補記）

☀ *11月14日*

寫封信給未來的自己，感覺是一件很美好，很夢幻的事。但是現在真的有人可以幫我們實現這種夢幻，台灣的郵局從明年開始，就開放辦理這種收寄未來的信件或物品的業務，最長的時間期限為30年……你也寫一封信給未來的我吧，地址是……海角七號！

☀ *11月25日*

對於很多男人來說，女人是他們身上的一根……脊椎！抽掉

就會癱瘓。

☀ 11月26日

有時候，人總是局限在兩種選擇裡，要麼這樣，要麼那樣，不是沒有第三種選擇，而是好難去跨越……難做的事才有挑戰性，不是嗎？

蕪草評論：是呢，也可以選擇既這樣也那樣就好了。

回覆：我想選擇，既不這樣，也不那樣！

☀ 11月29日

我來說一廢話，要是生活不用成本就好了！

詭道評論：原始社會。

回覆：也是……一廢話。

☀ 11月30日

女兒在一張日曆紙上畫了一個蛋糕，要送給她的媽媽，被她那粗手粗腳的老爸以為只是一張普通的紙，就在上面打起了草稿，才寫了兩筆，女兒一看到就放聲大哭……哭得真是，害我都想哭了！

☀ 12月3日

終於有了一些寒意……在廣播電台，電視台，不斷的，一遍又一遍的提醒大家寒流報到，注意保暖之時，這個冬天來得有些轟轟烈烈，只是不知為何，隱隱的，總感覺是應了大家的期待，我們真的期待冬天麼，期待些什麼？

寒流來襲評論：不知所云。

回覆：哈哈，的確！

☀ 12月5日

要毀滅所有的一切之前，一定會準備一個偌大的方舟，大到可以容納所有的人，甚至還可以牽著牛羊，在方舟裡，沒有貧富、貴賤的分別，也沒宗教、種族的分別……

☀ 12月6日

有人說，台灣的基礎建設，相對落後了一點……是沒有錯，台灣這幾年的經濟狀況是停滯不前，但並不是落後，是沒有進步……

但是無論你是來自優雅浪漫的貴氣歐洲，還是來自自由瀟灑的美國，或是些許落後的東南亞，或是正慢慢優化的祖國，只要在台灣待個半年，你就會喜歡上這個地方。

台灣是個非常適合居住的地方，是一個非常生活化，非常多元性和包容性的地方……也是個非常感性的地方！

在台灣，你可以找到世界各地任何地方的痕跡，也可以找得到任何地方的特色美食。來到這裡，你時不時都可以接觸到故鄉的氣息，不會有那種他鄉的異客之覺。在這裡，生活的便利超乎你的想像，無論你想要什麼，凡是你能想得到的，在台灣，你都可以找得到。

在這裡，你不爽，可以吼一吼，有什麼不公，可以陳個情。打開電視，全世界的故事都可以在你的搖控器裡翻轉，整個地球盡收眼底。

台灣是一個世界的窗口，在這裡，我們的眼睛可以毫無顧忌的探索到世界各地，了解整個我們賴以生存的地球。

最可貴的是，不管這一塊寶島包容了些什麼，他最純樸的在地風情和人性卻很完好的保存著，不曾褪色……

☀ 12月8日

人事的消磨……

☀ 12月8日

早睡就已經夠難了，還要早起，真是要命……

☀ 12月11日

真是，魔音穿腦，有那麼一瞬間，好討厭自己有耳朵！

☀ *12月13日*

　　有時候，一根稻草，就可以摺倒一個人！

☀ *12月14日*

　　下班時間到了，辛苦工作的爸爸還沒回家，女兒就問：「麻麻，我們找一下爸爸好不好？」

　　麻麻：「去哪裡找？」

　　女兒很認真的說：「百度一下就知道啊！」

☀ *12月17日*

　　我的世界只剩這一扇窗……沒關，晚安，所有在這扇窗裡的……逗號，句號。省略號……

　　秦時明月評論：關閉心靈的窗戶，一切ok！

　　回覆：省略號！

☀ *12月20日*

　　就那麼害怕末日嗎？假如這個世界真的崩塌，成一片廢墟，一片荒涼，那你，會想要在荒涼和寂寞中，獨活嗎？！……死都不要！

　　地球就是我們的方舟，地球在，我們就在！

　　秦時明月評論：我們的隊伍向太陽！

　　回覆：要浴火嗎？

　　小小軒評論：回來吧，家永遠是你的港灣。

☀ *12月22日*

　　不記得從什麼時候開始，就不愛吃零食了，可是看到那些看起來不錯吃的東西，還是會忍不住買起來，買一買放在家裡就是一千年，一千年過後，就成了垃圾。不過想想，沒差，就算是正兒八經的吃到肚子裡，也一樣，會變成垃圾！

☀ *12月27日*

　　好幾天不留言日記，也一樣可以過日子耶，只可惜了的金玉

良言。

☀ 12月30日

生活並沒有欠我們什麼，是我們欠生活一份熱情……新的一年總會有些新的期許，永遠都不要放棄希望，有夢最美，祝福大家，也祝福自己，來年好運！

☀ 12月31日

不知道，你的城市，溫度是多少，也不知道，你是否和我一樣，在寒意中，等待，等待夜空中的煙火，璀璨盛開，等待夜空中的煙火，帶走我們的似水流年……

❦ 2013年

☀ 1月1日

世界上沒有完美的人，同樣也沒有一無是處的人，天生我，必有才……新年愉快！

☀ 1月4日

不必是一生一世，因為那很遙遠，你只要現在能幫我洗個碗就好了！

☀ 1月6日

有些錢真的花得不明不白……一個稀鬆平常的星期天過完，就有失血過多的痛，寫下來，是要讓自己痛定思痛……

秦時明月評論：長歌當哭，是必須在痛定之後的。

☀ 1月7日

你人真好，冬暖夏涼……

☀ 1月9日

覺得快樂就笑，還說給別人一起笑，想發脾氣，想胡鬧就鬧一下，記得回歸正常，在自己和他人的世界裡找到最平衡，最和諧的點，堅持自己，做對的事情，保持熱情奔放永不凋零的心。重點：認真的守護著屬於自己的錢和男人。

——一個女人的混世哲學

秦時明月評論：最好的防守是進攻！

回覆：我們得，有所為，有所不為！

☀ 1月14日

戒掉了一個習慣的同時，必定是戀上了另一個習慣！

秦時明月評論：我們都是城堡裡的人，待在一個適合的地方，又不安地向外探頭探腦。

155

回覆：還好有一個城堡，這樣我們就安全多了！

☀ *1月15日*

到現在才發現，原來冬天，不是我的專長，真希望你是那冬天裡的一把火……

☀ *1月16日*

誰的青春沒有淺淺的瘀青，誰的膝蓋不都滿是傷痕……所以，你要像膝蓋一樣的堅強！

秦時明月評論：感謝膝蓋，支撐我走啊又走。

回覆：不要忘記堅強……

☀ *1月22日*

看來，我又來晚了，算了，時間對我來說，欠一個公平，不管怎樣，還是好好的記錄一下最近的一些奇蹟，之所以是奇蹟，是因為我以為自己做不到！好了記錄完畢……

秦時明月評論：不晚，只是一眨眼的功夫……

回覆：原來，生命的過程，竟然只是，睜開眼……閉上眼

☀ *1月23日*

生命中，總有屬於自己的寧靜，屬於自己的自由，屬於自己的放縱，屬於自己的天空。

☀ *1月29日*

凡走過，必有紀念，不要錯過每一個歲月的痕跡……

秦時明月評論：海水會沖刷掉一切的……

回覆：所以，我把它變成了文字！

☀ *1月29日*

還是買了個可有可無的東西，沒辦法，沒買它就咬我，錢花出去總是會有些得與失的掙扎，寫出來減輕自己的罪惡感，（罪惡感是來自於，生活中還是有更需要的東西），不過，還是會把它當個寶。

秦時明月評論：學著愛它，時間會幫助你的……

回覆：說的也是，聽你這樣說安慰多了。

☀ 2月1日

不是我還不滿足，也不是你不好，是你還可以更好……早上看了非關命運裡面那個心裡醫生對於男人和女人在婚姻中的各種狀況和問題的分析，我感覺，這一句話，是我們每一個人的期待，所以，所有問題的點，就是我們的期待和現實的差距……

☀ 2月3日

生命是多麼的美好，享受這微微的晨風，享受一群小鳥惱人的歡叫聲，享受愛戀的感覺，享受每一個擁抱和溫存，享受腦海中偶然浮現人世的浮光掠影，享受生命的存在……

☀ 2月9日

做完了一年的工作，我們來盡情的過個年……打了一個電話，問候家人的新年，主要是探索記憶裡的年味……很難過不能和他們一起吃個年夜飯，講來講去，總是又講到往事，往事只能回味，不過生命在不斷的成長中，給了我這樣的答案：人生就是這樣，有得必有失……

祝福大家：新年快樂！

☀ 2月17日

這一站停留得有些久，有些戀戀不捨，但是生活，還要進入下一個軌道，正常運行，下一段路，也是充滿神秘，和無限的可能性，可以多一些期待，會更充實，更有動力，好的旅程，等著我，也等著你……

☀ 2月19日

今天晚的碗我是搶著洗的，因為今天的晚餐不是我煮的，這沒什麼嗎？我也覺得沒什麼，只是想說，他怎麼不堅持，只要堅持那麼一下下，就搶贏我了……

☀ 2月22日

真正的寂寞，不是孤獨的時候沒有人陪，而是快樂時，沒有人可以分享……

☀ 2月24日

一片落葉的暇想──生命曾經來過……

☀ 2月24日

我是神話裡的嫦娥，對著你天亮前說晚安……

☀ 2月28日

回不去了，不是因為不再有眷戀，而是因為已經深深的愛上了……愛上了這樣的……習慣！

☀ 3月2日

恍惚中，不知道是在現實，還是在夢境裡……高速公路上的木棉花開了！

☀ 3月3日

每一個不快樂的日子，都是對歲月的虧欠！

☀ 3月8日

今天，全台灣人都在瘋棒球，中華隊K日本隊。所以……偶家晚上木有人洗碗，因為人家忙著看棒球，俺沒瘋，沒瘋的原因有兩個，一個看不太懂，另一個……說出會被打，俺沒看的時候人家中華隊好好的2比0領先，等我乖乖坐在那裡看半個小時，就讓鬼子打了個平手，所以，俺回避！剛聽說，聽說，又贏回了一分，俺可以去看看嗎？

☀ 3月8日

因為愛著你的愛，所以痛著你的痛……結果還是輸了！

☀ 3月9日

得到，是真正欲求不滿的開始……

☀ 3月11日

回憶，總會帶著一些淺淺的憂傷……風起的日子，季節特徵很明顯的日子，還有，內心空缺的日子……就是記憶泛濫的時候。故鄉的氣息，勝過所有的人世繁華，強烈侵襲。但是在那五彩的浮光掠影中，我的回憶，不代表也是別人的回憶，也許，在別人的心裡，那些所謂的回憶，不過是一件曾經穿過的泛黃的舊衣裳……

傲雲尊龍評論：回憶原本就是如此，無論憂傷快樂，從來，都只屬於自己。不過，我認為，回憶是個好西。

回覆：本來，我們的人生，除了現在和未來，就只剩回憶了……

☀ 3月15日

兒子要我教他幾句家鄉話，他們的社會課上要同學分享來自各各地方的方言，我想來想去，教他講了一個「蝌蚪」，和一個「蝙蝠」的家鄉話。

哈哈！很有特色吧！

☀ 3月16日

在岡山圖書館，精緻的圖書館，書卻略顯破舊。出來又去逛夜市，入口有兩個為獨居老人募款的人，孩子問媽媽可不可以捐錢，當然沒有問題。然後我一個人去看東西，他們爺仨跑去看拼圖。會合時，兒子歡天喜地的拿著一隻黃金鼠說他摸獎摸到的不用錢，只是買了90元飼料。結果我拉著他們把黃金鼠還給老闆。黃金鼠脾氣很燥，單獨養一隻會糟蹋了生命力，牠的牙齒很利，也滿是細菌，被咬一口就麻煩了。只是讓孩子們很傷心，女兒一直掉眼淚，最後的補救辦法是給他們玩套圈圈。

☀ 3月20日

一個人最寶貴的是生命，生命之中最保貴的是分秒堆積的時間，時間裡面最寶貴的……是與你執手的有情歲月……

☀ **3月23日**

今天還好，是用水洗的澡，再不下雨，就要用油洗澡啦！

詭道評論：那不成油條了

回覆：這不正擔心著嗎？

Rain評論：台灣真是富裕啊，洗澡都用油了！

回覆：可不，哈哈！

☀ **3月23日**

當孩子在問：媽媽，妳知道恆星會發光，還是行星會發光！就感覺，我的男孩已經長大，他可能會離我的懷抱越來越遠，但是他離我的心越來越近了，以前他還包在襁褓裡的時候，我就常常迫不及待的問他：「孩子，你要到什麼時候才可以和媽媽好好的聊聊天！」

現在看來，我終於等到了……

☀ **3月23日**

在我看來，人生最大的快樂，就是有人和我一起胡鬧！

☀ **3月26日**

你可以有秘密，但是你的秘密不可以傷害到別人，前一句是你的自由，後一句是你自由的原則，沒有原則，就是玩世……

☀ **3月27日**

最無能為力的事情，就是……天不下雨！

☀ **3月31日**

清新舒適一天的開始，雨過，塵埃落定……的靜默！

☀ **4月1日**

我來，只是要問候你的夜晚，你的夢……

晚安！

秦時明月評論：有你的問候，夢安，且美！

最遠的距離評論：你一定很幸福！

☀ 4月2日

幸福，與否，是個人的隱私。不管幸不幸福，每個人都要有一個自娛的方式，為我們打開壓力的出口，但是我們要負責傳遞給別人的，是陽光正面的東西，當然前提必須是，陽光住在你的心裡……勇敢的裸露自己的靈魂，讓它在明的地方，不要在暗的地方……

☀ 4月7日

和女兒玩圍棋，結果她輸得直掉眼淚，哭得難以收拾，我趕緊安慰她：「女兒沒有關係，現在換媽媽和哥哥玩，哥哥也一樣會輸得很慘！」

然後兒子也很貼心的對她說：「妹妹，妳不要難過，我替妳報仇，讓媽媽輸得落花流水！」最後，我也不知道，哪一種結果才讓女兒解恨！

☀ 4月8日

我喜歡春天，喜歡只要一陣風吹過，嬌嫩的新枝綠葉便隨風柔情搖擺的春天；喜歡一陣夜雨過後……的豎日清晨，就不知花落多少的春天；喜歡濕漉漉的空氣中，總瀰漫著花香的春天；喜歡只要陽光出現，便處處是芳菲的春天……

☀ 4月9日

生活之所以有這無盡的美，只因相信內心的芬芳……

秦時明月評論：心香無限……

☀ 4月16日

在這片刻屬於自己的時間裡……

秦時明月評論：你把時光給了他人，收穫的，是他人的牽念。

☀ 4月16日

據有心人士調查，夜貓子要比早起早睡的人來得聰明，也更富有！這個理由，足夠我熬到凌晨25點。

初心評論：熬吧！

回覆：借俺兩小時

初心回覆：還借、汗。

回覆：借來的才捨得用，哪捨得用自己的！

Rain評論：熬也算？

☀ 4月20日

災難不管發生在哪裡，我們活著的都是劫後的幸存者……守望相助！

幸福感，來自我們還活著，幸福感，來自我們還有明天，我們的人生還充滿著希望。生活總會有種方式告訴我們，什麼最珍貴，只是這種方式太過沉痛！

☀ 4月24日

壓抑和不安，是因為內心的負擔，有時候，快樂是來自靈魂的無罪感。

秦時明月評論：我希望人們都快樂，於是，我有了甜蜜的負擔。

回覆：我也是，我希望我的左鄰右舍的，前門後院的，都快樂！

☀ 4月28日

一大早都還沒睡醒，兒子就嚷著：「馬麻，快點起來Google一下看看是南極比較冷，還是北極，我覺得是南極，因為南極沒有人住，北極還有愛斯基摩人！」

這孩子真是吵，都知道了還問。

☀ 4月28日

孝義……兩難全，人情中最怕的就是相欠，可以給予的時候，卻要選擇。要取捨……不求理解，只希望有機會！

☀ 4月30日

2003～2013 人生 又一段金色的年華，成了昨日的雲煙……

☀ **5月1日**

　　新聞報導說，根據一個英國媒體的調查，女人心目中最man的男人，一定要會抓蜘蛛，還要會煮飯做家事！

　　應該是英國的蜘蛛很多……

☀ **5月1日**

　　和朋友們帶著孩子去一個陌生的地方玩，那裡有一條長長的鐵軌，藍色的火車呼嘯而過，女兒拉著同伴開開心心的去玩，漸漸就離開了大人的視線，等我回過神來，她們早已不知去向。一開始還漫不經心的喊她的名字，喊了好久都不見人影，心就慌起來，發瘋似的四處找，都沒有看到女兒，卻感覺被人打了一下：「還不起來，孩子們要上學啦！」

　　……原來是夢！

☀ **5月1日**

　　在似是而非的選擇裡，糾正自己的人生！

☀ **5月4日**

　　有時候，忍耐並不能解決問題，委屈求得的，是滿心的內傷，太過堅強會讓人無從疼惜……

☀ **5月10日**

　　剛抱怨爸爸切的水果太大了，放嘴裡轉都轉不動，女兒就說：「媽媽，今天是爸爸的生日！」

☀ **5月11日**

　　孩子，你知不知道，像你這麼大的學生，很多都在周末和寒暑假出來工作，為自己賺一點零花錢，明天是母親節，他們都在悄悄的為自己的母親準備禮物，沒錢買禮物的也會存心的寫一張卡片送給媽媽！

☀ **5月12日**

　　還真的是報應，昨晚上，俺家洗手間就出現了一隻臉盆大的

蜘蛛……哈哈，俺是說它應該是掛在臉盆大的網上，這個時候的女人，除了花容失色，驚聲尖叫，就是站得離地三尺，其他還真是別無用處。

☀ 5月18日

可以擁有，但是不要依賴！

秦時明月評論：《致橡樹》？

☀ 5月19日

不抽煙，不喝酒，不喝咖啡，木有成癮的慣性嗜好，在任何情況下都可以妥善、自主的管理自己的生活和情緒，不要依賴任何不靠譜的東東，保持最原味的身心……

☀ 5月19日

風起了，雨停了，一堆小鳥在歡唱，到處是濕漉漉的清新，找個地方玩去！

☀ 5月22日

很期待，回家的日子，可以趕在梔子花開的季節……歲月不過份，二十年，也不經意！人生就是這樣，我們滿世界尋找最美的風景，但是最美的風景其實是在那個最初……最安靜的地方，等著我們……

☀ 5月23日

三天沒在家，就好像三年，呼……所以說，女人，她就是有著巨大的存在感！

☀ 5月24日

好美的月色！

Rain評論：月色會撩人！

☀ 5月24日

有人把半碗葡萄，裡面還一把叉子，放到我面前：要吃完喔！怎麼感覺是種懲罰……快要吃完了，還剩三顆！

浮生夢饜

☀ 5月25日

　　在考慮明天要不要參加單車運動，從岡山捷運站騎到阿公店水庫，很刺激的行程，只是要早上6點半就起床，星期天我們這邊是固定睡懶覺日，就算外面有一疊錢都懶得去撿！（撿了得交給警察叔叔）

☀ 5月25日

　　「男人只懂得人生哲學，女人卻懂得人生」偶然看到的一句話，很貼心，如果都是這樣認為的，世界就和諧了……生活霸佔了女人的時間，廚房的圍裙掩蓋了女人的優雅，誰該負這個責，其實不用，如果可以，請為女人注入永恆的青春……

☀ 5月26日

　　樓頂，月明風輕，空氣中沒有塵埃的味道，只有夜晚的涼意，遠處，沒有視線的障礙，還是那黛色的山巒和呼嘯而過的高鐵火車，讓寧靜的夜晚瞬間生動。夜行的旅人，晚上愉快！

　　秦時明月評論：如此美妙的夜，讓一切都安好！

　　回覆：夜夜安好！

☀ 5月31日

　　微涼的清晨，早餐配著平板，有些硬就是……

☀ 6月5日

　　心存感激，感激所有的包容，和給予，感激你，在我的生命中，感激你，任我霸佔你的所有！

　　秦時明月評論：歲月有情！

　　回覆：有情的歲月。

☀ 6月5日

　　再過三天，我到台灣就整整十年……

☀ 6月7日

　　後天就要出發了，第一次一個人旅行，雖然只是小別，可還

是會難過，看他們三個，好像並不在乎的樣子，讓人腦火……喜歡遠行，但內心深處，有些脆弱的東西，真的不適合遠行！

☀ 6月8日

世界上最討人厭的區別就是，富人和窮人。

☀ 6月9日

還在台灣的家吃早點，10點鐘的飛機，希望可以趕上媽媽的午餐。

☀ 6月10日

不一心的想要得到，才永遠不會失去……

☀ 6月15日

故鄉的晚風微涼……

☀ 6月19日

相見時難，別也難……

☀ 6月19日

上火車時，買了車上一瓶水喝，結果肚子痛了整整一個晚上，一個人的旅行真的很可憐，不知道是不是水的原因，好好的休息一下，繼續明天的旅程……（一路走來，我恨死了行李箱）

☀ 6月20日

上有老，下有小，這才算是一個完整的家，盡管要奔波……（媽媽來台灣）

☀ 6月21日

這幾天的空間概念很亂，連夢都是都是亂的，每天早上睜開眼睛，我都要問自己，這是在哪裡，樟樹，東莞，還是台灣！很窩心的是，哪裡都有我的……home！

☀ 6月24日

昨晚上，一家人去小岡山上的土雞城吃甕仔雞，遇到一個熱情洋溢的蒙古老人，他和同伴一邊喝酒，一邊歡唱，看到我們

就要邀我們唱歌，知道我們都來自大陸，他點了一首《血染的風彩》，要我媽和他一起唱（我訝異怎麼會有這麼紅的歌）

☀ 6月25日

　　生活中總會有些想法和情緒，不管是好的，還是壞的，壓抑在心裡，就是自己的，說出來，就是……至少，也會在空氣中，煙消雲散……想要快樂，就有一個出口，釋放內心多出來的……

☀ 6月30日

　　要帶媽媽出去見見這小小的世面。每到假日，這裡的人都是全家傾囊而出，把自己丟進人群中，去玩，去爬山，或是騎腳踏車，眼睛跟著腳步一起探索著每一個新鮮的視野！在這裡，我們感覺到處處都是生命的活力，這才叫做生活，旅遊，玩樂，享受美食，是這裡人的追求和時尚！

☀ 6月30日

　　我女兒跟我講，麻麻，借妳手機我用一下，我前幾天摔到頭，我要測試一下我的頭腦有沒有變笨！

☀ 7月1日

　　仔細想想，好像蠻多年沒和她老人家這樣朝夕相處，很喜歡和她聊那些800年前的……往事！

☀ 7月1日

　　聽專家說，地球不是很好住了，可能有一天人類要移民到別的星球。好吧，俺是決定，哪也不去，一輩子留守地球，做地球最頑固的……釘子戶！

☀ 7月2日

　　到我們這個年齡層的人，可能，有的已飛黃騰達，有的，還在苦苦尋找著人生的定位，有的，正安然的窩在自己的現實中，不驚不喜……這就是魯迅筆下的三種人生原態：辛苦輾轉，辛苦恣睢，和辛苦麻木！

☀ **7月5日**

我也相信，信仰可以充實一個人的內心，但如果說要拯救一個家庭，還是要從各方面的因素去分析解決。

二嫂評論：家庭幸福比什麼都好

回覆：嗯，咱一家五口正過著幸福快樂的日子！

☀ **7月6日**

心靈是一片無邊際的曠野，思想和靈魂也是沒有疆域，這才是最完美的自由主義！

☀ **7月9日**

每天中午，這樣騎上好幾分鐘的車，千里迢迢趕回來……我的心，路人皆知！只是並沒有路人^_^，哈！

☀ **7月10日**

有一種笑意，總讓人聯想到陽光和向日葵。在這本書裡面，他抽掉了所有塵世的浮華和虛幻，就只剩這走遍天下的執著與瀟灑，和自由的腳步……在且行且說且想的悠遊過程中補捉生命的色調，感覺生命的綿延與漫長！（讀《迷路原為看花開》）

☀ **7月12日**

懂得自己的平凡，才知道自己擁有的多……

☀ **7月13日**

人在旅途，前方是人生，後面是歲月……

☀ **7月13日**

我會義無反顧的追隨自己的感覺，因為那是心的旨意……

☀ **7月13日**

風過，雨停，此起彼落的蛙鳴，響徹了潮濕的夜空，夜空，無星無月，但，不會寂寞。窗外，輕風迎面，夜色如黛，心，已靜似湖面……夜神，請給我一簾清夢！

☀ 7月15日

坐在兒子床上，陪他聊了很久……聊完摸著他的頭，輕輕的哼著歌，想讓他甜美入睡，但是朦朧的燈光下，我看到他眼角的淚，我嚇到，問他怎麼了，他說：「……感動！」……一時語塞。作為孩子，這種感覺久違了，但他沒有忘記，媽媽已經好久沒有這樣了，媽媽自問，是什麼，奪走了媽媽的時間，和愛，該還給親愛的孩子了……

夜深了，但我必須認真寫下這一段，給我自己，也給你，也給孩子。生命中的很多經歷可能都是偶然，但是我們從經歷中所聯想的，就絕不是偶然……

——和家人遊日月潭，在住宿的旅館

☀ 7月21日

從前天晚上一直睡到現在……不過中間有起來活動10多個小時。

☀ 7月22日

算來算去，感覺每年都是6、7、8月花錢花得最兇，可不可以把這幾個月從12個月裡面抽掉，不然送給你好了。

☀ 7月26日

通往幸福的路上，總是充滿著障礙物，生命的整個過程，都是為了排除這些障礙……

☀ 7月26日

有些不確定失去的東西，我會去試著挽回，我不想讓自己到最後因為沒有努力過而後悔。這是人生的課題，不到最後，你是不會知道，什麼該珍惜，什麼該放棄。但是要記得，堅信人性，堅持自己，諒解他人……給自己的話！

☀ 7月27日

愛笑的人內心生動豐富，有著明顯的喜怒哀樂，且身心敏感，對快樂敏感，對痛也敏感……

☀ 7月29日

　　夢，最會出賣你的靈魂，昭示你的口是心非，你說不想的東西，卻總會在夢裡出現……

☀ 7月29日

　　心無旁鶩，哪裡，都是樂園！

☀ 7月30日

　　下班，洗好澡，時近黃昏，暑氣已消，騎上鐵馬，在家附近的鄉郊馬路繞啊繞，繞啊繞……涼風徐徐，空氣中彌漫著泥土和草的芬芳，天邊如極光一樣的晚霞，把個世界染成緋紅一片……很美，讓人沉醉！

☀ 7月31日

　　今天一天都沒說到話，口水都快要餿了！

☀ 8月1日

　　在我們家鄉兩口子吵架憋著氣，不說話，一句話形容就是：口水都含臭了。

☀ 8月2日

　　戒菸戒酒？！寧可戒掉女人，都不要戒菸戒酒！男人，你是不是有著這樣頑強的意志力……

☀ 8月3日

　　左手牽右手……

☀ 8月4日

　　剛剛打了一長串的電話報警，說有人帶著孩子離家出走，然後迷路了！

☀ 8月7日

　　秋，可有臨到你！

☀ 8月8日

　　膽量用對地方，就是勇氣，用不對地方，就是衝動……希望

今天的決定是對的！

☀ *8月9日*

　　我花五分鐘決定的事情，害人家用了兩天的時間來遊說……最後，在似有還無，或是似無卻有的情義中，妥協了！代價是剩餘的青春，和那握不住的時光。

☀ *8月10日*

　　女人就是女人，她始終相信自己遇到的男人與眾不同，所以她還是會傻傻的期待。

☀ *8月11日*

　　借一扇窗，看光影之間的綠色植物，看高速公路上的車龍水馬，看天際的血色夕陽……

　　秦時明月評論：看高天流雲，品隔帘花影。歲月啊，你帶不走，那一串串熟悉的面容。

　　回覆：就像偶們的青春，永遠不老！

☀ *8月13日*

　　值得放在心裡的東西其實很少，一切最美好的事物，一路最美麗的風景，一些最珍貴的經歷和回憶，以及在你生命中最親愛的人，其他的東西，不必霸佔我們的地盤！

☀ *8月17日*

　　生活中，我們並不是需要一個懂自己的人，而是一個和自己一樣，懂得理解，懂得生命，比自己的視野更遼闊，對這個世界更有熱度的人……發自內心的需要。

☀ *8月20日*

　　來講個故事：

　　從前，有一個可愛的國王，有一天，他微服私訪到鄉下，鄉下的路坑坑巴巴，他老人家的腳走的好辛苦，尋思後就下一旨令，把鄉下的路全都用牛皮鋪上！這一道旨令殘害了很多無辜的牛命，可是路怎麼也鋪不完，百姓和他的臣子們都很苦惱，但是

沒有人敢說不，就有一個僕人對國王說：您何不做一雙牛皮的鞋，穿在您的腳上，您的腳就不會不舒服了！國王恍然……這個故事告訴我們，改變外界是個大工程，那就改變自己，而且，是應變！

——皮鞋的來歷！

☀ 8月21日

下雨天的福利就是，上下班有人接送。不過上班偶還沒到公司就下車了，不能太高調，會引起公憤，下班偶是第一個衝出去，幹嘛嗎？怕他載錯人啊！

☀ 8月23日

某月某日，風雨大作……

☀ 8月23日

婚姻和愛情，都不要變成一潭死水。彼此默默靜守，是一種美好的姿態，但會漸漸長出距離，長出鏽跡，只有流動著，才生生不息……

☀ 8月24日

有時候，人之所以不哭泣，不是因為夠堅強，而是因為夠狠……

☀ 8月24日

其實白天，我都是沉默少言，只在晚上回到家，和家人在一起，我才將自己轉換成說話模式。白天不愛說話也是有原因的，工作聊天無法專心，再說女人們聊天模式全世界都一樣，無非是買東買西，無非是家長裏短，說得多錯得多。還不如把自己抽離，安靜思考，在自己的世界神遊……

只是……人，永不能脫俗，否則，就不具人情味，不具人味……

☀ 8月25日

昨天，和今天有什麼不同，昨天和今天就是不同，不同就

浮生夢魘

是，昨是今非……

☀ 8月29日

剛剛兜了一圈回來。下了一整天的大雨，雨停，塵埃落定，街市霓虹閃爍，晚風中帶些涼意，清澈如畫的美麗夜景，為我們洗去一天的勞累和倦意，所有的煩惱也都隨風而去……好喜歡這種感覺，最難得車子上只有偶們倆，可以為所欲為……連路上濺起的水，都燦爛如花……

☀ 9月1日

有些話，太沉重，多少程度上，離間了男女之間，男人和女人，不是用「沒有……只有」這種關聯詞來造句。相互依賴，又各自獨立，才是對的方式，不要重心不恆！

☀ 9月2日

有一種幸福，限時三個月，已經進入倒數……

——母親來台三個月的倒數時光

☀ 9月3日

7歲的女兒正在和我媽聊天：「婆婆，你們那邊有很多垃圾嗎？我們這邊超多的，地上面都有抽菸的菸頭，還有人家吐的檳渣，我都有撿過，可是怎麼檢也撿不完！」

我一聽傻眼，大叫：「你真的有撿過，那有沒有洗手！」

「有啊，我怎麼可能不洗手！」

哦！那還好，我長舒了一口氣！

☀ 9月4日

有些話，說出來需要很大的勇氣，但是當你攢足了勇氣說出來了，卻不見得有它的意義。

——以這句話，祭奠那要不到的溫柔

☀ 9月5日

現狀有時候是一種安全感，不想改變現狀，就是不想失去這

種安全感……

☀ 9月5日

秋天真的來了，夏天已經是，握不住的時光，回憶的沙漏，也只剩陽光和風……

☀ 9月6日

有段時間，我們會沉迷於一段頹廢的文字，一首哀怨的音樂，一個冷漠的電影情節，一幅抽象怪異的漫畫……因為有時候，我們的心也是脆弱的，自然而然地尋找著同感和共鳴，還是去做一些比較有意義的事吧！比如和媽媽一起煮個飯！

☀ 9月7日

偶家boy and girl的成長線……一年一次，以前小時候也這樣，我還記得，刻在我家廚房的門上，只是……

☀ 9月9日

上午約了朋友在超商，點了兩杯咖啡等她來，一杯有糖，朋友喝無糖的，我忘了兩杯不一樣，拿起來就喝，慘了，不甜，才想起說這應該是無糖的，喝錯了。好在朋友還沒來，擦乾淨之後，重新蓋起來。拿起另外一杯來喝，結果，結果這一杯……是苦的……原來無糖是苦的……這一下，我有點手忙腳亂了，好在朋友一來，我就把這件事給忘了……

☀ 9月9日

「媽媽，我以後長大要發明一種造型奇怪的房子，因為我不喜歡這樣方方正正的房子！」早起的鳥兒。。在媽媽的耳朵旁嘀嘀咕咕，講著他的夢想，他的未來……滿是憧憬，也滿是期待！

☀ 9月10日

對陌生的環境總有一種壓力和恐懼感，但也會好奇，想去探索。所以，在心裡就會預備好幾種可能性，和應對方式……

☀ 9月13日

你們那邊的《蘭陵王》已經完結了吧，呵呵呵，我們這邊的

還沒有喔，好期待有不一樣的結局，播出的地方不一樣，結局當然也不一樣了。

　　秦時明月評論：瞥過幾眼，那是他們的事。

　　回覆：現在變成我的事了。

　　秦時明月回覆：恭喜蘭陵王。

　　回覆：他何喜之有？

　　秦時明月回：有幸得到您的關注啊。

　　回覆：這多大點事喔！

☀ 9月13日

　　來說一說#王菲和李亞鵬離婚#的事，畢竟是個大事件，好了已經說完了！

　　秦時明月評論：瞧您都碼了那麼多字了。

　　回覆：其實，不是他們分開了，是愛情受傷了！

☀ 9月18日

　　BR797長榮航空，高雄到廣州10:20起飛，媽媽已經在飛機上了……（媽媽在台灣住了三個月）

☀ 9月18日

　　只剩我們一家四口，相依為命……

☀ 9月20日

　　最近在研讀，買給兒子的天文書，感嘆：原來就屬宇宙最講倫常：宇宙間萬物的存在和形成，都不是莫名其妙，都有它的理由和必要。更嘆，它們存在和形成的另一個目的，卻是為了成全，成全我們的星球家園——地球。成全地球上所有的生命。剛好的大氣層和臭氧，剛好的陽光和水，剛好的溫度與濕度，剛好的土壤與地心引力，剛好的公轉與自轉，剛好的四季分明，剛好的陰晴圓缺，剛好的時間與空間……所有的一切，成就了地球的生生不息與欣欣向榮。白日的藍天白雲，掩飾著宇宙的一切奧妙與秘密，給我們最單純美麗的平面假象，讓我們在簡單中賦予它

們靈性，將它們生活化。而夜間的月亮和星辰，更是點綴了我們神秘的夜空，這些客觀存在的東西，成了我們人類文明中的詩情畫意……

☀ 9月21日

孩子，你如一張空白的紙，來到這世上，單純、可愛，後來你漸漸長大，無從知道，這個世界給喜歡獨立自主的你填補了什麼或者說你為自己填補了什麼……不管是什麼，你永遠是父母生命中的最愛……擇善而從！永遠不要讓父母為你擔心，雖然父母不可能不擔心！！

——給親愛的孩子

☀ 9月22日

生活的主題就是，把複雜的東西簡單化……

☀ 9月23日

就連樹葉，都有愛情……
它是那樣的眷戀著樹
可最後
還是被風帶走……

☀ 9月24日

其實，作為人，我們都是野生的！

☀ 9月25日

很多以為篤定的事情，時間久了，難免還是會產生懷疑……

☀ 9月25日

家，是我們彼此取暖的地方，保持剛好的溫度，不要讓它冷卻……

☀ 9月26日

女人，就是要有著巨大的存在感，這存在感就是，男人在看電視的時候，妳就在他的眼前，飄過來，飄過去，飄過去，再飄過來！

☀9月27日

吃著早餐，兒子說，麻麻，我們來玩乾瞪眼比賽……

結果我贏了！

☀9月28日

聰明的女人，總是懂得裝傻？？？女人，不要迷失在那些歪理中，女人有權利追逐內心最真實的感覺，有權利活得明白，過得幸福……

秦時明月評論：聰明的女人是真實的，真實的女人是聰明的。做自己！

回覆：男人如是！

☀9月30日

借微涼的秋意，說說愛情，女人不是弱者，但愛情是她們的軟肋……

秦時明月評論：愛情沒有軟肋。

回覆：愛情沒有軟肋，但它無堅不摧！

☀10月3日

岳飛的娘……好狠喔！（看《岳飛傳》有感！）

☀10月3日

「遇難忍之事，可有力而無氣，遇難處之人，可有知而無為。人可無為，而後大可為之！」

一開始，不大想看這一齣，因為太過沉痛，沒有人可以改變得了結局……這句台詞是秦檜說的，他是在開導被囚禁在金營的太後……

☀10月4日

夜深了，來吐一口怨氣，還在適應新的工作環境，有些委屈和挫折感，不過我相信，這是一個過程，是我必須要經歷的。好歹，我在這邊，也已經修練十年，早已修練成「日麗風和淑氣迎人」哈哈，開玩笑的。昨天電視上的一句台詞是形容《清明上河

圖》的，借用一下！

☀ 10月4日

其實這個世界孤獨的，孤獨的原因是，只有男人和女人，請相依，相惜！

早安，每一個清醒著的靈魂！

☀ 10月6日

季節在身體的冷暖感應，在生命的枯榮中，悄悄的更替，沒有感傷……

☀ 10月6日

孩子們好愛養這樣那樣的小東西，這不，在廁所發現一隻小蜘蛛，也把它抓起放盒子裡面要養，我都不知道他們是怎麼抓的，還問我要怎麼養……大家有沒有這方面的經驗啊？

☀ 10月6日

大陸尋奇是台灣最經典，最有原味的旅遊節目，加上女主持人情切感性的聲音，是很多自小離鄉的遊子們，最解鄉愁的節目，以前公公在世時，每個星期天的晚上六點，一定雷打不動的守著電視……

今天這一段是開到我們江西新余，看到有些激動，就在我們樟樹的隔壁……

☀ 10月8日

一個人莫名其妙來到這世上，其實只為兩件事：

　　a.生存一世

　　b.為人一遭

而人與人之間的差異，也是只有：

　　a.生存方式的不同

　　b.內心世界的不同

……而已！

☀ 10月9日

女人，要外表柔弱，內心堅強

外表柔弱，是要得他人憐愛

內心堅強，是要予他人疼惜……

☀ 10月10日

早上起來的第一件事，是先刷牙再洗臉，還是先洗臉再刷牙……好難決定喔！

梅聖評論：……第一件事是睜開眼睛！

回覆：偶決定了，第一件事還是先起床！

☀ 10月10日

偶們親愛的家長，還在上班努力賺錢給偶們花，把偶們娘仨丟在家裡自由活動，那我們就坐公車出去浪吧，去哪都好！這世上，沒有到不了的地方，只有跨不出去的腳。

☀ 10月12日

和孩子們一起騎車真是麻煩，走走停停的，一點都不專心。看到路上有隻被車子輾過的小鳥，要停下來管一下是哪一種，看到路上遊走的蟲子，要停下來管一下，把它捉起來丟進田裡面，怕它一不小心沒了命……後來竟然還看到一條被車子無情輾過的蛇，我最怕就是這冷血動物，就算是這種沒有生命跡象的，遠遠的側目而過，兩個小屁孩也是要管一下，兒子還用手去碰，告訴我說，還軟軟的，我只有四個字：我的媽呀……

☀ 10月12日

不完美的國家，不完美的歷史，不完美的文明，不完美的正義，不完美的理想主義，不完美的愛情，不完美的永恆……這些，都是追求者的使命！人，對於外界，內心既使再叛逆，再質疑，表面，卻還是應當歸順的，因為你必須讓自己保持平衡，才可以讓自己走得更穩，更遠！這個世界，全在自己的意念裡，並不影響自己的行為！

☀ *10月14日*

只因我們選擇了不一樣的路，命運就對我們特別的審視，也格外的挑剔！

加油，親愛的姊妹！

☀ *10月14日*

雖然內心是叛逆的，但我相信命運，也順從命運，也認定，冥冥中，總有高人在操持著我們的命運。祂的意念，高過我們的意念……

☀ *10月19日*

意念中的東西，總是無與倫比。人難過的原因是，現實總是超越不了我們的意念……

☀ *10月20日*

樓下傳來拆房子的機器聲，偶叫女兒下去看看什麼情況……原來，女兒跑上來說：爸爸在修電視遙控器！

☀ *10月21日*

土豪？拜託，這麼劣質的名詞！

秦時明月評論：舊詞新意耳……

回覆：也不能想想就掛嘴邊，想想就掛嘴邊！

☀ *10月25日*

來正兒八緊的分享一個經驗，炒菜最怕就是把菜倒入油鍋裏，怕被噴到啊，偶就想了一個辦法，炒菜時，鍋子裡面最先放水，煮開了之後再倒油，再放佐料，最後才把要炒的菜倒進鍋子裏……這是個最安全的方法，結果……不重要

☀ *10月25日*

彩色，就是溫度。是生命、是生動，盡管，不笑不語……

秦時明月評論：多彩的溫暖，無語的生動。

☀ *10月26日*

　　愛，是長在心裡的一棵樹，開在心裡的一朵花……

☀ *10月27日*

　　終於在《大陸尋奇》看到自己的故鄉藥都樟樹，感覺很不一樣……其實每一個地方都有它豐富的特色文化和商業獨秀……期待樟樹的藥業和四特酒業能發楊光大，永續經營，且繁榮昌盛！

☀ *10月29日*

　　早上起來煮早餐，垃圾桶裡面掉一隻老鼠，嚇偶花容失色——照片為證，不好意思，沒拍。已經是第三隻了，前兩隻老公用籠子抓的，並沒有傷老鼠性命，只是希望它別再來了，前兩隻老鼠被老公載到台北去放生，哈哈！沒有啦，他說放到兩公里以外的地方，今天這一隻也是一樣放掉了，我估計他騙我，根本就沒放那麼遠，會不會這三隻老鼠是同一隻啊？

☀ *10月27日*

　　昨天老闆問我有沒有認得的朋友，幫忙介紹一下，公司待遇是：一個月20000（當然是台幣），一天工作8小時，月休6天，有中餐，有勞保和健保和員工團保，有年終，我想一下還有啥……還有工作可以做，就這些了！在台灣，俺就只認得你們，所以偶第一時間就想到你們，趕緊報你們知！

☀ *10月28日*

　　有時候，真的很想把錢存到別的星球，這樣就沒辦法花了！

☀ *10月28日*

　　辦公室有幾盒方便麵，三個……（飢餓）的女人討論著方便麵的質感，說著說著，便向無助的方便麵，投去毀滅性的眼神……一陣手忙腳亂之後，變成泡麵了，再然後，就沒了……

☀ *10月29日*

　　偶來說一段陳年往事吧。那時我還小，家裡種很多田，記得是收油菜的季節。油菜割一割架在地裡面讓太陽曬熟了再把油

菜仔分離出來收進家裡。通常要曬好多天，那個時候是春天，萬物復，睡了一個冬天的冷血動物們也都出來活動。那一天天快要下雨，老媽叫我一個人去收油菜，把油菜仔分離出來收回家。你可知我遇到什麼終極恐怖的事，油菜是一叢一叢的架在地上，結果那一天的油菜叢裡面，拿起一叢，裡面就藏著一條身上佈滿褐色花紋捲在一起的草皮毒蛇（我們那都稱草皮蛇，還真不知道它們的學名是什麼），再拿起一叢來，又一條，再拿起一叢，我的媽呀，又一條……總共藏了4條，我可還是個孩子啊，嚇都嚇癱了……

最怕最怕最怕最怕最怕的東西就是……

好在我手裡有大型的武器，閉著眼睛亂打，三條蛇都被我打死了。好像是殺紅了眼，當我再追著第四條要打的時候，村裡最好心的鮮花媽媽來了，她叫我不要打，然後她像趕小雞一樣，一邊趕，一邊對那條爬行動物說：「你趕快走，不要在這裡嚇小孩子！」那小東西真的就乖乖地走掉了。

鮮花媽媽對我說：「看到這些東西不要去傷它的性命，把它趕走就好了，妳不惹它，它是不會咬妳！」可是我又怎麼知道我有沒有惹到它啊？

蠻多年了，我一直都記著這件事，那種恐懼一直都跟隨著我，此後我再也不敢去碰油菜叢！

但是鮮花媽媽的話雖是普世型，但卻有很深刻的禪意，而她不過是個普通的村婦，連個信仰都沒有！

☀ 11月6日

電視裡面正在播放岳飛的完結篇，我沒有在看，因為心臟不夠強，不過有人正咬牙切齒地看，沒辦法，男人就是愛這種打打殺殺的，這樣痛徹的歷史劇，就算是人類史上應該也不多見，只是再多的恨意也沒有意義，更不可能傳遞正能量，只會兩極分化了我們的情緒，讓人心灰……當然歷史是要被記住的，記住的目的是：提醒後人永不要重複。

☀ 11月13日

印象故鄉

　　塵土色的臉、古井、歪脖子樹、藍天白雲，歸巢的倦鳥、雞鳴狗吠、娃兒的哭鬧聲、媽媽的吆喝聲、炊煙、血色夕陽、晨曦、暮色、昏黃的燈火、伸手不見五指的黑、月黑風高的夜、吱呀吱呀的門、吱呀吱呀的老椅子、春花、滿地落花的春曉、播種、春耕、泥濘的山路、夏夜的星空、荷塘、要人命的雙搶、甜甜的金瓜、露天電影、秋涼、楓紅、桂香、落葉、橙色的季節、蕭瑟冷冬、天寒地凍、霜、雪、濃濃的年節、爺爺奶奶、父親、母親、兄弟姊妹……這些都是對故鄉的記憶和印象詞彙，深深的刻在生命中，每一個詞彙都藏著無窮的畫面，哪幾個觸動了你的心弦……

☀ 11月17日

　　有一種人生，不管怎樣，都會有所得……

☀ 11月22日

　　煮飯做菜真不是我擅長的，不過也有一兩樣是孩子們的期待，我最拿手的是番茄炒麵。很簡單，準備一些配料洗好切好，包括蔥蒜，番茄，還可以放些木耳、西芹，先把麵煮好，放在冷水裡面，放個幾分鐘要撈起來把水濾乾等用。然後在乾淨的鍋子裡面放油，放肉炸出豬油，再放蔥蒜，再放……等一下，放亂了，再放切好的番茄木耳西芹，然後就一直翻炒，翻炒翻炒，炒到顏色紅紅的，讓人流口水的那種顏色，之後就加半瓢水，看麵的多少，少了麵條會乾。待水煮開就把麵倒進去，再翻炒翻炒翻炒，不要忘放鹽，這樣就好了。因為有番茄的紅，所以不用放醬油。我有一個習慣，炒麵我不放醬油，都是用紅色的東西代替，或是胡蘿蔔，或是紅辣椒，紅色的東西真好用。好了就是這樣……好累喔，花幾分鐘煮好的東西，寫起來要半個小時！

☀ 11月28日

　　是你家的冰箱沒關嗎？不然，怎麼那麼冷？

☀ 11月29日

一直以來（從小到大）我都有一個很好的習慣，吃東西的時候，總是先把不好吃的吃一吃，好吃的留到後面壓軸。就像我們過日子，先苦後甜，倒吃甘蔗般甜蜜，以為這樣才是美好生活的正常順序。可結果往往是，不好吃的吃完後就飽了，剩下好吃的根本也吃不下，那個壓軸的東東折磨得我左右不是，人形憔悴。現在我決定要改變這種順序，因為我有了新的理解，好吃的東西要先吃，美食是要享受及時，好比我們的人生，盡量的選擇過快樂的日子，即時的行樂，有些苦，或許，是可以跳過的……

☀ 11月31日

知不知道冬天躲在哪裏不冷……是牆角，因為牆角90度，還冷的話就平躺，平躺是180度，還冷的話就……轉一圈，轉一圈是360度！

☀ 12月1日

花田的喜事……就是躲不開人群！

☀ 12月3日

無所畏懼是件好事，有所畏懼，可能是件更好的事……

☀ 12月5日

公司那隻寄居的貓星人……懷孕了，還沒找出該負責任的貓星男人。不過，我和那隻貓有點過節，每天下班之後，她就跳到我的椅子上睡覺撒野。我是很喜歡可愛的小動物，只是很討厭椅子上的貓毛……無奈敢怒不敢言，因為那貓人家可是有人罩著的。想像著等她生孩子之後一家人窩在椅子上的畫面……我的媽呀！

☀ 12月5日

1+1到底等於幾喔？有好幾次，就快要想出來了……

☀ 12月5日

奈何，有些東西，如絲般纏繞……

☀ *12月6日*

太平凡了，平凡得讓人內疚……

☀ *12月7日*

萬有引力告訴我們：吸引別人的最好方法是變成地球！

☀ *12月9日*

有些狠話，摺一摺，就忘了，比如說，我再也不理你了！！！

☀ *12月11日*

晚安！趁自己，還沒有睡意的時候。

☀ *12月12日*

主流太擠，一點點的「非主流」！

☀ *12月12日*

我發現貓咪其實並不聰明，它除了餓的時候會可憐巴巴的纏著你，其他的人話它基本上是聽不懂。怪不得，迪士尼童話裡面，貓咪和老唐（唐老鴨）最可憐了，都是被捉弄，被欺負得很慘，我們所看到的，也就是它們的笑話了。

☀ *12月13日*

我好愛蕃茄，因為它人緣好，跟誰都搭，呵呵呵……

☀ *12月13日*

星座上說，射手座忘記一個人的時間是，一分鐘！

射手座說，瞬間就是永恆！

☀ *12月14日*

話說康熙皇帝真的斗膽問老天借了五百年，老天爺破天荒準了，經過漫長的時空穿越，他到了……不過，他不再是雍容尊貴的皇帝，而是跟你我一樣，是一介平民，游離在市井之中，然後……他到了……2162年，的月球上，（今天的月亮家又有客人上去了），這原來……是老天爺開小差按錯了按鈕……

☀ *12月15日*

兒子吵著說：「麻麻，你寫一篇作文給我看看好不好？原來孩子想要探索一下麻麻的小小世界。麻麻打開《成長的歲月》，被兒子看到「小時候的夢想，從來就不曾遺忘，做個世上最美的新娘……嘻嘻，也不記得多小，我的心裡有了一個白馬王子，他就是費翔，喜歡上他是因為他的一首〈溜溜的她〉，他唱這首歌的時候，身邊有一個可愛的洋娃娃鑽來鑽去的，那時候，我真想變成那個洋娃娃。於是在心裡，我決定，長大了，要嫁一個像費翔一樣帥氣的男生」這一段時候，他說：「麻麻，原來這就是妳小時候的夢想喔！早上問妳，妳都不回答，現在我終於知道了！」然後天真的女兒更可愛：「麻麻，那妳怎麼沒嫁給他啊？」

☀ *12月16日*

我們的人生，很多時候，都要為某些多出來的感覺尋找它們存在的合理性，和正當性！

☀ *12月20日*

剛在想一個問題，想到膝蓋都疼，還好想出來了！

秦時明月評論：調動全身細胞？

回覆：恩，連牙齒都有反應！

秦時明月回覆：那麼硬的問題？

☀ *12月20日*

宗教該是一種文化現象，與信或不信，無關……一個內心豐富充實不空虛的人，是不會依賴宗教信仰的，而一個家庭的幸福並不是靠宗教來拯救，而是該用更人性化的真實情感來維繫……宗教不是一個人的理想與信念，如果一個人的一生，只用來執著於宗教信仰，那他又有何餘力去追求屬於自己的人生。

☀ *12月22日*

公車到站停靠，上來一個上了年紀的阿公，有個年輕人起來

讓坐，阿公瀟灑的擺手：「不必了，多謝！我今年才三十八！」

☀ 12月22日

這段話，應該一輩子也忘不掉……兩孩子在玩「真心話大冒險」。

兒子很認真地說：「我有一個很喜歡的女生！」

老媽我非常好奇：「真的假的，是誰呀！」

兒子轉過臉說：「右，右……！」

一開始沒明白過來，明白了之後抱著兒子笑。

女兒反應慢一些：「到底是誰呀？」

老媽我大叫：「秘密！秘密！」

來不及了，兒子還調皮地說：「妳都告訴妹妹說me me哈哈哈！」

笑聲停下後兒子更絕的一句：「我喜歡的這個女生結婚了，最棒的是，以後我長大了，也不用娶她……」

我最後的感想是：我怎會不愛這樣的人生！

☀ 12月25日

每天清早坐在床上發楞的那會兒，心裡都在念著，今天晚上吃了就睡！

☀ 12月31日

2013年……最清晰的兩個字：感動！感謝歲月給了我們這一段最美好的年華……

☀ 12月31日

一年到頭了，每個人都在算計著這一年的得失，也都在期待著來年無限的可能性。天微冷，不等來年了，該去夢裡，因為這個夢很長，很長，長到明年。祝福每個黑白，或是彩色的符號裡，微笑的臉，晚安！

☀ 2014年 ☀

☀ 1月1日

現在的書店，很少看得到一些純文學性的東西，書架上琳琅滿目的皆是一些教你如何發財致富，或是些鑽牛角尖的讀心術和攻心計……也許吧，每一樣東西的存在都有它的必然性，會存在必然是被需要，而我們所需要的東西也正是時代的一種特色……

☀ 1月5日

突然明白了一個存錢方法，不過好難用語言表達喔，偶慢慢想慢慢說。打個比方我們月收入是5萬元，那我們就規定自己的消費額度為2萬5，那每個月就可以有2萬5的餘存，然後強迫自己，不管颱風下雨，我們的消費一定要在額度裡面。有些消費能拖到下個月就拖到下個月，實在不夠花，寧可去借，也不要動到存餘。然後下個月不管是還錢還是消費，一樣都在額度裡面，死守底線，而且盡可能的縮小額度，還有就是我們的消費裡面，不要純粹是一些吃喝玩樂的支出，應該要有幾筆投資型消費，比如保險和基金！

☀ 1月7日

這會兒，一個人坐在高速公路的交流道旁邊的一個加油站旁邊的一家賣汽車的小店的前面的一個大柱子下，看車車……看馬路上的車車！等一下，我被人家載走了，救我……

哦！原來，是要來接我回家的，害我嚇要命……

☀ 1月9日

好慘，洗澡忘了拿浴巾……怎麼辦嗎？裸奔唄！

☀ 1月9日

除了家以外的地方，其他，都是荒野！我們也是別人的荒野！

☀ 1月9日

剛剛接到一通電話，蠻搞笑的：

「喂！你好！」

「你好！」

「我們這邊是電信公司，我們要做個市場調查，請問你們家有29歲以下的男生嗎？」

「有的，有一個不滿10歲的男生！」

「太小了，還有其他的男生嗎？」

「不好意思，其他男生已過不惑……！」

☀ 1月15日

骨子裡，男人比女人還愛抱怨，抱怨時機，抱怨社會，抱怨工作，也抱怨家庭……

☀ 1月16日

寒意中的月光，特別的冷冽……

☀ 1月17日

回憶……隨著時光的流逝，會漸漸的，不具意義……

☀ 1月19日

不管你承不承認，女人根本就沒有星期天……

☀ 1月19日

陽光獨厚高雄的天空……

秦時明月評論：天高雲淡，望斷南飛雁……

我回覆：海闊風輕，望不到，南雁北歸……

☀ 1月21日

我，坐一廢墟上，很用力的思考，就好比那一經典……差別是，我有穿很多衣服……

秦時明月評論：所以，你的思想很溫暖。

我回：我怎麼覺著，我那是發呆。

明月回：那是執著。

我回：感覺是誇我的意思／得意／繼續執著下去，只是沒有下文……

明月回：他也沒下文啊，不過，你們都定格在了那一刻，特有意蘊。

我回：他沒下文沒關係，他只不過是塊石頭，我不行啦，會痛！

明月回：no，他僵直依然，而你，活力光鮮。

我回：這樣說，好互補！

明月回：不，是對照。我們喜歡生動的思想。

我回：有人莫名其妙給了我一個禮物，我把這禮物叫做「廢墟」……

明月回：這樣的更有價值。

我回：我拿去賣錢嗎？

明月回：別急，再放上幾千年吧。

我回：我再說明白一點，它原來是好好的一個，結果，是一地……

明月回：你知道嗎？兵馬俑就是那樣修復後升值的。

☀ *1月25日*

略帶寒意的午後，裹在有些許傷感卻有著濃濃人性溫度的輕音樂裡……

☀ *1月25日*

就算再完美的人生，幸福仍是一種稀有的感覺！

☀ *1月29日*

呼……每年的大掃除都是一個人獨立完成……不是想抱怨啥，好在，家還不算大。

☀ *1月30日*

最純粹的美好　才是真正的美好

最簡單的快樂　才是真正的快樂
最瑣碎的幸福　才是真正的幸福……

過年ing。

秦時明月評論：簡單就好，幸福就行。

回覆：有時候，理解比追求更近。

☀ 2月1日

生命中最初的光陰，是在這裏面度過的……如今，已恍若隔世……現在，只有ta是最孤獨的，如果抱得起，真想抱抱ta……

還好，青山依舊在，雖然多了些冬的蕭索……路，一直伸向遠方，遠方就是希望……

☀ 2月6日

「捨」不是為了要「得」
就像「善」不是為了要「報」
複雜的事情簡單化
純 粹 的 心　活 在 純 粹 的 世界……

☀ 2月13日

再 一 次 裸 奔……不 知 道，在這有生之年……還要裸奔多少次！！！

☀ 2月14日

管它，我過中秋節！

☀ 2月15日

當女人們聚在一起口沫橫飛的數落各自的老公的時候，天空定是烏雲密佈。

☀ **2月17日**

這個世界上唯一記得我的QQ密碼和FB密碼的，只有我的電腦，因為我都讓它「記住密碼」然後就沒我的事了！

☀ **2月23日a**

統一發票中獎了，末三碼，200元，拿去買個午餐！先拍下來做個紀念，因為等一下它就是人家的了，吃中飯去，星期天的早晨都是從10點開始，所以還早……

☀ **2月23日**

結果，我是空歡喜了一場，我那是特等獎的末三碼，不計獎，意思跟沒中獎是一樣滴！糗的是，偶沒帶錢包……只好又傻傻騎回來拿錢錢，才終於……吃到中飯了Ho……好曲折的人生！好了，吃飯，囉哩囉嗦！

☀ **2月23日**

吃完了，好乾淨喔，肯定不能讓你知道吃的是啥，怕你滴口水啊！再篤定的事情，也要未雨綢繆，哈！

☀ **2月23日**

存在就是被需要，存在就是必然！

秦時明月評論：閻老西說，存在就是真理，需要就是合法。

回覆：他跟我想一塊去了，不過閻老西是誰？

明月回覆：閻錫山啊。他目前就躺在台灣。

☀ **2月25日**

夜闌人靜，世界上最後一個……woman，還坐在燈下……發呆……

突然，門開了……

☀ **2月27日**

耳濡目染久了，有一天，女兒雷了一句：「以後我長大嫁一個老公要像爸爸一樣把所有的錢都交給我管！」（事實還是另有

真相的，可以忽略這一句）

　　還好，真正雷人的是兒子：「不要，以後我賺的錢死也不要交給老婆管！」

　　那他可能是要交給老媽了（期待）。

☀ 3月3日

　　世界於我們，都會有一個認知的原點，可能，我們每經歷一些事的時候，總是會改變些什麼，但是要記得，無論我們走了多遠，繞多少的彎，之後，還是該回歸到原點──世界如當初般美好……

☀ 3月3日

　　回憶越來越遠，夏天……卻越來越近，你有沒有覺得……今年的木棉花開得很旺、很美！

　　秦時明月評論：英雄花啊。舒婷《致橡樹》裡有。越南猴子曾狂言：凡有木棉的地方都是越南的。呵呵……

　　回覆：台灣到處都是木棉樹，兩棵永遠也到不彼此的樹！

☀ 3月4日

　　沉默不是個辦法，語言和文字是老天賜以人類最強最完美的功能，不用，或是不常用，都會導致退化。

☀ 3月8日

　　女人永遠都希望世界和平，不要戰爭。除非……有人搶了她的男人……

☀ 3月8日

　　「女生節」跟「婦女節」是同個節嗎？

　　秦時明月評論：刑法規定，14歲以上即稱婦女。

　　回覆：這刑法好土，人家還是少女。

☀ 3月8日

　　昨晚上洗的衣服忘了曬，餿了！

秦時明月評論：好隨性的女子。

回覆：好事還是壞事？

☀ 3月8日

蓄意惡整，致人於死，最後的結果卻是過失致死輕判……這個判決很讓人失望，人性和道德快要沒有界線，理不直沒有關係，氣壯就可以，再多合理的假設和懷疑都不及一句「證據不足」。

☀ 3月11日

我們所能做的，就是珍惜生命中的每一天，珍惜生命中最鮮活的跡象，呼吸的聲音，噗通噗通的心跳，溫熱的血液，溫熱的身體，還有……就是我們能看到的和聽到的這個世界！因為這些都並非理所當然……

☀ 3月12日

昨晚上做夢，夢到老媽突然來了，著實驚喜……

☀ 3月13日

……偶只想斗膽說一句：這帥哥的定義也越來越寬了吧……千萬不要往偶身上丟菜丟雞蛋。

——《來自星星的你》

秦時明月評論：帥哥只是性別。

回覆：謝謝聲援，現在我們是一夥的了。

☀ 3月20日

「有一天你會明白，善良比聰明更難，聰明是一種天賦，而善良是一種選擇！」擁有選擇的機會，比擁有天賦的機會要多得多。

說法：你可能無法選擇聰明，但你可以選擇善良！

秦時明月評論：可選擇有時是要命的。

回覆：聰明何嘗不是可怕的。

☀ 3月22日

常常摸摸孩子的頭、常常牽牽他們的手、摩搓他的手心、抱抱他、親親他、陪他遊戲、跟他聊天、走一段路、讀一些書、笑到發瘋、親密無間⋯⋯就這樣。

生命中，有些溫度和記憶是永恆的，且是彼此的⋯⋯

☀ 3月24日

離下個星期天只有七天！

☀ 3月25日

理性的訴求和情緒性的抗爭是有本質上的不同，前者是民主，後者是暴動，是興風作亂。真的是奇怪，是非對錯不需用智慧判斷，只要隨著人群人潮，作亂也好，起鬨也好，人多的地方才是對的，人多的地方準安全⋯⋯

民主，是否有些東西假汝而行？

☀ 3月25日

理解比追求更近⋯⋯

☀ 3月26日

昨天兒子參加戶外教學，他說要帶相機去，我把相機給他的時候，一直叮他千萬不要弄丟了，結果忘了叮他自己，忘了特別告訴他：一定要緊跟老師和同學，不要落單，時時要保持警覺，注意自身安全，還有⋯⋯（做媽媽是不是都像我這樣囉嗦）問題是我忘了這樣囉嗦一下。結果，一整天上班都心神不寧，老胡思亂想⋯⋯

下班之後趕緊跑回家⋯⋯兒子乖乖的在家寫功課⋯⋯我聽到石頭落地的聲音。

只是兒子一看到我回來，神情有些緊張，吞吞吐吐地說了一句：「麻麻，我把相機弄丟了⋯⋯」我「呵呵呵」的傻笑著：「沒有關係！」

等等回過神來：「什麼，你把相機弄丟了，￡￠￥@#$

&……！」

☀ 3月26日

「兒子，借你的肩膀給媽媽靠一下！」

「好，等一下，我拍一下肩膀上的灰塵！」這孩子，越來越像他媽了……

秦時明月評論：自我表揚的節奏啊……

回覆：被你看出來了。

☀ 3月28日

晚上老闆娘帶我們去一間大公司喝春酒。很巧的是，我們隔壁一桌才坐三個男生，吃得很少很靦腆，幾乎沒動什麼，結果他們桌上的東西都被我們霸道的老闆娘，給包了起來，一邊包還一邊跟人家搭訕。原來，三個兄弟都來自大陸江蘇，他們是這間公司在大陸分公司的工程師，特意被分公司派來喝這攤酒的代表，吃一吃就要回大陸了……ho，千里迢迢跑來吃這一攤，結果全被我們老闆娘打包了真是……不過有緣遇到也感親切，只是初來乍到他們吃不慣這邊的東西，但他們對於這邊吃不完就打包帶回家感到有些意外……呵呵！長見識了！

☀ 3月28日

30歲以前是探索和理解的過程，30歲以後，就是體驗和陳述的時候。當然探索可能是無窮盡的。但是，理解卻要及時！

秦時明月評論：時光不等人。

回覆：不等你我！

☀ 3月29日

〈在那遙遠的地方〉……雖然永遠也唱不出西部的風，但西部的風，在心裡……

☀ 4月3日

所有的……都離我好遠，只有文字……

今天是台灣的兒童節,天空放飛著很多的快樂,……只是這邊沒有我的童年,好吧,那就成就別人的童年!

☀ 4月4日

外表冷峻嚴肅,內心卻溫暖幽默,能力氣場都很強,卻淡泊名利……如果說男人都該有所追求,那這個算不算得上一個目標……

☀ 4月4日

小時候每到春天,桑樹發出新的枝葉,就是養蠶寶寶的季節,那時候我們那邊桑樹少,養蠶的孩子多,蠶寶寶總是吃不夠,日子過得蠻苦,可憐了!這些是學校發給孩子們養的,只是都他老爸老媽在顧,這邊桑樹不少,蠶寶寶的溫飽不是問題了!

秦時明月評論:俺也養過的,看著它吐絲、結繭、化成蛾子。

聖評論:七八年沒養了。勾起了我童年滴回憶,我想起那天夕陽下的奔跑那是我逝去的童年,我的生涯一片無悔。

回覆聖:我二十七八年吧,大概,不過,我的童年應該是在早晨的那抹晨曦中。

☀ 4月8日

B和C很難抉擇,我可能會選B,跟一個錯的人待在一起,我或許有機會糾正或是改變他,但跟很多錯的人在一起,我就沒辦法了!

【康永問卷】以下哪一種,比較寂寞?～～

(A)孤單一個人。

(B)跟很多錯的人待在一起。

(C)跟一個錯的人待在一起。

秦時明月評論:選 C 吧。一對一的感覺。

回覆:啊,我以為我們志同道合!

☀ 4月8日

一天下來，有得有失，剛好保本。所謂「得」不一定是某些具體的東西，可以是一個經驗、一個讚許、或是一個駐足回首、一個……小小的意外……

秦時明月評論：如此說來，都是「得」啊。

回覆：這幾天下來，真正理解一句話，車到山前必有路。不必提前給自己壓力。

☀ 4月10日

某個家庭的支出帳單，加起來總共是19,665，不把它們拍下來對不起別人！特別要強調的是，這只上半個月的，下半個月的還沒到。偶只是想說作為一個普普通通的人類，她容易嗎她？好在我寫這麼含蓄應該沒有人夠聰明能看得出來是誰家的帳單！

☀ 4月11日

《三個傻瓜》裡面有一小段，我印象最深，就是那個傻瓜之一（忘了名字）跳樓摔斷腿之後自己坐著輪椅去應徵工作。當時面試的主考官看過他的履歷之後問他的腿是怎麼摔斷的，他一直微笑著，很誠懇很感性的把自己的經歷，一五一十原原本本的告訴了主考官。主考官皺著眉頭聽完他的自述之後冒出一句：「你非常優秀，只是你太過誠實直接，要知道這種態度用在工作上不太適合，所以……我們沒辦法錄用你，但如果你稍微改變一下你的態度和說法，我們可能會考慮錄用你喔！」然後那個傻瓜之一收回了自己的履歷，歉意地說：「我摔斷了腿之後才學會怎樣站起來，這樣的態度來之不易，您保留您的工作，我保留我的態度，再見！」應該說這樣也是一個很完美的結局，但是並沒有完。正當他推著輪椅轉身要離開的時候，主考官叫他等一下，主考官很意外地說：「我看過無數的應徵者，為了得到一份工作，什麼都願意去做、去改變的人，大有人在，你是打哪冒出來的啊？我們決定，錄取你了……」這一刻，人性的溫柔和感動，言語已無法表達……

☀ 4月17日

好吧，不說也是一種狀態。就在回憶裡過日子吧！人家都幫我們翻到2011年了，真的好貼心、好人性化……

☀ 4月18日

不知道這樣做是對的還是錯的，米桶裡面又空了，只好又煮麵，平常我是會先把麵煮一下，撈起來過濾之後再煮。今天我懶得煮，把麵直接泡在水裡，看會不會變成麵條。然後就跑這來翹二郎腿，等一下如果不成功，今天的晚餐就沒得吃了！哈哈，娶一個這樣的女人是不是很沒安全感！

秦時明月評論：大師啊……

回覆：哈哈！謝謝誇獎！

☀ 4月18日

有人回來了，得趕緊去表示點什麼！

秦時明月評論：泡麵伺候！

回覆：沒錯，反正他沒看到過程。

☀ 4月18日

實踐出真知：麵是煮出來的，不是泡出來的，至於泡麵，那是人家的神話 *_^。

☀ 4月19日

這些東東的名字叫土匪，快把我們家都給吃窮了！

——此處請自行想像蠶寶寶畫面

☀ 4月20日

ho天終於亮了，我等了好久喔，現在的事情是趕快在有限的時間內，以迅雷不及掩耳的節奏，完全不受干擾的狀況下完成108件重要的家務大事。首先絕不能打開電腦（這個顯然已經來不及，電腦已經打開了）然後絕不要浪費我的寶貝時間坐在這裡哈拉了，這一點我做到了。108件重要大事也包括刷牙和洗臉，好了，快做完一半了……

☀ **4月24日**

老闆娘說：「妳要學著慢慢去適應，去改變，我會教妳，妳要像我這樣做……」我也很想對她說：「我才不要像妳那樣，逢迎拍馬，吃力不討好，再不認認真真地做老闆娘，踏踏實實地做人，公司都快倒了！」

事實上我啥都沒說！

☀ **4月29日**

昨天在公司差點摔一跤，然後就有個送貨的司機開了一個玩笑，他說：「假如妳真的摔下去了，要不要我抱妳起來，還是說不管妳！」

我「呵呵呵」的傻笑：「還是讓我摔死吧！」

有時候，人看起來很正常，但只要聽其說話就知道是什麼人，這位看起來很正常的怪叔叔聽我這樣說就有點氣急：

「Ho！妳們這些大陸女孩子，還是這樣死腦筋，這麼傳統，這人有生命危險的時候就要轉變，抱一下有什麼關係，又不會少一塊肉，有甚麼比妳的命還重要，還要在那裡ㄍㄧㄥ……」

我沒有再理會這位司機先生！

事後到現在，想起來還是會些難過，很多時候，我們都會這樣被言語輕薄，如果你不懂得保護自己，或許結果就是另一種……

☀ **4月30日**

今天的菜難吃到讓我語無倫次，

還有，明天不放假……

還有，還有……可能我說錯什麼了，今天一直拉肚子！

秦時明月評論：這個該怎麼理解呢？

回覆：要是明天還……拉的話，我就得把說錯的話都……吞回去。

梅娟評論：這個可以不說。

回覆：來不及了。

☀ *4月30日*

剩下應該都是好事吧，順便告訴你，我上班從來都不玩手機，就算玩的話也不會有人發現！

秦時明月評論：我知道了。

回覆：那就麻煩了。

☀ *5月1日*

到了我們這樣的年歲，就常感覺適合的話題越來越少，可以和人聊的東東也越來越侷限……金錢和物質不是我們的話題，因為我們的額度有限，聊著聊著可能只剩柴米油鹽。夢想不再是我們的話題、成敗不再是我們的話題、青春不再是我們的話題、愛情不再是我們的話題……我們變得慵懶，還有些蹣跚，有些隨波逐流……

☀ *5月3日*

這事本來不要張揚，我會修水管了。

秦時明月評論：這麼牛。

回覆：偶必須解釋清楚，偶只是把長的水管剪短了……而已。

明月回覆：恭喜你啊，那也不簡單呢。

回覆：同喜同喜！

☀ *5月5日*

不會後悔做這樣的選擇，只是遺憾用這種方式……（離開春得公司）

☀ *5月6日*

還沒洗澡，還沒洗衣服，還沒洗澡，還沒洗衣服，還沒洗澡，還沒洗衣服……我要去洗了。應該，會洗很久，很久……／抓狂／

☀ *5月6日*

有一種最美妙，最有幸福感的聲音，就是不管多晚，家人回

家開門的聲音，因為那是內心的踏實和著落……晚安！

　　秦時明月評論：想起了撒切爾夫人回家的故事……

　　回覆：沒帶鑰匙？

☀ 5月7日

　　偶也是，每次都想說，天天都在這微博上練習罵人，結果還是罵不贏人家。

　　「每次被人罵完了之後都是晚上躺在床上的時候才想起來該怎麼還嘴～」

——櫻桃小丸子

☀ 5月9日

　　母親節在即，聽了一場來自都教授……是林教授的親子關係演講。他告訴大家，我們右邊的門牙代表母親的健康，左邊的門牙代表父親的健康……所以，請保護好我們的門牙！提前祝福母親節快樂，願所有的母親，她們的孩子都有健康的門牙！

☀ 5月10日

　　他在看天文書，他說以後要做天文學家，希望十年後，他還是堅持這個想法！

☀ 5月13日

　　最後一次的日記停留在2004年的2月3日，也就是說，已經整整十年零三個月又十天，沒有寫日記……我把我生命中最美的時光空缺了……

☀ 5月13日

　　這是偶種的草，其他東西是野生的。

——看到家門口的盆栽裡面雜草叢生，有感而發

☀ 5月的14日

　　女人問：「你覺得你算不算得上是個頂天立地的男人！」

　　男人不由自主地秀出二頭肌：「妳覺得呢？」

「那……你會不會很勇敢，會不會很堅強？」

「我很堅強，很勇敢！」

「那你怕不怕吃苦，怕不怕累？」

「吃苦當吃補，我不怕！」

「那你怕不怕痛，怕不怕流血？」

「當然不怕！」

「那你有沒有擔當？」

「有，我有擔當！」

「既然你天不怕地不怕，勇敢堅強，有擔當，那幹嘛還依賴菸酒啊？！……」

是啊，有時候，女人真的不明白這一點，同樣是人，為啥男人的嗜好就是多？

☀ 5月18日

我終於明白，兒子為啥要窮養，吃過苦他才會立志，逆境中他才會尋求更好的生活方式，窮人的孩子早當家……

自我評論：我常常在尋思著拿捏，就怕他們以為想要什麼就可以有什麼。

☀ 5月24日

去哪都好，不要在家糜爛……！

☀ 5月31日

真正的兒童節，不是折騰孩子表演這個表演那個給大人們看，兒童節是屬於孩子們的，這一天應該，沒有功課的壓力，沒有課程的煩惱，也不用表演，所有的遊樂場都免費，而爸爸媽媽也不用上班，陪著他們一起玩，一起過節！

☀ 5月31日

「冬則溫，夏則清，晨則省，昏則定，出必告，反必面，居有常，業無變……」朗朗的讀書聲，聲聲入耳。偶以為偶是在古時的哪個私塾，是家裡其他那三個在念《弟子規》。

網友仙人掌評論：現代與傳統相結合。教子有方，必成大器

回覆：其實這只是生活的一部分，無關其他⋯⋯

☀ 5月31日

兒子說：「媽媽的卵子和爸爸的精子結合，然後在媽媽的肚子裡面慢慢長大，就變成一個寶寶！」

聽得我滿臉疑惑，他怎麼知道得那麼快呀？

我就問他：「你怎麼知道的？」

兒子就驚訝了：「什麼，媽媽妳不知道喔！妳都生兩個孩子了，還不知道？」我臉上三條線⋯⋯

兒子繼續：「不過也有特殊的狀況，有的女人的卵子不需要精子就可以懷孕生孩子，那個唱《姐姐》的明星謝金燕就是這樣，她沒結婚，但一樣可以生孩子，還有耶穌的媽媽也是，但這種的很少很少⋯⋯！」

噢，親愛的孩子⋯⋯

☀ 6月2日

早上起床：「MZ⋯⋯」（女兒名字字母縮寫）

^_^綁頭髮中⋯⋯

刷完牙，洗完臉：「MZ⋯⋯」

^_^綁頭髮中⋯⋯。

吃完早餐：「M－Z⋯⋯」

（：綁頭髮中⋯⋯

你要問我MZ在哪裡，抱歉她綁頭髮中⋯⋯

☀ 6月2日

兒子有一個很好的一個習慣，到哪都會帶著簡易紙筆，方便做筆記！

☀ 6月3日

昨晚上做了一個夢⋯⋯就在想，夢境和現實的距離，究竟有

多遠……

　　秦時明月評論：不遠，只隔著薄薄一層眼皮。

　　回覆：可惡的眼皮，本來我夢見自己中了六合彩，結果睜開眼睛全飛啦！

☀ 6月4日

　　稍息片刻，然後繼續……

　　秦時明月評論：繼續稍息吧……

　　回覆：嗯，片刻還沒完！

☀ 6月9日

　　不管你做的是什麼工作，都要以這三樣為原則：

　　1. 在工作的過程裡，你必須是在不斷學習進步中。

　　2. 你的薪水不負你的能力及行情。

　　3. 你必須是快樂的。

　　其他的，都算是修煉！

☀ 6月11日

　　有一種幸福，你無須苦苦追尋，亦無須癡癡等待，只要相信它的存在……就好！

☀ 6月12日

　　一肚子的悶氣怨氣，放在這裡，這個盒子裡，好了沒事了，千萬別打開哈，有味道！

☀ 6月14日

　　從昨晚上九點一直睡到現在，過分嗎？睡得好累，休息一下！

☀ 6月14日

　　老天爺給偶一棟房子，為何不送偶一個傭人啊……

　　秦時明月評論：好吧，俺拿傭人換你房子……

　　回覆：好像挺划算，可是沒有房子偶還要傭人幹嘛？

205

☀ 6月19日

　　一個人會經歷無數次的旅行，以時間為背景，每一次的旅行都有不同的意義，我喜歡一個人的旅行，沒有行李就更完美，如果還有你⋯⋯

──那年那天

☀ 6月19日

　　話是這樣說的沒錯，可我畢竟不是一棵樹⋯⋯

　　「不管是友情還是愛情，你來，我熱情相擁。你走，我坦然放手。」

☀ 6月19日

　　孩子們跟我講一件事，有個美國人，他一年的⋯⋯垃圾⋯⋯還裝不滿一個小的玻璃瓶！很難置信，一個人一年之中所掉下來的頭髮，所剪下來的指甲，還有挖出的耳屎、眼屎、鼻屎⋯⋯這些東西累積起來都不止裝一個小玻璃瓶（抱歉有點噁），不過這竟然是真的，過程中的麻煩程度是我們這些凡夫俗子到不了的境界！只是，我們也該要有自己的環保己任和標準！

☀ 6月21日

　　莫只偏愛夜色，陽光下的世界，更繽紛⋯⋯

☀ 6月22日

　　冬天只是一個過客，因為她把漫長的夏天留給了我們。好熱喔！

☀ 6月25日

　　看不起自己的國家，其實也是一種人格缺陷⋯⋯

☀ 6月26日

　　電腦桌旁的牆壁上，貼了一張便條紙，上面寫的是：

　　「媽，昨天真是委屈妳了！」

　　這當然是貼心的寶貝女兒寫的，只是偶實在想不起昨天受了啥委屈，讓女兒擔心了⋯⋯

一切

都將歸於塵土

化作塵埃

到那時

我們就自由了

想要飄到哪　　就飄到哪

想要遇到誰　　就遇到誰……

☀ 7月1日

堅強到無懈可擊，便是最脆弱之時……

秦時明月評論：別撐著，想倒下就倒吧。

回覆：好吧，剛好後面有張床！

☀ 7月3日

老闆去大陸回來，帶回一大箱的……他說是寶貝，打開一看，全是廣告彩頁。他叫我把所有彩頁上的名片都小心地取下來，厚厚一大疊200多張，先分各個省份，不知道省份自己查，然後輸入電腦上存檔，我坐在電腦前打了快8個小時，走出辦公室……夏天還是那個夏天……只是我的眼睛快脫窗了，好吧老闆總有他的道理！

秦時明月評論：不辭長做有心人。

回覆：不辭難做啊！

☀ 7月6日

今天很熱，用腦不要過度，不然燒壞了，晚安！

☀ 7月13日

爸爸點了一份大牛排，一家人一起分著啃，女兒一邊啃一邊慢悠悠的說：

「爸爸，下次不要再點牛排了，因為你喜歡吃牛排，就會害牛被殺，如果我們大家都不吃，人家就不會殺牛了啊。」

爸爸猛點頭：「好，以後不吃牛排了！」

這樣，好像很完美，就聽女兒吵著說：「爸爸，我還要！」

☀ 7月19日

逛街逛到腳痛，花錢花到手軟……哈，當然不是，逛街逛到腳軟，花錢花到心痛，好像，也沒啥不一樣！

秦時明月評論：睡覺睡到手發軟，數錢數到自然醒。

回覆：原本偶也可以這樣，結果一念之差！

☀ 7月20日

老公這一輩子最缺的不是美女，金錢，權位，而是……星期天……

秦時明月評論：思想境界很高啊，讚！

回覆：謝謝誇獎！

☀ 7月24日

工作我不害怕忙碌，只怕被閒置……

☀ 7月25日

沒辦法，我們家的床太黏了，起不來……

秦時明月評論：蜜做的吧。

☀ 7月26日

救命啊！

我把牙籤咬斷了……

不過沒吞下去XD

秦時明月評論：可憐的牙籤，還能接活嗎？如果被吞，就沒希望了。

回覆：哈哈！還是要笑一笑，珍視我們的人生。

☀ 7月27日

高雄國際機場的觀賞台看飛機，沒有離情別意的情緒困擾，只是為了要看看他們此起彼落，歸去來兮……

☀ 7月27日

哦，好痛！有如萬箭穿心……

——孩子的功課上，有一張圖，上面有各種家務事，然後連線到爸爸或媽媽及其他家庭成員，由誰做就連線到誰，結果……發表一下意見吧。

秦時明月評論：真幸福，能讓人一下子想到你。

☀ 7月31日

以前（不記得是多久以前）常常幻想，十年後不知道會是什麼樣……現在……不敢想了！

秦時明月評論：時光推著你走。

☀ 7月31日

外國電影看來看去，無非是超人，超級重金屬，超級天災，超級基因突變的怪物，超級不可能的任務，等等等等，已經把外國電影公式化了。千篇一律的故事情節中不能缺席的美女與野獸的奇異愛情，加上完美結局，endlng 鏡頭永遠是男女主角擁吻而終，以誇張的劇情，華麗浩大的場面，驚險刺激的視覺效果和震撼音效吸引人，而已。所以，可能還會繼續捧場，哈哈！

☀ 8月3日

早上醒來，房子還好好的，沒有倒，兩個惱人孩子比外面的小鳥還吵，家裡其他的人，又要加班，桌子上為我們準備好的早餐……再平常不過的一天又開始了！

秦時明月評論：能睜開眼，就好好走路。

回覆：有些話終於可以理解了，比如契訶夫的！

☀ 8月3日

家門口對面有一棵芒果樹，前些日子有一天，樹上的芒果掉下來砸到人，這人就檢舉了這棵樹，結果它的命運就是連根拔起……這算是事嗎？這算什麼事，如果我是那棵樹，我肯定要為自己的命運辯護：「這能怪我嗎？你不知道有地心引力嗎？」

唉，人有人權，樹⋯⋯卻只是一棵樹。有人被樹上的果子砸到，卻思考出萬有引力，有人卻是要讓樹消失⋯⋯

但它曾經是我們家門口的一道風景！

☀ 8月5日

吃飯的時候，有點賴皮：「等一下吃完飯我就睡，就是碗⋯⋯」

「趕快去睡，碗我來洗！」

好有氣魄的男人，只是有人不太守信用。

☀ 8月9日

我在看一張幾米的漫畫，畫上兩個青澀的男生和女生，坐在河邊的樹下，有些矜持，有些害羞⋯⋯

兒子洗完澡跑過來剛好看到，就嘀咕了一句：「這個是妳，這個是我！」

說完就跑去房間睡覺了⋯⋯

秦時明月評論：要早一點告訴他真相，不能耽誤。

回覆：怕他難過，哈哈！

☀ 8月15日

我和我的手機關係一直都不怎麼樣，它一星期就有四天是住在公司，但今天不行，我得去帶它回家。

秦時明月評：是呀，帶它回家，多溫馨啊！

回覆：我倆手牽手！

☀ 8月15日

剛剛滑手機的時候，邊滑邊覺得很有趣，就笑了，女兒看到竟然給我潑了一瓢冷水：「麻麻，今年暑假死了那麼多人，妳還那麼開心喔！」我一臉錯愕⋯⋯

我的孩子！沒想到暑假這段時間一連串的災難，給孩子稚嫩的心靈抹上了一層陰影，連快樂都會有罪惡感⋯⋯慶幸的是孩子已開始慢慢的去理解生命，生存，這種複雜的東西⋯⋯我抱著女

兒說：「快樂，是我們對『生命』最好的回饋……！」

總有一天，女兒會懂的！

☀ *8月15日*

從前的時候多寂寞啊，寂寞的愛，寂寞的等待，可那時候的天空很藍，陽光很好，草兒很綠，花兒很香，心事……很美！

秦時明月評：從前很歡快啊，通訊基本靠吼，交通基本靠走，取暖基本靠抖……

☀ *8月16日*

午後，一個人坐在便利超商，悠閒的揮霍著帶有濃濃咖啡味的下午時光……然後就邂逅了ta，他鄉遇故知的感動……

走過千山萬水，回頭，ta還在燈火闌珊處。

——致《讀者》

仙人掌評：那邊也能買到ta？ta內涵不錯！

回覆：物以類聚 ^_^

秦時明月評論：讀懂他，愛他！

回覆：男人如他！

☀ *8月21日*

還好我不是明星，不然，不是在吸大麻，就是在淋冰桶！

☀ *8月23日*

你看這世界如何，完全決定於你的理解能力，理解是你的造化和境界，你也可以把ta進化成特長。

☀ *8月30日*

昨晚上吃完飯就躺在沙發上看韓劇，一個接著一個，一直看到世界由熱鬧變得安靜，最後連家人也棄我不顧，看著看著，就睡著了。醒來的時候，電視在播報晨間新聞，結果昨晚上沒洗澡……不知道這算不算是糜爛，這應該是幾十年來的頭一遭吧，值得紀念，不過下次再犯的話不知道會不會被抓去勒戒！

秦時明月評論：向你學習，爭取超過。

回覆：哈哈，你終於想通了！

☀ 8月31日

「起初不經意地你，和少年不經事的我，紅塵中的情緣，只因那生命匆匆不語的膠著……」在KTV吼了近5個小時，意猶未盡……晚安好夢！

☀ 9月6日

偶堂哥的名字叫──憤世無用！

☀ 9月6日

早上起來的時候，已經十點了，昨晚上還是有看韓劇，我很老實的交代，看到兩點，但是有洗澡睡覺。今年的夏天特別的漫長炎熱，起來就趕緊沖了一個澡，壓著孩子們也都沖洗了一下，然後身心舒暢的和孩子們吃了一點東西，看著他們把牛奶喝完，就開始忙了。先把昨晚上沒洗的碗洗了五遍（沒有騙你），然後烘乾。有一種難過就是，我不勤快（絕不是懶），卻有一點小小的潔癖，兩種性格缺陷折磨得我快要精神分裂。去年我娘在這邊的時候，常因為這樣的事情衝突，呵呵呵！不過還好我不勤快，不然早就累死了，還好我有一點小潔癖，不然早就髒死了。

應該，每個人或多或少都在想要這樣或想要那樣矛盾人生中，不發瘋的生活著，且似乎總會有人幫我們安排好剛好的節奏……

洗好碗之後再把昨天的衣服都丟進洗衣機，這樣弄一弄，就要開始煮中餐了，吃完中飯，稍息一下，又繼續……吸地掃地拖地。從三樓到一樓，車庫、家門口，三尺內……能不累得賊似的嗎？

「下輩子不要再做媽媽了，做孩子就好了，做一個永遠也不用長大的孩子就好了！」

我這樣抱怨著，就有一個小小聲音回應：「是像我們這樣悠

閒的孩子嗎？」欠扁的孩子！

在樓上拖地的時候，突然聽到拖拉機的聲音，拖拉機！急著跑下來看時，人家已經揚長而去。

所有的搞定之後，全身……香汗淋漓，就不用說接下來要幹嘛了……結局就是，打開冷氣，香噴噴的坐在這裡……百無聊賴！

衣服還沒曬……

☀ 9月11日

你常說我像個孩子，但你從未發現，我是如此的認真……

秦時明月：這什麼邏輯？

回覆：孩子的世界，不需要邏輯，只因我們想得太周全，所以，我們不是孩子！

☀ 9月14日

晚飯後，一家人出去散步，兩個孩子一再的叮嚀：「麻麻，要注意妳的腳下喔，地上有很多的小生命，不要踩到它們喔……」

☀ 9月16日

可能這樣的夜晚再也不屬於我了……另一種取捨中！

☀ 9月19日

不管打開哪個網站，最惱人的就是時不時地冒出一個廣告或是新聞小窗口，好打擾人喔，快要被惹毛了。趕緊，在沒有被惹毛之前，逃離……不是你要逃離，而是，我要逃離！

秦時明月：這樣很好，你安我安。

回覆：有一種圖騰，也有安心定神的作用……

☀ 9月20日

「麻麻，等我頭髮長到腰……」

「就要嫁人了嗎？」

「不是啦，我要把我的頭髮捐給得癌症的人！」

麻麻：「……」

秦時明月：好孩子，別嚇唬麻麻。

回覆：她是認真的

秦：麻麻怕我嫁人嗎？

回覆：怕，怕嫁到壞人！

☀ 9月21日

再翹首期盼，要來，也不過一夕之間，不來，便是永遠……

☀ 9月22日

有沒有一種床，時間到了就會自動收起來……

我很需要！

☀ 9月21日

來講一個剛發生的故事：今天偶整理東西的時候……竟然一不小心……摔了一跤，哈哈才沒有！

是發現了老公的私房錢，在他的舊衣服的口袋裡，有一疊喔，著實竊喜……

於是，我故意抱著一堆大家的舊衣服（不能只拿一件，那樣不好玩），走到老公跟前。把舊衣服一件一件的拿起來，抖給老公看，一邊抖一邊說：「老公，這衣服已經太舊了，我幫你整理出來丟到外面的回收桶，你要不要看一下啊？」接著下來的事情……

想看嗎？請買票。

秦時明月：魔高一尺，道高一丈。

回覆：我是神。

☀ 9月26日

男人若太過陰柔，少了那麼一點的陽剛之氣，這陰柔則分化出兩種不同的人格特質，一種是多情憂柔，另一種則是陰暗偏激。這兩種人格有一個共通點，非常依賴女性……

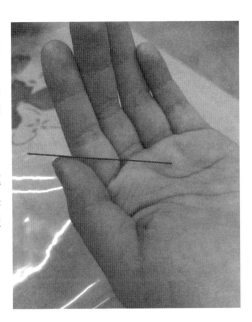

☀ **9月27日**

跟媽媽電話家常時，總覺著結巴。有些家鄉話已經開始有表達的障礙了，我知道，隨著時光匆匆，這種症狀，會越來越嚴重……

秦時明月：正常的改變。不僅語言，有的人甚至連情感都沒了。

回覆：不知道人家賀知章是怎麼辦到的？

☀ **10月2日**

早晨起床，才終於，有了那麼一絲絲的涼意，天可憐見！不過一兩個小時之後，就會感覺，剛剛那只不過是幻覺！

☀ **10月4日**

女人最受驚嚇的事，妳覺得呢？應該是一屁股坐在沒蓋上馬桶蓋的……馬桶上！

秦時明月：誰幹的？

回覆：男人。

☀ **10月7日**

兒子一邊看著他的寵物烏龜一邊說：「麻麻，我剛剛拿妳的牙刷幫龜龜刷牙！」……我有沒有聽錯啊！

☀ **10月12日**

一家四口投票決定吃外面的還是回家吃，結果三票比一票，結果多數服從少數！

☀ **10月12日**

孫悟空的金箍棒。

秦時明月：從耳朵裡取出來的吧。

回覆：對呀，兒子說耳朵癢耳朵癢，結果……

☀ *10月15日*

旁觀者有兩種：一種已婚，一種未婚。

評「讀者」：〈當代婚姻的三大勁敵〉已婚者不安心，未婚者不甘心，旁觀者太熱心。」

秦時明月：這你都知道。

回覆：我說過我不簡單的嘛！

☀ *10月17日*

我們家到了晚上10點就禁止人類講話，不過可以用寫的，好了，寫完了。

秦時明月：默默相視，如此溫馨！

回覆：不……連看都不可以看。

☀ *10月18日*

就快要下班了

我一直呆看著退去了光度和熱度的太陽

慢慢西沉

窗台上

一隻靈性的小鳥

在歡快的雀躍著

它並不經意

卻像一個跳動的音符

喚出我心裡深處的旋律

辦公室的一切都讓人沉悶

一堆堆沒有人性的文件

沒有溫度的各種儀器

和只會吐出英文字母和阿拉伯數字的電腦

進進出出格式化了的人們

——我還沒有愛上這份工作

或許有一天
我會愛上的
到時這一切卻都是生機
都會活過來

窗台上的小鳥
只是一個偶然
或許它在它的世界也不可開交
只是此時
它給了我一種很特別的感覺
——只有它離我的生活最近
這種感覺
延續回家的路上
一路是風
⋯⋯

☀ *10月19日*

還有誰？可以像他這樣影響著我們！作為教育者，不在於他的教育，而是在於教育者本身的精神層面和境界⋯⋯——致魯迅

☀ *10月24日*

怎麼吃也吃不完的飯，吃得很努力，給點掌聲吧！

梅聖：掌聲很激烈。

回覆：意思一下就夠了。

麗琴：掌聲響起來！

回覆：哈哈，吵到我了。

☀ *10月24日*

高雄的氣候，很適合我們這種候鳥型的人類居住，冬暖夏涼，不需要遷徙，也不用冬眠，只是，如果多一些秋色，多一些雨⋯⋯

☀ *10月25日*

我在想說今天一個人在家到底要做些什麼才最過癮⋯⋯已經

想了兩個小時了。

☀ *10月25日*

　　去哪都好……

☀ *11月2日*

　　「給我一張機票，沒有人用過……」會唱這首歌嗎？齊秦的〈原來的我〉。

☀ *11月2日*

　　不要去冒昧問人家：「你是哪裡人？」非常的不禮貌，你可以問：「你從哪裡來？」或是「你現在在哪裡？」或是「你的故鄉在哪裡！」……如果你想要了解一個人的來去何從，應該是要自己做功課。「你是哪裡人」已經是一個很深刻、很深刻的問題！

　　秦時明月：你是誰，你從哪裡來，你到哪裡去？很深刻的哲學問題。

　　回覆：不管我從哪裡來，要到哪裡去，我還是我！

☀ *11月2日*

　　這樣的季節，適合思考，適合戀愛，適合牽手散步，適合運動，也適合早睡早起……

　　秦時明月：這樣的季節，適合早睡晚起，對著日頭發呆。

　　回覆：晚起不會被打屁股嗎？

☀ *11月10日*

　　星期一綜合症：星期一，你必須拿出一點小小的意志力，克服假日造成的時差；星期一，你必須忍受有的人會有起床氣，靈魂還未歸竅；必須忍受莫名的情緒和苦著的臉；星期一你必須忍受電話轟炸；星期一你必須忍受老闆給你緊發條……星期一，還有要掃廁所；星期一，你必須像膝蓋一樣堅強！抱歉這不是膝蓋，哈！說這麼多我是要告訴你，我的星期一過完了！

☀ *11月 14日*

　　這個時候，還真不敢往樓梯那邊看，趕緊躲被被裡面，鬼最怕棉被一偶說的！

　　秦時明月：小心鬼看到了，它會等著你。

　　回覆：如果鬼看到人，會怕嗎？

☀ *11月 16日*

　　孩子們小時候的衣服，總也捨不得丟了，也捨不得送人，只好找個小可愛來幫忙穿著（我給它套在絨毛玩具小熊身上）蠻合身的，而且小熊熊看起來好喜歡！

　　秦時明月：它估計不會讓你脫了。

　　回覆：不脫了，讓它穿著長大！

☀ *11月 20日*

　　敲得手會痛，最好是感應式的門！

　　評《讀者》下班語錄：幸福就是每天下班回家都敲門，而不是自己掏冰冷的鑰匙！

☀ *11月 20日*

　　好吧，乖乖睡覺，不鬧了！

　　秦時明月：這個時候，俺已睡著了。

　　回覆：怎麼可能，比我還早？

☀ *11月 21日*

　　我吃飽了，你呢？吃了些什麼嗎？就，還是忘了吧！

　　秦時明月：酒足飯飽～

　　回覆：八成是醉了。

☀ *11月 21日*

　　女人全憑感覺探索她的人生，怕就怕所有的都是錯覺……

☀ *11月 23日*

　　風景好的地方，總也遇得到茫茫人海……人生的旅程，都是

在追逐一道屬於自己的風景，可以釋放內心，也可以釋放孤獨，沒有人踐踏過……

☀ 11月26日

可能，你會一直期待某人可以送你一捧花……而我一心只想做一朵玫瑰，開在無人的山坡上……

☀ 11月27日

晚上，撇下孩子，牽著大人的手，出去轉了一圈。

兩個人的世界，很美好！戀愛，聊天，牽手，逛街，嬉鬧，耍寶，沉默，發呆……都好，沒有尺度！

☀ 11月28日

緣來不聚，緣去不散！

☀ 11月29日

對於選舉人來說，今天，該是塵埃落定，雲淡風輕的日子。已經全力以赴，就不必在意結果是如何……不管是誰，淡泊名利，才是最好的人……早安！

☀ 11月29日

真的，好慘！要以成敗論英雄嗎？換一個角度，未必是壞事喔，一切都還是進行式，希望還在！

☀ 11月30日

如果我是風箏我死都不要下來，在天上飛的感覺多好……

☀ 12月1日

美好的心境，不是把一切都看淡了，而是一切都還沒有看淡……

☀ 12月3日

室內的氣氛不是你能想像的鬱悶，這個時候偶都會花個十分鐘，從書本裡面消化掉一個別人的故事或是一段別人的說法，來代謝這多出來的感覺……然後，悠然見周公，雖然不一定見得

到！

　　秦時明月：書中自有⋯⋯

　　回覆：周公！

☀ *12月4日*

　　今天下班才發現心愛車車破輪，只好走路回家，一直走啊走啊，走到半夜，天都快亮，才到家，呵呵！

☀ *12月4日*

　　很多時候，男人的快樂是建立在別人的痛苦之上，而女人的快樂則是，大家都快樂，所以快樂⋯⋯

☀ *12月4日*

　　我餓壞了，就想像說天上會不會掉個餡餅，結果⋯⋯真的掉一個不是餡餅，是蔥油餅，真好，心想事成！

　　秦時明月：俺扔的。

　　回覆：還有嗎？

☀ *12月7日*

　　8歲的女兒哭著對媽媽說：「麻麻～剛剛有人打電話給我，一會兒說他是馬英九，一會兒說他是警察，還說他知道我是誰，還知道我很愛漂亮，還說要把我抓起來關三年！」

　　我一聽也嚇到了，第一時間想到的是「變態狂」趕緊看來電顯示，好6296727你死定了！然後一邊安慰女兒一邊準備要報警，想想電話號碼好熟喔，⋯⋯原來是她叔叔的電話，但女兒說不是叔叔的聲音⋯⋯我很謹慎，怕說是不是有壞人趁叔叔不在家闖空門，而且這壞人是我們認識的，或是別的可能性⋯⋯總之我想了很多。然後就用手機和她叔叔傳line，謹慎小心的再三確認他的身分之後，知道他好得不得了，而且電話真的是他打的，女兒沒聽出他的聲音，所以不知道他是誰。其實他沒有惡意，只是想跟女兒開玩笑，並提醒她不要隨便和陌生人講電話，不過還是被我罵了一頓，真的差一點我就報警，不過我好有偵探天分。

☀ *12月8日*

　　翻遍了整個書架，一本一本的找，無果，看來這個月我們失約了，好一陣的惆悵，懊惱自己為何不早一點來……

　　在這樣一個小小不經意的地方，一個小小不經意的便利商店，世界那麼大，我們卻會在此相遇，所以 TA 完全是因了我而出現、而存在……這樣想，竟然好感動。往回家的路上，燈光忽明忽暗，道路卻乾淨清晰，又降溫了，風裡滲透了寒意。沒有關係，我們還會再相遇……

　　秦時明月：冬日裡的暖！

☀ *12月11日*

　　人家說早晨時間頭腦最清醒，最不容易做錯事，想想這麼多年來，早上我唯一做的錯事就是賴床，今天又賴到了兩分鐘——兩分鐘的懺悔！

　　秦時明月：那是清醒的選擇。

　　回覆：你也是這樣選擇的？

☀ *12月14日*

　　一早醒來睜開眼睛，就發現有人把手靠在頭上斜坐在床上，一聲不吭，趕緊關切：

　　「你怎麼了……！」

　　「我想起來了……！」

　　「想起什麼來了……？」

　　「我想起來了……！」

　　「想起什麼來了到底？」

　　「我——想——起——來——了！」

　　「喔，好吧我也想起來了！」……

　　秦時明月：這就是中文的魅力！

☀ *12月14日*

　　帥氣的鞋架，結實堅固，實用不生銹，看起來也蠻漂亮！不

過還沒完工，好吧，算你厲害！

☀ *12月14日*

　　生命的過程，是索取，也是給予……只是為了讓這冬天，變得更溫暖……晚安！

☀ *12月17日*

　　從下午三點，就開始等，等一個人來，等啊等，一直等到五點，那人才來……他的名字叫「下班」。

☀ *12月17日*

　　吃完晚餐，晚風吹來一陣陣快樂的歌聲，大家坐在高高的……不對，是一起擠在沙發上，聽媽媽講那過去的事情……講完了！

　　秦時明月：孩子們愛聽嗎？

　　回覆：愛噢，一直問一直問一直問！

☀ *12月19日*

　　還聽人家說，這人到了一定的年齡，就習慣早睡早起，可能……我們也漸入此境。你若是早睡，我也不要獨醒，你若早起，我也不要獨眠……

☀ *12月24日*

　　男人下班回家最討厭的感覺是什麼？這個問題我很好奇，就問我們家唯一的大男人，他說：「最討厭回來找不到你！」如果你說，這是一個圈套，那就是了。

　　晚安，快樂平安……！

　　附言：其實我也是，下班回到家，最討厭的感覺就是家裡黑燈瞎火，但是每天，都是由我來為家裡的人打開燈，照亮他們回家的路……小時候放學回家，最開心的就是看到媽媽的廚房亮起了燈，屋頂的煙囪炊煙在裊繞……

☀ *12月27日*

　　睡迷迷糊糊的時候，聽到兩隔壁在外面聊天聊得很歡，就很

想爬起來去湊熱鬧，想著想著結果還是沒辦法戰勝一蹋糊塗的睡意，直到現在……人家已經散了！

☀ *12月27日*

　　起來大半天，唯一做好的一件事就是……上好廁所了！

☀ *12月27日*

　　偶的早餐和午餐（泡麵）……千萬不要教育偶，這是偶現在能想到的對自己最好方式！

　　秦時明月：不能為了錢寶寶這麼對待自己吧。

　　回覆：都說不要教育了，人家不就是想圖個方便麻！

　　秦時明月：這樣吧，對錢狠點，花它！

　　回覆：已經來不及了！

❦ 2015年 ❦

☀ *1月1日*

煙花燦爛著整個夜空，新年快樂！

☀ *1月1日*

既然「我是你的小呀小蘋果」那麼「怎麼講你都不要嫌囉嗦」2015年……蘋果最忙！

☀ *1月4日*

現代十大酷刑……有「忘帶手機」，有「老爸老媽會微信」，也有「今天吃啥」……等等，竟然木有「星期一」？

☀ *1月7日*

最幸福的事情……應該是一覺醒來，還是半夜吧！早安，上班了！

秦時明月：一覺睡到天黑最好……

回覆：然後接著睡！

☀ *1月8日*

我忘了帶錢包，結果硬著頭皮（那種動作很痛，不要輕易嘗試）問人家借了20元，回到家老感覺人家在我家門口等著我還錢……

☀ *1月8日*

吃得太飽了，飽到頭都不能往下低了，來講幾句話消化一下…

☀ *1月8日*

喜歡自由散慢，沒有約束的生活，喜歡任何事情都不拘於形式，喜歡單純的內心只需裝載最清澈的靈魂，而不用去思考，該如何應付人類……

浮生夢魘

☀ *1月10日*

我在這裡，要不要一起來，這就是我的午餐，已經等候我多時了，今天下午，就這樣度過……

——在一間便利商店看《讀者》

☀ *1月15日*

從一大早起床，就開始算計今天的花用，因為皮包裡面只剩1300元，這是今天的額度，一定要撐到5號發薪水。這1300元要買夠下個星期的所有晚餐要煮的菜，還要買下個星期要煮的早餐。（周一至周五，假日不煮，就像晚上的8點檔一樣）還要預留我下個星期的中餐費，我們公司中午吃自己的。

算計好了之後，我給了孩子們100元，去買早餐，我自己揣著1200元，去菜場……血拚！

青菜蘿蔔、雞、魚、肉掃一掃。60元一顆的蘋果拿了兩顆，230元一斤的葡萄買了半斤，我還跟老闆說：「這一點點一下就吃完了！」

老闆笑說：「這麼貴分兩次吃！」

我回老闆：「好吃的東西都是一次吃到飽！」還有20元一顆的奇異果（獼猴桃）買了8顆（150元）。

只是掃到最後我發現……我只剩95元，再花45元買了自己的早點……

回到家吃完早點，我趕緊把零錢罐拿出來摳，摳了半天，終於摳到了將近500元，去買了煮早餐要的麵條和雞蛋，並且留了250元作我下星期的中餐費。到了中午煮午餐的時候，才發現，油和醋都沒了……然後又抱起零錢罐摳啊摳，又摳出200元，買了油和醋……

呼！這樣總該心安了吧。我得意且滿心安慰地和孩子們度過愉快的下午時光……

等到晚上煮晚餐的時候，打開米缸——真是99八十一難啊，你一定也猜到了——沒米了！中午吃的是麵條……

徹底崩潰……

晚上我這樣跟老公聊，他虧我：「有什麼大驚小怪的，妳差不多每個星期天都是這樣度過的吧？」

好吧我承認！

☀ 1月23日

看完《國語周刊》上的一篇文章之後，內心還真是五味雜陳，整個人，都壞掉了……上面敘述的是：如何用身體健康者的糞便，製作治療便秘的藥，意即提煉健康者糞便裡面的好菌，來製作抵抗壞菌的腸胃藥。不知道有沒有人敢吃。不過多了解了一個概念：人……全身是寶！

☀ 1月23日

夜空迷濛

夜色深邃……

彩色的精靈

守護在城市的上空

舞動著纖柔的羽翼

抖落一身晶瑩的粉塵

然後……

掉進每個酣甜的夢裡

化作夢的顏色……

　　　　　　　——晚安

或許

我們就是那精靈

繽紛的塵衣

正悄悄落進別人的夢裡

☀ 1月25日

女人，要的不是一朵花，而是一棵樹，一棵會開花的樹……

☀ 1月25日

走過這麼些歲月，突然的發現，在頻頻回首中癡癡戀著的，不是某一個風花雪月，亦不是某一段刻骨銘心，我們最念念不忘的，其實，是自己的青春……

☀ 1月26日

老闆從外面打電話進來找老闆娘，結果她人在現場，放下電話她就進來了，一進辦公室我就告訴她：「老闆找妳！」「他還在線上嗎？」我脫口而出：「沒有，剛剛掛掉了！」

@&^～#%%&^……

秦時明月：掛了，你讓老闆娘怎麼活？

回覆：我本來想說完整，結果嘴巴不聽使喚！

☀ 1月28日

老公下班回來送我一束花……。

──老公下班捧著一大把的香菜回家。

梅聖：這花好…綠色又環保。

麗琴：還可以吃實用，比中看不中用的好多了。

秦時明月：喜歡嗎？

☀ 2月8日

夜晚該是一天中最美好的時光，想在這段時光裡……趁著晚風微醺，拉著他人的手，在昏黃的路燈下慢走……也想窩在沙發裡，和家人一起看一齣電視或電影，然後一起笑，一起感動……也想靜靜的斜躺著，讀一讀聖賢人的書……還想騰出一點專屬自己的時間，一個人坐在這裡敲擊出完全自我的內心世界……最想……這所有的都如願之後，夜色尚淺……

☀ 2月13日

記得那年冬天，我們一家人回媽媽家過年，餐桌上滿滿都是大魚大肉，媽還嫌不夠，那時候特別興吃狗肉，於是想要把家裡養的一只小狗狗宰了招待我們，繩子都套到狗狗的脖子上勒緊

了，結果我們所有的人都求媽媽手下留情，不要殺狗狗，最後那只狗狗在我們大家的庇護下幸運的躲過一劫……

秦時明月：謝謝！

☀ 2月14日

其實，已經多年沒有想到他，只是昨夜卻是那麼清楚地夢到他。

他竟然出現在故鄉的田野，綠色的浪花，我們就在浪花中相遇。夢中，我還是那個充滿少女情懷的女孩……而他，依然如少年般帥氣俊朗。

夢很長，長到醒來我都分辨不出，是夢境還是現實。甚至出現幻覺，他真的曾經去過我的故鄉。去過嗎？細細想來，並沒有，一次都沒有。還是……他曾悄悄去過，我並不知道。

或許是夢境混淆了我的人生……

他來自遙遠的西部，認識他的時候，他英俊瀟灑，陽光熱情，有著西部人的豪放卻不失溫柔，是很多女生心儀的對象，但他心中的女神卻是我。

我們在廣東東莞的一間公司上班認識，他在我將要離開公司的時候向我表白，我們相處了短暫的一個星期之後，我離開了公司，也離開了他。後來我進了另一間公司，他輾轉又找到了我……

我們共處的時間並不多，攏攏總總加起來應該不到10天，但時空的經歷是兩年多，分分合合，最後還是分開。分手之後，我收到他的最後一封信，那時我已訂婚，我記得他那封信的最後是紅樓夢開頭的那首詩：滿紙荒唐言，一把辛酸淚，都云作者癡，誰解其中味……我在回信中婉轉的告訴他我們之間已經不可能了，也用紅樓夢中的結尾詩回了他：說到辛酸處，荒唐亦可悲，由來同一夢，休笑世人癡。

我切斷了我們唯一的聯繫方式，告訴他我又要離開，事實上我也真的要離開準備結婚，他有留下他的電話號碼，但我沒有打過。

從此至今，我們便沒有了彼此的任何消息……

我們是在不懂愛、不懂包容、不懂珍惜、不懂付出的年齡相遇，所以愛得很辛苦，很盲目，也很傲慢。

愛情最美是初見，但經不起平淡，經不起考驗，也是枉然……

☀ 2月15日

兩個屁孩孩賴在床上聊天，女兒說：「哥哥，我剛剛做一個夢，夢到我在吃東西，覺得那個東西怪怪的，好難咬，結果醒來，原來我把被子塞在嘴巴裡面……」

☀ 2月19日

耶，新年快樂！遠處近處的煙火此起彼落，擁抱……棉被吧！

秦時明月：今十五，煙花又起……

☀ 2月23日——墾丁之旅

再好的陽光，再美的沙灘，再美的海景，再愜意的旅程，也不能排除掉現在的鬱悶，有人把他的背包忘在了旅館，裡面有他剛買的尋寶記，最愛的樂高，最重要的是——寒假作業……出發的時候，我檢查他的包包，把裡面的東西都拿出來了，不知道他怎麼還是偷偷塞進去了……

☀ 2月26日

有三個小女孩，築了一個美麗的夢想，約好長大要一起工作，等存夠了錢再一起環遊世界，去夏威夷的海邊，穿著比基尼……有沒有人知道這是哪三個孩子啊，哈哈，幫她們記錄下來，日後是要兌現的！

☀ 3月3日

嗯……剛睡一覺起來……今夕何年？

網友朝輝：何年何期多？清醒又如何？

回覆：今夕何期少？不醒，會蹉跎！

☀ 3月5日

老公今天送給我的花！今天這花比較特別，它是一朵……催人淚下，賺人熱淚的蔥花，折騰它的時候，真的很難過……眼淚一直往下掉。它有個叔叔叫「洋蔥」

網友喀什：要切了才能叫花！

回覆：我趕時間！

秦時明月：心機不錯，就是讓你感動流淚的。

回覆：我不夠堅強！

☀ 3月6日

一個人在電腦前看了一夜微博，然後對著空氣，說了一句：晚安！然後紀錄在微薄。這是我們的時代特徵……

秦時明月：一句不說，然後關機。時代死了。

回覆：明天早上還會活過來！

☀ 3月7日

開卷有……情，熱戀中……！

——致《讀者》

☀ 3月10日

今天，我換新的公司了……

☀ 3月14日

春天還是那樣的鮮活，生動……偶卻感覺自己像是從地底下挖出來的一樣。最近……真的很怠惰！

秦時明月：兵馬俑也有春天。

回覆：我們在同樣的季節裡過著不一樣的春天……

☀ 3月14日

午餐是幾千塊的紅色炸彈成全的，吃得很勉強，全部是海鮮……鮑魚、龍蝦、魚翅，都不合胃口，晚餐……得好好的研究一下！

☀ **3月20日**

事實上，這裡的春天沒有雨，沒有妊紫嫣紅，悶悶熱，蚊子多到可以用秤的……

「面朝大海，春暖花開」偶也一直在想像這種畫面——只要面朝大海，心裡就春暖花開了……是這樣嗎？

秦時明月：這裡的春天除了雨，就是風沙。當然，也有陽光明媚的時候。

回覆：「黃沙萬里長……」

☀ **3月25日**

記住生命中的每一次感動，因為那都不是必然！夜色正濃，晚安！

☀ **3月29日**

旅行的真正目的和意義是什麼？

旅行，源自於我們對大自然的熱愛，對生命的探索，源自於我們對萬物的敬意！

秦時明月：我們都是大自然的孩子。

回覆：最終，我們也都會回歸……

☀ **4月4日**

四月……的清晨，到現在，也許你只經歷一個多小時……我也不知道我經歷了多久，因為我正在穿越……

秦時明月：我們可一直穿行在四月的雨中，現在，還是。

回覆：四月裡的小雨，淅瀝瀝瀝瀝，淅瀝瀝瀝下個不停，多好啊！

☀ **4月4日**

傍晚時分，清風拂面，高雄的絕色天空……

☀ **4月5日**

走過千山萬水，多虧了……我那雙高跟鞋……上的腳，不知道大家是要爬山遠足，結果……很慘！

秦時明月：硬是把鞋子走成了藝術品，也真夠拼的。

回覆：我已經把這藝術品放在我拿不到的地方！

☀ 4月5日

清明時節，高雄澄清湖的「榮民之家」安放著千千萬萬來自異鄉五湖四海的榮民英魂……今天，來來往往祭奠的人很多很多，但大家都還算淡然，平靜，看一看拜一拜之後就會離開……

我在一個不明顯的角落，看到一個中年男子，在父親的塔位前（一定是父親，因為這邊一律都是軍人，男性）叩首跪拜，之後抱著父親的骨灰罈，用毛巾輕輕地擦拭，再用毛巾的另一邊……擦拭……眼淚……偶然看到這一幕，默默注視許久，心裡一陣刺痛……

☀ 4月11日

冒個泡……然後再安心地去買個菜！

秦時明月：然後煮個菜、吃個菜，再，冒個泡……

回覆：對對對！就是這樣！

☀ 4月11日

是不是男人天生就是破壞大王啊，他們的衣櫥，你整理得再好，每次打開都像是火車掃過，狂風輾過！

秦時明月：是你教學失敗。

回覆：可能是人家沒繳學費！

☀ 4月16日

我很認真的在廚房忙碌，你卻一直不停的在我的左右騷擾，想說裝作視而不見，你竟得寸進尺，為所欲為……我忍無可忍一巴掌給你掄過去，活該，你自找的！

偶是說給蚊子聽的，雖然它再也聽不到了！

☀ 4月18日

開開心心的去吧，多帶一點錢……

時事：世界那麼大，我想去看看！

網友雪：理想是美好的，現實是酷的！

回覆：做個自由灑脫的人，世界就在腳下……

秦時明月：走啊走啊走啊走，走到……回來！

回覆：走啊走啊走，從客廳走到廚房！

☀ 4月19日

「一生漂泊擺渡，臨岸卻孤獨！」別人的故事，有多少是自己的寫照，而自己的故事，又有多少是別人眼中的傳說……

☀ 4月21日

「如果我要你在上廁所的時候說愛我，你會怎樣？」

「我會拉不出來……」

……

「我掉好幾根頭髮了，快幫我再種回去！」

「種哪？土裡嗎？」

……

隔壁老張和他太太的對話！

☀ 4月22日

話說有個懶惰鬼，有一天意外得到一棵……搖錢樹，從此便待在家中，坐享其成，但是，最後他還是餓死了！你知道為什麼嗎？原因是，他不知道搖下來的錢要怎麼花……

☀ 4月26日

每個人都熱愛旅行，只是在外面久了，就特想念家，此時，我只想躺在家裡的床上，好好的休息，太疲倦了……世界再大，我們走得再遠，然內心的方向，還是那小小一席之地……

秦時明月：天作房，地為床，不是更好？

回覆：會著涼的！

☀ 5月1日

一齣齣華麗氣派的宮廷戲，已經嚴重影響到偶的作息時間和身心健康，可不能被這些東西左右了自己，不看了，戒了！

自己的人生就已經夠累，還要看別人比自己更累……這無疑對身心都是一種負擔……這些戲都是以歷史為背景，卻沒有歷史的靈魂，不知道突出的是皇宮裡面繁華艷麗的一面，還是最醜陋不堪的一面……始終，我們看不到世代傳承下來的那些讓我們引以為傲的東西，那些最能激勵人心的優秀文化傳統都退居到故事的背景裡……我沒能看出來！

☀ 5月4日

在晨曦，在暮色中，等待，等待一場雨的到來……明知，他不會來！

☀ 5月5日

嘿！昨晚上真的下雨了，偶解救了蒼生……

☀ 5月9日

太多事情了，多到不知道該先做什麼，再做甚麼，算啦，啥都不做就是最好的選擇……

☀ 5月9日

走在大街上，看很多人都圍在花店買花，一開始納悶，然後才想起——明天……是母親節！願我的媽媽、我孩子的媽媽，母親節快樂！

☀ 5月16日

給我一萬年的青春，其他……什麼都不要！

☀ 5月16日

這裡透露一個懶人煮菜秘方（非祖傳）：一個胡蘿蔔，一個馬鈴薯，幾朵蘑菇，幾兩肉，一點太白粉，若干佐料。工作程序是，先放油，油熱再放肉，炒香再放佐料，更香，然後放水，水滾之後再放胡蘿蔔，馬鈴薯和蘑菇菇，當然不是整顆放進去，要切成丁丁，然後就蓋起鍋子，滾了之後轉小小的火，再然後……就讓它們在鍋子裡面翻滾吧！我們就可以跑到客廳噢……為所欲為！不管幹嘛，心裡還是要惦記著鍋子裡的事，千萬不要像某某

人……起鍋的時候再放一點太白粉水（裡面加醬油和醋）勾芡，色香味俱全，有圖為證，抱歉沒拍！其他的菜也可如法炮製，哈哈！不過，非懶人勿學，恐有教唆嫌疑。

本想長話短說，結果還是說了這麼多！

☀ 5月16日

要不要去壓馬路啊，外面很涼喔！

☀ 5月16日

壓完馬路回來倒了一杯啤酒給自己，喝了好久，終於喝完了！好難喝！有時覺得很遺憾，我每天都是如此清醒的面對自己的人生，從未醉過一回……

☀ 5月16日

好吧，睡覺，有點頭重腳輕，但絕對清醒！

秦時明月：知道做什麼就好！

回覆：想說為何塵土飛揚，原是下馬……惜花之人……

☀ 5月17日

富人的優越，和窮人的卑微，就是這個社會的矛盾根源……

☀ 5月23日

耶，又一個愉快的週末，一家人，哪兒也不去，就窩在舒服的沙發裡……聽雨聲！畢竟，這場雨，盼了好久好久……

☀ 5月23日

吃飽該散步了——從客廳……到廚房！

網友雨夢：是不是遠了點？

回覆：妳傻，這種距離，不正是為我們女人量身打造的嗎？

雨夢：懂了！

☀ 5月23日

吃飯的時候，女兒跟麻麻爆料了一件不得了的事：「哥哥在學校教他的朋友數學，他朋友一個星期給他40元……」麻麻差

點噴飯，哥哥就吼妹妹：「叫妳不要在吃飯的時候講這些事妳還講！」

☀ 5月23日

兒子已經答應麻麻會把錢還給同學，如果他們是要好的朋友，幫他補習一下功課沒有關係，可以互相幫助，互相學習，不應該用錢來代替朋友間的情義，如果他們不是最要好的朋友，就更不能收他的錢，現在的社會，出錢的是老大，收了人的錢就受制於人，他想叫你什麼時候教他你就得什麼時候教，你不願意都不行。這兩種道理，麻麻都告訴了兒子，希望他可以真正懂得！

秦時明月：金錢的力量要如實告訴孩子。

回覆：在他還不真正能衡量自己的價值觀的時候，他還是好好讀書就好。

☀ 5月30日

人總是要有感情的生活著，情有所托，愛有所依！

☀ 6月3日

一隻討人厭的蚊子，竟然碼在偶手機上叮，可心疼死偶了，當下奮不顧身，一巴掌下去，解決！

秦時明月：手機流血沒？

回覆：還不確定，目前還沒找到傷口！

☀ 6月3日

兒子說：「麻麻，妳信不信，世界上最快的飛機，繞地球一圈的時間比地球自轉一周還快！」我不太相信，你呢，如果真是這樣，那地球不會氣得飛起來……

☀ 6月5日

比起生命，那些尚未愈合的傷口又算得了什麼……

早安！

秦時明月：有種痛叫生不如死……

回覆：用最好的方式，活著！

☀ 6月13日

在人家的圖書館，吹人家的冷氣，看自己的書！人家的冷氣好強喔……

網友何平：用自己的眼睛看別人的書。

回覆：好！就這麼決定！

☀ 6月24日

這一生的愛戀，只因了，你眼中的柔波……（剛看到電視裡一對男女四目相對，送他們的旁白！）

☀ 6月27日

從昨天等到現在，千呼萬喚始出來！很特別的感覺，帥哥廚師排排站，直接在妳面前吵，味覺享受，也是視覺享受，雖然真的有點吵，還是蠻有趣的——吃鐵板燒的感受。

☀ 6月28日

生命，本輕盈如蝶翼，展翅即可飛，只因我們的內心，太過沉重……

☀ 7月3日

那映日的荷花，是否，有了陣陣暗香，即使夜色深邃，亦然可循著你的方向……

☀ 7月5日

無欲、無求，有我、有天地萬物……才是最純真的信仰，其他，皆假汝而行……

☀ 7月11日

我以為我今天可以睡到12點鐘起床，結果11點59分就起來了……失敗！

☀ 7月11日

轉眼，睡覺時間又到！呵，這人，這人生……

☀ 7月15日

落日餘輝，雲層裡的霞光萬丈，草木的芬芳，風的寄語……回家的路！

☀ 7月16日

每個人的內心都有屬於自己的文學情懷，藏在靈魂的最深處，乾淨，清澈，與塵世隔離，不沾染……塵灰！

☀ 8月4日

除卻謊言，其他，都是真理……

附：除卻真話，其他，都是謊言……

☀ 8月7日

所有的時間，都隨著往後挪一個小時，這……大概就是常態了……吧！

☀ 8月7日

有人用錯牙刷了。他刷過牙了，結果牙刷是乾的，偶還沒刷牙，牙刷卻是溼的，這就是線索！循著這條線索，偶順藤摸瓜，抽絲剝繭，功夫不負有心人，終於……我發現……有人用錯牙刷了……

秦時明月：這麼複雜的案情都被你識破了！

回覆：早就說偶很厲害的！

☀ 8月8日

早安！

雖說風大雨大，至少……還有泡麵！

秦時明月：雨水泡的嗎？

回覆：不是，真的不是，老公泡的，他最拿手了。

☀ 8月8日

有時，我們以為自己在局外，其實不知何時，我們早已置身其中而不自知……

☀ **8月11日**

秋已臨到你，我卻不知秋……早安！

☀ **8月13日**

天高地厚雲亂飛，氣定神閒，人不忙……

☀ **8月21日**

很多時候，我的人生都是靠運氣……比如，我出門都不帶雨具，我賭的就是運氣，結果，出太陽的天永遠都會多過下雨的天……所以，老天爺是眷顧偶的！

秦時明月：好賭家！

回覆：哈哈！錯誤示範，人生還是要靠自己的努力，因為運氣會用完的。

秦時明月：幸運的是，你終于可以憑藉自己的才幹了……

回覆：被你看出來了XD

☀ **9月4日**

不知道是生活越來越忙碌了，還是自己越來越懶了！

☀ **9月5日**

一起工作的同事個性有些浮躁，一遇到事情就開始緊張，擔心，不知所措……相比之下，穩重沉著許多……的我，哈哈！淡定的送她一句話：「車到山前必有路，船到橋頭自然直！」這句話好像黑暗中的一盞明燈，即時指引了她人生的方向，同事豁然開朗，如獲至寶，而這句話也成了她的人生教條。很多台灣人並不常聽到這樣的話，也不太能理解，所以才會有這麼大的運作力……看到同事的反應，回頭想我自己，這些話在我們的肚子裡滾瓜爛熟……卻沒有被應用！

☀ **9月7日**

我們的青蔥，只剩一條小小的縫隙……

☀ **9月9日**

夜已經……森不可測，偶還在來回的耕耘著……偶的人森！

在燈下，在手機裡……

　　秦時明月：在我眼裡。

☀ 9月13日

　　不管是看達人秀，還是好聲音，幾乎所有參賽者都帶著一個神聖的使命，或是來自父母家人，或是來自親戚朋友，或是來自未來的人生目標，或是來自名利……很少有人純粹是帶著淡定的心，只為自己的喜好和興趣……這些使命沉重的壓在他們身上，只是，舞台既絢麗，又殘酷，每一個參賽者都是把自己的神經崩到極致，表演也發揮到極致，失敗也崩潰，成功，也崩潰……好累哦！這種現象，讓我這個幾乎沒有了夢想，安逸舒適的過著生活的人，好有罪惡感……

☀ 9月18日

　　開始，會計較一些有的沒的，然後就不開心了……

　　秦時明月：周末了，放空自己。開心點。

　　回覆：早安！我只是提醒自己，不要計較！

☀ 9月21日

　　昨晚上做了一個夢，夢到我的人生，重新來過，裡面沒有你，沒有妳，也沒有他……我正準備要搭飛機飛往台灣，飛機就快要起飛了，我卻還在故鄉的家裡面翻箱倒櫃尋找要帶的衣服，外面好大的雨……

　　然後就醒了，不知道後來怎樣了！

　　秦時明月：重走長征路。

　　回覆：如果是真的……也不是不好！

　　何平：故鄉的秋雨。

　　回覆：淋到我夢裡！

☀ 9月25日

　　好幾天就聞到了中秋節的味道，只是去年的月餅到現在都還沒消化喔！你呢？

☀ 9月27日

家裡剛剛上演了一齣精彩刺激的「人蛛大戰」（保護級，六歲以下兒童不宜觀賞，六歲十二歲兒童必須有家人陪同觀賞）。

劇情簡介：勤勞美麗的女主角在廚房忙著料理家人的午餐，突然……突然一隻斗大的不名蜘蛛，從天而降至女主角的面前，女主角頓時花容失色，驚聲尖叫大喊「救命！」

說時遲，那時快，一個汲著拖鞋，批著斗篷，戴著墨鏡（其實沒有斗篷也沒有墨鏡，是想像的），提著他的招牌武器——掃把，的英挺驃悍男子及時出現，他就是英雄救美的男主角，只見他掄起掃把，大吼一聲：「哪裡的妖孽！」

一掃把下去……結束！

最後男女主角擁抱ending……

清理現場的時候，女主角嘆息：「其實不必要它性命！」

觀眾就是擠在窗台大氣不敢出的兩個小腦袋瓜（看來有必要準備一個斗篷！

大家中秋節快樂！

喀什：三打蜘蛛精，經典！

回覆：一打就解決！

秦時明月：演得好，寫得好啊！片名是《蜘蛛精往事》。

回覆：謝謝捧場，到明天就是往事了，哈哈！

☀ 9月27日

看《西遊降魔篇》

——其實，毀掉一個魔鬼，很簡單，往死裡打就好了。拯救一個魔鬼才困難！演戲也一樣，演一個人，很容易，做人，才是最難的。

☀ 10月4日

這世界，就像一棵樹的森林……如果硬要解釋，那便是孤獨感吧！

☀ *10月8日*

別人永遠是錯的，自己永遠是對的，這是作為凡人的通病，Me too！

清新，微涼的早晨，最適合自我檢討……

☀ *10月8日*

剛剛看到一則非常通俗易懂的新聞，跟大家分享一下，新聞上報導說，跟據一項研究，味精的用量，是經濟成長的指標，也就是說味精吃的多，代表整體經濟就比較好，味精吃得少，經濟就不好！全世界一年吃掉的味精有N噸，我們祖國人民就吃掉了這裡面的80％，大家卯起勁來吃味精吧！

☀ *10月10日*

政治……好虛偽！

☀ *10月10日*

高雄市立圖書館，第一次來這裡，好大，藏書好多，裡面坐無虛席，看書的睡覺的打電腦的玩手機的寫功課的，都有，他們很安靜，看起來，已經在這裡很久，很久……

☀ *10月18日*

很多的宗教場合上都可以看到這句話：吃素愛地球！

吃素真的比較愛地球？

無論是看「國家地理」，還是看「動物星球」，我們看到將草原沙化，污染水質，對地球有毀滅性傷害的，其實都是那些龐大的草食性動物，如果沒有肉食性動物控制局面，非洲大草原，亞馬遜熱帶雨林也早就崩潰掉了……自開天闢地以來，地球上先有植物，再有氧氣，再有水土的保持，再有其他的生生不息……

萬物皆有靈性，吃素又如何叫不殺生，動物有活蹦亂跳的生命，植物卻是我們生命的源泉，如果大家都吃素，沒有了植物，沒有了氧氣，沒有了奼紫嫣紅……

其實我絕不是鼓勵大家吃肉，萬物皆尊循「適者生存」而

自然調和。我只想說，宗教不在於形式，「心存善念，對萬物心懷敬意」。這該是世間所有宗教的旨意，其他，皆為注解……以上，皆為斗膽。

☀ *10月20日*

夜長夢多……的季節，真好！有夢就去追，管他什麼夢，反正不會是白日夢，晚安！

☀ *10月25日*

就像一朵花，凋零之前，總是會，怒放一次……

☀ *10月26日*

在……一片森林裡逛了一下，腳都酸了。只是，尋隱者不遇！

秦時明月：俺就在森林裡遊。你幸虧沒遇著。

回覆：遇著了可得打個招呼！

☀ *10月29日*

優秀的人是孤獨的，人們成群結隊的在一起，都是為了尋找認同感，只有在最接近的認知裡，才會有最大的安全感！

你……孤獨嗎？

☀ *10月30日*

活到這個歲數，我已確定了一個事實：這一輩子，我都和物質豐富的生活無緣……這樣也好，至少可以擁有純淨的精神家園！

☀ *11月2日*

實話實說吧！精打細算的生活型女人，一般口袋裡面不會有零錢剩出來，那些零錢罐，是為男人準備的……哈哈！但是，這些種種，對於女人來說，都是生存遊戲，樂此不疲！

☀ *11月11日*

突然覺得，那就是距離。

浮生夢囈

每一次的相聚，言語中，大家除了探索妳身上有沒有錢的味道，並沒有人在意妳過得好不好，更沒有人願意花時間和妳交流內心……記憶，就該藏在記憶的深處，而不是跳出來和妳遊戲！

☀ 11月11日

好想念故鄉的楓葉……

在故鄉的那些年，每到秋天，我都會撿幾片紅透了的楓葉，夾在日記本裡，每次打開日記本，撲鼻而來的楓葉香味，總讓我沉醉……

☀ 11月12日

你有你的大海，我有我的草原，你有你的沙灘，我有我的……蝴蝶！

☀ 11月13日

回憶很多，快樂可數。

☀ 11月14日

起床到現在，就一直碼在這裡滑手機，什麼事都沒做，都沒人來管我一下下嗎？給我裝個按鈕吧！

☀ 11月14日

為了可以專心的整理家裡，從現在開始，把手機放高一點，放到自己拿不到的地方……

秦時明月：放我這吧。

回覆：你那多高？

☀ 11月15日

其實只要是人，都會有作為人的弱點，有情感，有回憶，有欲望，有向往，有熱愛的國家，有懷念的故鄉，有死忠的的球隊，有媽媽，有愛人……還有對生命的渴望。寬闊的大海，燦爛的星空，美麗的草原，活蹦亂跳的兔子，我不相信，這些不曾觸動他們想要過正常人生活的意念，不曾動搖他們赴死的決心，我

亦不相信，他們，會甘願臣服於行屍走肉的人生？？？

☀ 11月20日

真的，很對不起！我不是有意要破壞你的家庭，我是個好女人，不藏壞心眼。我也知道，這個家，對你有多重要！你……離開這個傷心地，到一個看不到我的地方，重新組成一個新的家，幸福到讓我羨慕吧！

——下午公司打掃衛生的時候，一邊清蜘蛛網，一邊對倉皇逃竄的蜘蛛感到抱歉！

仙人掌：智慧小說家。

秦時明月：其實，可不可以考讓她成為你的家裡的一員，寵著她……

回覆：來我家試試！

☀ 11月22日

做壞人是一種選擇，做好人，則是一種習慣……

何平：你已習慣做好人了！

回覆：繼續習慣做好人！

秦時明月：我選擇了習慣，習慣了選擇，從未不知所措。

回覆：你……做好人很久了！

細數流年：習慣了習慣就是好習慣！

☀ 11月25日

工作就是要超越工作本身，生活就是要超越生活本身，我們過不到自己想要的人生，那就做一個自己喜歡的人……

秦時明月：似乎有矛盾哦。喜歡的就是想要的。

回覆：退而求其次嘛！

☀ 11月26日

每個人都會有別人到不了的境界，不以他人的境界自卑，不以自己的境界自負……

秦時明月：淡定。待在自己裡面就行！

回覆：創造別人到不了的境界！

我家主人有強迫症，硬要把我和這隻怪物撮合在一起，真是九不搭八，不爽！

☀ *12月8日*

什麼都好，唯獨……惰性堅強！

☀ *12月11日*

新的拖把看到換掉的舊拖把，嚇到腿都軟了。哈，沒有啦，它原本就是軟的……

☀ *12月12日*

二十年前且論將來，二十年後只談過往……

☀ *12月13日*

　　當世界限入一片沉默時，說話也是一種勇氣，這勇氣就像蛇信子，怯怯的探索，尋找，最溫暖的空氣……

　　秦時明月：這樣可怕的勇氣，還是收回去吧。

　　回覆：說出去的話，潑出去的水！

☀ *12月13日*

　　良言五車，我只取一片，予我夢囈！

　　秦時明月：備個錄音，醒來後聽聽夢囈。

　　回覆：哈哈，壞喔！

☀ *12月16日*

　　關關難過，關關……都還沒過！

　　好吧，天大的事，都會有人幫我解決，他的名字叫——時間！

☀ *12月18日*

　　三天考試終於結束，可以把所有的資料和文件都撕了嗎？算了還是留著，那是要拿來當飯吃的！

　　秦時明月：高水平的話。我可以借來說給學生嗎？

　　回覆：好想坐在你的講台下，聽你……說我的話，哈哈！

☀ *12月19日*

　　一個人過得快不快樂，開不開心，是看他的心裡，住的是天使，還是魔鬼！

　　秦時明月：病句。人就是天使和魔鬼的綜合體。

　　回覆：天使住左邊，魔鬼住右邊，看誰更強！

☀ *12月20日*

　　孩子們的聖誕樹，自己裝飾的喔，猜猜哪是哥哥的，哪是妹妹的？

☀ *12月22日*

　　在鄉下，每年的這一天，家人都會為故去的親人的墳上添上一抔黃土……

——冬至

☀ *12月22日*

　　冬至——風蕭水寒，草枯葉落，倦鳥歸巢，遊子歸鄉……

☀ *12月23日*

　　對於遊戲，有人喜歡戶外的運動遊戲，有人喜歡在到不了的世界裡玩文字的漂移，還有人喜歡金錢的遊戲……既然是遊戲，那就是彼此，你戲弄的是那得失間的快感，它戲弄的是你的人性和情意……所以，我不玩微信紅包，今晚的月亮很清，晚安！

　　秦時明月：就是，你發我個紅包試試。

　　回覆：哈哈！你也玩，三歲孩子才玩那個……

☀ *12月31日*

　　等待跨年，等待遠處的煙火，等待歲月的更替……

❦◦⊱⊰ **2016年** ⊱⊰◦❦

☀ *1月6日*

生命如花，晨曦中怒放，暮色中凋零……

秦時明月：我的生命一般在夜晚怒放。

回覆：你那是夜來香！

☀ *1月9日*

「是誰把我們叫醒，是誰把我們叫醒，是風把我們叫醒……」用唱的，兒子作詞作曲！

「是誰把我們叫醒，是誰把我們叫醒，是媽把我們叫醒……」哈哈，歌詞改一下。

☀ *1月9日*

好吧，不得不承認，每天早晨起床開啟的第一道門是手機的門，每天晚上睡前關上的最後一道門，也是手機的門。好勤勞的人生……

手機，有門嗎？

☀ *1月15日*

喜歡看瑯琊榜，是因為終於有一齣戲是以男人為主角……女人嘛！

☀ *1月15日*

今年的雨，特別多，冬季到台北來看雨吧！

☀ *1月16日*

這個時候……有沒有人來安慰我一下啦！（這一天是選舉日）

唉，我知道啦，可能是電視都壞掉了！

☀ 1月17日

真正無悔的人生，不是在於你得到的是什麼，而是在於你為人，為己，付出的是什麼。一個人的得失，靠的是自己的努力，而不是別人的成全。如果金錢和物質可以填補你所有身心的空虛，那就努力吧……

☀ 1月17日

女人生活靠的是智慧，男人生活靠的是……制度！這制度，女人定！

希望這句話沒影響到你的睡眠品質

秦時明月：女人憑智慧掌控男人。男人是感性的。

回覆：女人是理性的？！

☀ 1月22日

好討厭星期五，因為還過兩天就要去上班＞＜，好喜歡星期一喔，因為才上五天班就是周末了^_^

秦時明月：好好的心態。

回覆：早啊，新年快樂！

☀ 1月23日

有一種過錯，叫做「不知道珍惜」，我們的人生，是可以快意的追隨著自己的內心，這叫自由！但是不要無視別人的痛，那叫自私！

秦時明月：夢囈的話，都是絕句。

回覆：不是，後面還很多，哈哈！

☀ 1月23日

氣溫還在一直的往下掉，天色暗灰，冷冽的寒風滑過凋零的樹木，刮在行人的臉上，鑽進身體裡，透心的冷。窗外，正飄起了鵝毛般的雪片，一片一片，白灣灣的，慢慢將整個世界輕柔的裹起。天地間轉而一片蒼茫，混為一色……哈，坐在這裡想像下雪的天！

☀ 1月23日

今天不簡單喔，賺了將近兩萬元……看到一台將近兩萬元的手機，好愛好愛，沒買……*_^

☀ 1月24日

這個冬天……感謝所有給我呵護，給我厚愛，給我溫暖的……棉被和秋褲！

☀ 1月28日

無所畏懼，是件好事，有所畏懼可能是件更好的事……

☀ 2月5日

這個世界上最溫暖的地方，就是家。在家裡，可以任性，可以撒嬌，可以不要堅強，可以示弱……無論白天累積了多少，回到家就可以消化，人生就是要這樣平衡……最珍貴的東西最平常，我們該，常常感動！

秦時明月：大家，小家，都有溫暖相伴。

回覆：說的也是，得到別人溫暖的時候，記得也要釋放，別人也同樣需要！

☀ 2月6日

昨晚上在睡夢中被搖醒，停下來之後，帶著餘悸，也是睡著了，早晨媽媽的電話把我們催醒，我們讓她擔心了……電話掛了之後，一陣鼻酸，不能自已……

何平：平安就好！

誠外：加油台灣！

細數流年：平安無事就好！

仙人掌：像這樣淡定就很好，祝福你！

秦時明月：還能繼續睡，俺就放心了。

☀ 2月12日

前幾天，接收到一個使命，大陸的家人托我尋親，尋找他們

在台灣失聯許久的親人……

　　這位親戚住在遙遠的台東池上鄉，如果要去，只能趁這個長假，而且一天不能來回，一定得去那邊住一晚。時間緊迫，我趕忙在網路上找民宿，結果因為是過年，打了不知道多少通電話，都說客滿，最後在鹿野高台，找到一間民宿，離池上不遠，我們也不管價錢，也無法去計較這間民宿的質量，說走就走的衝動總讓人激動而盲目……

　　因為時間關係，我們只打算去找人，所以只預計了兩天一夜的行程。11日的早晨，我們帶著孩子，浩浩蕩蕩的開著可愛的小白，出發了！哈哈！我們按照網路上的地址設定了導航！一路並不順暢，車子很多，走走停停，假日的台灣人很少會塞在家裡的，他們都愛把自己丟在車陣裡，人群中，在停停走走的節奏裡磨練自己的耐性不至發瘋……

　　我們是早上8點出發的，下午三點鐘左右到台東，一到台東就開始下雨，導航把我們帶到一個離城市越來越遠的未知地方，車子越開越偏僻，天色也越走越朦朧，到達目的地時，快四點了，這裡是台東鹿野高台的一個小山坡。我們走了將近7個小時，一到民宿，老闆娘就帶我們到樓上的房間，房間很大很寬敞，有居家的舒適感！一切就緒後，爸爸便洗澡休息，開了七個小時的車，很疲倦……

　　民宿的老闆娘人不錯，民宿簡單樸素，但還算乾淨，而且是在山頂上，空氣很好，視野很寬，前面種的是茶樹，遠方是煙霧繚繞，重重疊疊的山頭，一眼望去心曠神怡，因為下雨的關係，略顯朦朧，天氣好的話應該感覺更好！

　　睡到7點鐘的時候，爸爸餓醒了，我和孩子們也快餓到不行，只是，我們置身在一個很寂寞的山頭，前不著村，後不著店，吃東西是個大問題，但沒辦法，我們沒帶食物。

　　爸爸開著車帶我們出去找食物。路上偶爾有一兩台車呼嘯而過，對這個小小的高台而言，應該都只是過客。沿途連路燈都

很少，車燈照到的地方都是漆黑一片。終於看到疑似是一個小村落，車子開近看，真的是，兩個孩子嘴裡面一直念念有詞：希望會有買吃的地方！當我們遠遠看到一個看板上寫著：麵，飯時，就好像黑暗中看到一盞燈，不對，就像是餓鬼碰到了饅飯！大家同時歡呼……

飽餐一頓之後，我們再次穿越黑暗，回到住處休息，準備明天去找人。

好靜謐好黑的夜，只有雨滴從屋簷滴落的清脆聲響。我在異鄉陌生的床榻上輾轉，這裡離我們的城市很遠……雖然東西看起來都很乾淨，但我還是帶著某種敬意，對某些東西保持著安全的距離，久久不能入睡！

醒來的時候，清晨的光早已透過窗戶，滲進房間，大家都醒了，孩子們穿著睡衣跑到外面的陽台拍照看風景，沒有下雨，空氣好清新，真的好美，遠處山巒清晰可見，昨日的煙霧已凝聚成白色的雲，輕盈的籠罩著山頂，薄如天衣……

我們梳洗整理完就下樓吃早餐，樓下有好幾對夫妻帶著孩子在吃，昨晚上那麼安靜，沒想到原來住了這麼多人，有些意外。早餐是老闆娘自己煮的稀飯，很簡單卻很家常，我一邊吃的時候，一邊偷偷看著老闆娘，然後想著我的心事……老闆娘人很隨和，不太多話，看人時臉上掛著淺淺的笑意，東西也收拾得乾淨，透過她臉上的表情，及工作時專注的身影，我可以看到她，很平靜的內心！如果不是因為時間關係，我真想探討一下，在這樣一個與世隔絕，鳥不生蛋的高台，她是如何禁錮自己的內心，不去向往山下面繁華的都市，她是如何欣喜的接待一茬又一茬來自城市的人們，又如何落莫的送他們離去，閒暇的時候，她是不是也愛望著遠方的山群，發呆……

好多好多這樣寂寞的山頭，大概，也同樣住著和她一樣……平靜的人！

吃完早餐，我們就把房子的鑰匙還給了老闆娘，作別之後，

我們又開始了下一個行程……

　　我曾以為自己不會害怕孤獨和寂寞，因為我覺得自己的心臟夠強，其實不是，是因為我還不知道，真正的孤獨和寂寞是何種滋味！

　　總是有些人值得我們仰視，就像遠方的山，他俯視我們，但他仍需仰視他山……

　　真的是，山上人間！

2月12日

　　白雲深處有人家……

　　嗨──你──好！噢算了，沒人理我！

　　──站在鹿野高台上，看遠處的高山雲海，雲海中還有人家
　　秦時明月：杜牧老先生問候你哦！
　　回覆：哈哈！

☀ 2月12日

　　林中鳩聲鳴不止，輕車已略萬重山。

　　──鹿野回家的路上，車子行駛在一條兩旁是高山，中間是溪流的穿山公路上，偶爾還有瀑布。

☀ 2月14日

　　明天就要上班了寫一點東西讓自己提前進入狀況。

　　我知道自己在職場上並不是成功隊伍中的一員，但我做得很認真。對於工作，我並不在乎做甚麼，我只在乎這樣做值不值得。我喜歡的工作就是，給我一個平台，讓我自由發揮，工作和生活不要離得太遠，分得太清。

　　工作要超越工作本身，生活也要超越生活本身。

☀ 2月14日

　　QQ是初戀，微博已是過客，微信……新歡吧！今天是情人節，糾結一天都沒決定好要和誰一起過，還好，情人節就快過完

2
0
1
6
年

了，哈哈！

只要有時間，我還是會來QQ溜達，看看老友……

☀ 2月 19日

我在五顏六色的地板上，輕盈，曼妙的揮舞著我的人生！
——親愛的，和我跳舞吧，我是一支掃把……

秦時明月：我，纖若微塵。

回覆：可否讓我看見？

☀ 2月 19日

目前為止，我還沒洗碗，沒洗頭洗澡，沒洗衣服襪子……看
今晚我什麼時候才可以睡，不要問我前面的時間在幹嘛，跟你一
樣！

☀ 2月 19日

這個世界安靜得只剩吹風機的聲音……這樣的深更半夜，只
有兩種人還在這裡胡鬧，一種是鬼，另一種就是我，我是我，那
你呢？哈！不鬼扯了，早點睡，明天還有很多事情要忙！

秦時明月：記著讓鬼叫醒你，別睡過頭了。

回覆：那天……一隻鬼都沒有。

☀ 2月 20日

讀別人的故事，過自己的人生，在別人的故事裡探索生命契
機，然後將這契機，注入自己的人生……

秦時明月：讓別人讀自己的故事吧。

回覆：我還沒準備好……

☀ 2月 28日

何處是海角，何處又是天涯……

☀ 2月 28日

夕陽……碎了一地！

秦時明月：撿起來。

☀ 2月29日

　　台灣人喜歡過悠閒，慢活的人生。這邊假日很多，大家都喜歡旅行，喜歡在不緊不慢的節奏裡輕盈生活！台灣人在工作和生活上大多依賴制度，完善的制度的弊端就是不太需要思考，有人定好規則，一切依規則行事。

　　我所認識的台灣人，都很親切隨和，也都很理性，很少會與人衝突。所以在台灣，我會有種錯覺，這邊的日子容易多了，壓力也相對小很多……也或許，並不是錯覺！

　　秦時明月：也是，平常人過好平常的日子。

☀ 2月29日

　　送給自己一句話：不管將會面對什麼，一切雲淡風輕……

☀ 3月1日

　　生命中的喜與憂，苦與樂，都是不請自來，遇到了，卻都是緣份……

　　秦時明月：既來之，則安之。週末快樂！

　　回覆：同樂！

☀ 3月5日

　　偷不到……浮生半日閒！

☀ 3月6日

　　台灣有很多家庭都有這樣的制度：男人不可以進廚房（怕他們偷吃醬油）。制度下的女人只能任其大搖大擺的霸佔客廳的沙發和電視遙控器.在沒有制度的家庭裡，男人進廚房之後發現，生活和諧多了！醬油嘛……管他的，哈哈！

　　秦時明月：你給定個制度，再推廣開來。

　　回覆：我負責推翻制度 ^_^。

☀ 3月7日

　　智者千慮一疏，並不如愚者千慮一得……

☀ *3月11日*

　　隔壁一家人，嘰嘰喳喳的討論著給家裡的東西取名字，把拔的寵物八哥鳥叫梅小黑，哥哥的寵物烏龜叫梅花，車車叫梅小白，梅小藍，好，大家都沒有異意！房子嘛……梅，小屋！不好！ta是家裡面體積最大的，那就……梅老大！OK，全體家庭成員一至通過，房子就叫梅老大！

　　秦時明月：這是梅家集大會嗎？

　　回覆：哈哈，有氣候吧！

　　目送：記得小時候有本手抄小說（梅花黨）。

☀ *3月12日*

　　星期六早上的便利超商有些忙碌，一台三輪摩托車停在超商門口，上面坐著一個六，七十歲行動不便的老先生，他一直向超商裡面張望，一個店員看到後，走出去親切的問老先生需要什麼，老先生從身上掏出一張帳單和一張千元鈔票，跟店員交待他的需求，店員收下他手上的東西，走進超商，幫老先生繳完帳單上的費用，還幫他拿了他需要買的東西，結好帳之後，提著一袋東西和剩下的零錢、買東西的發票及繳完錢的帳單，交給老先生，並幫他把東西穩妥的放在車子前面的籃子裏，老先生點頭致謝就離開了……這一幕是那樣自然，不帶任何牽強，這或許就是習慣……

　　目送：善良美好的人才能體會生活中微小的善和美，并為之感動，因為她也有一同樣的心。

☀ *3月17日*

　　我也很想認真的走在路上，專注的追逐遠方的風景，卻有那鳥雀在林中歡叫的聲音，有那風兒輕輕搖擺樹木的聲音，還有，那花開的聲音……一直，牽絆著我的腳步。也許在瞬間，會覺得，其實遠方的風景，並沒有那麼重要！

　　晚安，城市和遠方的風景！

　　秦時明月：是呀，當你到了，遠方也就是近處。

回覆：遠方⋯⋯到不了的世界！

秦時明月：不就四萬公里嘛。

回覆：四萬？哪到哪的距離啊？

秦時明月：地球周長呀⋯⋯

回覆；就算是區區四萬公里⋯⋯也是到不了。

秦時明月：也是，所謂「近在咫尺，遠在天邊」。

回覆：最近，天涯咫尺，最遠，咫尺天涯！

☀ 3月19日

誤了今夜的星辰，可別再負了明日的朝陽⋯⋯晚安！

☀ 3月19日

同窗，你好！

秦時明月：想成為你的同窗。

回覆：隔壁班的男孩，你可有經過那窗前⋯⋯

☀ 3月19日

早晨的社區小公園很熱鬧，別有一番氛圍，遊樂區這邊，爸媽帶著溜滑梯，盪鞦韆的孩子，快樂而美好；另一邊，老態龍鍾長滿胡鬚的榕樹下，幾個上了年紀的老人左推右推，打著太極；清幽的小徑上，衣著輕鬆的散步健走的人；草坪裡，一堆找蟲子吃的鳥雀；公園的另一個角落，一個舊亭子的下面，是流

浪漢的家，他們還躺在石椅上，旁邊是他們髒兮兮的家當和幾台舊腳踏車；公園的中心廣場……一樣的大媽，一樣的廣場舞，音響裡飄出的旋律：「昨夜，多少傷心的淚，湧上心頭，只有星星知道我的心……！」

　　我，只是路過……

　　仙人掌：這歌和環境打架啦！快勸勸吧！

　　回覆：是蠻衝突的，我攔也攔不住！也許有時候歌唱的不是歌，而是一種念想……

　　目送：也沒打架，平靜的水下有疾行的游魚，微笑的面容後也許是一含淚的心，小區的公園雖小，卻是眾多命運從這裡走過，逗留，誰知道呢。

　　回覆：人生百態，也盡在你眼底……

　　秦時明月：淡然而美好的平民世界。

　　回覆：每個角落，都藏著小故事……有時候，我們應該慶幸我們是普通人！

☀ 3月20

　　越是想要一塵不染的世界，便越覺著這世界滿是塵埃……晚安，我已經15個小時沒睡了！

　　秦時明月：這話要仔細想。24-15＝？

　　回覆：＝9……哈哈！

☀ 3月24日

　　下雨的天月……夢裡花落知多少！

☀ 3月27日

　　美好時光……

　　秦時明月：滿滿的快樂和幸福，讚（≧▽≦）

　　回覆：偶爾，需要離家出走一下！

　　老幸：我如果來台灣第一個肯定會來看你，兒時的玩伴

　　回覆：那你什麼時候要來？

☀ 4月2日

不得不佩服，好強的識別能力，好吧，不顯示！

☀ 4月3日

生在我們的年代，生，或者死，是可以選擇的……多好！

☀ 4月5日

我生活在一個更新過渡得太快的世代。

出生的時候，我們的國家正從「大鍋飯」時代過渡到「分田單干」（這兩個詞在這邊是不是很突兀，已經鮮少有人會提到它們了，但在我們的記憶中，他們曾經如雷貫耳）別具歷史意義的一個轉折點。只是在我們農村，經驗，技術和資源的匱乏，田地裡面種出來的東西勉強可以解決溫飽，但還是常常青黃不接，大家都過得不容易，雖不算艱苦，但辛苦，所以童年時的我們一個個都是人比黃花瘦。

那時我們的教育制度也隨之完善成熟，我們都可以上學讀書了，農村人的思想覺悟也從文盲過渡到「萬般皆下品，唯有讀書高」的境界，這不簡單。而讀書、考大學成了鄉下人唯一的出路和希望，考上大學有國家分配的工作，以後拿的是工資，吃的是皇糧。在那個年代，這些都是最有利的誘惑，農村人誰都想逃離面朝黃土背朝天的命運。所以我們每個孩子都被這樣的激勵和安排，三千壓力於一身，寒窗苦讀，在無邊的學海中載浮載沉。高考是夢魘，大學是天堂……所謂的教育制度，只不過是個殘酷的考試制度。沒有人會意識到，其實讀書、學習、受教育，是一種需要，而不是使命。就算是使命，也應該只是自己的，與他人無關……

這就是我青少年時期生活的時代背景。在這個背景裡，我經歷過自己的喜怒哀樂，也看到很多別人的喜怒哀樂。在我以為自己將要適應這樣的人生時，時代又開始悄悄轉變──大家開始一窩蜂的離鄉背井，到異鄉找尋自己的夢。這個時期的社會新名詞是「打工、打工仔」。我們在他人的故鄉工作生活，戀愛娛樂。

這其中，有的人的故事很精彩，有的人則平淡無奇……平淡到讓人覺得愧疚。但是，那些日子，承載了我人生中最燦爛生動的青春時光……

既是青春，必然躁動。我也在這段時間，經歷了人生最初的，也是最後的愛戀。那個時候的戀愛，內心再熱烈，表面卻是含蓄的。伊人近在咫尺，愛情卻遙不可及。一個經意的牽手，讓人臉紅心跳，一個不經意的肢體碰觸，讓人內心蕩漾，一句溫暖的問候，讓人幸福洋溢，一封炙熱的情書，可以溫暖整個冬天……「我喜歡默默的注視著你，默默的被你注視著，我渴望深深地被你愛著，深深的愛著你！」這就是我們希翼的的愛情境界，沒有房子，車子和票子作為交換條件，單純而美好……

那也是曾經，擁有過的感覺……

只是最後的結局，也妥協在世代交替中，妥協在命運的安排裡面。我是在這個交替的縫隙中成立最後的樂園——家。我選擇的人生伴侶既不是自己最愛的，也不是最愛自己的。我幾乎用逃避的方式離開，去和一顆陌生的心靈發生碰撞，彼此磨擦，再彼此憐惜安慰，再彼此摩擦，再彼此憐惜安慰，直到習慣對方，依戀對方……

如今的世代已經走到了一個空前的盛世，很多很多的東西都在前進，但卻還是有些東西止步不前，推都推不動……當我們的社會像一股狂流般的迅速崛起時，我不在場，沒有參與到，只能在彼岸遠遠地，欣慰地看著。離得有些遠，有些久，有些朦朧。唯有這個狀態，是我自己過渡的……

只是，當所有的東西如電腦程式般不斷更新時，我卻發現，我是一個不認真也不努力的人，平平的過著自己的人生，不起不浮，以安然為樂，和外面世界的節奏不太搭，但世界於我，是寬容的……我現在所花用的，是我的運氣，或許有一天，我不會再被拯救……

所有的過程像一場夢，夢醒了，我已不在那個最初的地方。

就像那一片雲……

路漫漫其修遠……

在佛光山

裡面的建築物有震懾人心的魅力

你可以目空裡面所有琳琅的商業機構

亦不必解讀任何一個物體存在的意義

更不必苦苦追尋讓人釋懷的禪機

你只需抬頭仰望

就能感受生命的寬宏和寧靜

還有自身的渺小以及存在的真實感

這裡面的每條路都很長很長

只要用你的腳步

就可以丈量出

內心的方寸

你可以從黎明，走到黃昏

亦或

從青春，走到遲暮

再回到最初的地方

亦或

沒有起點，也沒有終點……

☀ 4月8日

靠右走，最安全……

秦時明月：如果大家都靠右走，那左邊豈不是要長草了。

回覆：不會啊，來回不同方向喔！

秦時明月：韓復的名言。

回覆：可以理解，因為他的年代，道路都還不是雙向！

☀ 4月9日

真心實意的工作和生活，這樣還是會失去的話，那定然是不

屬於自己的東西，早安！

秦時明月：命是必然結果，運是偶然存在。

回覆：存在的瞬間可以改變結果，偶然改變必然！

☀ 4月9日

既要放下姿態，又要守住尊嚴⋯⋯

☀ 4月10日

早睡是種美德，不過不早了，晚安！

秦時明月：現在睡去行嗎？想落個好名聲。

回覆：哈哈！

☀ 4月17日

綠草如茵，花氣襲人，浮雲藍天，鳥雀紛飛⋯⋯好適合深呼吸！

☀ 4月24日

分享：張愛玲年輕時有一個非常要好的朋友，可是年長後，她們就漸漸疏離，以至斷交。朋友問張愛玲為什麼不再理她，張愛玲回說：「我不喜歡一個人和我老是聊幾十年前的事，好像我是個死人一樣。」⋯⋯我只能說，一個思想太活躍的人，註定了是孤獨的⋯⋯

☀ 4月24日

記得以前常常和人討論關於幸福，這種小事，無論有沒有被認同，都好佩服那個時候的勇氣⋯⋯現在呢，人似乎沉穩多了，自以為是一種進步，卻覺著，似乎不那麼的可愛了！一個人的失落，該是找不回最初的心⋯⋯

秦時明月：深刻，有喝雞湯的感覺。

回覆：俺明明煮的是排骨湯！

秦時明月：雞也有排骨啊。

回覆：雞那是肋骨，食之無味，棄之可惜！

☀ 4月28日

　　我們之間，只有一個夢的距離……

☀ 4月29日

　　遙遠的路程昨日的夢以及遠去的笑聲

　　再次的見面我們又歷經了多少的旅程……

——來自羅大佑的〈光陰的故事〉

　　有沒有一場聚會，是將生命中所有遇見的人

　　通通相聚在一起……

☀ 4月30日

　　如果我的人生是有趣的，那是因為有你，如果你的人生是無味的，那定是……我的錯！

☀ 5月1日

　　或高，或低，

　　我獨自在這裡；

　　或近，或遠，

　　你可慢慢向我走來。

　　我是一粒微塵……

　　秦時明月：我也是。

　　回覆：我也是，幾乎木有地心引力！

☀ 5月1日

　　今天的晚餐有雞，叫做「落湯雞」

　　秦時明月：還好有雞。

☀ 5月2日

　　好久沒有像這樣離ta那麼近……滄浪之水可濯我鞋！

　　秦時明月：赤足感覺更舒服。試試吧。

　　回覆：家長在後面念！

　　秦時明月：那就讓他先下。

回覆：到他看不到的地方再來玩。

☀5月2日

四月的芳菲……伊始！

秦時明月：看起來很美。

回覆：多虧了這樣的季節……

☀5月2日

三千弱水，我只取一瓢

遮天蓮葉，我只取一片

我的地盤我做主，

我是一隻小蜻蜓！

仙人掌：畫龍點睛！

回覆：人家是天才！

秦時明月：是呀，再小也有自己的天地。

回覆：它在那裡一動不動，我就知道它心裡在想什麼？

☀5月3日

其實，我一直相信，只要自己做對了，人家就會跟著對，不

266

管是啥時候，都不要放棄自己的領導地位，就算管理範圍是從客廳到廚房！

秦時明月：你太樂觀了。

回覆：不好嗎？

☀ 5月9日

一個人的午餐，排骨稀飯，噴香噴香地，你吃了咩？

秦時明月：這飯，看起來都……

回覆：不要用省略號！

秦時明月：那什麼……肋……

回覆：這絕對是巧合！

☀ 5月15日

好美好優雅的魚，卻有一張憤世的嘴……

☀ 5月15日

在高雄的85大樓的第75層鳥瞰大高雄，原來城市像一堆火柴盒，我們如一顆微塵，淹沒在其中！

☀ 5月22日

水裡面有好多魚，有幾隻是我們家的。

——在皇家游泳池

秦時明月：能釣嗎？

回覆：可以啊，吹個口哨就釣起來了！

☀ 5月26日

一個靜謐的夜晚，只有電影裡面如風如流水的配樂，清麗流動的畫面，可以把心帶走的故事，很遠，又很近……宮崎駿《風起》……

秦時明月：沒看過，聽說過。

回覆：我是被那綠色的草地，灰色的天空，一直吹一直吹的風，和那種讓人心裡面很寧靜的配樂所感動……

☀ 5月29日

　　生命中最美的故事，都是在有風的日子裡，有陽光，草也很綠，但故事都沒有結局……

　　秦時明月：放心吧，春天會延長，就像今年，但，終究會過去的。

　　回覆：是嗎，今年的花，開比較久？

☀ 5月31日

　　難過的一天，一個人，在義大醫院某個角落，四周圍都是陌生人……然後看錯時間，四點看成五點，把晚餐吃掉了，吃得很辛苦……

　　秦時明月：看錯時間能提前吃飯飯啊，多好的事。

　　回覆：哈哈！

☀ 6月1日

　　小時候的兒童節，不是看電影，就是唱歌比賽，我記得我有得過第一名，唱的是〈我的中國心〉。說來勝之不武，誰叫那些嗓子好的同學，小小年紀唱什麼「粉紅色的回憶」唱什麼「如果這一生只能戀愛一次」……

☀ 6月2日

　　不管在哪一間公司，總會有人做得很認真很努力，忙到在公司奔跑，但總也有一些人，不是在公司閒晃，就是到處找人蜚短流長……不必訝異為何這兩種人都會存在同一個空間，妳應該慶幸妳是那個奔跑的人……

　　秦時明月：正常的，看的常常給幹的提意見。

☀ 6月12日

　　放了四天的假，就下了四天的傾盆大雨，一家四蟲都窩在家裡，快把家裡的氧氣都吸光了！

　　劉波：姐你的腦洞好大！

　　回覆：我們一家人腦洞都不小

秦時明月：離家出走，哪沒雨到哪去嘛。

回覆：這些日子，也就家裡沒雨，哈哈！

☀ 6月15日

以後可不可以不要來參加孩子的畢業典禮啊⋯⋯

☀ 6月16日

躺在床上思緒萬千，感慨不能自己，輾轉不寐，就覺得奇怪，仔細回想，原來中午又喝了兩瓶紅茶。若干天以前，也是喝了一大杯紅茶，罰是失眠到凌晨兩三點，再若干以前，不小心喝了一杯咖啡，失眠到天亮，再再若干天以前，再再再若干天以前⋯⋯得到的結論是，不想睡覺還真是件簡單的事⋯⋯

☀ 6月17日

今天的晚餐，飄的是男人味！

☀ 6月22日

偶爾還是要來兩句雞湯文，來給自己的生活補充一些營養，需要努力學習的東西，需要進步的空間還很多⋯⋯加油！（其實每天晚上睡前都這麼想，主要是早上起床就忘了）

秦時明月：把湯就放在枕頭邊，像慈禧一樣。

回覆：真的還假的，這樣睡覺不是老要顧著這盆湯嗎？

秦時明月：民間淳樸的想象。

☀ 6月30日

這個夏天熱得像個瘋子一樣⋯⋯路上的阿貓阿狗，小鳥小蟲，小青小白，小花小草⋯⋯通通回避，我來了⋯⋯哈不要好奇，我只是來去上班！

☀ 7月2日

玻璃窗隔絕著讓人畏懼的陽光和季節，日子在我們的指縫隙間飛快，連窗台的灰塵都來不及落定。在充滿情意的音樂聲裡，時光漸漸泛黃⋯⋯

秦時明月：時光不會變黃，人會。

☀ 7月3日

樣樣都不精通，但至少要會！

☀ 7月5日

人與人之間，總要經歷無數次的碰撞，才能調整出最剛好的距離……

世間萬物，包括情感，最美好的並不是最適合的，同樣，最適合的也不會是最美好……

附：半夜，這兩句話一直在頭腦中盤旋，擾得不能入睡，爬起來記錄，現在應該很好睡了。

秦時明月：魚和熊掌。

回覆：熊掌已不可多得！

☀ 7月8日

昨天晚上超誇張，本來想去全聯購買一些台風天的食物，結果去到全聯，食品區貨架幾乎空了，蔬菜區更誇張，只剩幾朵蘑菇，大家看到都相視一笑，結帳的隊伍排得老長，後面還不斷的湧進人朝……這該是空前盛況吧哈哈。

不過聯想到世界末日，只希望那會是一夕之間，如果不是，那我們人類將會是地球所有生物中，最痛苦的！

☀ 7月8日

距離是一種很美好的東西
我們需要一些距離
看清周圍的人事物
我們需要一些距離
讓彼此都在安全的範圍
我們更需要一些距離
來相互吸引……
早安，風雨交加的日子

秦時明月：距離由誰設定？

回覆：心定！

☀ 7月10日

要關心的事情太多啦，還是先關心一下自己的一日三餐吧……

☀ 7月25日

聽說今年夏天是史上最熱的夏天……這種打擊誰受得了啊！

秦時明月：今年可謂水深火熱。北方實現了南水北調，南方實現了集中供暖。

回覆：共體時艱！

☀ 7月25日

烈焰熾烤的正午，難得它們還這麼神清氣爽，世界……還是它們的！

——路旁開得鮮豔頑強的雞蛋花

秦時明月：小小的花，大大的命……

你是枝頭最亮麗的那一朵

☀ 7月30日

就像一個人，遠遠的看時，總會因距離而獨生美意，陌生而神秘的氣息，總吸引人無限的遐想，向往……只是當你走近之後，你卻慢慢看清，他那所有不堪的一面……

秦時明月：你試著再用放大鏡看看……

回覆：放大鏡被我摔壞了！

☀ 7月31日

像一個人的東西，可能，是一棵樹，一座山，一條路，或是一塊石頭……

☀ 7月31日

舉世無雙的炒泡麵，哈哈，想吃嗎，上個星期的，餿了！

有圖為證，可惜刪除了哈哈！！

☀ 8月6日

從一個城市移動到另一個城市，地球沒有改變，城市也沒有改變，改變的是旅人的心境……只愛陌生人，只愛陌生的地方……那些還在火車上的旅人們，在這樣夜的深處，哪裡又是你們下個停靠的驛站，你們是歸去，或是來兮？

秦時明月：換個地方感慨人生而已。

回覆：別人的故鄉已經還給人家了！

☀ 8月10日

不努力耕耘，田地就荒蕪！

☀ 8月14日

結合全家人的洪荒之力，從一樓到四樓，8000萬塵埃落定……

☀ 8月15日

如果你有給予別人幫助，別人想要回報你，就欣然接受吧。互不相欠，是人與人之間最平恆也最鞏固的相處模式……

秦時明月：就是，簡單些，1+1多好。

回覆：相欠總是一種遺憾……

☀ 8月18日

我真的，好佩服自己的預感，準得可怕，幾天前我就知道，知道八月十五是中秋節！

☀ 8月19日

快樂和幸福是一樣的，要有多大，他就有多大，大到你怎麼也到不了，要有多小，他就有多小，小到觸手可及！

很多人喜歡解釋，快樂是什麼，快樂並不是一個知識，所以他沒有定義，你的快樂只屬於你，別人無法理解……

我的快樂不是源自物質，不是源自欲望的滿足，我的快樂源

自靈魂的無罪感，源自心的方向！

☀ **8月20日**

求新求變是一個很用力的過程，需要大家的綜合的智慧，但當大部分人都不要思考，甘心守舊的時候，求新求變亦是一個孤獨的過程，而且「大家」都將是你的障礙……

☀ **8月21日**

每個人都會有一個一生的摯愛，ta 或者是至情至性，或者是極富極貴，亦或是凡夫俗子，我也有自己的摯愛，他一無所有，沒有身材，也無長相，還有點黑，他的名字叫……星期五

☀ **8月22日**

男人為什麼一定要做家事，做家事是一種生存本能，我若不在，你仍然可以好好的照顧自己……女人也一定要做家事，想想，如果男人什麼都會做，久而久之，家裡有沒有妳都沒關係，女人做家事是為了強調自己一定比例的存在感，家裡不可以沒有妳，要做就要做無可取代的女人，而不是可有可無的女人……

☀ **8月27日**

你的原則，一定是最先約束你自己，你的原則，一定不是只方便你自己的原則。以包容自己的心，去包容別人。

秦時明月：你的原則，一定不能讓他人不舒服。

回覆：有些人愛強調自己，並要求別人學樣，說那是 ta 的原則！

☀ **8月25日**

每天上班前送給彼此的一句話：注意安全，記得多喝水，多尿尿，多摸魚 ☺。

☀ **8月28日**

不管是工作還是學習，

在自己熟知的領域，

你可以自由隨性的發揮，
但踏入別人的領域，
就要學會謙卑。

☀ **9月1日**

踏著時光……去旅行！

☀ **9月2日**

人生，就該窗明几淨……

☀ **9月3日**

愛一個人，就是要跟他傾訴，跟他呢喃，跟他撒嬌，跟他愛戀，跟他纏綿……不然，就只有崩潰……

愛情是一團火，不能燃燒，就只能毀滅……

☀ **9月4日**

我實在想不通台灣人，那麼難吃的麵，還那麼多的人排老長的隊搶著吃，害我也跟著一起排，結果吃得快要吐了……結論是不管看到什麼，還是要有自己的判斷力，不要相信多數人……的智慧。

☀ **9月5日**

不主動，也不拒絕。

☀ **9月6日**

在我們的人生中，我們失去的，永遠多過於得到的；我們得到的，永遠多過於給予的。

☀ **9月7日**

一樹凋零一樹冬，一樹繁華又一春
一世清貧，半生落漠……

☀ **9月8日**

我們工作的大部分時間，都是在排除障礙，在除錯，我們的技術不夠成熟，品質也不夠穩定，我們雖忙忙碌碌馬不停蹄，連

坐下來思考的時間都沒有，沒有時間思考，也就沒有新意，沒有新意就沒有創造，沒有創造就不會前進，不會前進，只會一直不斷的循環，一直循環只會讓不好的事情越滾越大，越大越麻煩！

☀ 9月15日

昨日的狂風暴雨，實在聯想不到今夜的雲淡風輕，月朗星空，這個中秋，夜似夢……

秦時明月：今夜無月，讓夢飛。風會停，雨會住。

回覆：今夜還吹著風，想起你好溫柔……用唱的，節日快樂！

☀ 9月17日

手上又多了一個小小的疤痕，一邊輕撫，一邊為這多出來的不完美而惆悵，轉念想到，人們咬牙切齒所承受的電光石火之痛，不就是為了這樣的效果……

☀ 9月17日

剛有人抓著烏龜從我旁邊閃過，被我叫住：「幹嘛？」

「我要大號，二樓洗手間被哥哥占了，我要上三樓！」

可憐的烏龜……

☀ 9月28日

每天，打開臉書，裡面滿滿全是親朋好友們晒的吃喝玩樂的動態。打開微信朋友圈，裡面都是微商們的商業訊息。都各有特色。那QQ的特色是什麼，最深的感受是……四季分明。台灣人喜歡四處遊玩打卡，吃喝玩樂，痛並快樂著（花錢心痛），大陸人連做夢都在想著要怎麼賺錢，忙碌但充實，有理想有方向……

☀ 9月28日

幾天的狂風暴雨，人都快發霉了，渴望一朵春天的花，開在夢裡，晚安！

秦時明月：還有美麗的話，在夢囈。

回覆：夢裡依稀有淚光……

☀ **10月1日**

最近好愛買筆，既然買了，就物盡其用吧，晚安！

☀ **10月7日**

晨曦中，右邊上方，那一角藍色天空⋯⋯早安，上班愉快！

☀ **10月12日**

上班，工作，老闆，上司，加班，回家，家人的晚餐，後續，孩子的功課，和家人的溝通交流⋯⋯所有人安靜的睡去後，再忙自己，忙到最後似乎能感覺時間停止的聲音⋯⋯床頭放著那本一直想看的書，在這樣沒有間隙的人生裡，思緒也跟著荒蕪，只能在掌心裡，無聲的吶喊一下，願，沒有擾到你的夢⋯⋯晚安！

☀ **10月13日**

兒子把他的零用錢放在好幾個地方，常常不記得放哪就開始瘋找，麻麻實在看不下去，就問他為什麼不把錢放在同一個地方集中管理。兒子立馬回我：我才不要，雞蛋不能放在同一個籃子裏，這樣如果這個籃子不見那所有的錢都會不見。

這⋯⋯算不算是對麻麻的經驗教訓，好吧，那我以後就多準備一些籃子，總有一個籃子會落在我手裡！

仙人掌：子高過竹。但兒子有你的基因。

回覆：言過其實了，只願他夢想成真！

秦時明月：開始建小金庫了。

回覆：以他的建法，成本太高！

☀ **10月18日**

所有的炫麗奪目，都抵不過綻放的煙花，所有的短暫虛偽，都抵不過墜落的煙火⋯⋯只有，一個人的感情！──無心問早安

秦時明月：所有的，都抵不過這句話。

回覆：有時候，我真的不知道，是快樂是暫時的，還是痛苦是暫時的？生活的常態是幸福，還是憂鬱？也許對於人生，我們

還需要更強的理解力……晚安！

　　秦時明月：人生就在兩點間，悲喜參半，走著就好。

　　回覆：就在那中間，不悲不喜……

☀ *10月31日*

　　四周已是一片荒野

　　我們已入無人之境……

　　期待午夜的夢境

　　就像遙遠的記憶中

　　那一束光……

　　晚安──致到不了的世界！

　　附：家以外的地方，都是荒野，而我們也是別人的荒野……

☀ *11月2日*

　　清晨

　　踏歌而行

　　昨日的煙波

　　已隨晨風

　　飄渺而散……

　　秦時明月：傍晚，踏歌而行

　　　　　　　清晨的霧靄，已隨晚風，裊裊飄散……

☀ *11月6日*

　　每個人都需要愛情

　　ta應該長在心理

　　像一棵樹

　　根深蒂固

　　像一棵新芽

　　慢慢滋長

　　像一棵藤蔓

　　溫柔繞指……

網友熱愛生活：什麼時候都是詩意綿，年少時這樣，到現在也這樣，適合住在台灣。

回覆：謝謝批准！

☀ *11月10日*

我們在各自的世界，看得到彼此的地方，相安無事……

如果思念會讓人懷孕……

秋意微涼

多想，與你在風中

相遇……

☀ *11月25日*

人家在忙著給家人準備天亮之前的晚餐（請不要為這種宿命做任何評論）有人來亂，

「妳剛叫我嗎？」

「我沒有叫你啊！」

「有，我明明有聽到，妳心裡在叫我……」

☀ *11月25日*

世間萬物都一樣，存在就是被需要，你也是，謝謝祝福！

☀ *12月1日*

曾經的滄海

歷經無數的天翻地覆

才變成如今的桑田

只是

如今的桑田

卻成就別人的華廈

屬於我們的風景

越來越少

屬於地球的衣裳

越來越斑駁

凋零

這就是我喜歡冬天的原因……

在路上

在遠方

總會有那溫柔的目光

默默包容

可以不必回應

但一定要珍藏

來溫暖整個冬天的心

感謝大家

感謝我的人生

有你參與

好運與你同在……

——致我的QQ好友

秦時明月：霧霾也有情，戀戀不捨。

回覆：冬日有情！

不知道從什麼時候起

你開始逃避我癡癡凝望你的眼神

逃避我想要擁抱你的雙臂

逃避我想要輕撫你臉龐的溫柔掌心

逃避我想要吻你的雙唇

不知道從什麼時候起

你不再說

我愛你

你真的長大了嗎

我的孩子！

秦時明月：學著離開，必備技能。

回覆：是偶要學，還是他要學？其實這一點我跟他，都不厲害。

秦時明月：你！

回覆：我只想他不要離我太遠⋯⋯

☀ 12月16日

每天
還是該找一段時光
找一段最溫暖
最柔和的時光
來
和你相遇
與你傾訴⋯⋯
你就是
那冬日鋪滿窗台的陽光！

秦時明月：是冬日窗台上鋪滿的陽光更好。

回覆：真的耶，我就覺著哪不順！

☀ 12月20日

時間就是距離，有多久，就有多遙遠⋯⋯

2017年

☀ *1月2日*

　　放假的主題，應該就是熬夜睡懶覺！

☀ *1月2日*

　　沉默不語是內斂，知無不言是勇氣，謹言慎語是智慧，怎樣都好！

☀ *1月3日*

　　何處是海角，何處又是天涯⋯⋯

☀ *1月4日*

　　生命中的喜與憂，苦與樂，都是不請自來，遇到了，卻都是緣份⋯⋯

☀ *1月5日*

　　越是想要一塵不染的世界，便越覺著這世界滿是塵埃⋯⋯

☀ *1月7日*

　　假日的情人碼頭，綠草如茵，花氣襲人，浮雲藍天，鳥雀紛飛⋯⋯好適合深一呼一吸！

☀ *1月8日*

　　今日，鬱悶至此⋯⋯繼續！

☀ *1月15日*

　　有什麼魔咒啊，每次煎荷包蛋，第一顆一定是廢的？

　　好吧繼續，反正我買了很多！

☀ *1月15日*

　　愛情的烈焰，到底要在我們的一生中，燃燒多少次，才會灰飛煙滅⋯⋯

假如沒有了愛意，又要拿什麼，來支撐我們單薄的人生？

☀ 1月16日

今日無鹽……

☀ 1月22日

回家的路不寂寞，只是太漫長……

☀ 1月23日

整整……十年了！

所有的，都變了……

這些破敗不堪的地方都承載著我們共同的記憶。

好似還能聽到昨日那遙遠的人語，鄰居阿華家的太婆拄著拐
杖來吆喝兩個孫子去吃飯，阿榮的爸爸牽著牛從身旁經過，媽媽

挑著一擔青菜準備要曬成菜乾，阿軍的嬸嬸提著一桶子的髒衣服要來洗，池塘邊的歪脖子樹下，洗衣服的女人們尖銳的說話聲和笑聲此起彼伏……

如今，一切已回歸寧靜，住在村子裏的人已日漸零星，大家都奔波在外，就算還在村子，如今也已經住在舒適的大房子裡。老屋已成記憶，經年累月，它們都會不見，只是牆角下的舊事，會被誰一直一直的記著……

也許，對於這樣的腳步，路上的花草已不復記憶，但這些沉默的老屋，如果它們會說話……

☀ 1月24日

據說，垃圾的誕生，源自文明的誕生……

其實這一切，再正常不過，就如擁塞的馬路上，塵土飛揚，垃圾滿地，人車搶道，橫衝逆行，還不錯，大家都可以包容，沒有人叫囂。只是不知道，這樣的生活模式，還要延續多少個世代，多虧了這片土地上的人們，這樣惡劣的條件，惡劣的天氣，可以如此的安然，有時候，生命的毅力獎可以給這些對這片土地自始至終，不離不棄的人。對於生活，有人過得粗糙，有人過得細緻，快樂，有感，最重要……

秦時明月：都是人的作為。

回覆：垃圾是文明的產物，以前，是沒有這些的！

☀ *1月24日*

　　玩泥巴的孩子回來了！

　　誰家的抹布，誰家的泥巴，忘這裡了……

　　秦時明月：記憶裡的一切都將一一呈現，大家都是泥巴的孩子。

　　回覆：嗯，用力可以捏出來！現在，連我自己都開始質疑自己的心態！

　　灰太狼：以前洗衣服的池塘。

　　回覆：好像變小了。

　　灰太狼：是你的視野變寬了！

☀ *1月25日*

　　紀念那些年一起走過的日子……（我和同學）

☀ 1月27日

　　整個城市都是你的氣息，我似乎可以聽到你心跳的聲音……只是，轉角再也遇不到你……

☀ 1月26日

　　感情淡了，只剩人情，人情薄了，就漸漸無情……感情世界裡，得失總不會平衡，不是人欠我，即是我欠人，人們都說，寧可別人欠我的，也不要我欠人家的，如此慷慨，只求心安，不內疚，不負於人……那，就讓我欠人家的吧，這樣，內疚，心難安的人便是我了……人與人之間就是這樣，久久都會淡，但是欠人家的，永不能忘，因為，要還……

☀ 1月27日

　　看春晚，守歲火，很多年沒有這樣過年了……

☀ 1月28日

日本一個有名的女主持人說過的話：女人不管什麼時候，不管年齡有多大，心裡永遠都要像住著一個20歲的少女，我已經80歲了，我心裡已經住著4個20歲的少女！

對我來說，20歲還太成熟了些，16歲剛剛好（>﹏<）。

故友胡桃：還是12歲更好。

回覆：12歲也不錯，只是住太多會有點擠！

☀ 2月1日

願你萬里歸來，仍是少年

願你心有所安，仍懷赤子之心……

——網路語

☀ 2月3日

南下江關無故人……

再會～～莫問歸期……

☀ 2月3日

對於和故鄉的情誼，有人用金錢灌溉，有人用行動灌溉，也有人用感情灌溉，不管用什麼，只要是真心，是愛，是熱愛！

☀ 2月7日

留一些背影

給未老的青春

留一些童話

給跳動的音符

留一些沉默

給午夜的星空

留一些思緒

穿越萬水千山

……

☀ 2月8日

三日不寫手生，三日不說語塞，三日不想……腦木，多動多想，不會遲鈍！

秦時明月：太密集。

回覆：你給個科學數據！

秦時明月：一半吧。

回覆：減一半？1天半？

☀ 2月15日

起舞弄清影，何須趁月黑……

秦時明月：這影子有1970年代的影子。

回覆：是有點長！

☀ 2月15日

來去侵略一下別的國家，去踏平他們的富士山……腳下的小花小草。

秦時明月：有理想，有追求。

☀ 2月16日

日本之旅

冬天適合去日本的北陸看雪，那裡有著最極致的天空，最夢幻的雪景，美到窒息的火山頭，一塵不染的小小街坊……只是那個地方除了觀光客，以及為了觀光客而存在的商家店鋪以外，鮮少看得到當地的居民，家家戶戶都是門窗緊閉，門前屋頂都蓋著厚厚的積雪，沒有清掃……

導遊小姐告訴我們，是冬天太冷的緣故，這裡的居民都搬到了都市，等到春暖花開，他們才會回來。所以，在這邊看到的黃色面孔，應該都是我們的人，走上去搭訕，一定是夾帶著五湖四海鄉音的國語，看來振興人家的經濟，靠華人是沒錯的。

北陸的冬天很冷，來到這裡，以為會得到最溫暖的照顧，讓人意外的是，日本是冷食民族，喝的是冷水……也就算了，還

浮生夢懷

▲合掌村

▶在日本的第一次晚餐

要加冰塊。每天吃的那些瓶瓶罐罐的餐點，外面看很吸引人，但是打開後裡面是一小撮冰冷的醬菜，或是小甜點，有些吃到最後也不知道是什麼東西，還好最實在的是每餐都有一罐飯，和一小鍋特意為我們準備的小火鍋。冬天的北陸是沒有當季的青菜可以

在合掌村留下的背影

吃，每天幾乎都吃同樣鹹死人的味噌湯，烏龍麵，醬菜，油炸茄子南瓜紅薯，一小撮的秋葵，納豆偶爾有，當然我們是團體，沒得選擇……

去日本，對於吃的就不要抱太大的期待，特別是冬天，特別是冬天的北陸，因為只有四個字「物資缺乏」。

我們到的地方是日本北陸位於飛驒地區的白川鄉，那裡有一個世界文化遺產—合掌村，和位於日本群馬縣和長野縣的淺間活火山，這兩個是我有生以來遊過的最美的地方。我們去到合掌村，村子裏已經沒有人煙，仿佛是因了我們的到來而全都清空，我們所看到的都是遊客。整齊的合掌屋靜靜的站在雪地裡，合掌形的屋頂堆著厚厚的積雪，沉默但極有靈魂，很難以想像這裡曾經的歲月。

而淺間火山是另一種震撼的美，我們是坐在巴士遠看，山上覆蓋著皚皚白雪，此時火山溫柔寧靜，像個美麗的聖女，完全讓你想像不到爆發時的恐怖猙獰。山的周圍是一大片空曠的平地，拜火山所賜，草木稀疏，空曠的平地全都是極白的雪。那天天氣很好，陽光下，極淨極藍的天空和極白的雪，極美的視覺饗宴。

這兩個地方，真的很想再去看看，是你一輩子一定要去看的雪景。

日本是最會發明一些稀哩古怪，自認很人性化的東西的地方，比如免治馬桶，上完廁所會幫你洗屁屁，這種馬桶在日本已經很普遍，我只用過一次，還用不習慣。什麼是人性化，就是適合你，溫暖你，感動你，方便你，貼近你的東西。免治馬桶不知道為何，總覺著不太適合，也許很多發明方便了我們的生活，只是抽掉人為操作，也就失去人為的樂趣與感動。

冰天雪地的日本北陸，除了為我們服務的人們，幾乎看不到其他的日本人，特別是最可愛的孩子，除了看到飯店服務生的笑容，你看不到更生動雀躍的表情，哪怕是憂愁，難過，至少不是空白，有時候，我還真的希望，那服務生生氣罵我們幾句，至少是生動的，哈哈我想太多！

我是不知道別人旅行的目的和意義是什麼，可能有些答案在免稅店裡。但免稅店裡的東西對我來說，沒有多大的吸引力，我更想純粹的感受我所看到的風景，感受這些風景傳遞給我的人文氣息，感受這地球的差異性……

日本旅遊記念

☀ **2月20日**

第一次孤獨的在夜空中飛行四個多小時，機艙裡面一片漆黑，世人皆睡我獨醒，飛機在未知的領域寂寞遨翔，天空星雲密布，只是再亮的星星在這個時候也不會讓人感動，因為那不是地球的燈火……

☀ **2月25日**

狠狠的睡了一個飽，管他太陽晒著誰的屁股！

☀ **2月26日**

「麻麻，胡夢卜是誰？」（大陸的「胡萝卜」）

秦時明月：一位姓胡的穆斯林蜀黍……

回覆：真有其人？

☀ **2月27日**

到底是知識重要，還是理解重要？

胡桃：理解重要，理解以後知識才是自己的

秦時明月：理解。當然，如是有知識的理解，更好！

☀ **2月27日**

其實，我發朋友圈的目的只有兩個，一是看自己過得有多渾噩，二是要看自己過得有多不渾噩。

秦時明月：我渾噩地看著你不渾噩。

回覆：這多不好意思啊！

☀ **2月27日**

發朋友圈的人至少身體健康心裡健康腦袋也靈光。其實發QQ發朋友圈是件很快樂的事情，一開始是發給別人看，後來是發給自己看，再後來，隨便！青春不留白，歲月不留白，人生苦短，青春留常，回憶很多，快樂可數……不要跟我說你沒有發朋友圈，是因為每天都在認真用筆記錄……什麼時候，應該將這所有囈語整理成冊，因為不知道哪一天QQ和微信都倒了，那不哭死。相信在每個人的QQ世界和微信朋友圈，都有一個精彩的人

生，可以整理成書，如果沒有，那只怪你懶惰！

☀ *3月5日*

男人外出工作回到家，女人真心關切：「趕快先去洗澡！」

男人不假思索：「我先清一下車子……」

女人早就料到，男人回家第一件事，絕不是親老婆，親孩子，而是親車子！

☀ *3月10日*

如果愛，一生一世已足夠，若不愛，十里桃花，亦不識春風……

秦時明月：天長地久VS曾經擁有。

回覆：天長地久……畢竟是天與地之間的事！

☀ *3月10日*

外面雲淡風輕，天地寧靜……看來，明天又是個可以睡懶覺的好日子……這句話寫了10幾分鐘，中途一直打瞌睡，還好你完全……看不出來，晚安！

秦時明月：我都睡著了，又被你這句話驚醒了。

☀ *3月14日*

有人不小心把我洗碗的手給弄傷了，可心疼了……

秦時明月：用碗砸他。

回覆：捨不得。

☀ *3月15日*

該買一把好一點的剪刀，修剪自己的人生……

附：已經一年多的時間，都是自己給自己剪頭髮，上癮了！

秦時明月：剪刀飛舞，人生飛揚。

回覆：不能亂飛，剪到脖子怎麼辦！？

☀ *3月16日*

一個人不到80歲都不要自以為是，因為80歲的人才可以不需

要學習和進步。不要把固執當特質，人在固執的時候最笨，不要把缺點當特色，缺點不是人可愛的地方。自己做不到的永遠不要強求別人……

——深更半年訓兒律己篇

☀ 3月18日

到處有你，我便不寂寞……

——致「讀者」

秦時明月：我是你的讀者！
回覆：我也是！

☀ 3月19日

尋尋覓覓你的身影
在陽光下
在空氣裡
在星空下
在暮色中

在遠方
在近郊
在叢林
在曠野

在風中
在雨中
在時光裡
在記憶中

在心裡
在夢裡……

你　無處不在
卻又　遙不可及

2
0
1
7
年

「你在哪？」

——清晨夢囈

秦時明月：我在看你……寫的詩。

☀ 3月 19日

忙碌的工作和生活已經把我們的人生支成一片一片，時間，是片段的，記憶，是片段的，閱讀，是片段的，思維也是片段的，我將所有的片段都拼湊在一起，卻難以成詩……

秦時明月：詩也是片段的。有時，夢囈更能成章。

回覆：有時，理解才是最大的動力……

☀ 3月 19日

其實弄文字是一種勇氣，在知無不言，言無不盡的無限額度裡面，你不可違和，不可無知，不可庸俗，不可脫俗，不可無聊無趣，不可嘩眾取寵，不可一成不變，不可瞬息萬變，既要保留自我，又要超越自我……最重要的是，不管你是否願意，你都會必要的出賣自己的人生，出賣自己的靈魂，而這些卻不一定是最美的……

秦時明月：都不想出賣自己，但那真的很難。就像你掛的傘，由人擺佈。

回覆：所以需要勇氣，故事是日常的，人生是平淡的……

雲淡風輕：亦可以仁者見仁，智者見智！

回覆了：還可以一手掌握！

☀ 3月 25日

最近好像蠻多人都有這樣的覺悟，可以想像，他們應該從此都過著幸福快樂的日子，為了順應這趨勢，偶決定，繼續沉淪……

——讀〈關掉朋友圈之後〉

秦時明月：但願長醉不願醒。

回覆：把你叫醒。

☀ 3月26日

永遠要覺得自己，還可以更好……

☀ 3月29日

不管是在學校還是在同學間，遇到不開心的事情不要把情緒帶給家人。可以跟家人傾訴，但是不要沖著家人發脾氣。麻麻也是一樣，不管在工作中遇到怎樣的挫折，從不把工作的情緒帶回家，同樣也不會把家裡的情緒帶到工作上。一個人的情緒就是他的弱點，情緒越多，弱點就越多，不想讓人知道你的弱點，就好好的管理自己的情緒。但是也要記得，有事情不要悶在心裡，一定要告訴麻麻，跟麻麻傾訴……

——給女兒的誡勉

☀ 3月29日

一個人的缺點和弱點是不一樣的，缺點不過是一個人的劣根性，或可拔除。而弱點是隱形的，它是一個人的內傷，會致命……

☀ 3月30日

來聽個故事。

以前很喜歡看邵氏電影，有一部經典《乾隆下江南》中一個小喬段記憶猶新。

乾隆帶著他的總管容安在熙熙攘攘的江南街道溜達，見一位半仙在店裡給人測字算命，就過去瞧熱鬧。這位半仙神準，給他測過字的人無不點頭稱是。

乾隆忍不住好奇，對半仙說：我也來測一個字！半仙抬頭一看，乾隆雖扮成商人模樣，可眉宇間氣質非凡，英氣逼人，半仙驚愕，倒退兩步，結結巴巴的說：「您……您要測什麼字？」乾隆不慌不忙的在一張白紙上寫了一個字，遞給半仙，半仙一邊孤疑的看著乾隆，額頭上已豆大的汗珠，一邊接過白紙，一下手抖沒接好，紙掉地上了，半仙趕緊撿起，打開一看，是個「一」

字。

半仙趕緊轟走了其他客人，把店門關起，轉頭哭著叮囑隨身幫忙的女兒：「回去跟妳娘說，趕緊給我準備後事，我活不過今晚了！」

女兒莫名其妙還要問什麼，半仙大吼叫她：「快去！」女兒就哭著跑回家了。半仙噗通跪地，三呼「萬歲！」

一旁的乾隆和容安是一愣一愣的，扶他起來後問他：「你怎麼知道我是皇帝？」

半仙回他：「您在白紙上寫了個『一』字，然後掉土上，您還不是皇上是誰啊？」

乾隆恍然，然後又問他：「你剛剛為何叫你女兒回家準備後事？」半仙流著淚說：「我早算出我有朝一日會面見皇上，只是我命太薄，承受不起這福份，『一朝見天子，馬上命歸西』！」

乾隆大笑：「這我就不信，念你也是一奇才，我賜你『永不歸西』你就跟著我，保你不歸西！」

半仙千恩萬謝，就隨在乾隆身後。

三個人來到一個酒館，前面就有打鬧的聲音，乾隆想閃過，可是已經打過來了，趕緊帶著半仙躲在一旁，沒想到從天而降一大招牌，不偏不倚的砸在了半仙的頭上，半仙一命嗚呼！

容安拿起招牌一看，上面寫著「東坡肉」！乾隆一聲嘆息：「我命你不歸『西』，你卻歸了『東』了……！」

☀ 3月31日

下班回家的路上遇到一條……魚，還活蹦亂跳的，害我抓得好辛苦，我把它放車車的籃子裡面，歡天喜地的帶它回家。只是，一路上它一直在籃子裡面亂跳，作垂死掙扎……我好惆悵，因為我不能給它生路……

☀ 3月31日

「家裡就我一個是大人，妳們三個都是小孩子！」出差回來

的大人宣示主權……好吧，生活終於回歸正常了，偶也終於結束既當爹又當媽的日子……

☀ 4月1日

「麻麻，剛剛我們老師打電話來說明天要上課！」

「真的喔，那妳怎麼回老師的啊？」

「哈哈，騙妳的啦，愚人節快樂！」

（＞﹏＜）

「麻麻，樓下有人找妳，一個男生……！」

「男生？誰啊？」

跑下樓。

「誰呀？沒有人啊！」

「哈哈，愚人節快樂～」

愚人節什麼時候結束啊@小屁孩。

☀ 4月1日

小樓昨夜風驟起……暮春三月了，窗外還是寒風四起……

☀ 4月2日

寂寞
是一場清澈的雨
落在窗台
潤物無聲
卻滋潤心田

寂寞
是片片雪花
翩然紛飛
落在我的掌心
落進　你的夢裡

寂寞
是一場心靈的旅行

帶著我的希冀

沒有目的

只有遠方

寂寞是城市的燈火

是穹蒼的星月

是無邊的大海

是天與地之間的

永恆……

寂寞

是我內心的溫柔

請不要靠近

我已灑在空氣中

芬芳如詩

……

秦時明月：寂寞時方能認識自己。

回覆：寂寞是清歡！

☀ 4月2日

兩岸監督條例，即日生成實施：

1. 開車時不可滑手機。

2. 走路時不可滑手機。

3. 吃飯時不可滑手機。

4. 睡覺時不可滑手機。

5. 上廁所時不可滑手機。

6. 跟家人在一起時，不可滑手機。

……

以上。

☀ 4月2日

人的思維在清晨其實是空白和遲鈍的，經過一夜的沉澱和過

濾刷新，清晨醒來的人會有短暫失憶，這個時候最適合往頭腦裡面填補新的東西。到了晚上，經過一天的累積，思維變得豐盈，頭腦會有些沉重，這個時候就適合安靜的釋放，只有釋放出來，頭腦才會變得輕盈！

——今天釋放完畢，晚安！

☀ 4月5日

深夜花園裡四處靜悄～悄，只有風兒在輕輕唱，夜色多麼好，心兒多爽朗，在這迷人的晚～上……哼一首歌，哄自己入睡，晚安！

☀ 4月7日

兩小屁孩互虧：

女兒：「真是，有其母必有其子！」

兒子：「哪是，有其母必有其女！」

……

是……池魚遭殃。

☀ 4月7日

你有你的大海，我有我的草原。

你有你的沙灘，我有我的……蝴蝶。

☀ 4月14日

適度的保持彈性，世界會更柔軟……

☀ 4月16日

當一個人的直覺越來越敏銳，思維越來越清晰，邏輯越來越厲害……的時候，代表ta越過了青春，因為歲月累積起來的經驗和資訊，可以為我們解決年輕時，常百思不得解的問題和困擾……

☀ 4月16日

話說男人總嫌女人愛錢敗家，我說女人若不愛錢不敗家，男

人又哪來拼命賺錢的動力……

秦時明月：男人也是，明知山有虎，偏向虎山行。

☀ **4月17日**

不用覺得你不能給予是你的虧欠，可能人家壓根就不需要。

☀ **4月18日**

男人總有時，不把錢當錢，不把時間當時間。

☀ **4月19日**

妳一定得字字珠璣，一句廢話都不行。

☀ **4月20日**

我們常常會把羨慕和欣賞誤會成相同行為，其實不是，羨慕是心懷妒意，而欣賞則是心懷敬意。

☀ **4月21日**

戲劇的張力在於，戲裡面的人物細節都超越了現實中的完美！

☀ **4月22日**

其實，對於人生，我並沒有太多的資格談論，因為，我沒有盡力！

☀ **4月23日**

心裡想的是世界，眼睛看的是遠方，為自己創造一個最適合的宗教，只給自己信仰！

秦時明月：此時最好的教是「回籠覺」。

回覆：五體投地的溫柔鄉！

☀ **4月24日**

人生已分成兩段，跟你有關的歲月和，跟你無關的歲月。

☀ **4月25日**

以前（其實至今還是），我會特別害怕一種人，就是60歲以

上年齡層的人，為什麼怕，他們仗著從歲月中累積下來的經驗和閱歷，仗著經歷的人事，仗著走過的橋和吃過的鹽，以精準犀利的眼神，將你透視得清清楚楚，體無完膚，無所遁形……人生的大道理，都在他們的唇舌之間，每個人都有一堆。所以不小心站在他們面前，我總會有沒穿衣服的赤裸感。

其實他們是睿智的，唇舌之間都有禪意，人若是活到一定的歲數，還是一片空白，那才是莫大的悲哀！

☀ 4月26日

讀著讀著，就疑惑著兩人相處的正當性，這就是時代給予我們的思考模式，哈哈，我不信時代「調皮」。讀完後，好安慰的感覺，就像他們兩個人填補了我的青春缺陷，填補了我們折翼的夢想……不過曉松的一句話我要驗證一下具不具科學性，他說發呆可以讓思想變遼闊，發呆還可以讓人明白很多事情，發呆中……

（已經想不起是讀了什麼！）

☀ 4月27日

這世間最艱難的修行，是自律……

☀ 4月28日早上6：48

這個點，還是有點睡眼惺忪，但還是清楚的聽到——我的廚房，鍋碗瓢盆的聲音？有人在偷吃醬油？噢算了，就讓他偷吧，反正俺醬油多 ^_^。

秦時明月：懶貓！

☀ 4月29日

在我們的人生中，我們得到的，永遠多過於我們給予的，而我們失去的，永遠多過於我們得到的……

☀ 4月29日

暮春的陽光，不惡，暮春的風兒，不亂！

秦時明月：那暮春的人兒呢？

回覆：給你填空！

秦時明月：《論語》裡有話：暮春者，春服既成，冠者五六人，童子六七人，浴乎沂，風乎舞雩，詠而歸。記得不？

回覆：記不得了，要帶這麼多人啊，俺只帶兩隻小貓！

☀ 4月29日

如果可以的話，每個女人都該擁有一個女兒

讓她　來延續自己的美麗

讓她　來做自己的小棉襖

女兒是老天送給母親最美的禮物……

☀ 5月1日

今天大家都熱熱鬧鬧的過51，只有我一個人，寂寞的過著兒童節……

☀ 5月1日

感覺還在二維空間出不來……

人就是這樣奇怪，一旦沒有工作和照顧家人的責任和壓力，整個人就變成負的了。看來一個人的動力和能量，來自於每天的使命感和不停運轉的慣性人生……

秦時明月：唉，苦慣了。

回覆：苦到停不下來！

☀ 5月2日

永遠都不要嘲笑別人的生活和語言習慣，那是別人的快樂，別人的獨一無二。

☀ 5月3日

冷漠是一個人的保護色，笑容卻會讓自己置身危機中……

☀ 5月6日

昨日跟今日

已是一個季節的距離

昨日陽光不惡

今日已西風不涼……

☀ 5月7日

每個人都會想好好的活著，活好久好久……

但是當我們老到哪兒也去不了，老到再也沒有人陪伴，只剩下痛苦，疾病，孤獨，惹人嫌棄，我們又哪來生的強烈意志……

☀ 5月8日

每個女人的身體裡，都住著一個堅強的男人。

☀ 5月9日

大概所有的女孩，小時候都不想要嫁人，不想要離開爸媽的家，到另一個陌生的家……

☀ 5月11日

有時，幸福安逸是壞菌，它們吞噬了我們的防禦能力……

秦時明月：所以，我到現在還不睡，拒絕安逸……

回覆：記不記得，早睡是美德！

☀ 5月12日

這是女兒和她的同學製作的母親節作品，沒有任何提示，老師叫媽媽們猜哪一個作品是自己的孩子製作的，現在作品還在老師那裡……

憑直覺，我猜最下面的左一！期待結果……

☀ **5月13日**

　　Bingo！真的……被我猜對了，我要哭了，女兒當初問我為什麼猜這個的時候，我就說：因為這個是所有作品裡面我最喜歡的一個……

　　媽媽想說的是，這件作品簡單直接，不借助任何他物，直言給媽媽，卻是最真最豐富的感情含在裡面，這正是女兒習慣的表達方式……

☀ **5月14日**

　　女人不可太過依賴

　　太過依賴必成他人負擔

　　亦不必太過堅強

　　太過堅強他人無從疼惜

　　……

　　願所有的女人

　　都可掌握自己的人生

　　得到自己的幸福ㄚ

　　　　　　　　　　　　　　——母親節手記

☀ **5月15日**

　　最理想的人生：

　　1. 有人陪你談人生 。

　　2. 有人陪你胡鬧。

　　現狀是，自己跟自己談人生，旁邊總有人胡鬧。

☀ **5月17日**

　　昨晚上我給兒子看了這一篇「讀者」裡面的文章之後，今一大早起來，兒子把我所有的「讀者」都翻出來按時間順序排好。

因為時間不夠沒整理完，他叮囑我：「麻～妳不要動喔，我放學回來再整理！」

「你整理了要幹嘛？」

「我要看！」

不知道他昨天看了之後，悟出啥來了！

附言：這裡面有很多重點，文章的結局，媽媽佩服兒子的毅力，兒子佩服媽媽的堅持，真不知道是誰感動了誰……說起來我們兩個的基礎比他們都要強很多，想想都很振奮呢！

☀ 5月18日

這世間，寂寞成癮，癡人說夢……

附言：愛玩的可以接下去，俺去找枕頭了！

網友王文其：夢醒時分／分秒必爭／爭先空後／後繼無人／人前人後／後……

回覆：後無來者……

秦時明月：夢嚥不斷／斷不可停……

回覆：停……滯不前／前無古人！

秦時明月：人無我有／有海有雲。

回覆：雲中有月／月是秦時明。

☀ 5月19日

幸福不是一種追求，也不是一種現象，幸福是種理解，發自內心，對社會，對點滴人生的理解，理解越多，幸福越多……

☀ 5月19日

一個城市的美麗，要看是城市在森林中，還是森林在城市裡，一種是成全，一種則是破壞。

秦時明月：我們正在建設森林中的城市。

回覆：其實這種感覺在日本的時候很明顯，他們的城市很多都是在森林裡，一點也不張揚……但很多在城市裡的森林，早晚會被鋼筋水泥的叢林取代……

☀ 5月21日

早上去買水果，新鮮漂亮的蘋果。

偶拿起問老闆：「這怎麼賣？」

「100元三顆！」

「我買一顆。」

「一顆30元！」

☀ 5月22日

突然有種感覺莫名侵襲……想起前幾天在超商的書架上看到的一本書，好適合此刻心境，當時就很想買，只因過客匆匆，但此時我很想擁有它……

於是，一個略顯孤寂的身影，徑自穿越在迷朦的夜色中……

走進超商，迫不及待翻看書架，尋找那本書，只是，翻遍了整個書架，找來店員一起翻……未果，剎那間崩潰……為什麼人生都是這樣，錯過了的，就一定不會再擁有！

後來我叫店員幫我查，結果它的銷售記錄就在昨天……不知道那本書此時正溫暖著誰人的小心臟……

☀ 5月23日

那天，我在筆記本上寫下故事的臆測，幾天後，事情如我所料…

☀ 5月24日

婚姻是女人的魔咒，女人如果當初是以什麼取勝，最後依然會敗在什麼的上面。女人是一朵花，但要看這朵花開在哪裡，如果是開在靈魂的深處，將會開很久很久，如果是開在別人的土壤，終有凋零的季節……

☀ 5月25日

原精神文明實在是物質文明的產物，我一直以為，精神文明只是一種單純的超脫，可以不沾染世俗，可以驕傲的獨立形成……還是繼續奮鬥吧！

秦時明月：第一次見這麼說。
回覆：我也是第一次這麼說！

☀ 5月27日

兒子的書包應該是他們學校同學中最重的一個，因為他的書包上掛了一大串……燒烤？當然不是，是一大串……小小活動板手，六角板手，還有多功能螺絲起子。無數次企圖說服他不要隨身攜帶，但他寧願不帶課本，據他自己的理由是，這些都用得到。只要不會傷害到人，媽媽都選擇尊重他。他老師把他的背影拍下來，讓同學依照片畫出來，這是他自己畫的，挺有那個意思的！

☀ 5月29日

自己給自己剪頭髮———一開始為了省點錢，後來是興趣，再後來，就是嗜好了。

☀ 5月29日

沉默是殺手，一旦開始沉默，男女之間的情感最終都會被消磨，哭也好，笑也好，我們總要有聲有色的強調各自存在的事實，存在就是被需要……就像一杯沏好的茶，努力的保持一定的溫度，不至冷卻……

附言：那天在外面吃飯的時候看到一對夫妻，兩個人都是從頭到尾都是那種一號表情，沒有太多的交流，看得讓人擔心，有感！

☀ 5月30日

女人和男人結婚多年，養育著兩個孩子。

平時男人上班，女人居家。日久，男人漸漸感覺婚後的生活索然無味，他曾一見傾心的女人已隨著歲月的改變而改變，身材臃腫，皮膚粗糙，衣著普通，滿臉憔悴，再也不是當初曼妙的窈窕淑女，言行舉止對他來說也不再有吸引力……

事業蒸蒸日上，意氣風發的男人開始嫌棄，開始受不了這種沒有趣味，沒有激情的人生，最終，選擇了離婚……

兩年後，在一次聚會上，男人偶遇了他的前妻，讓他驚訝的是，前妻完全換了一個人，容光煥發，氣色粉潤，身材也回復曼妙婀娜，且更多一份成熟女人的韻味，出現在他眼前……

他迷惑了，有些失魂落魄……

知道為什麼嗎？

婚姻中的女人，常常是忘我的，總是為家人而活，離了婚的女人，終於可以為自己而活……

給女人多一些愛與疼惜，滋潤她的人生，灌溉婚姻的桑田，莫離莫棄……

☀ 6月2日

在他鄉　我是異客
在故鄉　我是過客

我站在城市的邊緣
無論是向左　還是向右
哪裡都不是我的所屬
無論是向左　還是向右
哪裡都有我心靈的綠州
……

秦時明月：在地球，哪都是家啊。

☀ 6月3日

微涼的清晨，灰色的天空

湧動的雲層，清新的遠方
昨夜的夢境，今晨的迷濛
慵懶的身體，愛人的懷抱
……

——致敬人生

☀ 6月4日

有些東西如果在需要的時候，就會迫切：隨便什麼樣的都好，只要有，如果可以選擇的時候，卻猶豫不知該如何選擇……

☀ 6月8日

今天是個紀念日。

14年前的今天（2003年，恐怖的SARS年），我第一次，和先生的父親，自贛州南下至深圳，再從深圳到香港，最後到達台灣……

一路上，我一個人拖著兩個人的行李，光父親一個人的行李就將近30公斤。在贛州上火車的時候，火車只停靠幾分鐘的時間，我們剪票完還要過天橋，父親已經80多歲，走都走不動，我使出幾輩子吃奶的力氣，拖著所有的大包小包，下完天橋階梯，再回來攙扶父親下階梯，再用同樣的方式爬上月台。記憶中，從未遇到過那麼漫長的階梯，我們氣喘吁吁的趕到月台時，火車已經緩緩啟動，好在乘務員看到年邁的父親，趕緊協助我們上了火車，就差那麼一點點。

上了火車又趕緊補臥鋪票，拖著沉重的大小包行李，顧著父親，穿過水洩不通的車箱，那天，小姐我還穿著高跟鞋和長裙（從此以後，我出門旅行永遠都是旅遊鞋和牛仔褲）。

有時候，沒有經歷，我們永遠也不知道自己的極限。事到臨頭，我們都必須面對。到深圳我們直接搭通寶巴士到香港，因為SARS的關係，我們不管過哪一個關，都必須量體溫，填寫歷程表，特別是從深圳上車開始，一個人好幾張表單要填，填完我自己的再填父親的，時間又趕，填到整個人都錯亂。從深圳到香港

要過兩個關卡，一個是出境，一個是入香港境。那個年代最麻煩就是，過關的時候，所有的人都要下車，拖著自己的行李，用走的過關，從深圳羅湖關，走到入香港關口，還要記好自己所乘坐的車牌，過完關卡，再出來找車子，兩個關口之間是有一段距離的，我都要拖著一堆行李，顧著父親，還好沒有階梯，在羅湖關辦理出境。

　　到香港的這條路對我來說，漫長又沉重，一到香港我還要去一個地方換證件，所幸一下就找對地方。我們一路上耽誤了太多的時間，差一點就趕不上飛機。（一路上，恨天橋，恨階梯，恨過關，恨高跟鞋，恨長裙，也恨了一下父親，他帶的東西實在太多了，我小小一隻弱女子差點被他的行李給吃掉。）

　　飛機抵達台灣是傍晚時分，機場大廳，遠遠就看見一個尚且陌生的男人，在等著我們……

　　這次的旅途，主角並不是我，我是使命在身，一上到「陌生男人」的車子，我就倒了……

　　到台灣的第一天，我們就接到一通電話，電話是確認我們的身份和歷經的行程，然後再關切我們一個星期內先居家隔離，不要外出，每天早晚要量體溫並記錄，這個人每天早晚會打電話來問候……那年因為SARS的關係，所有外來入境者都要居家隔離7天。打電話的人說話很客氣有禮貌，我問家人是什麼人打來的電話，他們說是警察，我第一感覺，台灣的警察好親切，後來每天早晚都會接到這樣的電話來詢問我和父親的體溫是否正常，還會問我的故鄉在哪裡，為什麼我的國語那麼字正腔圓……

　　一個星期隔離完成之後，警察在最後一通電話裡通知我們在明天的什麼時候，什麼地點，並且帶上身份證明文件，我和父親，每人去領5000元補助，並且感謝我們的配合……

——《歸去來兮》

☀ 6月9日

戰爭和運動是男人身體裡面兩顆最原始的細胞，哪裡有男

人，哪裡就有輸贏……

　　秦時明月：所以需要女人，改造男人。

　　回覆：是征服！

☀ *6月10日*

　　原本只要睡個午覺，結果睡到現在（下午四點多）……

　　人生啊，你為何一直違背我的本意！

☀ *6月11日*

　　孩子，不要以為青春期就可以張揚你的叛逆，你是有夢想的孩子，父母所做的，只是讓你離你的夢想更近一步而已，生你養你育你，都是為了成就你自己，沒有其他想法……

　　　　　　　　　　　　　　　　——寫給所有青春的孩子

☀ *6月13日*

　　從頭到尾，我們有真正的欣賞過別人嗎？？？

　　附言：認真的，謙虛的……或許，我們眼裡，只有自己！

☀ *6月15日*

　　夜裡商量了100種方法，早上起來還是用第101種方法！

☀ *6月18日*

　　輾轉了一陣子，還是沒有睡意，有點小失眠，可能是今天沒交功課，心有掛礙吧……窗外濕漉漉的，滴滴答答的雨，此起彼伏的蛙鳴，還蠻熱鬧的……

☀ *6月19日*

　　再無懈可擊的防禦都會有突破的點，再困難的事情都可以找到解決的方法，萬物相生相剋，沒有什麼問題是無解的。

☀ *6月20日*

　　春天和秋天是美麗際遇，夏天和冬天卻是注定遭遇。

☀ *6月21日*

　　生活的圈子

正一圈圈的縮小
一圈圈的消失
我也一步步的往後退
退回到只有自己的角落
固守著心底的防線
不至潰堤
……
這或許
是生命使然
……
只是
內心的希冀和祝福
永遠都不會改變

☀ 6月24日

每個人的人生都該有一座公園，有花、有草、有湖，湖心有天鵝，湖面有拱橋，湖畔有老樹，還有長長的椅子……
公園的位置，應該建在心靈深處！

☀ 6月25日

人跟人的區別，有人習慣以種族和區域，有人習慣以權位的高低，以貧富的懸殊，以學識的深淺，以價值觀的認知，以人性的善惡……不管以什麼，人與人，總會有差異，而決定我們之間的距離……

☀ 6月27日

無論是春夏秋冬，不管白天黑夜，任它刮風下雨，任它日麗風和，俺都是家裡維持秩序的人！

☀ 6月28日

無論是寫作，玩音樂，做事業，只要投入到自己喜歡的領域，那就是換一種方式戀愛……

☀ 7月1日

我們都很在意對方，但我們最在意的，不是對方的喜怒哀樂，而是對方眼裡的自己，我們把周圍的一切都當成鏡子，只用來折射自己⋯⋯

☀ 7月4日

晚上，接到朋友的電話，有些時日沒有和她聯絡，聊了很久，雖然沒有看到人，但能清楚的感覺到她的疲憊和無奈，她在發出求助的訊號⋯⋯我突然覺得作為朋友，我很內疚，這麼久不去找她，就算不能幫她什麼，至少可以作為她的一個出口，釋放累積下來的壓抑和委屈。其實不管是親人還是朋友，可以同歡樂並不算什麼，可以共患難才是有情有義⋯⋯

☀ 7月7日

好討厭要抬著頭講話，沒事長那麼高幹嘛 >.<

☀ 7月8日

時間總會將舊的事沉澱，再將新的事浮出⋯⋯

恰好只觸摸自己掌握的人生！

☀ 7月11日

人家說，發呆可以讓思想變遼闊，發呆還可以讓人明白很多事情，最近一直在做這個動作，想要驗證這個動作的科學性⋯⋯

☀ 7月12日

每天早上臨別時給彼此的祝福語：

「多喝水，多尿尿，多打混摸魚。」

雖然有點難，但還是要加油！！！

☀ 7月12日

你若吸引我，我就變成地球；

你若給我距離，我就給你一片海⋯⋯

☀ 7月16日

　　我曾來過
　　但我自己都不記得
　　我曾來過
　　因為並沒有留下記憶
　　或許
　　我只有停留片刻
　　一如我生命中
　　無數的片刻
　　……
　　時光越多
　　遺忘也越多

　　附言：下午坐在某個地方，一群帶孩子的女人嘻嘻哈哈的闖入我的地盤，然後又嘻嘻哈哈的離開……有感！會不會很無聊 =_=

　　說不定很多美麗的文字靈感來源都這麼無聊 ^_^

☀ 7月20日

　　這人到一定的年齡，說出來的話，都是大道理詼怎麼辦？

☀ 7月21日

　　做人，內心要單純，做事，行為要成熟。

☀ 7月22日

　　生命最美的時光，就是時光裡都是時光
　　世上最美的愛情，就是愛情裡全是愛情……

☀ 7月25日

　　人家幫我煮好飯摘好菜之後，轉身拿個口罩硬是掛在我耳朵上：

　　「炒菜要戴口罩，不要吸到油煙……」
　　好貼心的男人！

平時我很少曬男女之間的那點小事，因為太多了，曬也曬不完！

但有些幸福的感覺，還是要寫進我們的人生，若沒有留下記錄，就只有當下的幸福，過了就忘了，有了記錄，看N次，幸福就乘以N次……這該就是幸福的N次方吧！

想起小時候
滿天星斗的夏夜
家門口的空地上
擺滿了竹床
霸佔竹床的
不是白天辛苦勞作的大人
而是一群不諳世事的孩子

躺在沁涼的竹床上
數著天上數也數不完的星星
周圍還會有忽閃忽閃的螢火蟲
大人們則坐在旁邊
一邊為他們的孩子打著扇子趕蚊子
一邊聊著農作的長勢和收成
直到夜深
那時候的夜
也好似漫長許多……

☀ 7月30日

宮崎駿的動漫裡面，總是會有這幾個元素，童真，善意的魔法，飛行的夢，似有還無的愛戀情愫，對大自然的敬意，貓咪也是他的常客……小時候的我們，不也是整天都想要飛，想要有魔法，也想要有一個伴自己長大的小動物，還有每一個小小幸福的期待……

曾經所有的希冀，都在他的動漫裡一一實現，曾經的失落，

也在他的漫畫裡一一被療癒。

☀ 8月13日

越是在惡劣的環境，人的慾望就會越單純，可能，只想要活下去！

☀ 8月14日

吃過晚餐，寫一張兒子的國文考卷，玩家庭遊戲（也就胡鬧），笑很開，打開微信，看訊息，看到我父親的名字，竟一下泣不成聲，眼淚不知從哪來……

突然一下子明白，

永遠到底有多遠，就像兩條平行的線，不會有交集……

歲月啊，我知道你們都安好，我也安好……

☀ 8月17日

「近君子，遠小人」

近君子有愧，遠君子無為

近小人遭嘰，遠小人致禍

這句話讓人找不到對的距離。

職場中最不缺的，就是小人，防不勝防，那就不必防。一心只堅持做對的事情，就可以身心灑脫，不去害人也無愧於人，所以我不費心思去防小人。其實每個人都活得不容易，瞻前又要顧後讓人心力交瘁，我始終覺得，認真努力過後仍然掌握不住的東西，必定不是屬於自己的，就隨他去，無需小人作祟……

☀ 8月18日

女兒已經六年級了，每個星期六晚上都要爬到把拔馬麻的床上，賴在把拔馬麻中間睡，趕都趕不走。其實，怎麼忍心趕她，摸著她的頭，看她熟睡的臉，孩子已經長大，能黏在我們身邊的日子真的不多了。女兒是個很貼心的孩子，以前我媽住我這的時候，兩兄妹每天輪流陪我媽睡，女兒說我媽一個人睡會害怕……

☀ 8月19日

　　我愛看功夫熊貓，愛看海綿寶寶，愛看周星馳的電影，愛看他們的赤子之心，愛看那藏在心底的善念開出最美的花朵。

☀ 8月20日

　　人家都說，內心豐富的人多半精神失常，所幸我的心裡還有很多空間！

☀ 8月21日

　　人生可以留白
　　但不可以空虛

　　人的最初
　　均是一片空白
　　而生命的整個過程
　　就是填補

　　生命的意義就在於
　　我們填補的是什麼
　　有人填補的是滿足欲望的物質能量
　　有人填補的是滿足靈魂的精神食糧
　　有人填補的是畢生的成就
　　有人填補的是畢生的享受

　　其實無論填補的是什麼
　　永不會後悔才是最美的答案

☀ 8月26日

成長的煩惱──來自孩子們

　　父母教育孩子似乎都有一個盲點，當孩子有狀況的時候，父母都是相信自己的判斷，而不相信孩子的解釋；而當自己的孩子與他人的孩子有衝突時，一定是相信自己的孩子，而不去了解也不願面對真相……父母總是有意或是無意的迴避著事情的真相，將孩子想要表達的，不想要表達的，通通不加思索……

☀ *8月29日*

漫長，煎熬，恐怖，恐怖，漫長，煎熬的暑假終於結束了，所有的家長都湊起來慶祝吧！

——不怕鬼，不怕妖，我只怕暑假！

☀ *9月1日*

喜歡下一場不大不小的雨，世界因此而清新溫柔，還可以醮著雨水，追逐流淌的思緒，追逐夢的囈語，可惜現在不是夜半，無暇……

☀ *9月2日*

知道彼此太多的秘密之後，要麼結成同盟，要麼成為敵人！

☀ *9月10日*

某天，一同事問我：「妳來台灣多久了？」

我扳著手指：

「十四年了！」

「多久回去看父母一次？」

「兩三年吧！」

「妳父母親多大了？」

「六七十了！」

「假設妳父母長壽，可以活九十歲，妳兩三年才回去一次，那妳有沒有算過，在他們的有生之年，妳們還可以見多少次面……？」

一針見血的詰問讓我不能自己。

無言以對。

……

我的人生，原來，是如此的不灑脫……

☀ *9月11日*

福爾摩斯和華生——人的一生應該要追隨一個值得欽佩的

人，亦師亦友，志同道合，名利不爭，真好……

☀ 9月12日

某個陽春三月的某一天，搭上自北往南的列車，火車無預警的停靠在一座小山丘旁，春暖花開的季節，漫山遍野的美艷紅杜鵑就像純真的戀人，突然調皮的躍入眼簾，真是亮瞎了眼，著實驚喜！不禁憶想火車刻意流連，是要讓我們不要錯過大自然的美意，真想跳下火車，投入祂的懷抱……

火車停留十多分鐘之後開始往前行駛，眼前的杜鵑花也漸漸往後退，往後退，真希望它可以奔跑，追逐著呼嘯的火車……一片片的紅暈成了紅點，再一點一點的模糊，最後，消失在視線中……

生命中注定很多美好的人，事，物，都將成為一個個美麗的符號，一直往後退，往後退，最後都，烙印在心靈的牆壁上，不再雀躍……

☀ 9月20日

不跟語文不好的人說話了，怕被傳染！

☀ 10月6日

天這麼熱，到底什麼時候才可以穿秋褲啊「白眼」。

☀ 10月10日

透露一下吧，到底哪些地方下雪了，我可以承受的……
台灣熱到不行，卻聽說對岸好多地方都下雪了，心裡不平衡。

☀ 10月11日

世人只知男人最討厭被女人碎念，那知不知道女人最討厭男人，總是「講不聽！」按因果邏輯，總不會是因為被念，所以才講不聽，一定是因為講不聽，所以才會被念嘛！

☀ 10月22日

「不用在意，把一切交給時間去解決……」

我們常這樣安慰困境中的人，時間是萬能的，ta 終會將舊事沉澱，只是我們不要去一直攪拌……

☀ 10月29日

曾經以為，生命是以加法的方式與歲月共存，每一天的到來都是生命的增數，每一次的相聚都是情感的加乘……不知道從什麼時候開始，覺得生命開始以減法正慢慢的在消失，凋零，過一天，就會少一天。相聚一次就少一次，來只是一瞬間，去卻是永遠，相聚的歡聲笑語如昨，分離的落漠與孤獨，更添內心的荒涼……

☀ 11月2日

不斷的糾正自己，方能解決問題的本身！

☀ 11月5日

昨晚上睡下之後，很突然的頭痛肚子痛，發燒，畏寒，身子發燙，卻怕冷，蓋兩個被子都不夠，一直抖一直抖，抖一陣子之後又開始發熱，肚子漲痛，難過到想要交待後事。折騰到快天亮，喝幾口溫水之後才睡著，一覺醒來卻什麼事都沒有，我懷疑是一場夢，還好有人作證。現在就只剩空虛感了……

☀ 11月9日

和往年相比，今年的文字產量不高，可能是今年雨水不多，心裡面不夠滋潤……

☀ 11月9日

1. 不打不罵。
2. 所有的事情都要溝通（有來有往的溝通）。
3. 把孩子當成自己最要好的朋友。

以上是今晚課堂上老師的話。

4. 人生總充滿著難題，就如以上3題……我的話。

不管什麼課，只要有機會，都應該去上。把自己當成獵人，總會在這當中獵到自己喜歡的目標物，遭遇到適合自己的契機。

我們有句話：聽君一席話，勝讀十年書……

☀ *11月14日*

***兒子：我是我們家食量最大的。

女兒：我是我們家最年輕的。

麻麻：我是我們家最可愛的。

拔拔：我是我們家最老的。

……

這樣看來，我們都各有專長！

***哥哥～妹妹：妳腦袋缺湯喔？

麻麻～哥哥：你腦袋才缺……蘿蔔（撇嘴）。

***全家乾瞪眼比賽，麻麻永遠第一！

☀ *11月19日*

時光總不夠我們延續生命中的美好

沒有旨意，卻無力抗拒……

我們都在最不盡興的那一刻流連

我們是那樣熱愛深邃的夜

我們又是那樣清楚預知黎明的到來……

☀ *11月21日*

何似修練的人生，修練的人……

人生一世，只是一場消磨

不做辛苦眦睚，辛苦麻木，辛苦暴走的人

不做自己討厭的人……

☀ *11月25日*

這世間除了怕冷，怕熱，應該沒啥好怕的吧？

☀ *11月26日*

物質貧乏時，精神狀態掩飾物質狀態；精神空虛時，物質狀態掩飾精神狀態……

☀️ *11月27日*

或許裡面的語言
已不再是這個世代的主流風格
但總有幾個標題是屬於自己的
總有一些話可化開這冬季的冰雪⋯⋯

這麼多年了
不需要想起，也不會忘記
因為有相似的靈性連結
相通的生命感應
相同的靈魂與氣息吸引
到處有你，我便不寂寞
⋯⋯

習慣一種生活
喜歡一種狀態
愛上一本書
愛著一個人
從不奢望
也不會失望
⋯⋯

——致《讀者》

☀️ *11月30日*

那些沒有說出來的話，才最溫暖，最動人⋯⋯

☀️ *12月1日*

每個星期六晚上我們一家人會一起去岡山吃個飯，採購日用品。路上有一家傳統老舊的狹長小店，專賣釣具。經過的時候，我們常常看到裡面有兩個老人，坐在店的一角下棋，應該是店主人和他的棋友，兩人年齡相仿，都已是風燭之年，但他們棋癮堅強，幾乎每次路過，只要往店內看，都會看到他們，安靜，專注的下棋。

時間久了，我們就開始注意兩個下棋的老人，也開始以此為話題，一家人討論，打趣，但都是善意的……往後每次經過時我們都會經意的看一下，成為一種習慣。

差不多兩個月前的某個星期六，我們的車子開近小店，沒有看到下棋的老人，店開著，燈亮著，但裡面沒有人，一個人都沒有。

再一次經過，店裡面還是沒有人；

再一次……

兩個老人就像憑空蒸發了一樣，沒有再看到……

我們的想法都一樣——

生命無常！

之後的每次經過，我們的眼睛都還是會略過小店的裡面。

當我們已經漸漸習慣他們的消失，篤定他們不會再出現的時候……

又是一個尋常的星期六，車子慢慢接近小店，兩個老人像從地底下冒出來似的，好端端的坐在店的一角，安靜，專注的下著棋，那身影似乎有話——我們不就是出去旅了一個行嗎？

……

感動生命的安慰……

晚安！

☀ 12月2日

任何事情都有一個可循的公式和既定的規則定律，就如循規蹈矩的宇宙萬物，永不脫軌，日月星辰才可以在宇宙中和諧並存。人是感性的，萬物是理性的，所有感性的誤會，都可以有理性的解釋，主觀的意識型態，始終主宰不了客觀的真相……

好想趕快天亮，探索公式定律，探索理性真相，探索真理……

現在是頭腦發熱時，明早會清醒的，哈哈！

☀ *12月3日*

> 如果你曾在意
> 風的表達
>
> 山林的風幽涼沁心
> 田園的風輕柔拂面
> 海邊的風凌亂撩撥
> 都市的風如塵煙四起
> 曠野的風如蒼狼肆意
>
> 風是一種語言
> 只對天地訴說
> ……

☀ *12月17日*

這個世界為什麼會有鉛筆，有鉛筆也就算了，為什麼要有橡皮擦，有橡皮擦也就算了，為什麼要有橡皮擦屑屑……

沒事，就隨便問問，晚安！

浮生夢囈

❀ 2018年 ❀

☀ *1月1日*

　　新的一年

　　健康　平安　幸福……

　　@自己　@所有人

　　然後不睡懶覺

☀ *1月4日*

　　今天終於下雨了，淅淅瀝瀝，潮濕了整個世界……

　　「冬季到台北來看雨……」

　　其實這句話是騙人的，台灣的冬季根本沒有雨，尤其是南部，已經幾個月沒有下雨了。我們對雨的期待，如同你對雪的期待……

　　整個台灣依賴梅雨季節，夏日的颱風天以及季風鋒面帶來有限的雨量，大概在10月份，台風季過了之後，台灣就進入枯水期，偶爾有零星的東北季風略過，帶來的雨也只會臨幸在北部。

　　很喜歡冬雨，溫柔細膩，喜歡它就在窗外，輕輕敲打……

☀ *1月5日*

　　吃飯的時候，和兒子聊天，兒子冒出一句：「一個人說話的時候，他脫口而出的第一句話是最真實的，第二句話就經過修飾……」

　　「哪個名人說的？」我問他。

　　「我自己說的啊，如果有人也說過同樣的話，那純屬巧合。」

☀ *1月6日*

　　我們終究是要有別於人，那又何必在乎別人的看法和認同，

325

做自己才會成就自己……

☀ 1月7日

春天的桃花，夏日的荷塘，深秋的楓葉，隆冬的白雪，這些都是故鄉的季節特色，無一不讓人懷念！

☀ 1月8日

隨著世代的更替，人們對於衣著的需求，已不光是好看舒適，最重要的，是還要能隱身，特別是年輕人，最愛黑，白，灰三個保護色，喜歡用這樣的顏色隱藏在人群中不必顯眼出眾，不被人注意才最有安全感。

☀ 1月10日

和孩子的交流已然成為一種技術，很具有挑戰性。

我們的相處狀況也逐漸發展成為兩種時期——一種是戰爭時期，一種是和平時期。我們會相互傷害，又彼此安慰。

他爭取他的權益，我略奪他的權益，我們都在探索彼此的底線……但孩子不示弱，媽媽也不示弱，彼此過招，過完招之後再相惜……

我居然發現，我們都樂在其中，因為我們都在彼此的感染中不知不覺的成長，欣慰的是，在這過程中我們都發現對方深愛自己……

今天外出過馬路的時候，兒子不經意的說：「麻～現在換我牽著妳的手……」

☀ 1月11日

孩子，媽媽只負責訓練你的生存生活的能力，負責教育你們愛自己，愛別人，負責培養你們優質的人格特質。其他的媽媽給不了……

☀ 1月12日

有時，我們離世界很近，有時，我們離世界很遠；有時，我們在世界的中間，有時，我們在世界的邊緣；有時，我們跟本與

世隔絕，有時，我們擁有全世界！

☀ *1月13日*

作為人類，我們幾乎都是批判主義者，也都認為自己是先知，我們最善長的是指點別人……

☀ *1月14日*

剛剛才吹好頭髮。

一部正兒八經的《絕地救援》霸佔了偶三個小時，（正兒八經是因為裡面有醒目的五星旗，特提神）加上咖啡因的關係，到現在我應該還可以解800道數學題。

然後原本不打算刷牙洗澡，結果進到衛生間，出來的時候，不但刷好牙，洗好澡，洗好頭，連內衣內褲，還有馬桶，至整個衛生間都被我刷了一個遍。其他沒事了。這種時候還有人給我按讚，一定是……鬼。

——今年以來睡最晚記錄

☀ *1月16日*

不論是與不是，莫問可與不可，只想敢或不敢，既要有豁出去的勇氣，又要有能夠承載的擔當……

附言：我們曾顧慮太多行不行，可不可的問題，顧慮讓人心生畏懼而停滯不前，事情的本身就是做與不做，敢與不敢的實質，做就對了。

☀ *1月17日*

珍惜我們身邊的所有，因為那些都是獨一無二，無可取代的，每一個都是……

☀ *1月18日*

地球的資源正點滴消失無法再生，那些喜歡亂丟垃圾的人下輩子會投胎變垃圾桶，浪費紙的人，下輩子會投胎變成樹，浪費食物的人下輩子會投胎到非洲，浪費水的人會投胎到沙漠……

我覺得我下輩子……會變成時鐘。

☀ 1月19日

　　住在鄉下的時候，一到夜深，天地烏黑，偶有一扇窗，透出昏黃的燈光，那是哪家的莘莘學子，還在燈下寒窗苦讀。

　　特別是冬天，只要入夜，幾乎整個世界都陷入沉睡，寒意籠罩著荒野中寧靜的小村莊，母親的打呼聲也會早早響起，透著安祥。

　　遠處的山林裡，會有夜鳥的叫聲，還會有呼嘯的夜風穿梭山林的聲音，然內心卻無比的安靜……

☀ 1月20日

　　有夢想卻沒有專長！

☀ 1月21日

　　開口之前，除非你很確定你說出來的不是廢話，否則閉嘴！

☀ 1月22日

　　不是驚喜，便是驚嚇，這就是生活。

☀ 1月23日

　　你眼裡的笑話，可能是別人的人生悲劇……

☀ 1月24日

　　這一刻

　　我終於可以

　　從心底把你釋放

　　且

　　心已不再疼痛

☀ 1月29日

　　其實有時候，我們討厭某個人，不是因為他 ta 有多可恨，而是因為 ta 太像自己了，誰都不喜歡在別人的身上看到自己的影子。

☀ 1月28日

　　剛來台灣的時候向公公求墨寶，上書「執子之手，與子偕

老，執子之手，與子相悅」已經泛黃，搬了幾次家，以為不見，今天又忽然找到……

近15年了，彼時的迷惘和徬徨仍清晰如昨……

生活尚且不易，何況相悅，偕老！

還好，人生總有所幸……

深色的時光裡，總藏著最柔和的美，哪怕稍縱即逝……

「生活不止有眼前的苟且，還有詩和遠方……」

雖然詩和遠方多半是理想主義者的虛構，就算真的有一首最美的詩，有一個童話般的遠方，我們會駐足留連，所有的欲望即到此為止嗎？

不會，遠方沒有盡頭……

但是我們都堅信，一切只是暫時的苟且，詩和遠方是生命的希望……

詩是我們心底最溫婉的情愫，遠方是我們內心最溫柔的地方……

對於美的認知，西方人跟我們有著很大的差別，我們東方人大致上是以視覺貌相，有些挑剔，也講究整體性，近乎苛求，整體在視覺上感到舒服就是美，感到不舒服就是醜，自己覺得美還不行，一定要遊說別人一起認同自己的審美觀，三人成虎，所以我們的審美觀已被訓化得如出一轍。而我們對於美的追求，不是突顯自我，而是局限在大家的認同，目的只為「悅己者榮」。這樣的審美方式是在否定別人的基礎上建立起的，非美即醜，在不經意的對比中，彼此含著幾分敵意。所以無論在生活和工作中，長得不漂亮的人，常常不夠自信，總要比別人更努力，付出更多。漂亮的人和不漂亮的人，際遇和機會都不盡相同。

2
0
1
8
年

西方人對於美，沒有標準，無論是誰，只要夠自信，就夠美。不強求一個整體的協調，或者是迷人的眼睛，或者是修長的大腿，或者是性感的身材，再或者是漂亮髮型，健康膚色，陽光氣質，就算是再不漂亮的人，總會因某個地方與眾不同而獲得讚美，從而獲得自信。

☀ *2月7日*

做事還是要做絕對，而不是只做相對。

☀ *2月11日*

以前以為，修行只是別人的事
自己雖不大悟，可也略有所悟
然生命的境界只能仰望而不可及……
是時候該修行了，修身，修心，修性……
無求
若我
行走於無人之境時，內心不至於如大漠般荒蕪……

☀ *2月17日*

夜深人靜，人間的歡笑似乎都已沉寂於夜色中，偶爾傳來被驚擾的狗惶然吠叫聲，讓我有種錯覺，是不是置身在故鄉的臥榻上，四周彌漫孩提時的芬芳……

深夜是一種安慰，總想像著，窗外的幕色中，會有善解人意的精靈，溫柔而安靜的守護著……

我也不知道，自己還是不是個孩子……

新年快樂 ^_^

秦時明月：孩子，故鄉一直在，即使夢裡。

回覆：孩子醒了，孩子知道了……

☀ *2月18日*

人生不過是主動與被動的遭遇，如果你主動，就可以主宰別人，如果你被動，就只能任別人主宰！

☀ 2月19日

最珍貴的東西

1. 善良的人性　2. 情感　3. 時間　4. 地球資源

只是不知道可否相提並論。

善良的人性：人性的善良是人世間最美的風景。

情感：世間因有了豐富的情感而生動，溫柔，讓人眷戀。

時間：時光一去不復返，我們要在有限的時間裡成就最好的自己。

地球資源：地球上許多不能再生的資源，正點滴消失，而我們已無能為力。

☀ 2月25日

不怕您笑話，最近幾天有點失人性，入魔性，人性都被十里桃花吸走，原本我以為自己可以把持，以前不看是不太信任，看來小女子還是修行不夠！

想起之前沒看十里桃花時寫的話：「如果愛，一生一世已足夠，若不愛，十里桃花，亦不識春風⋯⋯」現在看來，這十里桃花還真是春色無邊啊咳咳！

☀ 3月2日

記性越來越差，孩子的學校有個老師，她的故鄉也在江西，知道我是江西人之後對我特別的親切，每次去學校遇到她都會老遠的喊我的名字跟我打招呼，問候寒暄。一開始我並不知道她的名字，後來特別打聽到，可畢竟不會常去學校，久久又忘了，再次遇到還是不知道人家的名字，總不能相識那麼多年，相見那麼多次，卻還在問人家叫什麼。

我這記性，已經沒救了！

☀ 3月3日

夜深了，與世界暫別，該將自己沉寂在深層思維中，那裡離靈魂最近⋯⋯晚安！

☀ 3月11日

　　三生三世看完，給了我很多的癡心妄想。

　　我覺得自己可能也是九重天上某個喝了忘川水的上神，下凡來歷劫的。

　　同時我也創了幾個新詞，叫作：

　　「夜華式的霸道」

　　「白淺式的好運」

　　「素錦式的難過」

　　不過這齣戲的最大缺點就是……太美化男人了。

　　個個非神即仙，神通廣大，仙氣襲人，雖英俊瀟灑，風流倜儻，卻又一往情深，忠貞不渝，身懷絕技，博學多才，卻不妄求功名利祿，奢想榮華富貴，雖寡淡人事，卻又風情萬種……

　　把男人刻畫得如此完美，是要給女人希望，還是要讓女人絕望？？

　　三生三世有情，十里桃林無邊……

　　回頭，卻只見天地混沌，世間鹹濕……

☀ 3月25日

　　世上多閒事，來作有閒人……

　　上來刷下蜘蛛網 ^_^

☀ 4月6日

　　如果把自己喻成一種動物，我覺得自己是貓，沒有狗狗聰明，也不如狗狗那般巴結。但是貓有三種境界，一是老虎，二是貓本身，三是病貓！

☀ 4月7日

　　兒子弄髒自己的學校制服和一條長褲，我歸咎他個人過失，讓他自己處理，他一開始極不願意，想要推托，我陪著他，教他怎麼洗，怎麼清，洗一洗之後他興致來了就說：「麻～可以了，我自己來，妳力氣太小！」

　　然後他麻～就在旁邊一邊看他洗，一邊給他講人生大道理。我送他四句話：

　　負責任，有承擔，會逞強，會示弱。

　　他不明白為何又要會逞強又要會示弱，我一一解釋給他聽：

　　「負責任是別人給你一個任務，你要從開始到結束，負責到底，使命必達；有承擔是指你做錯了就要承擔後果，不可找藉口推諉；會逞強是要會懂得利用自己的優勢，展現自己的長處；會示弱是自己不擅長的東西，陌生的領域就得示弱，虛心向別人學習……」

☀ 4月8日

　　人雖各個不同，但基本上還是大同，只有小異，大同成就世界，小異成就自己……

☀ 4月11日

　　先是追求，爾後回歸，我們只是追求沒有到手，可能就要回歸了……

☀ 4月12日

　　乍看有點顛覆想像，但細想應該是這樣的，主要原因是教育，富人的孩子有條件接受更好的教育，周圍的人都是出類拔萃，開闊的視野成就更正面的價值觀和世界觀，也薰陶出更出色的孩子；窮人家的孩子，因父母的愧疚心裡，總擔心孩子在人前覺得丟臉，自己省吃撿用，卻想方設法給孩子提供優渥的生活，得到這樣的供應之後，反而讓孩子予取予求，而孩子的慾望就再也回不去了！

　　父母忘了教育他們正確的價值觀和鍛鍊他們求生存的能力。

　　　　──評〈不是寒門難出貴子，而是窮家富養出敗家子〉

☀ 4月15日

　　我記得好像才前幾天撕的呀？

　　捨不得撕啊，捨不得那些日子，七零八落掉滿一地……

——對牆上的日曆說的。

☀ 4月15日

每次去賣場都只是想要打個醬油，買瓶醋而已⋯⋯

人的欲望最初都是如此單純，但這個社會，不單純⋯⋯

秦時明月：於是，整了個倉庫回來。

回覆：結果還忘了打醬油！

☀ 4月16日

寧願接受殘缺，也不願面對美中不足。

☀ 4月21日

青春期的孩子，無一不是躁動而激烈的。

和兒子的溝通已經到了一個境界，沒有兩把刷子（所以最近留起了長髮，至少有一把刷子了）是罩不住的，我的人生也因此不會冷場⋯⋯

我也坦然跟兒子講：「我們之間的溝通是一種較量，是智慧的較量，也是感情的較量，我們或許會因為沒有共識而彼此嫌棄，也或許會因為相互感動而彼此珍惜⋯⋯不管怎樣，我們各自加油⋯⋯」

☀ 4月24日

什麼鬼啊？一家人瞞著我，養了個還肉呼呼的小東東，（看起來像小老鼠），女兒還「Q呆Q呆」的喊它，還有人細心的用針筒將牛奶一滴一滴的推出來，滴到它嘴裡⋯⋯完全沒有人顧忌我的感受。這到底是個什麼東東啊，跑來我家臥底的嗎？長大了是要變成老虎，還是要變成外星人？？

☀ 4月26日

五天四夜的韓國首爾之旅已是昨日的回憶⋯⋯和上次去日本一樣，回到台灣有種難以收心的落漠感⋯⋯

首爾的暮春氣候怡人，不冷也不熱，剛好這幾天天氣晴，陽光明媚，春風拂面。已經記不清有多少年沒有在這樣花團錦簇的

季節裡徜徉，去之前，我期待會有盛開的桃花李花，沒想到卻是大片大片的金達萊，桃花李花的花期已過，只剩凋萎的殘花。

金蓮萊是北韓人叫的，那是他們的國花，卻爭奇鬥艷的開在首爾的每個角落。金達萊是什麼花記得嗎？初中有篇文章提到過，當我們英勇無畏的抗美援朝戰士要凱旋回國時，朝鮮人就是揮舞著金蓮萊依依不捨的向戰士告別。不過已經忘記那篇文章誰寫的。金蓮萊就是杜鵑花，我們家鄉叫做映山紅。看到它，總有種特別親切的感覺，他鄉遇故知吧！

印象中，映山紅都是大片大片的怒放在漫山遍野，但在首爾，卻齊刷刷的開在家家戶戶的院裡院外，或是馬路的兩旁，公園的四周圍，開在任何目所能及的地方，被人工修飾，滋養得嬌豔欲滴，卻感覺美麗中少了點什麼，應該是自由奔放，肆意任性的生命力吧……

就像，韓國的女生，應該是從初中生開始，就化妝整形，大街上每個女生都揚著一張白晰粉嫩的臉，加工過的高挺的鼻子，鮮豔誘人的紅唇，很像是日本藝妓的妝容，很漂亮，只是本身的自我都被掩蓋，外在的修飾太過雷同，沒有很明顯的辨識度，久看就膩味了。加上韓國女生有點聒噪，氣質外放，沒有期待中的仙氣，哈哈，所以說，美要美得有個性。

讓人失望的是，韓國帥氣的歐巴不多，特別是在漂亮的女生面前對比……

首爾除了遍地的映山紅，滿大街的美女之外，到處都栽種著銀杏樹，這個季節，都發出新的枝葉，綠油油的很有春天的感覺。

韓國的水真多……

韓國三面環海，國內卻也有很多大大小小的淡水河流，我們途徑的漢江，韓國四大河流之一，流經首爾，由南漢江和北漢江匯聚而成，我們的旅遊景點「雨水頭」，就是南北漢江的分界點。漢江綿延500多公里，江水清澈乾淨，江面上綠樹紅花倒

映，岸上楊柳依依，陣陣花香沁人心脾，偶來一陣清風撩繞，掀起一片波光粼粼，真是美不勝收。

韓國的滄浪之水，不管是大的江河，還是小的溪流，都可濯我纓，亦可濯我足，很乾淨，看不到任何的工業垃圾及污染，水面上也看不到任何的漂浮物，真的讓人想要脫掉鞋子去踩踏，去親近，那感覺，應該像愛人清新微涼的唇……

這裡特別要介紹一下位於北漢江中游的南怡島，南怡島是李氏朝鮮第七代王朝的南怡將軍死後的葬身之地，這座島嶼因此而得名。但南怡島其實是北漢江淹沒而形成的半月形島嶼。

我們是從加平乘著船上島的，這個季節雖說是暮春，島上的景色也絕不單調，青山綠水，綠樹紅花，豐富多層次的色彩，就讓人在視覺上賞心悅目。

南怡島剛開始是一塊不毛之地，後來有人來這邊種樹種花，把個荒蕪的小島變成一個別有風情的旅遊勝地，一排排高大的銀杏和水杉營造浪漫唯美的氛圍，裴勇俊和崔智允主演的韓劇《冬季戀歌》，就是在這裡誕生的。

島上有各種各樣的特色小吃，但都不便宜。我們是跟旅行團，行程很趕，所以只能是走馬觀花，整個島如果要走透透應該需要2～3個小時……

韓國雖說三分之二的地勢是山地和丘陵，但並沒有高山，最高的山脈也只有1900多米。

我們整個的行程主要是這幾個點：在鐵路上騎四人腳踏車；樂天世界遊樂場，在樂天世界，我第一次挑戰了雲霄飛車，很幸運沒怎麼樣；遊南怡島和雨水頭，雨水頭有棵400多歲的櫸樹，也是韓劇《她很漂亮》的拍攝地點；去格雷蠟像館，跟習大大合影；再來就是穿韓服遊景福宮，景福宮是太祖李成桂於1395年下令新建的朝鮮王朝法宮，與東闕（昌德宮）、西闕（慶熙宮）相較之下位置較北，因此又被稱為「北闕」，景福宮是五大宮闕中，規模最大、建築設計最美麗的宮闕，遺憾的是我們只有幾十

分鐘的時間，只能拍拍照；我們還去了首爾塔，在那邊買了兩張明信片寄回台灣給孩子們；最後一個景點就是遊法國村——普羅旺斯的秘密花園，一個夢幻的小花園，也是韓劇《來自星星的你》拍攝地點。

看完韓國的山山水水，就來逛逛韓國的大街小巷吧！

韓國的物價很高，一碗普通的海鮮麵要價260元台幣，將近60元人幣，一杯100cc的果汁要150元台幣。什麼都貴，只有一樣我覺得還便宜，就是人參酒，一瓶300多cc的人參酒，裡面有一枝人參，買台幣才300多元。遊韓的第三天晚上，我們去了明洞，明洞是韓國首爾市的一個著名商業區。位於漢江以北，接近南大門市場。我們在裡面逛夜市，買東西，吃小吃，吹晚風滿愜意的。

最重要的，一定要提，我們下車往明洞商業區走的時候，路過我們「中華人民共和國駐韓國大使館」好親切好感動，使館好大喔，大到讓台灣人個個咋舌：「你們就是強！」只可惜不能拍照。

現在的韓國，自樸正熙去漢化的關係，除了在機場，其他地方已經鮮少有中文，以前首爾叫「漢城」，應該也是去漢化所以改成「首爾」了。

韓國的水源雖說是很乾淨，但水的味道喝起來卻沒有很甘甜。大都市的首爾，自然看不到工業痕跡，空氣清新。韓國有簽署環保協議，不提供塑膠購物袋，垃圾也不分類，他們垃圾真的不多，只是地面上就沒有日本那麼乾淨了，大街上也隨時可以看到隨地吐痰的人。

和日本人一樣，韓國人也是吃冷食，可是為了遊客，他們還是都有做熱食，味道很豐富。我們第一天吃的豬腳就是人間美味，很像我們的萬巒豬腳，但味道比萬巒豬腳更好吃，而且吃不膩。後來幾天吃得都不錯，每餐都吃很飽，最後還會剩很多，味道鹹淡和我們差不多，所以蠻合我們的口味，泡菜王國的韓國餐

餐都少不了泡菜，這幾天吃的泡菜，差不多是我這三四年加起來的總份量，光泡菜就值了，哈哈！

韓國頂頂有名的人參雞，吃起來卻不如預期，一隻很小的雛雞，雞肚裡面包的是糯米蒜頭，加上人參熬煮，煮好配上一小杯人參酒，人參酒直接喝，或是倒在湯裡面，整個湯頭喝起來很濃稠，糯米和雞肉都是爛爛的，已經分不清是糯米粥，還是人參雞湯。

每個人都說韓國人服務態度不是很好，當然，和台灣比起來，天差地別。或許那是自然而然形成的保護色。我們這個團除導遊外，還有一個隨行的帥哥照顧我們，幫我們提行李，拍照片。用餐時幫我們加湯加水，加辣椒，加泡菜，他雖然表面上看起來很周到，很謙卑，但我常捕捉到他轉過頭去的不開心。不知道為什麼，或許他不快樂，或許，是不喜歡這份工作！

走過了這一圈，吃的、玩的、看的，總體來說，還不錯，我喜歡韓國的春天，很久沒有看到有這麼多映山紅的春天。

希望還有機會去韓國！

☀ 5月13日

早上起來想了100種慶祝母親節的方式，最後還是選了第101種──買菜！

☀ 5月13日

我們都有兩個到不了的世界，回憶和夢想⋯⋯

☀ 5月27日

看著隔世的囈語，想著隔世的過往，然後說著今世的話。
有些東西越來越遠越來越模糊，也越來越夢幻⋯⋯
越來越多的時刻，只是要來說聲「晚安！」
對著柔和的世界⋯⋯

☀ 5月30日

真的很想念你

我們之間
有一個夏天的距離
夏天有多遠……
不要問春花
也不要問秋月
……

——致冬天

☀ 6月3日

這人到了一定的年齡，哭也是淚，笑也是淚！！

☀ 6月9日

人世如宇宙，寂寥如星辰……三更有夢！

☀ 6月9日

四樓的陽台，應該是某個不速之客的小家……

不知道是天空中哪個嬌滴滴的小調皮！

☀ 6月9日

會煮飯真好，餓不死。

原本打算中午不吃，留著肚子晚上吃大餐，結果不行，有餓鬼扯，好吧，在被餓鬼扯走之前，趕快來拯救自己！

☀ 6月15日

常常會忘記要做個優質的人，一個優質的人……按時吃飯，按時睡覺，按時起床！

☀ 6月17日

目前在家放狗，牠暫時借我家住幾天，有點憂鬱，只要門一開就滿心期待的張望，以為主人要來接牠了。很現實的狗狗，只有兩個時間點會巴結我們，一個吃飯時間，一個是出門溜溜時間。其他時候都是一個人躲起來想心事，不鳥人，想要摸牠都摸不到，只要摸牠牠就躲茶几底下。

☀ 6月22日

　　來講一個故事，三年前，一台可愛的小白公主般的入住這個車庫，趾高氣揚的趕走原本住在裡面的小藍，她比之前的小灰小藍更討主人歡心，三年來，幾乎不曾淋過雨，下雨天要出門的話，主人會將妻小們塞進只有三人座的貨車小藍裡面。孩子們都長大了，四個人擠在貨車頭裡，司機先生一個人霸佔駕駛座是沒差沒感覺，可憐母子三人疊坐在兩個位子上，透不過氣。妻小開始抗議，一次比一次強烈，終於有一天，就是今天，傍晚時分下著小小雨，3:1的強勢爭取，大家鑽進了只有天晴的日子才出門的公主小白的坐椅，很奇特的感覺。天空雖飄著雨滴，但是西邊還留著一輪血色夕陽，和一片美麗的藍紫色晚霞，將整個世界染成夢幻的顏色，車子融入夢幻中……

　　只是回到家，小白難免被水柱沖擊的命運，痛，並快樂著……

☀ 6月23日

　　工作順利完成，家裡也打掃乾淨，再把自己收拾得有頭有臉，躺在這個世界上最舒服的地方……

　　接下來的時光，那才叫時光！

　　好吧，就不打擾自己了……

☀ 6月24日

　　我很嗆，但我很溫柔……

☀ 6月25日

　　感嘆時光的流逝，屬於我們的青春已化成水，流淌在歲月中，一去不回，有一天我們會老……看看天邊的浮雲晚霞，夜空的滿天星斗……假想自己是天空那顆最亮的星星，賦予ta靈魂，生命便永恆了……

　　　　　　　　　　　　　　　　　　──晚安，今夜沒有星星

☀ 6月28日

　　恰似你內心的澄靜，深邃，溫柔……

　　但它此刻屬於我！

　　　　　　　　　　　　　　　——頭頂湛藍色的天空

☀ 7月13日

　　刷碗筷刷衣服刷牙齒，最後來刷存在，當然，不是同把刷子！

　　——不知道到最後，是這個世界先遺忘我，還是我先遺忘這個世界！

☀ 7月27日

　　你融進了我，我也融進了你，我們都變大了，這樣，我們或許都會被毀壞，也或許會更完美……

　　——關於愛情！你有可能沒有了自我，也有可能超越了自我……

☀ 7月29日

　　「這個社會分三個層次，第一層是主流，這個層次的人，主導世界運轉，世界因他們而進步，他們服務並貢獻社會；第二層是次流，輔助主流；接下來的是三流，像你爸你媽，只能為自己，養家糊口。」

　　「那些乞丐和流浪漢才是三流吧？」

　　「他們根本不入流。每個人的生活狀態都決定於自己選擇的路，而造成的後果也都應該是自己要承擔。會成乞丐和流浪漢，有可能是自己的選擇，也有可能是自己不夠努力！」

　　「決定自己會成為哪一個層次的人，有三個因素：人格、智慧、勤勞。所有的，都可歸成這三個因素，人格決定你的社會責任感，智慧決定你走的路會有多寬，勤勞決定你能走多久多遠……」

　　雖然媽媽頭頭是道，但不一定是對的。

☀ *8月12日*

　　那些　開在彼岸的花……

☀ *8月19日*

　　以前，我應該是個粗枝大葉的人，

　　但現在，很多生活的細節我都不放過：

　　廚房不管前一晚洗得多乾淨，使用之前，一定要擦拭一遍，因為除非你親眼見過，否則你永遠不知道前一晚，這裡的派對是誰的主場；

　　懂得識別蟑螂的味道，一有那種味道立馬清洗，徹底清洗；

　　不吃花生油，好的花生會直接加工成食品，可以看得出來，也吃得出來，剩下不好的花生當然是用來榨油，不好的花生裡面的黃麴毒素很恐怖；

　　最好吃橄欖油，因為很貴，所以總捨不得倒，捨不得倒；

　　切過肉類的砧板不要切涼拌的食物，洗過也不行。

　　涼拌的食物和水果都要用冷開水洗過；

　　不要買絞肉機絞好的肉，也不要叫店家幫忙絞；

　　肉類的東西不新鮮千萬別吃，海鮮不是活的不買；

　　雞蛋不要放冰箱，一次不要買太多；

　　雞蛋小顆的才營養，小顆雞蛋是新雞母生的，大顆是老雞母生的；

　　攪拌蛋液不要碰到碗底，就是不要碰到。

　　客廳不要放垃圾桶，會惹來蒼蠅和小飛蟲。

　　我早說過，做人很累，還好這些應該算是不用成本的講究，繼續累積，直到受不了！

☀ *8月19日*

記事二則

　　（一）

　　擦完地板滿身臭汗，衣服脫一脫就準備洗澡，又來，沒拿浴

巾……身上只剩內衣褲。我拉開浴室的門探出頭，兒子和他妹妹在另一個房間寫功課，剛擦過地板，房門打開通風，以往我會先發：「哥哥迴避，麻麻沒穿衣服！」

兒子就會說：「麻麻不乖！」

這次看他寫得很認真，打算不打擾他。

我琢磨著兒子有百分之80的機會不會往這邊看，我篤定這百分之80的機率會讓我安全過關。剛剛穿著衣服在他周圍晃來晃去，他都沒瞄我一眼……

我輕輕打開浴室門，若無其事走進自己的房間，ok安全！拿了浴巾要回浴室，走到房門口，只聽兒子鬼叫：「麻麻～妳在幹嘛？」

麻麻一個閃身躲進浴室，再把浴室拉開一條縫，探出頭來：「乖乖寫功課，沒事不要亂看，後果會很嚴重！」

（二）

「有沒有平恆世界，有沒有平恆世界的平行距離？」

「有，妳喜歡的二次元世界！」

「可不可以把我丟進二次元世界？」

「麻～，妳問這個有意義嗎？」

「有，麻～說的問的都有意義，除非麻麻不說話……」

☀8月24日
為啥治水的人叫大雨，這一點都不科學！

☀8月25日
你不懂我的畏懼……

☀8月28
每一次的複習都是進步！

☀8月30日
把自己當成一個目標，超越一個又一個的自己……

☀ *8月30日*

我好不容易給自己再申請了一個微信帳號，用了兩天吧，切換來切換去，昨天終於……把密碼忘記了

☀ *8月30日*

時間被狗啃得只剩骨頭……

☀ *9月2日*

那些擅長把生活描述得細致入微的人，往往是一群最想要逃離現實生活的人，因為在他們的內心深處，有一個最豐富，最理想的精神世界。

秦時明月：幻想家！

回覆：我嗎？

☀ *9月6日*

孩子，有多少程度上，你的成長是用來對抗父母的？

☀ *9月7日*

「捨得」捨即是得，很多時候我們表面上得到的東西，並不是真正的得到，而是另一種失去……人生，自在灑脫就好！

☀ *9月9日*

有問題就是要解決問題的本身，而不是製造出第二個問題！
不知道這麼理性的頭腦要怎麼入睡！

☀ *9月9日*

人總是要有一些好的習慣，是別人做不到的！

☀ *9月11日*

如果不喜歡這份工作，要麼辭職不幹，要麼閉嘴不言，不要再抱怨！

☀ *9月15日*

我們一家人就好比在同一條船上的人，每個人都盡守自己的職責，船才不會翻……

☀ 9月15日

　　快樂有兩種不同的感覺，有一種快樂來自娛樂，玩遊戲打電動滑手機，看電視，或是夜夜笙歌⋯⋯這些事情的確會帶給我們短暫的快樂，但只要一結束，揮之不去的卻是陣陣空虛感，虛度年華的罪惡感，另一種快樂是當妳在計畫的時間內完成了自己要做的事，看了一本好書，學到一樣東西，完成一個任務，寫出一份作品，交到知心的朋友⋯⋯這才是真正的快樂，因為這種快樂是充實，有成就感的。

☀ 9月15日

　　晚上和老公在一家小麵館吃麵，進來一對夫妻，帶著一對可愛的孩子，坐在我們旁邊，吵吵鬧鬧的，再進來一家六口，爺爺奶奶爸爸媽媽哥哥妹妹，坐我們對面。然後和老公面面相覷，相信那一刻，我們的想法是一樣的：往後的漫長歲月，不管是吃飯還是遊玩，都可能只剩我們兩個，孩子們都長大了！

☀ 9月16日

　　已經四個多小時了，切完辣椒的手還是醬紫紅腫火辣的，每次切完辣椒就這樣，想不想知道偶今天到底切了多少斤辣椒，實話告訴你，就一只，比我小指還小的一只⋯⋯想想這麼多年我容易嘛我？

☀ 9月19日

　　登機好一陣子，飛機終於開始在跑道慢慢滑行，慢慢加速，機艙也開始震撼，滑行到最後「咻～」的一聲，一飛沖天。可是，飛到半空中的時候，飛機突然失控，一直往下墜，往下墜，機艙充滿尖叫聲，最後飛機墜落地面，所幸，有驚無險，因為是做夢！

☀ 9月26日

　　嫌棄不如我們的人，卻又駕馭不了比我們優秀的人，這是我們的交友困境。

☀ *9月30日*

　　時光終會淹沒那最後一絲的非份之想，我們終究回歸自己的角色，而我們最後也會變成彼此生命中的一個符號，一個平行世界的符號，永不會有交集……

☀ *9月30日*

　　歲月綿延，故事永遠都不會結束，但總要告一個好的段落，來成全完美的人性……

☀ *10月3日*

　　這人那，年輕時努力的學習怎麼與人相處，有些年紀之後，又要開始學習怎麼獨處……

　　很多人習慣了在人群中，離開人群就會有不安全感，

　　一個人獨處的時候，是要去思考，不要空洞發呆，思考不一定是單純的，可以看書，寫東西，不管做什麼，要把自己整個身心寄托在某件事情上，最好是自己喜歡的事情。要讓大腦是活躍的，內心是充實的，內心空虛，人就會有孤獨感，就會有悲觀的負面情緒。

　　不過這樣做有一個副作用就是久而久之，你會愛上獨處，不喜歡人群。

　　我大概就是這樣的狀況，還沒學會與人相處，就喜歡上一個人的獨處時光。

☀ *10月3日*

　　有時我很想知道一個問題的答案，是大腦在想事情，還是內心在想事情……

☀ *10月3日*

　　不管外面的世界是怎樣的紛擾，心裡面還是要哼著歌。。成長是喜悅的，而不是焦慮的，所有多出來的東西，都當作是修行……

☀ *10月5日*

　　地球是我們的母親，我們都是地球的孩子，我們吃著母親的肉，吸著母親的血，母親養育著我們，而我們又該怎樣拯救妳，地球母親？

☀ *10月6日*

　　麻麻來，笑一個！

☀ *10月8日*

　　或許我們不知道，連我們每天穿的衣服都是地球的沉重負擔。

　　我們是那樣的喜歡溫柔舒適的純棉T恤，但是你知道嗎，製造一件純棉T恤竟然需要2.72頓的水，而製造一件牛仔褲則需要3.48頓的水，為什麼？因為棉花。棉花是容易口渴的農作物，生產一公斤的棉花需要20頓的水。這些水都是要淡水，我們的生命源泉。

　　棉製的衣服要水，聚酯纖維的衣服就更不環保，每次洗含聚酯纖維的衣服時，成千上萬的塑膠微纖維被沖入下水道，每年約有50萬頓的聚酯纖維──相當於500多億個塑膠瓶，通過廢水流進下水道，進入海洋……

　　我想，作為地球，一定最想念那段，還沒有人類，沒有文明的日子……

☀ *10月9日*

　　夢囈的人生總有幾分淘氣，不要約束，不要規定，也不拘形式，一切隨性。

　　星期日的午餐有點晚，今天炒了大家最愛之一──海瓜子。

　　兒子直接用手抓著海瓜子的殼，津津有味的吃著裏面的海瓜子肉。

　　「不要用手拿著吃！」爸爸糾正。

　　「不要那麼多規定，怎麼開心怎麼吃，但是要洗乾淨

手～！」麻麻祖護著。

「那麻麻這次我可以吃多少隻海瓜子？」對美食永遠都不知足的兒子問。

「你們每個人先一人吃十隻再說。」

之後大家都不說話，安靜的吃著屬於自己的海瓜子，維護世界平衡的麻麻默默的抓了一個來吃，真的很美味。

大家都很快的吃完了自己的那一份，碗裡已經剩下不多了，兒子卻還不滿足，問媽媽：「麻麻我還可以再吃嗎？」

他在美食面前真的不堪一擊。

「當然不行，這剩下的都是媽媽的，剛剛媽媽只吃一隻而已。只有吃的少的人，才有發表權。」

這是一個很可愛的家庭，大家都是以原形存在，沒有複雜的規距！

☀ 10月13日

有時候，雖說是洋洋灑灑，但仍是言不盡意……

☀ 10月14日

秋風輕，秋意濃……

很多的事情都有了最溫暖，最善意的詮譯……

最重要的，是這個世界上還有比你更愛我的男人，而且我已經嫁給了他，他喜歡的是最真實，最日常的我，他喜歡的是那個會在他面前打嗝放屁挖鼻孔，不經任何修飾的我。

而這個世界上也有比我更愛你的女人，你也娶了她，她也同樣包容你的所有……

☀ 10月14日

我們每天應該只有四分之一的時間在說著由衷的話，四分之三的時間是說著不由衷的話，我的這句話……還是算在四分之一裡面吧！

☀ *10月15日*

　　感情是一顆種子，種在心裡，隨著血液在身體開花！

☀ *10月16日*

　　車子可以壞掉，壞了上下班就有人接送，廚房也可以壞掉，壞了就不用煮飯，人也可以壞掉，壞了就不用幹活了，最最最不能壞的，是──洗衣機。

☀ *10月17日*

　　客制化時代，顧客就是上帝。

　　今天，有個國外客戶向我們索要一份證明，證明我們的出貨棧板所用的木材，絕不是瀕臨絕種的木材⋯⋯

　　以往國外客戶出貨，客人一般是要求棧板上蓋煙熏章、提供煙熏證明，證明棧板已經過高溫煙熏熱處理，木材上殘留有害的幼蟲或蟲卵，或是帶菌的微生物都被高溫殺死，不會進入他們的國家。

　　現在整個歐洲和美洲的客人幾乎都會這樣要求，這算正常，但是索要這種不是瀕臨絕種的木材證明，還是第一次遇到。其實客人多想了，以成本概念來講，有誰會用稀有瀕臨絕種的木材去做棧板啊，是要做紅木，檜木，還是檀木的棧板，這是不可能的事情！

☀ *10月19日*

　　My holiday⋯⋯我來了，我是騎腳踏車來的，請允許我騎慢一點，因為人家有速度恐懼症！！！

☀ *10月20日*

　　寫作有兩種，一種是敘述，一種是描寫，敘述是表達自己，完全主觀的論述，需要的是共鳴，而描寫是一種只把自己看到的作描述，就像放映機，讓人身臨其境。我發現我只會敘述，不擅長描寫，那就好好敘述吧⋯⋯

☀ *10月20日*

　　有些人，一旦離開了，就再也不想要遇到……

☀ *10月21日*

　　晚上11點是生命線，這個時間點睡最適合，提前是浪費生命，延後是消耗生命……

☀ *10月27日*

　　你知道發明遊戲的人真正的目的是什麼嗎？

　　當然是為了賺錢，不但是為了賺錢，他還在迷惑你脆弱的心志。你原本打算九點鐘就要看書，十點聽英文單字。可是你不小心打開了遊戲，原本你只想玩一下下就好，剛開始你不會玩，慢慢摸索出其中奧妙之後，你越玩越起勁，玩一玩就進階，進階還有寶物，你開始有成就感了，所以你欲罷不能，結果九點鐘過去了，九點半過去了，十點鐘了，你仍然沒有想要放棄遊戲……

　　遊戲就是這樣消磨人，它會吞噬我們的意志力，擾亂我們原本的計畫，吃掉我們寶貴的時間，終究讓我們一事無成，而我們也會在最終的空虛中糾結懊惱，在浪費掉的時間中焦躁不安……

　　這是遊戲創造者的目的，用他發明的遊戲，阻擋別人的成功。

☀ *10月27日*

　　說別人愛計較的人，其實是因為自己在計較別人。

☀ *10月30日*

　　我們所謂的為自己而活，沒有人可以阻擋，但要有資本，要有規則，不能傷到別人，否則只能叫任性……

☀ *11月2日*

　　堅持是一個難能可貴的好品格，堅持對的，將前途一片光明，但如果堅持錯誤的，那人生就要走很多很多的彎路！

☀ *11月3日*

　　每一首歌，都像一條漫長的時光隧道

帶著我們走進時空的某個年月……
無論是何時，也無論在何地
那些熟悉的旋律，讓人相信
自己是在生命最美的時光裡……

☀ *11月7日*

音樂是一種藝術，羅大佑的音樂更是一種充滿文學氣息的藝術。他的音樂很長一段時間裡，都是我的靈魂導師，我數十年都在追隨這種氣息。他寫的歌詞內容深刻，華而不燥，優美動人，適合每一個年齡層的每一個人，但只有懂得的人才有幸。他每一首歌的詞都是一部文學作品，一部永遠的經典，每一首歌的旋律都是一條漫長的時光隧道，帶著我們穿越到某個年月。他譜寫的不是他自己的音樂，而是大家的的音樂，他的音樂不是在表達自己，而是在為我們尋找生命中最美的時光。而他的音樂最適合用他自己的聲音詮釋，才會有一種歲月的味道，時光的味道。

流行音樂或許會好好的流行一陣子，過後很多都會被遺忘，但羅大佑的歌會一直存在於某些人的生命中，因為有文學氣息的音樂也一樣擁有生命，有靈魂的生命……

☀ *11月10日*

「馬麻問你們，你們覺得到底是頭腦在想事情，還是心裏在想事情？」

「膝蓋！」

「人的身上哪個部位最堅強？」

「膝蓋和手肘！」

「所以……你們要像膝蓋一樣聰明，像膝蓋一樣堅強……！」

☀ *11月11日*

「馬～，得瑟是什麼意思？」

「得瑟就是得意的樣子，還有點發抖！」

☀ 11月16日

今天的課程很專業，先入個門，希望有機會進階。

扣件我們大陸叫緊固件，主要製造基地在江蘇及浙江那邊。記得兩年前參加國際扣件展，我們走到大陸區，看到他們展出的產品，我輕輕搖頭，負責人說了一句話：我們質量是沒那麼好，但是我們便宜！

應該頒發「實話實說」獎。

不過最近好幾次上課，多少都會耳聞，現在我們大陸的產業都在尋求進步，技術、管理、設備，都漸漸超越台灣，進入國際水平，但願品質也一並進步，莫再以為，還可以以價格致勝！

☀ 11月17日

「我不在家，就在咖啡館；不在咖啡館，就在去咖啡館的路上」——某個作家

「我們全是文字共和國的不懈公民，不見不散」——某個作家《重讀—在咖啡館遇見14個作家》

巴爾札克完成《人間喜劇》喝掉了1.5萬杯……咖啡

我有想到，咖啡和文字一定有關聯性，但沒想到是這樣的關聯，那我始終寫不出個所以然，也就可以解釋了。

今天一整天咱就來考慮一下未來的發展方向！

☀ 11月17日

晚飯後，一邊看電視一邊讓人家幫忙修理指甲，修理完發現右手食指沒有剪到，轉身問維修師兄：「為什麼沒有幫我修食指的指甲！」

師兄說：「那是留給妳挖鼻孔的！」

還是師兄貼心！

☀ 11月18日

作家是文字工匠，是靈魂的工匠，用最美的文字雕琢殘缺的人性，讓人遇見可愛的世界！

☀ 11月20日

浪子回頭才是佳話，以前讀書時也被人欺負，且不是一時，是長期被坐我前面的男生欺負，不是弄壞我的書就是把我的凳子藏起來，或者是早上來上課，結果位子只有一個小縫，他大爺的位子卻像一條河。他上課不是面向黑板，而是面向我，嘴巴一直碎念一直碎念，我從不搭理他，只有上班主任的課他不敢，其他老師的課都這樣，我被他干擾到沒辦法上課。

有一次我們班考得很爛，老師一邊發考卷一邊訓我們，老師在台上一直講，那哥們卻在我面前一直念，不知道他在念什麼，那時我殺他的想法都有，我崩潰大叫：「你說夠了沒？」

全班暫停，那男生嚇得不敢吭聲了，老師還以為我在講他，悻悻然：「有的人還聽得不耐煩了！」

然後乖乖的開始上他的課。

我後來去跟班主任講，班主任調整了我們的座位，才結束我的噩夢。

離開學校之後，一直都沒見過這個男生，有天加了他的微信，他倒是真心實意的跟我道歉，二幾十年了，現在想起來，就只剩回憶。

☀ 11月25日

不要把別人的人生，當作自己的背景！⠀⠀⠀⠀⠀⠀──嗯

☀ 12月4日

再不來，我都快忘了你的樣子──致冬天

☀ 12月6日

晚上9點，這個時間，不知道誰家的抽油煙機還在轟隆隆的響，從抽出來的油煙味，我研判這家人在煮魚，而且魚很不新鮮，這麼晚煮著不新鮮的魚，應該小日子過得很拮据……

☀ 12月5日

其實，有時我也會想，要是有一天，我的身體不再分泌荷爾

353

蒙，沒有了生理期，皮膚不再有彈性⋯⋯

那生命的快樂該轉介到什麼上面⋯⋯這樣想真的很悲觀，但我基本上以感情維生⋯⋯

☀ 12月6日

不管你看到的是什麼，那都不是你的際遇！

☀ 12月6日

工作不是工作本身，生活也不是生活本身⋯⋯我們應該懷疑我們看到的一切。

☀ 12月8日

昨天去上了一堂不用寫心得報告的課程，之前看過卡內基《人性的弱點》，已經忘光了，想說去複習一下，不過上完感覺還好。

最介意的是人家巴菲特用100美金學到的課程，我們卻要花32000元（目前還沒花），而且巴菲特除了得意上了卡內基之後成功把到馬子之外，也沒提到上這個課對他成為股神有啥幫助，還是看書吧！

不過學習是件快樂的事情。

☀ 12月9日

台中花博And you！

我原以為是遍地開花的花博，室外的花不多，有幾個精緻的主題館。

只是天涼風清人也好。

一切都是美意⋯⋯

☀ 12月10日

你會害怕孤獨嗎？我不會，很多時候，我是獨行俠，我喜歡獨處，因為我需要思考，需要深思。

深思是一種能力，讓自己的內心充實，而獨處是一種需要，

浮生夢魘

發自內心的需要，總覺孤獨寂寞的人，是因為內心的空虛。

優秀的人是孤獨的，人們成群結隊的在一起，都是為了尋找認同感，只有在最接近的認知裡，才會有最大的安全感……

前半生，我們學習怎樣交朋友，因為要拓展自己的領域；後半生，我們要練習怎樣獨處，那是我們最終的歸宿。

生命本是場孤獨的修行，我們都是行在路上的苦樂行僧，只是剛好遇見了你！

☀ 12月15日

認真算起來，身體裡面剛剛好，住了兩個20歲的少女，一個繼續負責純真爛漫，一個繼續負責美麗如花……

☀ 12月15日

那些沒有說出來的話才是最重要的，那些沒有表達的言外之意才最意味深長……

☀ 12月16日

活到我們這樣的年齡，生活早已形成了公式！

☀ 12月16日

巡邏的時候又抓到兒子寫功課時間睡大覺。

按正規教育：「這不是第一次了，你有那麼累嗎？晚上又比爸爸媽媽晚睡，早上有比爸爸媽媽早？」

「我哪能跟你們比，你們上了年紀的人都嘛睡眠不好，不愛睡覺！」

「*%$#@……」

這個屁孩子！

☀ 12月19日

滑完手機的感覺心是亂的，看完書的感覺心是靜的……

老酒濃烈回味，老友情深意重，老歌盪氣迴腸，老書解人憂悶……

還有老公？誰問的？

☀ *12月20日*

孩子，父母不一定每次都對，你可以糾正父母，表達你自己的想法，但要用理性的表達，而不是情緒的表達。不是你不好，而是你可以更好！

☀ *12月21日*

今晨，我被太陽逆光了，晚上，我又被月亮逆光了！

☀ *12月22日*

熱情與熱忱，有什麼區別？

☀ *12月24日*

有件事情我想不明白，比如我們穿衣服，正反出錯率按邏輯應該是50%，可是只要我們不注意，實際出錯率幾乎是90%。

☀ *12月25日*

不要把自己拘泥在的形式裡隨波逐流。讓自己自由的飛，想做什麼便做什麼！

☀ *12月26日*

兒子在燈下溫書，我坐在他旁邊閱讀，他的書桌靠著窗戶，我們都很安靜，偶然一陣風吹來，掀起了垂墜的窗簾，翻亂了手中的書頁，撩撥著鬢角的髮絲，沁心的涼意迎面而來，帶著些許的訴說落進我的心間……

於是我停下來抬起頭，一手撐著腮幫，眼巴巴的望著窗外……等風。

——昨夜等風的人

☀ *12月27日*

已經11點了，女兒才剛完成她的功課，我看到的是一個認真、專注、細心、耐心的女兒，這是她第一次握針線，細密整齊的針腳比她媽媽強多了，她媽媽的程度還在幼兒園！

12月29日

　　成長是喜悅的，而不是焦慮的……

❦ 2019年 ❧

☀ 1月3日

「吹著自在的口哨，開著自編的玩笑，一千次的重複瀟灑，把寂寞當作調料……」

以前的歌詞純樸秀氣，青澀保守，就像那個年代……

偶然翻出這首歌，有誰還記得嗎？

☀ 1月6日

我這兩天……瘋了，在別人悲歡離合的故事中不能自已……整整看了兩天中央電視台CCTV1的「等著我」一個接一個的看……

看到眼睛腫到不敢出門，怕人誤會我遭家暴了，出去買個菜還戴著大墨鏡，老公孩子都嚇壞了，關了家裡的WiFi，不過沒用，我有手機網路。

雖然大多數的結局都是圓滿的，但是看完內心還是很沉重，難受……為什麼會有那麼多的孩子被拐買，造成這一樁樁，一件件的不幸，後果已經不單單由可恨的犯罪集團承擔，我們的社會更要負最大的責任……

所幸有了一個這麼好的平台，無數的志願者正在無償解救一個個水深火熱中的孩子，和一對對痛不欲生的父母……

世界終歸是美好的……

☀ 1月9日

國三的孩子有天搬一杳金庸小說，準備修練成俠，老媽潑他冷水：「現在才來，有點晚了，人家修得早的已是武林高手了，最重要的是，國三的孩子比的是翰林高手，金庸的小說還是還圖書館吧！」

「讓我看完這一套吧，每天一直上課一直讀書，讓我有一點

自己的娛樂時間。」

孩子的理由很有說服力，只是媽媽沒有讓步！

☀ 1月13日

今天的朋友圈關鍵字是「雪」．

高雄現在的天氣還是溫暖舒適的18度，我們是剛剛才換上涼被（裡面沒有棉被心），之前只需要薄薄的毯子。空氣中沒有一絲的寒意，今年的冬天只淡淡的來過，不夠深刻，所以我應該很快就會把她忘記……

只是，故鄉的雪，下得也太隨便了吧，冰凍三尺，豈止一日之寒。記憶中的雪，總是要醞釀好一陣子，先是天氣晦暗陰沉半日，再來寒風夾著雨點，嘶吼半日，等風雨停歇，雪，才肯洋洋灑灑，慢慢悠悠的飄落下來……

☀ 1月14日

如果我們還在計較，還在怨恨，還在用情緒表達，那只能說明修行還不夠！

☀ 1月15日

時間就是那握不住的指間沙……

☀ 1月15日

誰人的人生不是理了又亂，亂了又理？

這密密麻麻的……人生！

☀ 1月16日

前幾天在YouTube上偶遇一段兒時的回憶，然後這幾天就放任自己一直不斷的循環循環，連細胞裡面都是那個聲音，看我意志力如絲……

那時候我們村庄只有一台忘記是14還是17吋的Sony彩色電視，全村的人都圍在那台電視機前觀看春節聯歡晚會（那時還不叫春晚）……

「歸來吧，歸來呦，浪跡天涯的……柚子！」

　　　　　　　　　　　　　　　　──他鄉的柚子

☀ *1月23日*

巡房路過兒子房間，幫他打開窗戶，外面大好的月光瀉進來，我問兒子：「你知不知道古時候的詩人，都喜歡抬頭對著這月光吟詩作賦，這月光給了他們很多的靈感，要常常開窗戶，讓月光照進來！」

「我又不寫詩！」

算我沒說。

☀ *1月24日*

我們都活在內心的最深處，離靈魂最近的地方……

☀ *1月25日*

真的是年紀大了，好多的感慨，以前是三六九，現在是天天有！

秦時明月：娃在後邊追你呢。

回覆：有些距離永遠都在那兒，不遠不近……

☀ *1月26日*

睡到現在才起來，不知道有沒有什麼獎勵！（10：25）

☀ *1月27日*

人生，要麼狂熱，要麼沉寂，沉寂是思考，狂熱是釋放！

☀ *1月28日*

愛不是窮盡的言語，不是蒼白的文字，愛是那止不住的溫柔，愛是那用心的每一個注視，愛需要用力，很累，但很幸福……

☀ *2月5日*

新的年歲
不變的期許

祝福所有人……

☀ 2月7日

　　一對相愛60年的老夫妻，太太在82歲那年罹患失智症，智商如同四歲的孩子，不記得吃過的藥，不記得回家的路，最後也不記得相處60年的親密伴侶……

　　再也沒有辦法和太太正常溝通的老先生痛不欲生，最後，他讓科學家以實驗為藉口，在自己的身體裡注入大量的 β 一澱粉樣蛋白一導致老年癡呆症的主要禍首……

　　結局是，療養院裡，兩個滿頭銀髮的失智老人開心的聊著只有他們才聽得懂的語言——他們忘記了彼此，又重新認識彼此……

☀ 2月8日

　　夜已經拉起了帷幕，將四周的燈火籠罩在小小的營區，今晚的星星了了，人心悠閒，人語如絲，把藏不住的心事，無可奉告的疲憊，晾在靜謐的夜空，任由夜色吞噬……（野外露營）

☀ 2月10日

　　每個人的人生，似乎都有一個缺口，永遠補不起來，轉念想，缺口未必就是缺口，也可能是出口！

☀ 2月13日

　　太愛自己，又怎麼捨得愛別人？

☀ 2月14日

　　是「自我」，還是「自私」？
　　是「自由」，還是「任性」？

☀ 2月16日

　　看樣子，冬天已經走了，都還沒來得及穿個秋褲^_^

☀ 2月16日

　　一定要到某個境界，有些東西才放得下！

☀ 2月16日

在物質充裕的年代，我們最不能忘記的事情：

其一，不要浪費；

其二，記得補充精神食糧。

不知道從什麼時候開始，人生的尋歡之路，滿滿都是物質和金錢的鋪墊，人們對於這些東西的慾望與渴求，已遠不止只是滿足生活的日常需求，而是要滿足奢華和人前的優越感，只有在極致的奢華裡，才有相對的安全感。

於是，無窮盡的追求，不會滿足。

但是，並不快樂，總覺著哪裡還有一個缺口。因為忘了，也因為沒有時間，填補精神上的空缺；忘了給內心世界注入一些清澈純淨的東西，像深山裡的清泉；忘了給靈魂罩上一層乾淨舒雅的氧氣，以至於人生患得患失，心沒有歸屬……

讓自己的精神世界變得厚重、充實，生命也就生動從容。真正的平靜，不是刻意的避開車馬喧囂，而是在心中修籬種菊！

☀ 2月19

婚姻是一場相互拯救，而不是互相傷害；只願我們都是彼此的恩人，而不是路人，更不是彼此的怨偶！

☀ 2月23日

每一次的嘗試，都是人生的一個新領域的拓展！

☀ 2月24日

現實的距離並不是距離

內心的距離才是真正的距離

一個人的孤獨並不是孤獨

人群中的孤獨才是真正的孤獨

沒有懂你的人

你就去懂世界

一花一草皆是你的伴侶

沒有理解你的人

你就去理解人生

絲絲縷縷都是你的芬芳

秦時明月：沒人陪，就自己玩嘍。

回覆：我一直都是自己玩⋯⋯手機！

☀ 2月24日

記不得是哪篇文章寫的哪個作家，和妻子離婚的理由是因為她從不作夢。日有所思夜有所夢，夜無所夢的人，必定日無所思，不思考的人也沒有靈魂，對於作家來說，不思考，沒有靈魂的人很可怕。

我幾乎每天作夢，只是我發現最近一段時間，我怎麼也想不起頭天晚上作的夢，模糊一片，也很可怕⋯⋯

☀ 2月25日

無論是離開，還是回來，都是一種臨時狀態，離開即是存在，而回來卻是離開！

☀ 2月26日

昨晚上手機又忘在了公司，然後一早來看到它，就想對它做點什麼，好了做完了！

☀ 3月3日

這日子啥都不缺，就缺書。

☀ 3月9日

深夜

窗外燈火如畫

燈下人煙寂寥

飛車呼嘯而過

然後

一段漫長的靜謐

世界只剩靜物裸露在穹蒼下

安靜的路燈

安靜的道路

安靜的石頭

安靜的房子

房子裡

卻有一顆不安靜的心

有夜風清涼

撩動無語的世界

沙沙作響

那是萬物間的交響

一陣陣

有人在聆聽

那雙望著窗外的眼睛

望穿暮色

望穿夜空

望穿時光

望穿弱水三千

故鄉的夜空

是否星辰依舊

……

☀ 3月10日

親愛的孩子，恭喜你要畢業了

前方的路

有著無數的挑戰和無限的可能

人生如逆水行舟，不進則退！

媽媽祝福你：

鵬程萬里　美夢成真！（給兒子國中畢業的留言）

☀ 3月16日

逛街看到一個精美皮夾，心動問價，店家說要1500元，強國

人嘛，不砍一刀就好像對不起自己，先不動聲色，店家在一旁賣力游說，還誇我眼光不錯。

說實話，來臺灣之後，殺價的功力已大不如前，一個是這邊殺價空間小，另一個是面子問題。其實這個皮夾目前還不是我需要的東西，而是我想要的東西，看到喜歡而已，所以，可有可無，以理想的價格買到就是緣份，買不到就算了……

心裡活動太多了哈哈！最後以1200元成交，店家極不情願的說了一句廢話：「這個價錢我沒有賣過，現在賣掉等一下這個位置要擺什麼我都不知道。」

我好像不應該把人家的東西買走（驚訝）

帶著今天的緣份，我滿心的愧疚離開了！

☀ 3月17日

沒事多逛逛百貨公司，因為勵志，看到櫥窗滿滿你喜歡卻不屬於你的東西，回頭你一定努力賺錢！

☀ 3月18日

福氣是自己累積的，不是別人帶給你的，別人帶給你的只是一時的運氣，不叫福氣！

☀ 3月20日

晚上女人洗完衣服上樓對男人說：

「洗衣機四周最好是無障礙，不要在洗衣機上面放東西，我怕我會不小心摔壞！」

「剛剛我好像聽到摔東西的聲音！」男人疑惑。

「哦，剛剛那是我沒拿穩，不小心的！」

「妳以後還是不要洗衣服好了！」

……

第二天晚上，女人又提起衣服準備放洗衣機，她看著男人，磨磨蹭蹭，男人也歪著頭，用眼神問她：

「妳確定要洗？」

女人淘氣的：「昨晚你不是說不讓我洗嗎？快點來跟我搶啊！」

「好吧，那就再給妳一次機會！」

……

☀ 3月22日

我們從來都只在意誰是我們生命中的陽光，誰又是我們生命中的雨滴，卻沒有自問，我又是誰人生命中的陽光，誰人生命中的雨滴……

☀ 3月21日

一個轉念，生命仍是一路花開！

☀ 3月24日

我喜歡黑夜，即便是陰暗，那麼靜謐安祥，連路燈下的背影都充滿著哲學！

☀ 3月30日

涼薯的季節，常常買幾個回來，切一切生吃，我很喜歡吃生的涼薯，煮熟的反而不愛吃。以前在鄉下，想這樣吃個過癮想得要命，媽媽買回來都是要煮熟做菜吃的。只有在煮的時候，媽媽一邊切，我就會在旁邊以迅雷不及掩耳之勢偷吃幾片，還會被罵，但還是甘之如飴……

在台灣，除我女兒和我一樣愛吃之外，兩個男人碰都不碰，還一臉嫌棄。有些東西他們不懂，也不願嘗試。

他們不懂的還有我們小時候吃水果都是用啃的，吃西瓜用挖的，水果連皮都不用削。菜園裡的菜很多都可以生吃，白蘿蔔胡蘿蔔，還有紅薯黃瓜。這些說給他們聽都一愣一愣，一副難以置信的樣子。

自然，他們也無法想像，在春暖花開的季節，孩提時的我每天在田野間奔跑，在大自然自由呼吸，躺在草地上仰望藍天，看天空行雲如萬馬奔騰，暖暖的陽光照著身體，偶拾落花一瓣。春

天結束換綠盈盈的夏天，金燦燦的秋天，白皚皚的冬天……四季的畫卷直直掛在天地間，在我的窗外一一變幻，美侖美奐……而我深陷其中，就像一株小草。

曾經的這些野性隨性的人生，是那樣愜意，一切都還歷歷在目，只是那些地方，那些歲月，那些事，那些美麗，有時候覺得很近，有時候又覺得很遙遠。

融入城市中的我們，已經被馴化得彬彬有禮，斯斯文文，日子也越來越精緻、矯情，壓抑著骨子裏的那份野，再也沒有了那份渾然天成的肆意。

在沒有季節的城市裡思念著季節的模樣……

☀ 3月31日

男人負責英勇無畏，女人負責愛他所愛！

☀ 4月5日

偶遇一位長者，交流片刻後他就誇我先生的面相好。長者說他最近在研究易經，易經是他讀過的最偉大的一本書，風水，哲學，科學無不包羅，看過易經，再看其他人的書那也叫書！

老先生由衷讚嘆：遠古的中國人太厲害了，寫出這樣的書，不知道有多高的智慧。在此之前，老先生對中國文化沒有認知，也很不屑，他是在研究西方哲學的時候，西方的哲學家在書中推薦並折服中國的易經，他才轉而讀易經，讀一讀幾乎淪陷，從此他對我們中國的文化有了很大的興趣，下半輩子應該不會無聊了。但他最後勸我們不要去讀易經，因為我們讀不懂的……

我聽一聽汗顏，是啊，我們幾千年淵遠的文化歷史，幾千年精深的傳統文學，我們知了多少，又懂多少，還有空在這裡滑手機！

☀ 4月6日

天地自悠悠，人世如浮雲！

☀ 4月7日

有空就要帶老公去逛百貨公司，看到喜歡的東西只管直勾勾的盯著，就那樣直勾勾的盯著，然後看一看價錢之後就理智的放棄。後面一定會有一個勵志而又感人的故事發生……

☀ 4月15日

這幾天應該會瘦，就前天吃飯的時候，牙齒不小心咬到嘴巴，咬得有點狠，嘴巴受傷了，在鬧脾氣。

☀ 4月16日

沒有記錯的話，這場大雨，是我們小白做車有生以來第一次被磅礡大雨洗禮，渾身上下淋了一個透透，它一定很爽。只是回家會被洗到脫層皮，還好它沒有皮。

最慘的是我，被控在車裏，外面昏天暗地，傾盆大雨，雷聲閃電一個接一個，司機也不知道跑去哪了，可是……尿急啊！

☀ 4月18日

「孩子，對媽媽來說，你的開心，你的快樂，你的身體健康，才是重要的。媽媽早就知道你是個聰明的孩子，考試那一關不代表什麼！」

今天最後一次模擬考，一個月後就會考（國中考高中），兒子壓力很大，早餐連胃口都沒有，媽媽有點擔心，只能安慰他！

☀ 4月20日

愛與恨是兩件最要用力的事情，值得愛的人，就不值得恨，不值得愛的人，更不值得恨。傾盡畢生的力氣，請都只為了愛！

早安！

☀ 4月20日

周星馳的《西遊降魔篇》裡面，唐僧的降魔神器居然是「兒歌三百首」這便是周星馳的特色幽默，笑一笑之後，是要深思的……

大人的世界混沌迷離，孩子的世界清澈透明，純淨無邪。說

起來，神也不是神，魔也不是魔，是一個人心裡的業障，是正氣和邪氣的比例問題，神魔始於殊途，卻末於同歸。

他的《功夫》我也看了很多遍，看第一遍的時候，就只知道笑，笑到岔氣，後來再看才開始細細咀嚼。特別是周星馳在戲裡面轉變的那一段，斧頭幫老大拿著大木頭叫他砸和火雲邪神纏鬥的包租婆夫妻。滿身邪氣，一無是處的他卯足力氣k下去的卻是火雲邪神，最後被火雲邪神打到面目全非，血肉模糊之時，他還是拿起小木棍輕輕敲在邪神頭上，老虎身上拔毛的勇氣和執著，讓人笑到流淚。那一刻的震撼聚足了所有的戲劇張力，戲裡戲外的人都難以置信。也是從這一刻開始，他身上的邪氣消失殆盡。

只是，從頭到尾我看不出周星馳轉變的契機是什麼，是否是因了包租婆說的那句話：自古正邪不兩立，我不入地獄，誰入地獄！

電影的結局，周星馳打敗火雲邪神之後，賣起了棒棒糖。自古一身正氣的英雄，無不瀟灑浪跡天涯，或行俠仗義，或懲奸除惡，而周星馳卻選擇賣棒棒糖，隱於市井，除了向心儀的女孩贖罪示愛，更是為了回歸人生的最初，回歸心裏最喜歡的那個自己，平凡而偉大，樸實而純真。

周星馳的電影有個共通之處就是，最終成就大是大非，內心大慈大悲的人，都是普普通通活在社會最底層的市井庶民，而且他們的心裏都住著一個純真可愛的孩子，他最擅長的，是把惡人變成好人。

人之初，性本善，只要心裏有善根，終將修得善果。

☀ 5月4日

女人不發點脾氣誰知道妳也有脾氣，不鬧點情緒誰知道妳也有情緒，不爭點什麼誰知道妳想要什麼？

☀ 5月12日

求救！

此時此刻，太平洋彼岸的台灣同胞正處於水深火熱之中，家

中已昏暗一片，所有家電用品全部罷工，室內氣氛緊張，悶熱窒息，大家紛紛逃到戶外呼吸自由的空氣，無奈戶外炎日炎炎，人們無所適從……

停電快一小時了！

☀ 5月14日

生命是一次又一次的超越，超越自己局限的靈魂，盡可能的站得更高，看得更遠。活在一個無限自我，卻看似沒有自我的世界，自由、寬闊。

不拘的思想，放肆的靈魂，自由的身心，美好的餘生……世間最奢侈的東西！

☀ 5月14日

一天中最有精神的時刻，應該就是睡覺前了，在濃濃的夜色中，掌握著最美好的一寸光陰！

☀ 5月18日

為了不讓四肢退化「發抖」，不過這樣的成績我已經很努力了。走兩萬多步的怪胎們應該一整天都在走！

28254步的Rain：累慘了！抱著一個十公斤的小孩爬了三個小時的山。

回覆：爬山不帶小孩，不帶老人！

☀ 5月18日

時光荏苒，三年一晃而過，今天是兒子國中會考的日子。

昨晚下雨了，一早，空氣潮濕悶熱，陽光似有還無，考試地點岡山高中已是人頭攢動，一茬一茬的莘莘學子陸續匯聚，踹著他們的目標和志願，神情嚴肅的走進他們的考場……

期待啊，祝福啊，加油啊……其實都是他們的壓力。

多餘的話不用說，握住孩子的手：「記住媽媽手心的溫度！」

「嗯！」

轉頭有點鼻酸……

那年5月18日記。

☀ 5月18日

台灣的圖書館：書籍、桌椅、沙發、空調、電腦網路、飲用水、廁所，還有時間、人，和安靜！

☀ 5月19日

對於孩子來說最重要的是：

1. 明顯的人生目標。
2. 優質的人格特質。
3. 獨立意識。
4. 創造力。
5. 上進心。
6. 責任感。
7. 生存智慧和生存技能。

☀ 6月1日

去菜市場的路上，路過一片森林，森林裏有人擺很多水果在賣，買的人也很多，都是些半生不熟的人。

我拿起一串漂亮的葡萄問老闆，老闆說200元／斤，旁邊立馬有人回說180元，老闆點頭應允。

那人買走了那一串。老闆回過頭問我：「你不是也要？」

「嗯，可我原本是要160元／斤的！」

「好啦賣給你！」

剛要秤的時候，醒了！

真是葡萄路人亂入夢。

☀ 6月2日

家庭是社會的細胞，而我們每個人則是家庭的細胞。沒有人就沒有家，沒有家也就沒有社會，代代相傳，才得以人類的生生

不息，生兒育女已不是個人意願問題，而是傳承的社會問題。

☀ 6月4日

　　莫嘆時光過得慢，ta都沒嫌你老得快！

☀ 6月4日

　　這麼多年，你變了嗎？你變的是什麼，依然沒有變的又是什麼？

☀ 6月5日

　　人生最大的悲喜，莫過於薪水和帳單同時來……

☀ 6月5日

　　人若待我以理，我必還之以理，人若待我以兵，我必還之以兵。

　　有時候努力的目的，就是不要讓自己變成自己討厭的那種人！

☀ 6月7日

　　天氣甚好，公園內綠意盎然，青草蔥翠，草地上散布著星星點點的小雛菊，引來蟲蝶亂舞。樹木林立，涼風徐來，樹影顫動婆娑，樹下有人乘涼，有人看書，大樹有如一方守護神，用它豐茂的枝葉，溫柔的庇佑著它腳下的生靈。天空湛藍，漂浮著被風兒輕輕撕碎的雲片，如絲如縷，薄如蟬翼，與藍天相輝……

　　原本是要來圖書館看書，結果沒有遇到圖書館，只好在公園一隅，感慨萬千！節日愉快！

☀ 6月8日

　　自從有了手機之後，我就常常不知道該看書還是該睡覺！

☀ 6月14日

　　有時候真的覺得自己是個笨蛋，家裡舀鹽的勺子不小心被我弄斷，然後我就傻傻的隨手拿一支鐵湯匙代替，然後我又傻傻的以為鹽和鐵的結婚反應（生銹）是我自己不小心潑的醬油（奸

笑），還好，我及時換了另一支鐵勺子！

☀ 6月15日

別人怎麼看我們並不重要，重要的是，我們是怎樣看自己，重要的是，我們是否喜歡這樣的自己！

☀ 6月16日

一個優質的作者，是讓你看到全世界，看到快樂美好，看到希望無限，而不是只看到作者本人！

☀ 6月16日

女人：其實我的腳長得不好看，有點醜，奇怪你當初怎麼會喜歡我的啊？

男人：喜歡一個人又不是看腳……

女人：那說到底你還是嫌棄我的腳了〔白眼〕。

☀ 6月16日

向來喜歡深邃的東西，像大海，天空，沒有盡頭的路，你的眼眸……

☀ 6月21日

把自己交給地心引力吧，五體投地！不要有任何的抗拒！

☀ 6月23日

在你要做一個有用的人之前，先做一個善良的人，這樣假如你不能成為有用的人，也至少你是一個善良的人。善良是看你在善的面前是否是無愧於心，在惡的面前，你是否有足夠的勇氣……

☀ 6月24日

晨風輕輕拂面，微微的閉上雙眼，什麼都不看，只有隨風撲鼻而來的清香。這清香像極了那年初夏的記憶……

生命已走過40幾個春夏秋冬，能夠憶起的，卻不多了！

☀ 6月29日

　　女孩的心事媽媽妳別猜！

☀ 6月29日

　　M：這種小紙片還要留著幹嘛？

　　S：可以作計算紙啊！

　　M：可是兩邊都有字啊？

　　S：沒有關係啊，不是還有那麼多空白的地方嗎？

　　附言：有些東西是我們教孩子的，

　　　　　有些東西是孩子教我們的，

　　　　　他們教我們的，

　　　　　沒有什麼大道理，

　　　　　只有天性。

☀ 7月1日

　　曾經，我們寫過多少無題的詩……

☀ 7月6日

　　每個人都有夢想，不同的是，有人把夢想擱在櫃子裏，有人則抱著夢想向前衝！

☀ 7月9日

　　原來，周公都躲在書本裡！

☀ 7月12日

　　好黃的黃昏喔！

☀ 7月13日

　　人在他鄉，難免會因區域的關係，存在著種族和文化差異而受人非議和排擠，當下我們會感覺自卑還是自豪。會不會覺得自己和別人不一樣就成了另類，會不會為了贏得別人的尊敬，以及想要讓自己看起來和別人沒有不一樣，而選擇改變自己、隱藏自己的熱愛，來迎合周圍的人？

　　每個地方都有地方特色，各自不同的文化也都有著不同的魅力特質，而造就社會的多元和豐富，文化只有差異，沒有對錯。那些非議和排擠與自己不同文化類型的人，是一種心胸狹窄，目光短淺，不願包容多元的人。

　　想要得到真正意義上的尊重，首先我們要學會尊重自己，以自己的國家為榮，以自己國家傳統文化為傲，不用去在意別人的眼光，充滿自信，熱愛自己的與眾不同。

　　附言：昨晚看到一個視頻，一個華裔女孩因為在學校吃不慣西式餐點，而帶媽媽煮的中國菜去學校吃，被同學嘲笑嫌棄，一開始她很自卑，後來她不去在意那些，吃自己喜歡吃的，做自己喜歡做的……有感！

☀ 7月16日

　　生活的味道，該是不鹹不淡，不油不膩，不苦不澀，不酸不甜……溫和不刺激！

☀ 7月17日

　　書上說，如果想要避孕的話，就要計算好排卵期，然後……就是要避開排卵期的日子……

　　書一點也不懂女人……

　　女人的幸福人生，其實，就在那幾天……

☀ 7月20日

　　當一個人的位置到一定的高度之後，心態的高度、精神境界的高度和道德水準，都要隨之提升，否則，若位置和境界、水準都不在一個平衡點，必定重心不穩而摔跤……

☀ 7月21日

　　我們與惡的距離……

　　無論你揭示了多少受害者周圍的人傷痕累累，痛不欲生的內心和生不如死的人生；無論你揭示了多少加害者家屬因此背負的壓力和沉重的精神枷鎖，過著罪惡般不見天日的人生；無論你

揭示多少社會上與受害者相關或不相關的人士對加害者的憤怒撻伐，深惡痛絕。

以犯罪者的心理來說，這些可能正是他們所想要的後果。

他們根本不在乎別人的遭遇是怎樣，他們只在乎自己會有什麼樣的下場。

真正能感染並喚醒犯罪者的良知，惡人們的善念，是正義的力量，是正面陽光積極向上的力量，是他們身上曾經擁有，但已失去的優秀人格特質。只有讓他們重新找回失落的自己，找回自信，找回生活的美好，也找回生命的尊嚴，他們才會懂得珍惜，懂得尊重別人的生命！

☀ 7月30日

這年頭人家長個子長身體長知識長見識長薪水長獎金，我卻只長工作！

☀ 8月1日

M：兒子，洗完澡自己把內褲洗一下。

S：幹嘛還要洗內褲啊，我不要！

M：媽媽已經幫你們洗了15年了。

S：什麼啊，以後都要我們自己洗嗎？

M：沒錯，以後都你們自己洗！

S：Ho～～

M：那麼怕洗內褲？不想洗就不要穿啊！

S：那我寧願洗！

……

一陣稀里嘩啦的水聲過後，兒子搓洗衣物的聲音，夾著一聲嘆息：「唉，我是做錯了什麼，淪落到在這裏洗內褲的地步。」

我剛好聽到，忍住不笑，隔著浴室門，我大聲的解了他的困惑：「孩子，你淪落到洗自己的內褲好過你媽淪落到洗別人的內褲！」

……

浴室傳來一陣傻笑！

☀ 8月1日

教育孩子的語言其實大有學問，你或者用他們的語言，或者用他們聽不懂的語言，就是不要用他們聽得懂的大人語言。

用他們聽得懂的大人語言——功課寫了沒，又在玩手機，跟你講多少次了你都沒在聽，又考那麼爛……他們一定回你：「知道啦，一直講煩不煩！」

用他們的語言，他們會覺得你懂他們，而且你很有趣；用他們聽不懂的語言，他們會覺得自己和父母還是有認知的距離，居於自尊心，他們就算當面沒有聽你的，但還是會在暗地裏默默追趕。而作為父母，在他們追趕的同時，我們也要往前跑，始終留一點距離，讓孩子可以佩服自己。當然，有一天孩子終究會超越你，那一天到來的時候，我們就要放下自己的身段，去向他討教你所不知的東西，得到答案一定要感謝孩子，讓孩子感受自己越來越明顯的進步和學習給他帶來的成就感，讓孩子感受自己可以給別人提供知識的榮幸，這樣他會願意學更多的東西來填充自己。

在孩子面前，父母真正的定位是什麼？亦師亦友亦學生吧！雖然很難，但就當作我們為人父母的一種追求吧，不要放棄！

在孩子那裏，愛的方式要直接，教育卻要顯得含蓄。

而所有的教育都抵不過父母的身教，教育孩子的同時，回頭審視自己的資格是否足夠，不夠的話要補充，和孩子一起進步。

☀ 8月2日

今天孩子們量身高，兒子已經和爸爸一樣高了，女兒雖然比我高，但也只高一點點，期待她還可以長更高！

☀ 8月3日

練字如練心，行雲流水，不焦不躁，女兒，願妳的心如此沉

穩、踏實！

☀ **8月10日**

熬夜一口氣看完五季的《越獄風雲》，人的魔性就是這樣練成的（追劇的魔性）。看完很驚嚇，連像米勒這麼聰明的人，還要為生存疲於奔命，何況普通人？

政府及所有權力機構太黑暗，從上到下黑成一片，竟然沒有一個可以信任的人，貪婪，殘暴，嗜血，人命微乎其微，生存成了你追我跑的遊戲，而你，只能是贏家，人生唯一的夢想就是能活下來，看場球賽……

☀ **8月18日**

深夜時分，四周靜如蓮池，我在燈下看書，窗外傳來一陣嘈雜聲，掀開窗簾一角，一行陌生男女突兀的出現在安靜而又濕漉漉的街道上，大家有說有笑，熱情奔放。霎那間整條街都是他們的聲音……

他們越來越近，然後又越走越遠，聲音也越來越小，越漂越遠，最後，身影消失在街角的路燈下，漸漸的什麼都聽不到，馬路又恢復之前的寧靜，就像他們並沒有來過……

☀ **8月18日**

作為一個漂泊在外的中國人，最難過的就是看到和聽到自己的國家，被人污衊，被人踐踏而無能為力……那種憤慨，心痛，不為人所知，連說都不敢說……

輕近午天傍花隨柳過
心樂將謂偷閒學少年
自古流傳是汨羅蘋

誰人的心裡，沒有一方純淨的故土，誰人的心裡，沒有強烈的民族情懷？難道，所謂的言論自由，就是用自己的意識型態，綁架和撕裂別人的民族情感？

我不知道你所了解的中國，是你看到的，你聽到的，還是你經歷過的？你評論的資格又是什麼？

5000年的古老中國，悠久而燦爛的文化歷史，榮耀著整個華人的世界，永遠！但是，這一路走來，風風雨雨，何其的艱辛，困苦，內憂外患從未停止過，被外來的侵略直到山河破碎，千瘡百孔。

今天的繁榮富強，不是偶然，靠的不是偷，不是搶，也不是挖到寶……

靠的就是政府正確的領導，和中國人優秀的人格特質，勤勞、勇敢、堅強、堅韌。

當西方國家已經開始第三次工業革命的時候，中國才剛剛結束被侵略的命運，殘破不堪，百廢待興！假如我們的政府如大家所了解的那樣，專制蠻橫，強勢封閉，這樣能在短短幾十年時間內就可以讓一個殘破的國家強大起來，你可相信？

理解力不夠的人，眼裡只有「一黨獨大」卻看不到「萬眾一心」，理解力不夠的人，只看得到封鎖，卻看不到如果讓所有中國人都看到這些惡劣的言論，有誰可以擋得住13億中國人的怒火，誰？

縱觀世界歷史，那些自詡民主、自由、開放的西方歐美發達國家，有哪一個，不曾掠奪和殖民過別的國家，他們又有什麼資格指點別人國家的制度？

中國，不侵犯別人，也不讓別人侵犯自己，堅守自己的國土，堅守自己的民族信念，堅守5000年的民族魂，何錯之有？

──我以我是中國人為榮！

☀ 9月8日

自從老娘命令：

「從今天起的以後，自己的內褲自己洗！」

爾後的某天，兒子一邊搓內褲，一邊哀怨：

「可憐了，淪落到洗內褲的地步！」

「你淪落到洗自己的內褲，好過你媽淪落到洗別人的內褲！」

那次算是笑著洗完了！

又一天，這孩子又犯懶：

「馬麻，這內褲可以不用洗嗎？」

「可以啊，明天接著穿，或者你不穿就不用洗啊！」

這一次還是笑著洗完了。

就在剛剛：

「馬麻，今天幫我洗一下內褲好不好，拜託啦！」

「好啊，那下次換你幫媽媽洗！」

「不⋯⋯要！」

大叫之後，洗得飛快！

☀ 9月8日

好看的皮囊很多，但有趣的靈魂太少。我們過的不是日子，不是生活，這些都太過沉重，我們用點滴情趣來經營這一路走來的人生，用心裡的陽光照耀著前行⋯⋯

☀ 9月12日

我在心靈的深處，尋找秘境。

人們對旅行的嚮往，不再是詩和遠方的純粹誘惑，也不再是想要探索大自然的純粹好奇。

大多數人的旅行，是為了補充那個缺口：這個地方我沒去過，要去看看，哪怕只是去走馬觀花，拍些照片曬在朋友圈中分享給大家也是好的。隨著生活水平的日新月異，旅行已是優質生活的代表之一，人們再也不滿足於只丈量自己腳下那片土地，遠

離熟悉的地方，到別處就算是累得像什麼似的也心甘情願。如今的旅行已是說走就走的任性，便利的交通和豐富的資訊都給想要出遊的人提供了最好的決擇和規劃。但這樣也造就每逢假日，人們位移的景象就如同動物們的大遷徒，每個觀光景點都是人擠人，人踩人，讓旅行的興致和品質大打折扣，沒辦法，人們都喜歡熱門的東西，簡單的判斷，越多人去的地方就說明越好玩。

不過和人結伴同行也是有好的地方，不會迷路，好的同伴可以當作是導遊，旅行中的點點滴滴都可串成美好回憶，快樂愜意。但生命本身是孤獨的，不可能每次都會有好的旅伴，有時候我們必須獨行。其實我喜歡獨行，只要可以出門，想去哪就去哪，沒有牽絆，不用顧忌，最好是無人之境。對我來說，真正的旅行是眼睛和心靈的旅行，心是旅行的方向，眼睛是心靈的窗戶；真正的旅行是體驗並享受大自然洗滌身心的超能力；真正的旅行，是孤獨的，是身體和心靈的苦樂之旅。

我們遙看古代詩人們的旅遊打卡詩句，思討彼時他們如何觸景生情，創造出讓人無限嚮往的意境。

無論是蘇軾的〈題西林壁〉，李白的〈望廬山瀑布〉、〈望天門山〉，張繼的〈楓橋夜泊〉……等等（原來李白最愛打卡了）看來詩人們都熱愛旅行，喜歡在美麗的青山綠水中釋放和揮灑。詩人們的旅行是一種志向和追求，也可以說是修行，「行萬里路，讀萬卷書」走路和讀書一樣，最終都可以得到智慧，豐富自己的生命經歷，找到最美妙的靈感。

但這萬里路，必定始於足下，也終於足下，無可代勞。而詩人大多都是獨行俠，他們帶著一顆純粹的心，領略大自然的美好。古時的風景也一定很美，尚未開發的土地雖然貧瘠，但沒有工業污染的山水必定清秀可人。出門就是野外，人丁也零散，所以眼底都是美景，所到之處都是秘境，詩人們的遊記詩詞別有空靈、遼闊，蒼涼的美感，與江山融為一體的磅礴氣勢，特別引人入勝，應該，這才是真正所謂的身體和心靈的苦樂之旅吧？

拉回我們的時代，無倫去到哪裡，從一個城市移動到另一個城市，都是換一個地方思考，用自己不同的經歷和際遇，訴說不一樣的故事。只要內心是純粹的，走到哪裡，都可以是秘境。

只是世界再大，走得再遠，我們終究還是會回歸到專屬自己的秘境——家。

☀ *9月14日*

雖然沒喝酒，但還是有幾分不明所以的醉意……

☀ *9月14日*

要特別讚一下台灣警察，剛剛在臉書po一篇尋物啟事，老公工作用的電焊機昨天下午在家門口被人順手牽羊偷走了，希望小偷可以良心發現還回來。結果po網不到一個小時，我在樓上就看到警察在我們家附近繞，我想說應該不可能是因為我po的訊息。

幾分鐘後，我女兒就在樓下吼：「馬麻，警察找妳！」然後就看到三個警察就出現在家門口，還蠻意外的。偷竊算是公訴罪，只要有案件就要報警備案，現在就等他們調閱監視器的結果，雖然希望不大，但還是心存感謝！

☀ *9月20日*

野外求生記，喔不是，野外求學記，愛睏，用針扎中……

☀ *9月21日*

中午在他人公司的大餐廳吃午餐，排隊領飯菜的感覺就像之前在廣東打工的日子。不同的是，這邊不管是員工還是幹部主管，都吃一樣的飯菜，搶一樣的桌椅，沒有分別。

以前在大陸的時候，吃住都在公司，因為人多，吃飯都要排隊，因為人太多，下班要用衝的，因為人太多太多，人家吃完了，你可能還在排隊。

公司的餐廳分兩邊，一邊是專屬勞動人民的員工餐廳，一邊是幹部餐廳，我們是辛苦的勞動人民，自然，坐勞動人民的餐廳。那時候真是羨慕死那些非勞動人民，坐在舒服的冷氣餐廳，

吃著精緻美味的幹部餐，最重要的是下班還可以優雅的慢慢走，這就叫特權。當然，想要有這種特權，人人都是有機會，為了擁有這種特權，大家都拼了命的努力，來改變自己的命運。在大陸，普遍用階級和層次的管理，分藍領和白領，或許有些不近人情，但這些，是人們不斷進步和向上的動力，除非你甘於平庸。

但反觀台灣，大多數的公司都差不多，大家衣服的領子都一樣，沒有什麼藍領和白領，只分老鳥和菜鳥，也沒有特權，吃的都一樣，自費。大家都一樣的這種現象不知不覺給人心裡建設：「這麼多人和我一樣，這就是社會的常態！」這樣的好處就是大家都被平等對待，心裡的平衡感給人莫大的安慰。這種安慰讓人甘心安於現狀，不思進取，沒啥企圖心。其實這是台灣的一個隱憂，只是大家都不覺……在一間公司，主管好做還是老鳥好做，當然是老鳥好做，主管要擔責任，老鳥可以用混的。大家拼的不是能力，而是資歷。

不過可以放心的是，我還沒資格混，就算再給我十年，我也沒資格。

☀ 10月9日

我們沒有和青春說再見，因為她還藏在我們的身體裡……

☀ 10月10日

現代的婚姻，不是一本書，一部電影，或是我這三言兩語可以詮釋的。

但歸根究底，兩個人可不可以走下去，還是要看彼此之間還有沒有感情，有沒有牽連。

最奢侈的，是還有沒有愛情，若沒有愛情，那是否有親情，若愛情和親情都沒有，就只剩無情和絕情。

最糾結的婚姻，是其中一個人還在深愛，另一個卻已經不愛了。深愛的人不想放棄，不愛的人卻不願回頭。不想放棄的人一心想要捆綁，不願回頭的卻因窒息而更想逃離。

☀ *10月12日*

　　在這深更半夜，紀念一下今天的感覺：脖子快斷，眼睛快脫窗！

　　不成人形！

　　明天繼續⋯⋯

☀ *10月13日*

　　在這樣安靜的夜裡，我已經驚聲尖叫N次⋯⋯在心裡！

　　晚安！

☀ *10月14日*

　　善良，就像一個工具，有的人隨時攜帶，有的人常常攜帶，有的人偶爾，有的人，從來不帶⋯⋯

☀ *10月15日*

　　有時候，真的不想聽人話⋯⋯

☀ *10月16日*

　　眼科醫生平靜的告訴我：正常都是40歲的時候是100度，50歲200度，60歲300度，妳的100多度是因為妳沒有近視，不用擔心，是正常的，也不用特別做治療，治療也沒有用，平時注意眼睛不要太疲勞，多補充葉黃素，看近的實在看不清就戴眼睛，我給妳開兩瓶眼藥水，眼睛疲勞的時候就點一下。

　　醫生若無其事的樣子，他哪知道我心裡的五味雜陳⋯⋯

☀ *10月17日*

　　鄉愁，是一碗小小的凍粉

　　母親在電話的那頭教

　　我在電話的這頭聽⋯⋯

　　鄉愁，是一抹沒有人能懂的味道⋯⋯

☀ *10月18日*

　　低頭的一瞬間⋯⋯柔情萬種？

是被人瞧見……有雙下巴了，想想這段日子的堆積，好吧，以後不能再這麼任性，不能再隨便低頭了！

☀ 10月19日

清晨的地鐵裡面，乾淨清新，年輕的學生族，或者靠著車廂繼續補眠，或者低頭滑手機，兩眼不看窗外，兩耳不聞左右；趕著去菜市場的中年婦女（其實我也不知道她們要去哪）喜歡聊天，聊個沒完，無心但快樂；年邁的長者一般都是沉默不語，但目光專注，雖眼神混濁，但只要他們與你的目光對視，一定會把你看個透；也有人在看書，噓，安靜，懷著敬意，掠過他們吧！當然，還有靈魂不安的人……在出神！

其實不管是公車還是地鐵，或是火車，高鐵等大眾運輸工具，最好的設計，建議把座位都錯開，這樣，才可以避開與陌生人的目光交集，避免陌生人對你微笑！哈哈，隨便說說！

秦時明月：建議你做交通部長。

回覆：很難做，不要！

☀ 10月20日

其實我是個很難被馴化的人，就算看起來認命，但那也只是表面的順從，只要有機會，我定會反抗！

☀ 10月21日

對於家庭，總有兩種角色，一種是拯救，一種則是破壞，無論你如何辛苦的拯救，如何努力的維持，要破壞，也只是一夕之間……

☀ 10月22日

清晨的窗外，兩隻小鳥嘰嘰喳喳你一言，我一語的，聊得忘我，就像兩個天真的孩子在吵著誰的玩具比較多，比較厲害……仗著沒有人聽得懂鳥語，仗著自己長得有點可愛，就肆無忌憚的打擾人家的清夢……

舊時光評：快點起來，太陽曬屁股了。

回覆：用被子蓋起來。

☀ *10月27日*

今天跟媽媽聊到三嫂的爸爸，一個人住在鄉下，沒有人照顧，老伴幾年前已經去世，兒子一早出門工作，晚上才回到家，媳婦住在鎮上照顧孩子讀書，一星期才回家一次，女兒（我三嫂）在遙遠的廣東……老人家之前中風，生活不能自理，整天只能躺在床上……等死！

如此的情形，在鄉下一定很多很多，但竟然無從怪罪於誰……

兒子女兒都有自己的日子要過，都有自己的家庭要顧，還有自己的事業要打拼，照顧父母和自己的家庭事業竟不能兩全……

躺在床上的父親，心裡會想些什麼，曾經熱熱鬧鬧的家庭，到頭來只剩自己孤零零的躺在這裡，連喝口水都喝不到，什麼時候死了都沒人知道，那些小時候疼愛的孩子們，恐怕再也見不到了……人生的悲涼，不過如此！

如今的鄉下，年輕人都到外面賺錢，只剩些老弱病殘的人，孤獨無奈卻又頑固的守著住了一輩子的家，不曾想過要離開。鄉下的孤獨是令人恐懼的，特別是那漫長而又漆黑的夜，可以吞噬人的靈魂！

媽媽一直念叨著三嫂的爸爸很可憐，但對於相同年齡層的自己，媽媽不可能不會去聯想！真的讓人難過，爸爸已經離開她那麼多年，她的心裡一樣是孤獨的，雖然從不曾提起。因為每個人都不想（包括媽媽自己）也沒有勇氣面對……會崩潰！好在媽媽沒有住在鄉下，和哥哥們住在一起！

作為兒女，沒有誰，可以代替父母的另一半，陪伴在父親，或是母親身邊，但無論是怎樣的情形，還是要多抽些時間陪陪父母，和他們多說說話，每個人都會老去……

☀ *10月28日*

人類的感情世界就已經夠複雜了，沒想到動物的感情世界也

不妨多讓。

在哥斯大黎加的原始森林裡，住著一種奇特的長尾侏儒鳥，交配的季節，兩隻漂亮的公鳥不像其他動物那樣用決鬥來贏得佳人芳心，而是用合作的方式在心儀的母鳥前面跳一支精彩的求愛舞蹈，舞蹈結束後，其中的一隻公鳥會默默的離開現場，留下來的公鳥和母鳥從此過著幸福快樂的日子。其實這兩隻公鳥應屬師徒關係，離開的那隻等到這隻公鳥死掉，它才可以獲得交配權，身份轉換，並收入室弟子，很神奇吧！

☀ 10月30日

因為自由，所以為所欲為……

☀ 10月31日

好的東西好的事情一定要記下來，因為隨著時間都會忘卻，不好不愉快的事情不用記下來，因為隨著時間都會忘卻，就讓他忘卻……

☀ 11月3日

誰說只女人愛聚愛聊，男人比女人更甚。女人聊到一半，這個說，要回去煮飯了，那個說要去接孩子了，其他沒事的也得找出點事來表示自己的人生也很充實，然後立馬鳥獸散。男人完全沒這方面的顧慮，一坐下來，便是一整天，空氣不好沒關係，椅子不好坐也沒關係，酒不好喝也沒關係……

你要仔細聽他們都聊些啥，都是：想當年的我怎樣怎樣！

沒完！

☀ 11月8日

每次看到以這樣比較來評論這兩個人，就很不舒服，每個人都是獨特的，為何總跳不出世俗的眼光……

——讀一篇評論林黛玉和薛寶釵的文章有感

秦時明月：藝術人生與現實人生。

☀ *11月9日*

很多事情，在自己的心裡消化，永遠好過在別人的耳朵裡消化！

☀ *11月11日*

想吃好的東西就必須冒著身體被傷害的風險，想要健康就必須承受難以下嚥的食物。

☀ *11月12日*

最和諧的生活，該是父母努力工作，兒女努力學習……

爸媽努力工作，已經做到了，爸爸每天都在工作，假日也沒在休息，媽媽每天工作十個小時，回來還要繼續煮飯做家事……

所以，我們各自努力，讓生活變更好，讓自己變更好，為著我們各自的人生夢想，加油！

☀ *11月16日*

走過窗前，你猜我看到了什麼？——半個月亮，在清冷寂寞的夜空中！

☀ *11月17日*

傍晚出門偷閒，遇到一個散步的阿婆，問我有沒有30歲……

回到家鏡子都快被我照爛了！

秦時明月：同情鏡子三秒鐘。

回覆：什麼啦？

明月：咱高興就行了，折磨鏡子幹啥？

回覆：光俺高興哪夠啊！

☀ *11月19日*

我們終究是要在沒有彼此的世界裡了卻殘生……

☀ *11月20日*

心比天高，意志力比紙薄……

☀ 11月23日

有些東西在身體裡面蠢蠢欲動，很猶豫要不要去挑戰！我已經40多了，已過了那激情燃燒的年歲……我已經40多了，是該為自己燃燒那麼一回……

兩個自己在打架，誰會贏呢？

☀ 11月23日

有心減肥減越肥，無心長肉肉成堆！

好押運喔，幾年前的短裙，快要扣不上了！！！

☀ 12月1日

小說就是撕裂別人的人生，來成就自己的想像力，不過那有什麼辦法，該撕的，還是要撕啊！

明月：所以任何對他人的同情都是虛偽的！

回覆：讓我想想看。

☀ 12月2日

冬天不夠冷，就像男人不夠man總歸讓人失望！

☀ 12月3日

我知道我為何那麼喜歡清晨的風，它總能吹掉頭腦裡的七葷八素，雖然我不吃素。

☀ 12月4日

基本上，我沒有閨蜜，沒有親密無間的朋友！所謂閨蜜其實就是兩個相互交換秘密的人。

他人給了你秘密，必定你也要還他等同價值的秘密，而且是要心甘情願……

但在我看來，交換秘密是罪惡的，知道的太多也絕不是什麼好事！

我只喜歡交換單純的心，但單純的心，可遇而不可求……

☀ 12月5日

　　女兒很喜歡聽我說以前的事。

　　今天我們聊到以前在家裡洗澡的事，以前，村子裡沒有人家有浴室。炎熱的夏天，男人和孩子都是直接在池塘洗澡，但池塘的水很髒，有人跑到離家很遠的水庫游泳；女人則在房間坐在木製的澡盆裡洗，我也這樣洗過，不舒服！

　　冬天天寒，大家都很少洗澡，有時候一個月才洗一次，也就隨便擦一擦。

　　後來，我們家用兩扇牆壁的巷子縫隙支起一個小棚子，掛個布簾，地上用水泥抹一下，就這樣，我們家終於有了洗澡的地方。有一面牆壁是隔壁嬸婆家的廚房，洗澡的時候，肥皂的香味常常漂進她的廚房，常薰得嬸婆不知菜味！

☀ 12月6日

　　今天在大街上閒晃的時候，看到好幾台賓士車，車身貼著彩色緞帶，車子開很快，趕著要去結婚。看著揚長而去的名車隊，我又有想法了：名車的多寡顯示婚姻的含金量？婚姻的含金量，決定婚姻的堅定與幸福美滿？

　　我又多想了……一點！

☀ 12月8日

　　季節　在等待花開

　　花兒　在等待陽光

　　陽光　在等待雲散

　　而雲　在等待風

　　風　已在樹梢

　　只有歲月

　　不等人

　　……

☀ *12月13日*

就像看到年輕人孝敬長輩的畫面，我想，以後看到年輕人照顧小孩子的畫面，也會蠻感動……

☀ *12月14日*

維持婚姻的新鮮，就如守一杯溫茶，時時要對它加溫，莫讓它冷卻。妳有妳的可愛，他有他的包容，妳用妳的調皮愉悅他的人生，他用他的寬厚支起妳的港灣！

☀ *12月15日*

追風追夕陽

牽手牽未來

散步散餘生

……

☀ *12月15日*

涼亭裡坐著好些休息的人，女人也找了個位子坐下來。突然，一個男人闖入，一把勾住女人的脖子，女人叫著：「不要勒我，我有錢！」說完女人從包包裡面抽出一張1000元給男人，然後兩人嘻笑著牽手離開，留下莫名的旁人！

☀ *12月16日*

孩子的錯，是父母的錯，糾正孩子之前，先檢討自己。因為你可能沒有辦法承受孩子的錯誤帶給你人生的衝擊！

☀ *12月17日*

以前每天7點半上班，到公司剛好7點45左右，只留一點點的預備上班時間。最近這段時日，7點半就已經在公司滑手機看書了，這種感覺竟然很幸福，這種幸福只有我自己知道，其實是對抽屜裡的那幾本書的期待。以前的習慣應該回不去了，因為要戰勝很強的失落感！

☀ *12月17日*

靈魂和表面是分離的，靈魂在深處寫詩，表面卻是去買醬油

的路上……

☀ *12月18日*

　　有的人就像藤蔓，總想著要依附什麼，或者是活在別人的背景裡……

☀ *12月23日*

　　已經被狗追N次了，追到看到狗就怕，追到心裡的陰影面積無限大，追到懷疑人生，追到上班都不敢走那條路，只能繞一條小小的泥巴路，泥巴路到了春夏季節又有蛇。

　　這麼多年來我容易嗎我，沒有人可以理解，也沒有狗可以理解，更沒有蛇可以理解。

☀ *12月25日*

　　下班回來我跟兩個孩子講，媽媽今天在公司包了一垃圾桶的水餃。兩孩子合著抱怨：「幹嘛要用垃圾桶裝啊？不帶回來，妳很浪費誒！」

　　「媽媽是用衛生紙包的！」

　　真是兩個好吃鬼投胎！

☀ *12月26日*

　　縱觀這麼多年寫的東西，我覺得自己越來越專注謹慎，但少了活潑生動，也少了幽默感，我知道這依然是真實的自己，只是不是最初的自己。人都是這樣，到了一個階段，有些東西會進步，有些東西，會退步……

☀ *12月29日*

　　外面下著雨，天空漂著雨做的雲，溫度有點底，只能窩在家裡看電視。看非洲大草原上演的獵殺與逃亡的生存之戰……

　　最有母愛的動物，應該非獅子莫屬。獅子是群居動物，獅群中由一到兩頭公獅帶領，但通常只有一頭是獅王，獅王負責巡視保護領地和傳宗接代，而獅群中的母獅要負責獵殺，照顧小獅子。

如果沒有更換獅王，日子自然平靜安然，一旦換了新的獅子王，新的公獅就會獵殺所有舊獅王留下的小獅子，特別是六個月以下的。但是母性堅強的母獅會極力的保護小獅子，或者聯合其他母獅反抗，或者帶著孩子離開獅群，獨自流浪，想方設法讓小獅子存活下來，直到它們有獨立生存能力。

只是，母獅帶著孩子離開獅群，並不是就安全了，還有其他獅群，以及草原上不歡迎它們的大型草食性動物，都會攻擊母獅和小獅子，最最要命的，是飢餓。

影片中有一隻母獅和自己的兩個孩子走散，母獅一直尋找，一直找一直找，不放棄，最後找到其中一隻小獅子的屍體。它生無可戀的守在小獅子身邊兩天兩夜，最後，它還是堅強的站起來，尋找另一隻小獅子。幸運的是，它找到了，看到它們母子團聚在一起的那種畫面，太感動了……看完影片，我對母獅子的偉大心懷敬意。

記得初中課文中有一篇文章叫做〈我和獅子〉，敘述一對英國夫妻和一隻母獅愛爾莎一起生活的故事，故事最讓我感動的地方是回歸大自然之後的愛爾莎，一年後帶著自己的三隻小獅子回來看望作者夫婦，那種感覺，就像出嫁的女兒，帶著自己的孩子回娘家看望外公外婆……

這就是母獅子，它們無比凶悍，但母性卻是如此的溫柔！

☀ 12月31日

那一年的幸福清單（2010年）

- 平安和健康
- 孩子出生的那一刻
- 孩子的笑臉
- 全家人的歡笑聲
- 所有人的關懷
- 朋友的問候
- 單純，沒有壓力的生活

- 對岸家人的好消息
- 一家人出遊
- 每一天，老公下班回家的聲音
- 老公發薪水的日子
- 乾淨的家
- 不用煮飯的那一天
- 好吃的飯菜
- 生病，老公的心疼和照顧
- 血拼，而且不缺錢
- 每一個節日，如果能記得
- 做完一天的事，躺在床上跟孩子講故事，講著講著，我比孩子先睡著
- 看卡通，和孩子們一起笑倒
- 偶爾的砰然心動
- 穿著一條飄逸的裙子，剛好有微微的風
- 看到一件很漂亮的衣服，但不便宜，老公卻說沒關係
- 還有足夠的魅力吸引路人的目光
- 還可以青春很久
- 人多的時候，自己竟然是焦點
- 愉快的旅行
- 一路好風景
- 一個溫馨的聚會
- 一個真正屬於自己的空間
- 聽音樂
- 上網寫自己的日誌
- 學到一樣好東西
- 黃昏漫步
- 海邊撿貝殼

- 一夜好眠
- 一個好夢
- 在時光的隧道裡徜徉
- ………
- 鐵定，會落下什麼，但已經足夠

2010年？好遙遠啊，彼時的我身心愉悅，語氣中滿滿的自信，只是2019年了，我的清單中是少了些什麼，還是多了些什麼……

浮生夢噠

☼ *1月1日，天氣晴*

$$2020年$$

未完待續……

國家圖書館出版品預行編目資料

浮生夢囈：時光隧道裡的五味人生 / 彼岸的雲著, --初版-- 臺北
市：博客思出版事業網, 2021.09
面；　公分 -- (現代散文 ; 11)
ISBN：978-986-0762-02-0 (平裝)

863.55   110009329

現代散文11

浮生夢囈：時光隧道裡的五味人生

作　　者：彼岸的雲
主　　編：楊容容
美　　編：凌玉琳
封面設計：凌玉琳
出 版 者：博客思出版事業網
發　　行：博客思出版事業網
地　　址：台北市中正區重慶南路1段121號8樓之14
電　　話：(02)2331-1675或(02)2331-1691
傳　　真：(02)2382-6225
E—MAIL：books5w@gmail.com或books5w@yahoo.com.tw
網路書店：http://bookstv.com.tw/
　　　　　https://www.pcstore.com.tw/yesbooks/
　　　　　https://shopee.tw/books5w
　　　　　博客來網路書店、博客思網路書店
　　　　　三民書局、金石堂書店
經　　銷：聯合發行股份有限公司
電　　話：(02) 2917-8022　　傳真：(02) 2915-7212
劃撥戶名：蘭臺出版社　　帳號：18995335
香港代理：香港聯合零售有限公司
電　　話：(852)2150-2100　　傳真：(852)2356-0735
出版日期：2021年 9 月 初版
定　　價：新臺幣300元整（平裝）
ISBN：978-986-0762-02-0

版權所有・翻印必究